KNAUR

Über die Autorin:
Anna Husen, geboren 1996, ist ausgebildete Medienkauffrau, arbeitet als Marketing-Managerin in einer Digitalagentur und lebt an der wunderschönen Ostseeküste. Schon früh hat sie die Begeisterung fürs Schreiben gepackt, da sie das Lesen schon immer geliebt hat und gerne selbst eigene Geschichten erschaffen wollte. Die Autorin ist aktiv auf ihrem Instagramkanal @annahusen, wo sie sich mit anderen Lesebegeisterten über ihre Leidenschaft fürs Schreiben und die Liebe zu Büchern austauscht.

ANNA HUSEN

DER DUFT VON MARZIPAN

ROMAN

KNAUR

Besuchen Sie uns im Internet:
www.knaur.de

Aus Verantwortung für die Umwelt hat sich die Verlagsgruppe Droemer Knaur zu einer nachhaltigen Buchproduktion verpflichtet. Der bewusste Umgang mit unseren Ressourcen, der Schutz unseres Klimas und der Natur gehören zu unseren obersten Unternehmenszielen. Gemeinsam mit unseren Partnern und Lieferanten setzen wir uns für eine klimaneutrale Buchproduktion ein, die den Erwerb von Klimazertifikaten zur Kompensation des CO_2-Ausstoßes einschließt. Weitere Informationen finden Sie unter: www.klimaneutralerverlag.de

FSC
www.fsc.org
MIX
Papier aus verantwortungsvollen Quellen
FSC® C014496

Originalausgabe Oktober 2023
Knaur Taschenbuch

Ein Imprint der Verlagsgruppe
Droemer Knaur GmbH & Co. KG, München

Covergestaltung: buxdesign, München
Coverabbildung: Umschlaggestaltung: buxdesign I Lisa Höfner unter Verwendung von Motiven von Ildiko Neer/Arcangel, Joanna Czogala/Arcangel und Shutterstock
Satz: Adobe InDesign im Verlag
Druck und Bindung: GGP Media GmbH, Pößneck
ISBN 978-3-426-52922-5

2 4 5 3

Für Kathi.

Weil Luisa ohne dich ihren Namen nicht hätte.

Weil unsere Freundschaft für mich
eines der kostbarsten Dinge auf der Welt ist.

Ich danke dir für die wundervollen Gespräche
über all die Geschichten in unseren Köpfen.

KAPITEL 1

LUISA

Lübeck, 1957

»Luisa!« Die Stimme ihrer Schwester durchbrach Luisas verworrene Gedanken.

Unwillkürlich zuckte sie zusammen und drehte sich um. Die Sonne blendete sie, sodass sie eine Hand vor die Augen hob und blinzelte.

»Schwesterherz!«, rief die jüngere Frau und lief winkend auf sie zu.

Luisa seufzte leise und ließ sich auf der Bank inmitten der Wiese vor dem Holstentor, dem Wahrzeichen Lübecks, nieder. Ein frischer Wind fegte über die Wiese, ringsum fuhren auf den Straßen einige Automobile, und Familien hatten es sich auf dem großen Rasenplatz vor dem Holstentor auf Picknickdecken gemütlich gemacht und genossen diesen herrlichen Frühlingstag.

Sie sah zu Rowena, ihrer Schwester, die ihren dunkelblauen Hut wegen des Windes mit einer Hand festhalten musste. Sie blieb vor Luisa stehen, und die betrachtete ihre kleine Schwester eingehend.

Rowena trug ein dunkelgrünes, knielanges Kleid mit weißen Punkten, das sich ab der Hüfte weit bauschte. Dazu einen roten Gürtel und ein Perlenarmband in derselben Farbe. Ihre dunkelbraunen Haare waren zu einer kunstvollen Frisur hochgesteckt.

»Ich habe nach dir gesucht. Mutter und Vater hatten auch nicht die geringste Ahnung, wo du bist. Beim Frühstück warst du nicht da«, keuchte ihre Schwester, als sie sich neben Luisa auf der Parkbank niederließ. Luisa konnte einen leichten Vorwurf in Rowenas Stimme wahrnehmen und presste die Lippen zusammen.

»Es tut mir leid, dass ich nicht mit euch gefrühstückt habe«, antwortete sie nach einer Weile und zupfte gedankenverloren ein paar Grashalme von ihrem dunkelblauen Kleid.

Rowena stieß Luisa mit dem Ellbogen in die Seite und musterte ihre Schwester aufmerksam. Einige kastanienbraune Strähnen hatten sich aus ihrer Frisur gelöst und kringelten sich in sanften Locken um ihr Gesicht. In ihrem Blick lagen Unschuld und Neugierde.

»Wo warst du den ganzen Morgen?«, hakte Rowena nach.

Luisa seufzte und schloss kurz die Augen. Sie wollte ihrer Schwester nicht erzählen, wieso sie sich heute in den frühen Morgenstunden aus dem Haus geschlichen hatte, als die Sonne gerade erst zögernd über den Horizont geklettert war.

Ich liebe dich, Luisa Linde.

Henrys Stimme hallte in ihren Gedanken wider und ließ ihr Herz heftig gegen die Rippen pochen. Schlagartig öffnete Luisa die Augen und sah ihre Schwester erneut an.

»Bitte, Rowena, sei so gut und stell mir nicht so viele Fragen. Wo ich war, hat dich nicht zu interessieren.«

Rowena stemmte die Hände in die Hüften, sie warf Luisa einen beleidigten Blick zu.

»Ich bin deine Schwester, also hat es mich sehr wohl zu interessieren«, entgegnete Rowena schnippisch.

Luisa winkte lachend ab. »Aber du verbringst doch normalerweise am liebsten den ganzen Tag in einem Café an der Untertrave, schmachtest mit deinen Freundinnen hübsche Männer an und kicherst hinter vorgehaltener Hand über Frauen, die nicht wie du die neueste Mode oder einen kecken Hut mit Federn tragen. Also, was interessiert es dich, wo ich war?« Luisa wusste, dass es nicht gerecht war, so abweisend zu ihrer Schwester zu sein, aber Angst zog sich einem Knoten gleich in ihrem Magen zusammen.

Mit einem Mal wurde Rowenas Blick traurig, und ein Anflug von schlechtem Gewissen erfasste Luisa. Kälte zog sich über ihre Glieder, und sie fröstelte selbst in der Mittagssonne.

»Was soll ich denn sonst tun, du redest in letzter Zeit ja kaum noch mit mir!«

Luisa biss sich nachdenklich auf die Unterlippe und drehte den Anhänger, den ihr Henry heute geschenkt hatte, in den Fingern hin und her. Sie hatte sich die letzten Tage immer wieder frühmorgens aus dem Haus geschlichen, um sich mit ihm zu treffen. Mit *ihrem* Henry. Mit dem jungen Mann, der den Duft von Marzipan an sich trug, dessen Lippen nach Schokolade schmeckten und dessen Lachen Luisas Herz mit Liebe erfüllte.

»Ich …«, begann Luisa und schüttelte dann den Kopf. »Ich brauche meine Ruhe vor meiner nervigen Schwester!«

Rowena sah sie verletzt an und zog einen traurigen Schmollmund. Sofort bereute Luisa ihre Worte und legte ihrer Schwester eine Hand auf die Schulter.

»Das war nicht so gemeint, das weißt du, oder nicht?«, fragte sie und brachte ein schwaches Lächeln zustande.

Rowena nickte zaghaft und starrte gedankenverloren auf das Holstentor. »Du verheimlichst etwas«, sagte sie nach einiger Zeit tonlos.

Luisa erschrak bei diesen Worten, und das Herz schlug ihr bis zum Hals. »Wie bitte?« Verdattert sah sie ihre Schwester an und spürte, wie ihre Handinnenflächen feucht wurden.

Rowena stützte den Kopf auf die Hände und wippte mit den Füßen hin und her, sagte jedoch kein Wort.

»Rowena!«, sagte Luisa so ruhig wie möglich und packte ihre Schwester am Handgelenk.

Die Jüngere schaute sie trotzig an und riss sich stürmisch los. »Ich habe euch gesehen«, zischte sie zurück und stand auf.

Ein weiterer Windstoß fegte über die Wiese hinweg, und der Stoff von Rowenas Kleid flatterte wild hin und her. Wie groß sie geworden war. Wie erwachsen sie in diesem schicken Kleid aussah. Was für eine Schönheit aus ihrer kleinen Schwester geworden war.

All diese Dinge wurden Luisa in diesem einen Augenblick bewusst. Es fühlte sich für sie an, als würde die Zeit stillstehen.

»Rowena …«, flüsterte Luisa leise und griff erneut nach der Hand ihrer Schwester. Zog sie sanft zurück auf die Bank und zwang die Jüngere, sie anzusehen.

Rowena presste die Lippen fest aufeinander und sagte kein einziges Wort. Sie wich dem Blick ihrer Schwester aus.

»Er ist der Sohn des Mannes, dem die Marzipanmanufaktur außerhalb von Lübeck gehört, richtig?«, fragte Rowena nach einer gefühlten Ewigkeit.

Ihre Haltung war verkrampft, und ihre Hände zitterten leicht. Leise seufzte Luisa und rutschte unbehaglich auf der Bank hin und her. Sie hatte nicht gedacht, dass ihre Schwester ihr Geheimnis lüften würde. Dass Rowena so gewitzt war, ihr zu folgen.

»Henry Hawkins«, antwortete sie tonlos und spürte, wie sie mit einem Mal schneller atmete. Die Aufregung kribbelte in ihren Fingerspitzen. Aber der Gedanke an Henry zauberte ihr ein Lächeln ins Gesicht.

»Ein schöner Name«, erwiderte ihre Schwester ruhig und sah Luisa nun endlich an.

»Ich wollte es dir nicht verheimlichen, aber …«, begann Luisa und versuchte sich die Worte zurechtzulegen.

Es fiel ihr schwer, über Henry zu reden. Generell fiel es ihr schwer, sich mit Worten auszudrücken. Das war nicht ihr Talent.

Rowena konnte das viel besser. Sie schrieb Gedichte und Kurzgeschichten. Hatte viele schriftstellerische Vorbilder und träumte davon, ein Buch zu schreiben.

»Du hast Angst, es Vater und Mutter zu sagen, oder?«, bemerkte Rowena scharfsinnig und lehnte sich zurück. Sie schloss die Augen und genoss die warmen Strahlen der Frühlingssonne.

Luisa zuckte unwillkürlich zusammen und fühlte sich ertappt. Natürlich hatte sie Angst. Henry war ein Fremder in der Welt ihrer Eltern. Zudem stammte sein Großvater ursprünglich aus England. Natürlich war seine Familie seit Jahrzehnten in Deutschland eingebürgert, und sein Großvater hatte sogar für die Deutschen im Krieg gekämpft, aber dennoch: Der Makel des Fremden haftete immer noch an ihm und war nicht fortzuwischen.

»Natürlich habe ich Angst«, erwiderte Luisa und spürte, wie sich Tränen in ihren Augen sammelten, die sie hastig fortwischte. Ihre Eltern waren im Gegensatz zu den Eltern ihrer Freundinnen ziemlich streng und erzogen ihre Töchter recht konservativ. Sie legten Wert darauf, dass ihre Töchter jeden Sonntag brav in die Kirche gingen, und waren beide immer noch der Meinung, dass es für eine Frau genügte, zu heiraten und sich um den Haushalt zu kümmern. Obwohl ihr Vater, Stephan Linde, viel Zeit und Mühe in ihre Schulbildung investiert hatte, so wünschte er sich doch, dass Luisa und Rowena einmal standesgemäß heirateten und ein gesittetes Leben führten.

Genau aus dem Grund hatte Luisa Angst. Ihr Vater war nie jähzornig gewesen, er hatte die Mädchen mit liebevoller Strenge erzogen und ihnen die Konsequenzen ihrer Handlungen gezeigt. Aber nie war er so wütend gewesen, dass sie Angst vor ihm gehabt hatten. Und doch glaubte sie, dass er Henry niemals akzeptieren würde.

Das war es, was Luisa jetzt bedrückte. Sie hatte Angst davor, wie ihre Eltern reagieren würden.

Sie war eine junge Frau, die auf ihren eigenen Beinen stehen wollte, die ihren Schulabschluss mit Bravour gemeistert hatte. Der doch eigentlich jetzt, über ein Jahrzehnt nach dem Krieg, alle Türen dieser Welt offenstehen müssten. Aber ob sie jemals ihre eigenen Entscheidungen würde treffen können, war fraglich. So oft hatte sie sich heimlich mit Henry getroffen. So viele Liebesschwüre waren über ihre Lippen gekommen. Seine Berührungen verursachten ein wohliges Gewitter in ihrer Seele. Seine Hände waren zart und sein Blick sanft. Sie hatte sich in ihn verliebt wie der Sturm in die raue See. Es war ihr größter Wunsch, Henry zu heiraten.

»Wovor hast du so große Angst?« Rowena rückte ein Stück an ihre Schwester heran und ergriff ihre Hände.

Das hatten sie früher immer gemacht. Als kleine Mädchen hatten sie zusammen in einem Bett geschlafen. Eng aneinandergeschmiegt. Die Hände verschränkt in der Finsternis, während die Angst vor dem nächsten Bombenalarm sie bedrückte.

Wenn es irgendjemanden gab, dem Luisa jederzeit ihr Herz ausschütten konnte, dann war es Rowena.

Niemals hatte Rowena ein Geheimnis von Luisa ausgeplaudert, sie tratschte gerne über andere Menschen, aber nicht über ihre Schwester.

»Ich weiß es nicht«, seufzte Luisa leise, und Verzweiflung schwang in ihrer Stimme mit.

»Er ist doch bestimmt ein toller Mann!«, munterte ihre Schwester sie auf. »Seine Eltern sind steinreich, er wird irgendwann die Manufaktur erben, und dann kannst du den ganzen Tag Marzipan in dich hineinfuttern und wirst kugelrund.«

Luisa musste bei diesen Worten lachen, auch wenn ihr gar nicht danach zumute war. Diese Vorstellung war urkomisch.

»Das ist gar nicht lustig«, prustete sie grinsend und stieß ihre Schwester in die Seite.

»*Ich* finde es lustig«, bemerkte Rowena, wurde dann aber wieder ernst und legte die Stirn in Falten. »Aber wirklich, Schwesterherz, warum sollten unsere Eltern gegen diese Beziehung sein?«

Luisa zuckte schweigend mit den Schultern. Es war wie eine dunkle Vorahnung. Wie eine Finsternis, die ihr in die Glieder kroch und ihr jede Luft zum Atmen nahm.

»Ich bin mir nicht sicher …«, führte sie lahm aus und erhob sich.

»Dann müssen wir es eben herausfinden«, schlug Rowena vor und stand ebenfalls auf. Sie strich die Falten ihres Kleides glatt und rückte ihren Hut gerade. »Ich bin immer an deiner Seite.«

Rowena nahm Luisa in die Arme, und die genoss die Nähe zu ihrer Schwester. Luisa wusste, dass manche Menschen Rowena für oberflächlich hielten, immer nur bedacht auf die neueste Mode und den aktuellsten Tratsch. Aber so war es nicht. Rowena konnte die Gefühle von Menschen sofort durchschauen. Sie war Luisas Fels in der Brandung.

Die Schwestern lösten sich voneinander und spazierten über den Weg zum Holstentor. Unsicher schaute Luisa nach oben auf das Monument ihrer Stadt, eines der letzten verbliebenen Tore der ehemaligen Lübecker Stadtmauer.

Zwei Türme erhoben sich seitlich vom Mittelteil des Tores, der rotbraune Backstein glitzerte in der Sonne, und in den unzähligen kleinen Fenstern spiegelte sich das Licht. Die Turmspitzen mit ihren goldenen Kugeln am Ende schienen den Himmel fast durchbohren zu wollen. Und wenn man genau hinsah, konnte man erkennen, dass das Holstentor ein wenig schief war, dass es nach innen absackte und die Turmspitzen sich einander entgegenneigten.

Im Holstentor arbeitete Luisas und Rowenas Vater. Er war der Leiter des Museums, welches hier seinen Platz gefunden hatte. Kaum vorstellbar, dass so ein Bauwerk ein Museum beherbergte.

Luisa und Rowena kannten es in- und auswendig. Sie hatten sich jedes Ausstellungsstück angesehen, durch die kleinen Fenster hinaus auf die Stadt geschaut und zusammen mit ihrem Vater die verschiedenen Räume erkundet.

Wenn Luisa es wollte, dann würde ihr Vater ihr eine Anstellung in diesem Museum geben, gemeinsam mit ihm könnte sie neue Ausstellungen planen, die Räume neu gestalten und Texte dazu schreiben.

Aber tief in ihrem Innern wusste Luisa schon lange nicht mehr, was sie wollte. Seit sie Henry vor einigen Monaten getroffen hatte, waren all ihre Gedanken verworren, und nur ihr verliebtes Herz steuerte sie. Sie hatte vorgehabt, Geschichte zu studieren, um ihren Vater im Museum zu unterstützen, aber so richtig erfreut schien er über diese Idee nie gewesen zu sein. Sie vermutete, dass seine konservative Vorstellung, eine Frau sollte lediglich eine gute Ehe- und Hausfrau sein, im Konflikt mit ihren Wünschen stand.

Aber eigentlich war es nicht ihr innigster Wunsch, Geschichte zu studieren, nein, sie träumte von etwas anderem, auch wenn sie dies ihren Eltern nie offenbart hatte: eine eigene Pralinenmanufaktur. Denn sie liebte Rezepte und deren köstliche Zutaten über alles.

Als die Schwestern gemeinsam die Straße überqueren wollten, fuhr ein junger Bursche auf einem Moped an ihnen vorbei. Er stieß einen Pfiff aus und schenkte ihnen ein Grinsen. Rowena hob die Hand und winkte dem Kerl, der knatternd davonfuhr.

Luisa rümpfte die Nase und betrachtete ihre Schwester kopfschüttelnd. »Du solltest damit aufhören, diese Jungen anzuschmachten. Vater sieht es nicht gerne, wenn du dich mit diesen halbstarken Rabauken abgibst.«

Rowena tat Luisas Einwand mit einer lockeren Handbewegung ab und zog sie mit über die Straße. »Ich weiß, aber Vater hat einfach viel zu starre Prinzipien. Ich finde diese Jungs toll, sie tun, was sie wollen, und hören Rock 'n' Roll!«

Luisa verdrehte seufzend die Augen, entgegnete aber nichts. Bei diesen Themen waren sie und ihre Schwester sich nie einig.

»Wo hast du Henry eigentlich kennengelernt?«, fragte Rowena, während sie auf eines der Cafés an der Untertrave zusteuerte.

Luisa wollte mit ihrer Schwester eigentlich nicht darüber reden, aber die Aussicht auf einen guten Kaffee und ein saftiges Stück Kuchen lockte sie.

Sie ließ den Blick über die Untertrave und die Häuser schweifen, die sich vor ihnen erhoben. Drei- und viereckige Giebelhäuser reihten sich unermüdlich aneinander. Rote Backsteine, weiße Fassaden und viele lang gezogene Fenster ließen die Häuser noch schmaler wirken, als sie waren. Luisas Blick wanderte die Holstentorstraße hinauf, die sich vor ihnen in einer leichten Steigung erhob.

Man hätte denken können, dass diese wunderschöne Stadt nicht vom Krieg heimgesucht worden war. Aber Luisa erinnerte sich immer noch mit Schrecken an die Bomben, an den sirrenden Alarm, der die Menschen dazu aufrief, die Luftschutzbunker aufzusuchen. An die Angst in den Augen ihrer Mutter, während sie Luisa an der einen und Rowena an der anderen Hand hielt.

Und noch immer waren einige Gebäude nicht vollends wiederaufgebaut worden. Tiefe Lücken klafften zwischen den Häuserreihen, auch wenn nun langsam kein Schutt mehr aus der Stadt heraustransportiert werden musste.

Aber der Lübecker Dom und die Kirche St. Petri waren immer noch nicht wiederaufgebaut worden. Stattdessen hatte man entschieden, die St.-Marien-Kirche, an der Luisa und Rowena auf ihrem Heimweg vorbeigehen würden, als Erstes wieder aufzubauen. Dieses Gotteshaus prägte nun das Stadtbild Lübecks.

Viele Leute waren an diesem wunderbaren Frühlingstag unterwegs. Kinder liefen durch die Straßen, ihre Rufe wurden vom lauen Wind fortgeweht. Die Bäume trugen erste Knospen, und alles begann in zartem Grün zu erstrahlen. Die Sonne glitzerte auf dem ruhigen Wasser der Trave, Vögel zwitscherten in den Bäumen.

Gemeinsam spazierten die Schwestern am Wasser entlang und entschieden sich für ein kleines, schnuckeliges Café, das erst vor wenigen Wochen eröffnet worden war.

Rowena grinste Luisa verschwörerisch an und deutete auf einen Tisch nahe dem Fenster, der unter einem roten Sonnenschirm im Schatten lag. Luisa nickte, und sie setzten sich an den Tisch. Die Stühle waren gemütlich, aus geflochtenem Korb gefertigt und mit weichen Kissen bestückt, und rote Decken lagen auf der Lehne. Der kleine runde Tisch war aus schwarzem Holz, und zwei Karten standen in einem kleinen Ständer darauf sowie ein Aschenbecher, den Luisa einem jungen Kellner ganz schnell auf das Tablett stellte, als er an ihr vorbeiging. Das Café war durch Glaswände von den anderen Restaurants in dieser Straße abgetrennt, welche die Gäste vor dem Wind schützten. Blumentöpfe mit bunten künstlichen Blumen aller Art, für die viele Menschen schwärmten, hingen an diesen Glaswänden, was dem Café eine angenehme Atmosphäre verlieh.

Luisa nahm sich eine der Karten, und urplötzlich kam ihr Rowenas Frage, wo sie Henry kennengelernt hatte, wieder in den Sinn. Während sie durch die Karte blätterte, überlegte sie, was sie ihrer Schwester erzählen wollte. Ob Rowena wirklich die ganze Wahrheit erfahren sollte.

Luisas Augen huschten über die Karte, und sie entdeckte eine Kirschtorte, die mit bitterer Schokolade verfeinert war. Sofort war ihre Neugier für diese Köstlichkeit geweckt, denn wenn es eines gab, was Luisa über alles liebte, dann waren es Backwaren. Und vor allem neue Rezepturen auszuprobieren und ihre Familie mit immer wieder neuen Kuchenkreationen zum Sonntagskaffee zu überraschen.

In ihrem Kopf erschien eine klare Vorstellung dieser Kirschtorte, und sie hätte diese fast gewählt, als ihr Blick auf eine weitere Torte am Ende der Karte fiel. Ein kleines Lächeln erhellte ihr Gesicht.

»Marzipantorte«, flüsterte Luisa und strich mit ihren Fingern über die Karte.

Es war beinahe so, als könnte sie Henrys Stimme hören, den Geschmack seiner Lippen auf den ihren spüren und die Süße des Marzipans schmecken. Vergessen war die raffinierte Kirschtorte, da war nur noch der Gedanke an Henry, und so bestellte sie bei dem jungen Kellner die Marzipantorte und ein Kännchen Kaffee. In Gedanken ganz bei ihrer großen Liebe.

Rowena stützte die Arme auf die Tischplatte und bettete ihren Kopf auf die Hände. Sie sah Luisa eingehend an und pustete sich eine Haarsträhne aus dem Gesicht.

»Bitte erzähle mir alles über ihn«, bettelte sie und grinste ihre Schwester kokett an.

Luisa seufzte resigniert und nestelte an ihrem Armband. Dann begann sie, zuerst zurückhaltend, zu erzählen.

»Vor ungefähr einem Jahr gab es eine Veranstaltung im Museum. Erinnerst du dich daran?«

Ihre Schwester nickte versonnen. Sie hatte nicht daran teilgenommen, da ihr Vater der Meinung war, ein sechzehnjähriges Mädchen sollte lieber brav zu Hause sitzen. Rowena war fuchsteufelswild gewesen, weil Luisa mitkommen durfte.

Beinahe hätte alles in einem riesengroßen Streit geendet, denn Rowena war ein wenig dramatisch veranlagt. Nur durch Luisas Versprechen, ihrer kleinen Schwester später alles zu berichten, hatte Rowena sich beruhigen lassen.

»Dort habe ich ihn zum ersten Mal getroffen«, führte Luisa aus, und ihre Augen begannen zu leuchten.

Sie erinnerte sich gerne an diesen Augenblick. An Henrys blonde Locken, die sein Gesicht umrahmten. Den Glanz in seinen blauen Augen und den verschmitzten Blick. Dieses Lächeln, das immer noch ihr Herz erwärmte.

»Wir haben uns lange unterhalten. Er war eher zufällig zu dieser Veranstaltung gekommen. Ein Freund, den Vater eingeladen hatte, hatte ihn mitgenommen. Er wirkte wie ein Schatten auf See – die Leute schienen durch ihn hindurchzuschauen. Aber ich habe ihn *gesehen*. Er schien irgendwie fehl am Platz in dieser Museumsatmosphäre …«

»Und dann habt ihr beschlossen, euch öfter zu treffen?« Rowena konnte sich ein Grinsen nicht verkneifen.

»Hör auf, dir irgendwelche Dinge auszumalen«, schalt Luisa ihre Schwester, als der Kellner den Teller mit dem Kuchen vor ihr abstellte.

»Vielen Dank«, sagte Rowena artig, und Luisa griff nach ihrer Gabel.

Bevor sie jedoch zu essen begann, betrachtete sie das Stück Torte eingehend. Sie konnte die verschiedenen Schichten der Köstlichkeit aus Biskuitteig und Creme erkennen, die sogar mit ein paar Früchten gefüllt war. Die Marzipanmasse lag wie eine sanfte Decke über dem Stück Torte, leicht gelblich, mit Puderzucker bestreut und einer Walnuss garniert. Unwillkürlich musste sie an Henry denken, und als sie sich mit einem versonnenen Lächeln ein Stück Torte in den Mund schob, schienen ihre Geschmacksnerven zu explodieren. Die Süße des Biskuitteigs harmonierte perfekt mit der Marzipanmasse, aus der sie die Mandeln leicht herausschmecken konnte, und wurde von der fruchtigen Creme abgerundet.

Es gab einfach nichts Schöneres für Luisa als die raffinierten Zusammenstellungen feinster Zutaten und fantasievolle Rezepturen. Und während sie noch ein Stück von der Torte aß, kam ihr der aberwitzige Gedanke, dass man das Marzipan doch mit so vielen weiteren Zutaten verfeinern könnte, zum Beispiel mit Pistazien oder …

»Achtung, Achtung: Erde an meine Schwester!« Rowenas Stimme riss Luisa aus ihrem Tagtraum, und sie schaute irritiert auf. »Ich habe dich gefragt, ob ihr beiden euch dann öfter getroffen habt.«

Luisa nickte und tupfte sich die Lippen mit einer Serviette ab.

»Ich bin ihm öfter in der Stadt begegnet. Auf dem Heimweg von einem Ball. In den anderen Lübecker Museen. Es war, als würde er nach mir Ausschau halten. Hier auf der Altstadtinsel. Als würden wir uns anziehen wie Magneten …«, murmelte Luisa lächelnd.

»Das klingt so wunderschön!«, sagte Rowena seufzend und trank einen Schluck Kaffee.

Sie verzog das Gesicht zu einer Grimasse und schüttete mehr Zucker, als gut für sie war, hinein.

Rowena war das komplette Gegenteil von Luisa. Zu der Jüngeren hätte eine geheime Liebe vortrefflich gepasst. Doch jetzt war es Luisa, die sich in diesem Dilemma befand.

»Wann willst du ihn Mutter und Vater vorstellen?«, bohrte ihre Schwester weiter nach, aber Luisa hob abwehrend die Hände.

Wieder schlug ihr Herz bis zum Hals. Sie wollte nicht darüber nachdenken. Diese geheime Liebe, dieses Versteckspiel im Schatten zehrte an ihren Kräften. Doch gleichzeitig war es auch so wundervoll. Wildes Herzklopfen und zärtliche Küsse. Leidenschaftliche Umarmungen in der Dunkelheit. Befreites Lachen, so hell wie der Klang von tausend Glöckchen.

Luisa trank einen Schluck Kaffee und aß ihr Stück Torte auf, während sie den Blick durch das Café schweifen ließ. Die Tische des Cafés waren gut besetzt mit feinen Damen, die über den neuesten Klatsch plauderten, Gerüchte austauschten oder über anstehende Hochzeiten redeten.

Durch das Fenster warf Luisa einen Blick ins Innere des Lokals und entdeckte ihre geschwätzige Nachbarin Frau Reim, eine Frau Mitte vierzig, zusammen mit zwei weiteren Damen an einem Tisch.

Die Frauen trugen feine Ausgehkleider aus glänzendem Stoff. Frau Reims helle Locken waren mit vielen winzigen Klammern zu einem Knoten im Nacken hochgesteckt, und ein roter Hut mit Federn lag neben ihrem Teller. Luisa sah, wie die Frauen herzlich lachten und Frau Reim mit ihrer Gabel wild hin und her fuchtelte. Sie alle hatten ein großes Stück Kuchen vor sich, eine Tasse Kaffee und ein kleines Glas Eierlikör, den die Damen gern am Nachmittag zu sich nahmen. Frau Reim erhob das Glas und prostete den anderen beiden Damen zu, ihr lautes Lachen drang an Luisas Ohr.

Gott, wie wenig sie diese Frauen mochte, die tagsüber nichts anderes machten, als Kaffee zu trinken und Kuchen zu essen. Die nichts anderes im Kopf hatten als ihr Geschwätz über andere Menschen. Und sich am Nachmittag das erste Glas Likör gönnten, bevor sie am Abend das Essen für ihre Gatten und Kinder zubereiten mussten, sofern sie keine Hausangestellten hatten.

Das Café war von einigen Lampen an den Wänden erleuchtet, die sanftes Licht spendeten und das Szenario in ein dämmriges Gold tauchten. Die Wände waren mit dunklem Holz vertäfelt, sodass das Café sehr edel aussah. Der Tresen auf der linken Seite war aus demselben dunklen Holz, und davor standen gepolsterte Hochstühle, auf denen ein paar Herren saßen, Zeitung lasen oder geschäftig miteinander sprachen. Über dem Tresen hingen einige Bilder von Kaffeewerbungen, Frauen in schicken Kleidern, die in ihren Küchen das feine Gebräu für ihren Gatten zubereiteten. Ein

Lächeln auf dem Gesicht und ein geradezu dümmlich seliger Blick, weil sie für den Herrn des Hauses in der Küche stehen durften. Die schrillen bunten Bilder, die im Licht der Sonne glänzten, standen in einem seltsamen Kontrast zu den dunklen Tönen im übrigen Teil des Cafés.

Die meisten älteren Frauen saßen wie Frau Reim und ihre Freundinnen drinnen, um sich vor der Sonne und dem leichten Wind zu schützen. Hier draußen bei Luisa und ihrer Schwester waren Familien mit Kindern, Paare, die vielleicht das erste Mal miteinander ausgingen, und Schulmädchen, die über Jungen in ihrer Schule tratschten.

»Luisa?« Sie hatte ihrer Schwester nicht geantwortet und bemerkte erst, als sie den Kopf drehte und sich von Frau Reims Anblick losriss, wie Rowena über den Tisch nach ihrer Hand griff. Sie war eiskalt. Wie Schnee.

»Du kannst es nicht ewig vor ihnen verheimlichen. Das weißt du selbst, Luisa. Außerdem scheint er eine gute Partie zu sein. Wenn er dir ein guter Mann ist, werden sie nichts dagegen einwenden können. Er ist keiner der Rock 'n' Roll hörenden und Moped fahrenden Jungen, die mir gefallen.«

Unschlüssig nickte Luisa. Sie war sich da nicht so sicher wie ihre Schwester. Irgendetwas nagte an ihr. Ein Gedanke, den sie nicht zu fassen vermochte. Die schmerzhafte Angst davor, ihren Eltern von Henry zu erzählen, war allgegenwärtig.

»Luisa, bitte zieh nicht so ein trauriges Gesicht«, beschwerte sich Rowena, nachdem sie aufgegessen hatte, »immerhin hast du jemanden, der dich liebt.«

Es versetzte Luisa einen tiefen Stich ins Herz, als sie Rowenas verletzten Blick bemerkte. Ihre Schwester hatte recht. Sie war glücklich und konnte Henrys Küsse immer noch auf ihren Lippen spüren. Rowena wurde dieses Glück nicht zuteil, und trotzdem beschwerte Luisa sich.

»Bitte entschuldige …«, murmelte Luisa verlegen und nestelte an ihrer Geldbörse herum, als der Kellner die Rechnung brachte. Sie gab ein großzügiges Trinkgeld, und der Bursche bedankte sich überschwänglich. Eigentlich war er viel zu jung, um hier zu arbeiten, aber wahrscheinlich brauchte seine Familie das Geld. Seine Gesichtszüge bewegten sich irgendwo zwischen denen eines halbwüchsigen Knaben und eines jungen Mannes. Die Nase viel zu groß, der Mund zu klein.

Auch jetzt, zwölf Jahre nach Ende des Krieges, lebten immer noch viele Familien in Armut. In kleinen beengten Wohnungen mit zu vielen Personen darin.

Welches Glück Rowena und ich doch haben, dachte Luisa reumütig, als sich die Geschwister erhoben und sich auf den Weg nach Hause machten. Sie konnten sich über nichts beschweren, ihre Eltern waren liebevolle Menschen, die immer hart gearbeitet hatten, um ihnen dieses Leben zu ermöglichen. Auch wenn sie ihre Töchter eher streng erzogen und diesen Wandel der Jugend, wie ihr Vater es nannte, nicht billigten.

Aber Luisa konnte nicht richtig glücklich sein, denn dieses Geheimnis belastete sie.

Während sie jedoch mit Rowena durch Lübeck ging, stahl sich ein Lächeln auf ihr Gesicht. Denn Luisa liebte diese Stadt. Die imposanten Häuser mit ihren vielen Verzierungen. Die verwinkelten Straßen.

Sie liefen von der Untertrave die Fischstraße hinauf, vorbei an der prächtigen Marienkirche mit ihren braunroten Backsteinmauern und ihren grünen Dachschindeln auf den vielen Giebeln und Dächern. Mit langsamen Schritten gingen die Schwestern am Kirchenschiff vorbei, an den Tausenden von Fenstern, in denen sich das Licht der Frühlingssonne spiegelte. Weiße Ornamente mit Kreuzen zierten die beiden über vierzig Meter hohen Kirchtürme, deren Spitzen die Wolken zu durchstoßen schienen.

Aus dem Inneren konnte Luisa leisen, melodischen Gesang vernehmen. Jungenstimmen, die den Stimmbruch noch nicht erreicht hatten und noch klangen wie die Engel Gottes. Luisa bewunderte die filigranen Arbeiten an dieser Kirche und ihre prächtige Gestalt nur zu gerne und blieb einen Augenblick stehen, bevor sie Rowena folgte. Sie war nun zwanzig Jahre alt, und der Krieg war seit vielen Jahren vorüber, aber trotzdem war diese abscheuliche Erinnerung nicht verblasst. Wann immer Luisa durch die Straßen Lübecks lief, erfüllte sie Dankbarkeit, dass nun Ruhe in die Stadt eingekehrt war. Dass sie nicht mehr hungern musste und ein saftiges Stück Torte essen konnte, sogar Schokolade kaufen konnte, die es während des Krieges und auch noch Jahre danach nur zu Wucherpreisen gegeben hatte.

Ihre Absätze klackerten auf dem Pflasterstein, und sie musste höllisch aufpassen, nicht in die Rillen zu treten, damit sie ihre Schuhe nicht ruinierte oder gar stolperte und auf den harten Boden fiel.

Rowena und sie gingen die Fleischhauerstraße entlang und bogen nach rechts in die Königstraße ab. Unschlüssig blieb Luisa vor ihrem Stadthaus stehen, welches sich über drei Stockwerke erstreckte, und schaute nach oben. Weißer Stein zierte die Fassade des Hauses, und auf jeder Etage befanden sich mehrere große Fenster. Über denen im zweiten Stock thronten wie Wächter gruselige, in Stein gehauene Köpfe von Seefahrern.

Rowena sperrte die Tür auf und musterte ihre Schwester lange. »Du musst mit Mutter und Vater reden«, drängte sie noch einmal.

Als Luisa nicht antwortete, drehte sich Rowena zu ihr um und legte ihr die Hände auf die Schultern.

»Versprich es mir«, beharrte sie.

Manchmal war es, als würde Luisa sich selbst in ihrer Schwester sehen. Ihr jüngeres Ich. Vieles, was Rowena jetzt tat, hatte Luisa vor ein paar Jahren auch getan. Sie waren sich viel ähnlicher, als sie manchmal glaubten.

»Ich verspreche es dir«, sagte sie leise und ging mit Rowena zusammen hinein.

Kühle Luft umfing die beiden jungen Frauen, und goldenes Sonnenlicht fiel durch die Fenster hinter ihnen auf den Holzfußboden. Ein paar Staubkörner tanzten im flirrenden Licht. Luisa blickte sich versonnen um. Hier, in ihrem Zuhause, schlug ihr Herz ganz ruhig. Hier fühlte sie sich geborgen.

Sie schlüpfte aus ihren Schuhen und schaute die dunkelbraune Treppe hinauf, die zu den Schlafzimmern ihrer Eltern, ihrer Schwester und ihrem eigenen führte.

»Luisa? Rowena? Seid ihr das?«, ertönte eine kratzige Stimme aus dem Wohnzimmer.

»Ja, Großvater, wir sind es«, rief Rowena und legte ihre Jacke an der Garderobe ab.

Sie schaute Luisa über die Schulter an, aber diese schüttelte den Kopf.

»Komm bitte mit«, flüsterte Rowena leise, »er ist so viel allein, seit Großmutter gestorben ist …«

Diese Worte erweichten Luisas Herz, und sie folgte ihrer Schwester mit bedächtigen Schritten. Ihr Großvater Hans saß in dem großen Ohrensessel am Fenster und schaute hinaus auf die Stadt und die vielen Menschen in den Straßen.

Er lebte allein in der obersten Etage des Hauses, verbrachte aber viel lieber Zeit im Wohnzimmer am Fenster, ein Buch in der Hand und eine schon kalte Tasse Tee auf dem Tisch neben ihm.

»Hallo, meine beiden schönen Mädchen«, begrüßte er die Schwestern. Seine Stimme war heiser und leise, aber seine Haltung immer noch so aufrecht wie eh und je.

»Großvater«, sagte Rowena und drückte ihm einen Kuss auf die raue Wange.

Hans schaute die beiden lächelnd an, und Luisa betrachtete ihren Großvater eingehend. Trotz seiner siebenundsechzig Jahre war er immer noch gut zu Fuß und wortgewandt wie kein anderer. Sanfte Falten befanden sich auf seiner Stirn und der Haut um seine Augen, aber sein Haar war noch voll, auch wenn es in den letzten Jahren ergraut war.

»Wart ihr in der Stadt spazieren und habt die Sonne genossen?«, fragte Hans und deutete auf den Platz neben sich.

Die Schwestern setzten sich, und Rowena strich sorgfältig ihr Kleid glatt. »Ja«, antwortete sie grinsend, »wir haben Torte gegessen.«

»Und mir keine mitgebracht?«, fragte ihr Großvater lachend.

Luisa neigte den Kopf zur Seite und erinnerte sich an die kleine Tüte, die Rowena aus dem Café mitgenommen hatte.

»Schau nur«, erwiderte die jüngere Schwester und zauberte die Tüte hervor. »Natürlich haben wir dir ein Stück Kuchen mitgebracht.«

Du, korrigierte Luisa ihre Schwester in Gedanken und schaute nachdenklich aus dem Fenster.

Ob sie sich in der letzten Zeit verändert hatte? Sie dachte viel zu selten an ihre Mitmenschen und viel zu oft an Henry. Aber vielleicht fühlte sich Verliebtsein so an. Mit den Gedanken und dem Herzen nur bei der großen Liebe …

»Vielen Dank«, sagte Hans lächelnd und packte das Stück Kuchen aus.

»Warte …« Rowena sah sich suchend um. »Wo ist Hilde?«

Hans deutete nach draußen. »Sie ist zusammen mit einem anderen Dienstmädchen einkaufen gegangen.«

»Dann hole ich dir eine Gabel.« Leichtfüßig sprang Rowena auf und verschwand wie ein Schatten aus dem Wohnzimmer.

Luisa starrte immer noch schweigend nach draußen, als die Uhr im Flur schlug und sie zusammenfuhr.

»Was bedrückt dich, mein Kind?«, fragte ihr Großvater plötzlich in die Stille, und eine Gänsehaut legte sich über Luisas Glieder.

»Wie bitte?«, krächzte sie und ärgerte sich im gleichen Augenblick über ihre schwache Stimme.

»Es ist, als könnte man deine Gedanken lesen«, sagte ihr Großvater mit einem sanftmütigen Lächeln und hob die faltige Hand. Vorsichtig berührte er Luisas Wange und neigte den Kopf zur Seite. »Du bist ganz weit weg, deine Gedanken sind bei jemand anderem, und so schaut nur jemand, der verliebt ist.«

»Oh, Großvater«, murmelte Luisa leise und wollte es ihm gerade erzählen, als Rowena wieder ins Wohnzimmer kam.

»Bitte schön.« Sie hielt Hans die Gabel hin, und er ergriff diese lächelnd.

»Vielen Dank, Rowena«, sagte er und begann schweigend den Kuchen zu essen.

Luisa beobachtete ihn verstohlen. Natürlich, ihr Großvater war alt, er hatte die Liebe schon tausendmal gesehen und gefühlt. Er hatte ihre Großmutter Mathilda abgöttisch geliebt, aber eigentlich wusste Luisa wenig über ihn.

Hans hatte im Ersten Weltkrieg gekämpft. Aber zwischen seiner Rückkehr und der Geburt ihres Vaters lagen verborgene Jahre. Wie ein Buch mit sieben Siegeln. Als der Zweite Weltkrieg begann, war er Anfang fünfzig gewesen, und aufgrund seiner Kampferfahrung im Ersten Weltkrieg hatte er in diesem folgenden Krieg als Offizier gedient, Befehle erteilt, statt zu kämpfen.

»Eure Eltern wollen heute Abend in das neue Restaurant in der Holstenstraße gehen«, bemerkte Hans und stellte den Teller vor sich auf den Tisch, nachdem er den Kuchen aufgegessen hatte.

»Wirklich?«, fragte Rowena und verzog das Gesicht zu einer Grimasse. »Ich wollte mit meinen Freundinnen ins Kino und danach in das neue Jazz-Café!«

Hans lacht rau und legte seiner Enkelin eine Hand auf den Arm. »Erzähl das lieber nicht deinem Vater, sonst wird er noch ungehalten. In diesen Cafés sind lauter freche Burschen, und es wird viel geraucht.«

Rowena zuckte unschuldig mit den Schultern. »Ich würde niemals rauchen.«

Eine glatte Lüge, dachte Luisa spöttisch, aber sie schwieg lieber.

Hans zwinkerte Rowena zu. »Das glaube ich dir, aber geh heute lieber mit deinen Eltern essen, dann kannst du dich an einem anderen Tag mit deinen Freundinnen treffen, wenn du dich beim Essen gut benimmst.«

»In Ordnung, dann machen wir uns jetzt lieber hübsch«, murmelte Rowena und griff nach der Hand ihrer Schwester, aber Luisa entzog ihr diese sofort. »Ich möchte noch ein bisschen lesen«, erwiderte sie. »Außerdem brauche ich nicht so lange wie du.«

Rowena zog einen Schmollmund, aber sie fing sich schnell wieder. »Dann gehe ich eben allein vor«, erwiderte sie immer noch ein bisschen beleidigt und küsste Hans erneut auf die Wange. »Bis später, Großvater.« Sie winkte noch kurz, und schon war sie um die nächste Ecke verschwunden. Ihre Schritte hallten auf der Treppe wider und erzeugten eine unregelmäßige Melodie in Luisas Ohren.

Sie schaute ihrer Schwester nach und ließ sich dann in die Kissen auf dem Sofa sinken. »Wie kann man nur so viel Energie haben?«, murmelte sie.

Ihr Blick glitt durch das Wohnzimmer, und ihre Hand streifte die weichen Polster der cremefarbenen Couch. Auf der anderen Seite stand ein riesiger, kastenförmiger Fernseher in hellem Braun, der natürlich ausgeschaltet war, denn ihr Großvater Hans hielt nicht viel von dieser modernen Technik.

»Du hattest früher auch so viel Energie«, bemerkte Hans schmunzelnd.

»Wirklich?« Skeptisch schaute sie Hans an und musste bei seinem Blick anfangen zu lachen. »Vielleicht«, gab sie unbehaglich zu, wurde aber sofort wieder nachdenklich.

»Wer ist der junge Mann, der dein Herz so schnell schlagen lässt?«

Die Frage ließ Luisa erstarren. Das Atmen fiel ihr plötzlich schwer. Ihre Kehle fühlte sich staubtrocken an.

»Er …«, fing sie vorsichtig an und schaute nach draußen. Hans lächelte versonnen, griff nach Luisas Hand und streichelte sie. Sie sah ihren Großvater an. Erkannte so viel Lebenserfahrung in ihm. So viele alte Erinnerungen.

»Ich habe ihn vor über einem Jahr kennengelernt …«, flüsterte sie heiser und spürte, wie all diese Erinnerungen durch sie hindurchströmten. »Er ist wunderbar und charmant. Ein wahrer Gentleman, er würde dir gefallen, Großvater. Seiner Familie gehört die Marzipanmanufaktur, und sein Name ist Henry …«

Luisa erschrak, als sie den Blick ihres Großvaters sah. Hatte er vorher lächelnd ihren Worten gelauscht, war sein Gesicht jetzt blass, wie versteinert. Aller Glanz war aus seinen Augen gewichen.

»Großvater?«, fragt sie vorsichtig.

Ihr Herz klopfte wild, so hatte sie ihren Großvater noch nie gesehen.

»Die Marzipanmanufaktur … Sag, Luisa, welchen Nachnamen trägt Henry?«, murmelte Hans leise.

Seine Frage verwirrte Luisa. Es war, als ahnte er die Antwort auf diese Frage, als wollte er die Antwort lieber gar nicht wissen.

Luisa legte die Stirn in Falten. »Henry Hawkins«, antwortete sie ruhig, und in diesem Augenblick zerbrach etwas im Blick ihres Großvaters.

Mit einem Mal hörte die junge Frau ein Poltern hinter sich, ein Stöhnen und eine wütende Stimme.

»Hast du gerade Henry Hawkins gesagt?«

Wie in Trance wandte sich Luisa um. Es war die Stimme ihres Vaters, aber so aufgebracht hatte sie ihn noch nie gesehen. Zornesröte glühte auf seinem Gesicht. Seine rechte Hand umklammerte den Gehstock, den er wegen einer alten Kriegsverletzung benötigte, so fest, dass seine Knöchel weiß hervortraten. Erregt funkelte er seine Tochter an.

»Vater, ich …«, wollte Luisa erklären, aber ihr Vater kam auf sie zu, das monotone *Klack, Klack* des Stocks setzte sich schmerzhaft in ihren Gedanken fest.

»Ich will nichts hören! Was hast du mit Henry Hawkins zu tun? Habe ich etwa richtig gehört, dass du dich ohne unser Wissen mit diesem jungen Mann triffst?« Seine Fragen trafen Luisa wie ein Peitschenknall, sie zuckte zusammen und wich dem Blick ihres Vaters aus.

Sie hatten es also ebenfalls geahnt. Genauso wie Rowena. Natürlich, ihre Eltern waren nicht auf den Kopf gefallen, aber Luisa verstand beim besten Willen nicht, warum ihr Vater so ausfallend wurde. Er packte sie unsanft am Handgelenk und zog sie hoch.

Luisa unterdrückte einen Schrei. Sie biss sich auf die Unterlippe. Alles in ihrem Kopf drehte sich. Warum war er bloß so wütend? Natürlich hatte sie es ihren Eltern verheimlicht, aber das schien nicht das wahre Problem zu sein.

Vorsichtig schaute sie zu ihrem Vater auf. Er war fast zwei Meter groß, ein stattlich gebauter Mann mit schwarzen, kurz geschnittenen Haaren und dunkelblauen Augen. Sie hatte ihr Aussehen von ihm geerbt, ebenso den Starrsinn. Aber jetzt, in diesem Moment, fürchtete sie sich zum ersten Mal in ihrem Leben vor ihm.

»Es tut mir leid«, flüsterte sie tränenerstickt und schaute zu Boden. »Ich wollte das nicht. Aber er ist ein guter Mensch, er …«

»Gar nichts ist er!«, fauchte ihr Vater und ließ ihr Handgelenk los. »Du wirst ihn nicht wiedersehen. Ich will in diesem Haus nie wieder den Namen Henry Hawkins hören.«

»Aber …«, begehrte sie auf, hielt jedoch sofort den Mund, als ihr Vater sie noch einmal anschaute.

Tränen schossen ihr in die Augen.

»Vater, bitte … ich …«, versuchte sie es erneut, aber er trat noch einen Schritt näher auf sie zu und griff erneut nach ihrem Handgelenk.

Ein scharfer Schmerz schoss durch ihren Körper. »Du wirst Henry Hawkins nicht wiedersehen«, raunte ihr Vater ihr noch einmal mit kalter Stimme zu. »Diese Familie bringt nur Unglück.«

Die Worte ihres Vaters gruben sich tief in Luisas Herz. Stephans Blick so voller Zorn, das Lodern in seinen Augen und die Stimme wie Donnergrollen. Sie unterdrückte ein Schluchzen, als ihr Vater ihr Handgelenk losließ, ihr einen letzten wütenden Blick zuwarf und dann die Treppe hochpolterte.

Luisa stand im Wohnzimmer inmitten der vielen Bücherregale und der stickigen Wärme eines traurigen Frühlingstags. Tränen rannen stumm über ihre Wangen, und ihr Handgelenk brannte wie Feuer. Es war, als wäre ihre Welt, ihr ganzes Dasein in tausend Stücke zersprungen, die Splitter bohrten sich tief in ihr Herz.

Sie hörte nur ein dumpfes Dröhnen in ihren Ohren, und ihr Kopf pochte schmerzhaft.

Sie verstand es nicht. Sie konnte nicht begreifen, warum ihr Vater so aufgebracht gewesen war.

So stand sie verloren im Wohnzimmer und schaute auf ihren Großvater, der das Gesicht in den Händen vergraben hatte. Ein leises Schluchzen kam aus seiner Kehle, und Luisa verstand die Welt nicht mehr.

KAPITEL 2

HENRY

Das Rattern und Surren der Maschinen hallte in seinem Herzen wider, und die stickige Luft ließ ihn aufstöhnen. Wärme klebte an den Wänden der Marzipanmanufaktur, goldenes Sonnenlicht fiel durch die großen Fenster in die Halle.

Henry stand auf der Empore, seine Hände umklammerten das Geländer so fest, dass seine Knöchel weiß hervortraten. Seine Gedanken kreisten um Luisa. Um ihr Lächeln und ihre zarten Hände, die sein Gesicht berührten. Er konnte ihre grünen Augen vor sich sehen, dieser Blick voller Leidenschaft, der sein Herz berührte.

Dampf stieg von den Kesseln auf, in denen die Mandeln für das Marzipan in heißem Wasser gespült wurden. Die Gesichter der Arbeiter, die nah bei den heißen Kesseln standen, waren mit Schweiß bedeckt.

Weiter hinten konnte Henry die Trommeln erkennen, in denen die Mandelmasse mit Zucker und Wasser vermischt wurde, um am Ende zur Rohmasse für das Marzipan zu werden. Das Quietschen der Walzen drang an sein Ohr, die die Rohmasse zu einem feinen Teig walzten. Der Geruch von Zucker und Mandeln hing in der Luft und setzte sich in Henrys Nase fest, genau wie die feinen Röstaromen. Die kleinen, sich drehenden Kessel, in denen die Masse abgeröstet wurde, machten ein schepperndes Geräusch.

Henry riss sich nur mit Mühe von dem Anblick der Marzipanherstellung los und ging die Treppenstufen nach unten zum Lieferanteneingang. Seine Sohlen klackten auf dem Metall, und die Arbeiter, an denen er vorbeiging, grüßten ihn mit einem höflichen Nicken. Durch den dichten Dampf konnte Henry kaum etwas sehen, aber seine Füße kannten den Weg.

Er blieb vor dem großen Rolltor stehen, welches sich im hinteren Teil der Fabrik befand, und hörte die Rufe der Arbeiter, die gerade dabei waren, zwei Lastwagen zu entladen. Die Wagen waren dunkelblau, und die Planen, die die Ware geschützt hatten, hingen seitlich an ihnen herab. Zwei Arbeiter standen auf der Ladefläche und reichten den anderen die Säcke mit den Mandeln.

Henry neigte den Kopf zur Seite und formte mit den Lippen den Schriftzug der Firma, der auf den Lastwagen stand:

Dietrichs' feinste Mandel.

Das war neu. Der Hersteller Dietrichs kam ihm zwar vage bekannt vor, aber bis jetzt hatte sein Vater sich noch nicht von ihm beliefern lassen. Eine merkwürdige Vorahnung beschlich Henry, aber er ließ sich nicht davon beirren.

»Moin, Henry!«, rief einer der Männer auf dem Wagen und lupfte seinen Hut.

Es war Herbert Mähling, der Vorarbeiter seines Vaters. Henry schenkte dem Mann ein Lächeln und hob die Hand. Mähling sprach kurz mit einem seiner Kollegen und sprang dann behände vom Lastwagen. Die dunklen Locken klebten an seiner Stirn, denn die Mittagssonne war ungewöhnlich warm, aber die Augen des Mannes leuchteten fröhlich. In seinem Blick lag der Schalk.

»Grüß dich, Herbert«, entgegnete Henry und hielt einen der jungen Burschen auf, die gerade die Säcke nach drinnen trugen.

Der Bursche schaute Henry irritiert an, aber auf einen Wink Mählings ließ er den Sack im Schatten bei Henry stehen. Die Säcke mit den Mandeln wurden mit einem Lastenzug nach oben ins

Lager transportiert, wo sie in kühler Dunkelheit aufbewahrt wurden.

»Hat mein Vater einen neuen Handelspartner gewonnen?«, fragte Henry, während Herbert den Sack aufschnürte und eine kleine Kelle aus seinem Beutel am Gürtel hervorzauberte, um ein paar Mandeln herauszuschaufeln.

Herbert schaute auf die Lastwagen und zuckte mit den Schultern. »Ich bin nicht sicher, diese Lieferung wurde uns erst heute Morgen angekündigt.«

Henry konnte Herbert an der Nasenspitze ansehen, dass ihm dies nicht behagte, denn wenn es eines gab, was die Arbeiter in der Manufaktur nicht schätzten, dann war es eine Störung ihrer Routine.

Herbert reichte Henry eine Mandel, die dieser eingehend betrachtete. Die braune Haut hatte keine Dellen, und die Mandel war wohlgeformt. Henry steckte sie in den Mund und kaute konzentriert. Die Mandel war bissfest und süß, die Schale kaum zu bemerken. Genau so, wie sein Vater die Mandeln für sein Marzipan gerne hatte.

»Sie schmecken vorzüglich«, murmelte er nachdenklich und nahm sich noch eine.

Die Schale wurde beim Waschen abgerieben, nur die Mandel wurde zur Herstellung benutzt. Aber da ihre Maschinen die Mandel einwandfrei von der Schale befreien konnten, bestellte sein Vater süße Mandeln mit Schale, was auch günstiger war.

Herbert nickte. »Angeblich der Hersteller der allerfeinsten Mandeln.«

Henry schaute zu den Lastern, die fast vollständig entladen waren, und schenkte Herbert ein Lächeln. »Ich kann mich doch darauf verlassen, dass die Mandeln schattig gelagert werden, dann muss ich nicht noch mal nach oben, oder?«

Mähling lachte auf und pfiff einen Burschen herbei, der den Sack sofort nahm und im Inneren der Manufaktur verschwand. »Natürlich«, antwortete er.

Henry hob die Hand zum Abschied und schaute noch kurz zur Außenfassade der Manufaktur, die silbern im Licht der Sonne glänzte. Das kastenförmige Gebäude stand wie ein Klotz auf dem Grundstück, und Dampf stieg daraus empor. Henry begab sich wieder nach drinnen und sah kurz hinauf zu den Lastenaufzügen, auf welchen die Säcke mit einem leisen Quietschen nach oben ins Lager gebracht wurden.

Mit einem zufriedenen Lächeln ging er die Treppe zur Empore wieder hinauf. Unten hatten die Männer eine kleine Pause eingelegt und das alte Radio aufgestellt, welches seit Ewigkeiten in der Manufaktur stand. Eine Kabarettsendung schien zu laufen, denn die Männer lachten immer wieder heiser auf und grinsten frech, während sie dem Sprecher lauschten.

»Henry!«, hörte er plötzlich die Stimme seines Vaters, widerwillig wandte Henry den Kopf und sah sich um.

Sein Vater Nikolas stand in der Tür zu seinem Büro und winkte Henry zu sich. Der unterdrückte ein Stöhnen und fuhr sich durch die krausen, blonden Locken. »Henry! Nun komm bitte her.«

Henry konnte die Ungeduld, die in der Stimme seines Vaters mitschwang, deutlich heraushören und begab sich eilig zu ihm.

Seine Schritte hallten auf der Empore, und unwillkürlich ballte sich seine Hand zur Faust. Unzählige Gedanken stoben durch seinen Kopf, bis er vor seinem Vater zum Stehen kam, er hielt den Kopf gesenkt, um nicht in die graublauen Augen zu blicken, die Henry an ein Raubtier erinnerten.

»Henry.« Nikolas verschränkte die Arme vor der Brust und musterte seinen Sohn mit einem abschätzigen Blick. »Komm bitte in mein Büro, ich möchte dir jemanden vorstellen.«

Henry öffnete den Mund, um zu einer Antwort anzusetzen, aber er schloss ihn wieder, ohne dass ein Wort über seine Lippen kam. Mit einem mulmigen Gefühl folgte er seinem Vater ins Büro und schloss die Tür hinter sich mit einem dumpfen Knall.

Im Inneren des Büros war es stickig und viel zu warm. Er räusperte sich und ließ seinen Blick durch den Raum wandern. Regale an den Wänden, die mit Büchern vollgestopft waren, Aktenordner auf dem Schreibtisch seines Vaters, Papierbogen, mit schwarzer Tinte beschrieben. Henrys Blick blieb an einem Mann hängen, der am Fenster stand und sich zu ihm umdrehte.

»Henry, ich freue mich, Sie kennenzulernen«, begrüßte der Mann ihn und streckte Henry die Hand aus.

Henry ging auf den Mann zu, neigte höflich den Kopf und sah den Herrn eingehend an. Seine dunklen Haare waren nach hinten gekämmt, einige silberne Strähnen zogen sich durch das Schwarz. Braune Augen musterten Henry aufmerksam, und er erwiderte den festen Händedruck.

»Ich freue mich ebenfalls, Herr …?« Fragend sah Henry seinen Vater an, und der klatschte begeistert in die Hände.

»Das ist Herr Dietrichs. Er ist der Inhaber eines Mandelimports in Hamburg, dort vertreibt er als Großhändler die Mandeln, und wir möchten gern enger zusammenarbeiten.«

Henry legte die Stirn in Falten und unterdrückte ein Stöhnen. Daher wehte also der Wind, und deswegen hatten sie heute zwei Lastwagenlieferungen von *Dietrichs' feinste Mandel* erhalten. Wie Henry seinen Vater kannte, hatte dieser die Mandeln zu einem Spottpreis bekommen, um erst mal zu testen, ob sie gut genug waren für sein feines Marzipan.

Er wusste, dass sein Vater die Produktion des Marzipans ausbauen wollte. Bessere Mandeln und feinere Schokolade für den Überzug der Pralinen, damit diese noch vorzüglicher schmeckten und sich noch besser verkauften.

»Es freut mich, Sie kennenzulernen, Herr Dietrichs«, sagte Henry mit ruhiger Stimme, obwohl er immer noch nicht wusste, warum sein Vater ihm diesen Mann vorstellte.

Auch wenn sein Vater wollte, dass Henry bald in die Marzipanmanufaktur einstieg, traf er bis jetzt alle Entscheidungen allein und behandelte Henry wie einen kleinen Jungen, der noch nicht richtig lesen und schreiben konnte.

»Ich denke, wir werden eine gute Partnerschaft eingehen.« Dietrichs lächelte Henry an und legte ihm eine Hand auf die Schulter. »Auf die eine und andere Art.«

Mit diesen Worten nickte Dietrichs seinem Vater zu und verließ das Büro mit einem melodischen Pfeifen. Die Tür schloss sich erneut mit einem dumpfen Geräusch, und Henrys Herz schlug wild in seiner Brust.

»Was meinte er damit, Vater?«, fragte Henry gespannt und ahnte nichts Gutes.

Nikolas grinste seinen Sohn an. »Dietrichs hat eine wunderschöne Tochter namens Emilie. Sie ist noch nicht verheiratet, und diese Verbindung wird unsere Partnerschaft aufs Trefflichste abrunden.«

Henry starrte seinen Vater an und konnte seinen Abscheu über diese Idee nicht verbergen, denn Nikolas' Lächeln schwand von seinen Lippen.

»Du scheinst von dieser Idee nicht begeistert zu sein.«

»Ich soll begeistert sein, dass du mich wie ein Pferd verschachern willst?«, knurrte Henry zornig. Er respektierte seinen Vater, er entsprach dessen Wünschen, sich adrett zu kleiden und nicht in einer Lederjacke und mit einer Zigarette im Mundwinkel durch die Gegend zu laufen, wie andere junge Männer in Henrys Alter es taten. Sogar seine Haare hatte er sich nicht wachsen lassen, wie so viele von Henrys Freunden, da sein Vater der Meinung war, dies würde sich nicht für einen zukünftigen Geschäftsmann gehören. Aber Henry würde sich nicht für eine Partnerschaft verkaufen lassen.

Nikolas schnalzte missbilligend mit der Zunge. »Bitte sei nicht so dramatisch, Henry. Emilie ist eine zauberhafte junge Frau, ihr könntet euch kennenlernen und …«

»Ich will sie nicht kennenlernen«, unterbrach Henry seinen Vater und drehte ihm den Rücken zu. »Ich habe bereits eine junge Frau kennengelernt, der ich mein Herz geschenkt habe.«

Luisas Lachen hallte in Henrys Gedanken wider, und ein Lächeln stahl sich auf seine Lippen. Sein Herz schlug wie wild.

Nikolas lachte schallend auf. »Du hast eine junge Frau kennengelernt?«, fragte er, und Henry konnte den Spott in seiner Stimme hören. Als wäre das so unglaubwürdig.

»Dann erzähl mir mehr über deine Angebetete, und wir werden sehen, ob sie eine ebenso gute Partie für dich ist wie Emilie Dietrichs.«

Henry wollte seinem Vater an den Kopf werfen, dass es ihn nicht im Geringsten kümmerte, ob Luisa so wohlhabend war wie er. Aber er besann sich eines Besseren und atmete tief durch. Kurz schloss er die Augen und fuhr sich mit der Zunge über die Lippen, dann sah er seinem Vater in die Augen.

Doch bevor er etwas erwidern konnte, fiel sein Blick zufällig auf eine Karte, die auf dem Schreibtisch seines Vaters lag. Henry kniff die Augen zusammen und ging einen Schritt auf den Tisch zu. Bei genauerem Hinsehen erkannte er, dass es sich um einen Grundrissplan der Manufaktur handelte, mit den angrenzenden Grundstücken, die ebenfalls darauf eingezeichnet waren.

»Was ist das?«, fragte Henry und strich mit dem Zeigefinger über den Grundrissplan.

Seine Neugier war geweckt, und Luisa rückte für einen winzigen Augenblick in den Hintergrund.

Hastig kam sein Vater auf ihn zu, rollte den Plan zusammen und schob ihn in ein Regal.

»Das lass mal meine Sorge sein, du wolltest mir doch gerade erzählen, welches junge Ding dein Herz erobert hat.« Die Stimme seines Vaters klang höhnisch. Nikolas strich über seinen dunkelgrauen Anzug, wischte ein paar Krümel Marzipanmasse von dem feinen Stoff.

»Ihr Name ist Luisa Linde und …« Weiter kam Henry jedoch nicht, denn Nikolas war mit zwei Schritten bei ihm und hatte die Hand erhoben.

Im nächsten Augenblick spürte Henry einen brennenden Schmerz auf der Wange, der ihm die Tränen in die Augen trieb.

»Luisa Linde ist bestimmt keine gute Partie für dich, Henry«, sagte Nikolas voller Abscheu. »Ich will diesen Namen nie wieder hören, und du wirst diese junge Frau auch nie wiedersehen. Hast du mich verstanden?«

Henry starrte seinen Vater entsetzt an, wagte es nicht, die schmerzende Wange zu berühren. »Aber Vater …«, setzte er an, doch Nikolas hob erneut drohend die Hand, und Henry verschluckte die weiteren Worte, die er seinem Vater gern entgegengeschleudert hätte.

»Es ist besser, wenn du jetzt gehst und dich auf die Prüfungsvorbereitungen für die Universität konzentrierst, damit du bald fertig bist mit deinem Studium und hier arbeiten kannst. Es wird Zeit, dass du Verantwortung übernimmst.«

Henry spürte ein merkwürdiges Kribbeln in den Fingern, und seine Beine fühlten sich taub an. Wie festgefroren stand er da. Unfähig, sich zu bewegen, unfähig, das Verhalten seines Vaters zu verstehen.

»Ich liebe sie, Vater.« Er hatte diese Worte nicht zurückhalten können, denn sie waren die einzige Wahrheit, die Henry noch kannte.

Nikolas drehte sich um und funkelte seinen Sohn zornig an. »Was weißt du denn schon von Liebe?«, fauchte er. »Geh jetzt, und wage es nicht noch einmal, von Luisa Linde auch nur zu sprechen. Als ob ich nicht schon genug Probleme mit dieser Familie hätte …« Die letzten Worte hatte sein Vater eher vor sich hin gemurmelt, und sie ergaben für Henry keinen Sinn.

Doch er wusste, dass es keinen Zweck hätte, mit seinem Vater weiter über Luisa zu sprechen. Er konnte Nikolas' Zorn förmlich spüren. Ohne ein weiteres Wort verließ er das Büro und stürmte aus der Manufaktur ins Freie.

Kühle Luft umfing ihn und trocknete die Schweißperlen auf seiner Stirn. Henry fuhr sich durch die krausen Locken. Zorn brodelte tief in ihm, am liebsten hätte er die Wut auf seinen Vater laut in die Welt hinausgeschrien, aber dazu fehlte ihm die Kraft.

»Du siehst aus, als hättest du dich mit deinem Vater gestritten«, sagte eine ruhige Stimme hinter ihm, und Henry drehte sich um.

Im Schatten eines Baums saß sein Großvater Matthias auf einer Bank. Die Beine übereinandergeschlagen, ein mattes Lächeln auf den Lippen. Matthias war der Vater von Henrys Mutter Esmara, seine Familie hatte die Manufaktur kurz vor Beginn des Ersten Weltkriegs erworben und stammte ursprünglich aus England, doch sie hatten sich innerhalb kurzer Zeit in Deutschland eingebürgert, und sein Großvater hatte auch für Deutschland im Krieg gekämpft. Damit hatte seine Mutter auch noch Verwandtschaft in England, obwohl sie hier in Deutschland geboren wurde. Doch England war für seine Mutter und auch für seinen Großvater kaum mehr von Bedeutung, für Henry ebenso wenig, denn er war noch nie dort gewesen.

Aber weil Henrys Mutter als Frau in den Vierzigerjahren kein Unternehmen leiten konnte oder sollte, hatte sein Vater Nikolas, der deutscher Herkunft war, kurzerhand den Namen seiner Mutter angenommen, um die Manufaktur unter dem Namen Hawkins weiterzuführen.

Das war auch einer der Gründe gewesen, warum Henrys Vater vom Einsatz im Zweiten Weltkrieg teilweise verschont geblieben war, denn er bekleidete eine wichtige Position in der Manufaktur, weshalb er oft Heimaturlaub hatte und kaum an der Front kämpfen musste.

Anders als Henrys Großvater Matthias, der im Ersten Weltkrieg für Deutschland als einfacher Soldat gedient hatte, da er zu dem Zeitpunkt mit seiner Familie schon als Deutscher eingebürgert gewesen war und somit für seine neue Heimat hatte kämpfen müssen. Aufgrund seiner Erfahrung in der Marine war er im Zweiten Weltkrieg dann ebenfalls eingezogen worden und hatte auf einem Schiff als Offizier gedient. Henry vermochte es sich nicht vorzustellen, wie es war, in zwei Kriegen gekämpft zu haben. Wie viel Leid und Grausamkeit sein Großvater gesehen haben musste.

Er zuckte unwillig mit den Schultern und ging mit langsamen Schritten auf seinen Großvater zu. Sah sich um und fuhr mit den Händen über den feinen Stoff seines Jacketts.

»Möchtest du dich nicht setzen und mir erzählen, was passiert ist?«, fragte Matthias und klopfte auf den Platz neben sich.

Henry musterte seinen Großvater eingehend. Ein gütiger Blick aus dunkelblauen Augen lag auf ihm, und Henry dachte, dass sein Großvater vielleicht die richtige Person wäre, um sich alles von der Seele zu reden. Also setzte Henry sich und bettete das Kinn in die Hände.

Eine Mischung aus Verzweiflung und Wut drohte ihm die Luft zum Atmen zu nehmen wie eine Welle auf hoher See.

»Was ist denn geschehen?« Zaghaft berührte Matthias ihn am Arm, und Henry schaute hoch.

»Vater will mich verschachern wie einen Gaul«, murmelte Henry und schmeckte Bitterkeit auf seiner Zunge.

Matthias lachte rau auf und grinste seinen Enkel an. »Und darüber bist du so verärgert?«

Henry dachte einen Augenblick nach. Nein, darüber war er nicht verärgert. Es passte zu seinem Vater, ihn vor vollendete Tatsachen zu stellen. Ihm einfach eine fixe Idee zu präsentieren und nicht nach Henrys Meinung zu fragen. So war sein Vater immer gewesen.

»Nein«, antwortete Henry gedehnt. »Ich bin verärgert, weil ich mich in ein Mädchen verliebt habe.«

Matthias stieß einen Pfiff aus. »Das sind ja großartige Neuigkeiten. Aber warum bist du darüber verärgert? Und warum erfahre ich von so etwas immer als Letzter?«

Henry konnte nicht anders: Ein Grinsen erhellte seine Gesichtszüge. Er spürte, wie gut ihm die Anwesenheit seines Großvaters tat. Wie offen er mit Matthias sprechen konnte.

»Ich habe es noch niemandem erzählt«, gab Henry zu und biss sich auf die Unterlippe.

»Ich nehme an, dein Vater billigt die Verbindung mit dieser jungen Dame nicht?«

Sein Großvater hatte wie immer ins Schwarze getroffen. Henry streckte die Beine von sich, guckte hinauf in den strahlend blauen Himmel und dachte an Luisa.

Großer Gott, allein der Gedanke an sie raubte ihm schier den Atem. »Ich weiß überhaupt nicht, warum Vater so zornig geworden ist. Als er ihren Namen gehört hat, ist er völlig außer sich geraten.«

In diesem Augenblick zog eine Wolke vor die Sonne und verdunkelte den Himmel. Henry begann unwillkürlich zu frösteln, als sein Großvater nicht reagierte und mit einem Mal unbehaglich seine Finger knetete.

»Großvater? Was ist los?« Henry sah Matthias voller Schrecken an.

Matthias wirkte angespannt. »Wie heißt denn die junge Dame, in die du dich verliebt hast?«, fragte er, und seine Stimme war so rau, als hätte er zu viele Zigaretten geraucht.

Henry fuhr sich rasch mit der Zunge über die Lippen. »Ihr Name ist Luisa Linde.«

Henry lächelte unbewusst, als er Luisas Namen aussprach. Aber dann sah er in das Gesicht seines Großvaters, und das Lächeln verschwand augenblicklich.

Matthias keuchte erschrocken auf, und als er den Blick hob, sah Henry so viel Trauer in seinen Augen. Beinahe kam es ihm vor, als huschte ein dunkler Schatten über Matthias' Gesicht.

»Großvater?« Henry streckte eine Hand aus, um seinen Großvater am Arm zu berühren, aber er zögerte. Er war wie eingefroren in der Zeit.

»Ach, Henry«, stöhnte Matthias leise, und eine Träne rollte über seine Wange.

Henry öffnete den Mund, fand aber keine Worte. Sie verhakten sich irgendwie auf seiner Zunge.

Matthias legte ihm eine Hand auf die Schulter. »Es tut mir leid, Henry. Es tut mir so leid.«

Mit diesen Worten erhob Matthias sich und machte sich mit schweren Schritten auf den Weg in die Manufaktur. Henry wollte noch so vieles sagen, aber er blieb stumm. Er konnte nur zusehen, wie die Gestalt seines Großvaters immer kleiner wurde und dann im Inneren des Gebäudes verschwand.

Henry blickte an den grauen Wänden des Hauses empor, das von einigen grünen Bäumen umrahmt wurde und aus dessen Kamin der Rauch in den Himmel stieg.

Er saß auf der Bank und konnte keinen klaren Gedanken fassen, er verstand einfach nicht, was gerade geschehen war. Was sein Großvater mit diesen Worten gemeint hatte.

Es tut mir leid, Henry. Es tut mir so leid.

Matthias' Stimme hallte dumpf in seinen Ohren wider, und Henry erhob sich abrupt. Kurz verschwamm die Welt vor seinen Augen, und eine Schweißperle rann über seinen Nacken. Erneut erfasste ihn Zorn und Unverständnis.

Er hörte schnatternde Stimmen und sah, wie zwei Sekretärinnen, die in der Manufaktur die Schreibarbeiten für seinen Vater erledigten, an ihm vorbeigingen.

Sie grüßten Henry höflich, aber er nickte nur stumm und schaute den jungen Frauen in ihren schwarzen Bleistiftröcken und den hellen Blusen nachdenklich hinterher.

»Was ist hier nur los?«, murmelte Henry verwirrt und nestelte in der Tasche seines Jacketts herum.

Er bekam den Autoschlüssel des alten blauen VW Käfers zu fassen, den ihm sein Vater geschenkt hatte, und ging mit langsamen Schritten auf den Wagen zu. Seine Hand zitterte leicht, als er den Schlüssel ins Schloss steckte.

Ein letztes Mal schaute er zur Marzipanmanufaktur zurück, spürte den Geschmack von Mandeln und Schokolade auf der Zunge, und der Geruch der Marzipanrohmasse kitzelte in seiner Nase.

Henry öffnete die Tür seines Autos und stieg ein. Seine Hände umfassten das schwarze Lenkrad. Seine Wange brannte immer noch wie Feuer, und er fuhr mit den Fingern über die leichte Schwellung, die sich gebildet hatte.

Henry konnte sich kaum daran erinnern, wann sein Vater das letzte Mal die Hand gegen ihn erhoben hatte. Er hatte noch nie solch eine Wut in den Augen seines Vaters lodern sehen. Wie abfällig er Luisas Namen ausgespuckt hatte, wie viel Hass in seiner Stimme gelegen hatte.

»Ich werde mir diese Liebe nicht nehmen lassen«, knurrte Henry mit zusammengebissenen Zähnen und kurbelte das Autofenster hinunter, denn die Luft im Wageninneren war warm und stickig.

Henry konnte den Schmerz über das Verhalten seines Vaters kaum in Worte fassen. Er hatte ihm nicht einmal richtig zugehört, ihn erst recht nicht ausreden lassen.

Seufzend startete Henry den Motor und atmete ein paarmal tief durch. Das vertraute Geräusch des alten Wagens beruhigte ihn, und Henry fuhr mit der Hand fast liebevoll über das Armaturenbrett.

»Wenigstens auf dich kann ich mich noch verlassen, Betsy.«

Er lächelte, sein Blick schweifte in die Ferne, und er schaute ein letztes Mal zurück zur Manufaktur. Dann lenkte Henry den Wagen auf die Landstraße.

Sein Weg führte ihn zurück nach Lübeck, zum Holstentor, wo er sich für heute Abend mit Luisa verabredet hatte. Gott sei Dank würde er sie heute wiedersehen. Wenn die Dunkelheit sich wie ein Mantel über die Stadt gebreitet hatte, würde er sie in die Arme schließen.

Henry konnte das aufgeregte Zwitschern der Vögel hören, die den Frühling willkommen hießen. Die ersten Magnolien erblühten in voller Pracht, und das goldene Sonnenlicht wärmte sein Gesicht, während das Gebäude der Manufaktur im Rückspiegel immer kleiner wurde und er sich mit Mühe von all den Gedanken um seinen Vater und Großvater losriss.

»Ich liebe dich, Luisa«, flüsterte Henry in der Stille des Wagens.

Dann umspannten seine Hände das Lenkrad noch fester, und er biss sich auf die Unterlippe.

»Niemals … werde ich mir die Liebe zu dir verbieten lassen.«

Er hatte keine Ahnung, was seine Familie vor ihm verborgen hielt, aber eines wusste Henry auf jeden Fall: Er würde Luisa immer lieben.

Und er würde zu ihr stehen – auch wenn dies zum Bruch mit seiner Familie führen sollte.

KAPITEL 3

LUISA

Luisas Tränen waren schon lange getrocknet, doch sie schmeckte immer noch die salzige Traurigkeit auf ihren Lippen. Ihre Kehle war staubtrocken, und sie war heiser vom vielen Weinen.

Sie hatte sich auf ihr Bett gesetzt, sich in eine Wolldecke eingekuschelt und aus dem Fenster gestarrt.

Ihr Vater hatte kein einziges Wort mehr mit ihr geredet; auch als ihre Mutter Annabella versucht hatte, mit ihm zu sprechen, hatte es nichts geholfen. Stattdessen hatte er Luisa auf ihr Zimmer verbannt, aus dem sie erst herauskommen sollte, wenn sie sich auf den Weg ins Restaurant machen wollten.

Aber sie dachte nicht daran, mit ihren Eltern essen zu gehen. Dafür hatte sie weder die Muße noch das Verständnis. Keiner war bereit, ihr zu sagen, warum ihr Vater so wütend gewesen war. Warum in den Augen ihres Großvaters plötzlich Tränen gewesen waren.

Sie verstand das alles nicht. Ein weiterer Schluchzer verließ ihre Kehle, als die Tür quietschend geöffnet wurde und Rowena ins Zimmer gehuscht kam.

Sie schlich auf leisen Sohlen zu Luisa und setzte sich auf ihr Bett.

»Hallo«, flüsterte Rowena.

Sie trug ein zitronengelbes Ausgehkleid, das unterhalb ihrer Knie endete und den Blick auf ihre Knöchel freigab. Dazu passende Schuhe in Senfgelb und ein hellblaues Tuch, das Rowena sich um den Hals gebunden hatte. In der einen Hand hielt sie einen Hut mit breiter Krempe, ebenfalls in Blau. Rowena schenkte Luisa ein schwaches Lächeln und drückte sie an sich.

Luisa erwiderte nichts, krallte ihre Finger in den Stoff von Rowenas Kleid und schluchzte erneut.

»Oh, Luisa …« Als Rowena sich von ihr löste, wischte sie Luisa die Tränen aus dem Gesicht. »Ich habe alles mitbekommen, es tut mir so leid.«

»Ich verstehe Vater nicht«, murmelte Luisa mit tränenerstickter Stimme. »Was hat er denn gegen Henry?«

Rowena zuckte unbehaglich mit den Schultern und presste die Lippen fest aufeinander.

Kritisch sah Luisa ihre Schwester an. »Rowena, was ist los?«, fragte sie mit harscher Stimme und ergriff die Hände ihrer Schwester. »Was weißt du, das ich nicht weiß?«

»Gar nichts«, wich Rowena der Frage aus und wollte Luisa ihre Hände entziehen. »Es ist nur … Großvater ging es nach diesem Streit sehr schlecht. Er wird nicht mit zum Essen kommen.«

»Wie bitte?« Luisa dachte über diese Worte nach. »Meinst du, es hat etwas mit Großvater zu tun?«

»Ich weiß es nicht«, gab ihre Schwester zurück. »Vielleicht …«

Das half Luisa alles nicht weiter, und sie ließ sich in die weichen Kissen ihres Bettes fallen und fing wieder an zu weinen. Das alles ergab keinen Sinn, und ihr Herz verzehrte sich nach Henry. Nach seinen Küssen und dem Duft von Marzipan, der immer in seinen Haaren und seiner Kleidung hing.

»Bitte hör auf zu weinen«, sagte ihre Schwester zaghaft. »Rede heute mit Henry, vielleicht hat er eine Ahnung, was vorgeht.«

»Und wie soll ich das machen, wenn Mutter und Vater die ganze Zeit bei mir sind?«, ereiferte sich Luisa wütend.

»Oh, Luisa, du kannst frohlocken, dass ich die beste Schwester der Welt bin. Ich habe ihnen gesagt, dass es dir nicht gut geht.«

Luisa schaute Rowena irritiert an. Sie verstand nicht, was ihre Schwester damit meinte.

Leise seufzte diese und fuhr sich durch ihre braunen Haare, die noch nicht frisiert waren.

»Du kannst hierbleiben«, erklärte Rowena und zwinkerte Luisa zu. »Und Großvater bleibt auch hier, weil es ihm nicht gut geht. Er soll auf dich aufpassen.«

Jetzt begriff Luisa. Ihr Großvater würde gar nicht mitbekommen, wenn sie am Abend heimlich das Haus verließe. Er würde vermutlich früh zu Bett gehen, und niemand würde ihr Verschwinden bemerken.

»Danke«, murmelte sie verlegen, da sie auch selbst auf diese Idee hätte kommen können.

Rowena lächelte Luisa an und stand auf. Sie betrachtete ihre Schwester noch eine Zeit lang und schloss sie noch einmal in eine innige Umarmung.

»Du bist meine Schwester«, flüsterte Rowena in Luisas Ohr. »Ich hab dich sehr lieb, und ich will nicht, dass du unglücklich bist.«

Diese Worte trieben Luisa erneut die Tränen in die Augen. Rowena löste sich von ihr und ging zur Tür. Bevor sie das Zimmer verließ, drehte sie sich noch einmal zu Luisa um.

»Vielleicht kann ich Mutter und Vater dazu befragen. Ich werde vorsichtig nachhaken. Wir werden sehen, ich berichte dir, wenn wir zurück sind.«

Krachend fiel die Tür ins Schloss, und Luisa blieb allein und verloren in ihrem Zimmer zurück. Sie spürte, wie erschöpft sie war. Vom vielen Weinen und von der Wut. Als ob ein tiefes Loch in ihr Inneres gerissen würde. Als ob jedes gute Gefühl aus ihrem Herzen verschwunden wäre.

Sie blieb regungslos auf dem Bett sitzen und lauschte den Stimmen im Haus. Hörte die Schritte ihrer Schwester auf dem

Flur widerhallen. Die Stimme ihres Vaters, der sie zur Eile ermahnte.

Klappern im Eingangsbereich. Einige Worte wurden unten gewechselt. Sie wusste, ihr Vater würde sich nicht von ihr verabschieden. Er war vermutlich immer noch sehr wütend auf sie, auch wenn Luisa nicht verstand, wieso. Er würde sie erst einmal mit Schweigen strafen. Es war seine Art, ihr zu zeigen, dass sie einen Fehler begangen hatte.

Das hatte er immer so gemacht. Seit sie ein kleines Kind gewesen war. Aber normalerweise wusste Luisa immer, wofür sie bestraft wurde. Sie konnte sich für ihr Fehlverhalten entschuldigen und die Dinge wieder geraderücken. Jetzt jedoch wusste sie nicht, warum ihr Vater Henry so sehr verabscheute.

Nach einigen Minuten hörte sie, wie die Haustür ins Schloss fiel. Stille kehrte im Haus ein. Jetzt musste sie warten.

Das war es, was Luisa am meisten verabscheute. Warten und zum Nichtstun verdammt zu sein. Unentschlossen stand sie auf und ging durch ihr Zimmer. Ihr Blick blieb an ihrem Bücherregal hängen, und sie fuhr mit dem Fingern über die Buchrücken. Sie nahm eines der Bücher aus dem Regal und machte es sich in dem großen Ohrensessel, der am Fenster stand, gemütlich. Sie würde bis zur Dämmerung warten müssen.

Gedankenverloren las sie in dem Buch, aber die Wörter flogen nur an ihr vorbei. Sie bekam nichts von der Geschichte mit. Vergaß, kurz nachdem sie einen Satz gelesen hatte, worum es ging.

Ihre Gedanken waren bei Henry. Bei all dem, was sie noch nicht verstand. Bei diesem schrecklichen Geheimnis, das ihre Familie hüten musste. Sie fühlte ganz tief in ihrem Herzen, dass der Grund, weshalb ihre Eltern gegen ihre Beziehung mit Henry waren, in der Vergangenheit liegen musste und dass diese Abweisung nichts mit der strengen und eher altmodischen Haltung ihrer Eltern zu tun hatte.

Plötzlich klopfte es an Luisas Tür, und sie zuckte erschrocken zusammen. »Herein«, rief sie mit kratziger Stimme und verschluckte sich beinah an ihren eigenen Worten.

Die Tür schwang auf, und Hilde, ihr Hausmädchen, kam mit langsamen Schritten in ihr Zimmer. Sie hielt ein Tablett in den Händen und lächelte Luisa höflich an. Die wenigsten Familien von Luisas Freundinnen hatten noch Hausmädchen, aber ihr Vater hatte Hilde kurz nach dem Krieg eingestellt, als das Mädchen eine Anstellung brauchte, um seine Familie zu ernähren, und schlussendlich war sie geblieben.

»Guten Abend, junges Fräulein«, grüßte Hilde sie und stellte das Tablett auf Luisas Schreibtisch ab. Dann knickste sie höflich.

Luisa unterdrückte ein Seufzen und sah Hilde an. Sie trug ihre schwarze Dienstmädchenuniform mit einer weißen Schürze und einer weißen Haube, unter der feuerrote Haarsträhnen kraus hervorlugten.

»Ihr Vater sagte mir, ich solle Ihnen das Essen nach oben bringen«, informierte Hilde sie.

Träge erhob Luisa sich und betrachtete das Tablett, auf dem eine Schüssel mit Suppe, Brot und Butter sowie eine Karaffe mit Wasser standen. Und ein kleiner Teller mit einem Stück Kuchen war auch dabei.

Neugierig betrachtete Luisa das Stück Kuchen. »Hast du gebacken?«, fragte sie Hilde, die überrascht den Kopf hob.

»Das habe ich, junges Fräulein«, antwortete Hilde und klang ein wenig stolz. »Ihre Mutter hat vor einiger Zeit ein paar Rezeptbücher aussortiert, und ich wollte mich gerne noch an einem der Rezepte versuchen.«

Luisa hob den kleinen Teller mit dem Stück Kuchen hoch und betrachtete ihn sorgfältig. Es war ein Blechkuchen aus Schokolade, der mit Mandeln, die anscheinend in Honig getaucht waren, überzogen war. Der herrliche Duft von Schokolade stieg ihr in die

Nase, aber da war noch etwas anderes. Ein Duft, den Luisa nicht zuordnen konnte.

Sie nahm die kleine Gabel vom Tablett und probierte ein Stück, um dem Duft auf den Grund zu gehen. Die Schokolade harmonierte perfekt mit den Mandeln, eine sanfte Süße, welche die herbe Schokolade geradezu liebkoste, und plötzlich erkannte Luisa diesen nussigen Geruch. Sie kannte dieses butterartige Aroma mit der leichten Süße nur zu gut.

»Du hast den Kuchen mit Pistazien verfeinert«, bemerkte sie mit einem Grinsen.

Hilde nickte eifrig und sah Luisa auffordernd an. »Schmeckt es Ihnen, junges Fräulein?«

Luisa aß schnell noch einen Bissen von dem Kuchen und nickte. »Es schmeckt vorzüglich, wirklich großartig, Hilde.«

Erfreut klatschte Hilde in die Hände und knickste dann vor Luisa. »Das freut mich sehr. Ich wünsche Ihnen noch guten Appetit.« Sie sah Luisa noch kurz an, und ihr Blick war voller Mitleid, dann jedoch huschte das Dienstmädchen wie ein Schatten aus dem Raum.

Gedankenverloren aß Luisa den Kuchen auf und ließ sich wieder in ihren Sessel fallen. Der Geschmack von Schokolade und Pistazien prickelte auf ihrer Zunge, und sie nahm sich fest vor, mit dieser Zutat selbst noch einige Kuchen zu backen, und vielleicht könnte man ja auch Marzipan damit herstellen. Von dieser Idee musste sie Henry auf jeden Fall erzählen. Bevor sie es wieder vergaß, schrieb sie dies eilig in ihr kleines Rezeptbuch und nahm dann das andere Buch wieder zur Hand, aber die Müdigkeit zerrte schmerzhaft an ihren Gedanken.

Und wie von selbst schlossen sich Luisas Augen, als sie bemerkte, dass es keinen Sinn hatte, auch nur noch eine einzige Seite zu lesen. Finsternis umschloss sie, hüllte sie in einen Kokon aus Stille.

Sie glitt hinab in das Land der Träume und bemerkte nur noch am Rande ihres Bewusstseins, wie das Buch aus ihrer Hand glitt und zu Boden fiel.

Als Luisa aus dem Schlaf aufschreckte, war ihr Zimmer in Dunkelheit getaucht. Erschrocken hievte sie sich hoch und wischte sich den Schlaf aus den Augen. Sie warf einen hektischen Blick auf ihre Uhr und fluchte innerlich. Warum war sie bloß eingeschlafen?

Sie lief zu ihrem Schrank und holte einen braunen Mantel hervor, zog diesen schnell an und schlüpfte in bequeme Schuhe. Sie war zu spät, und wenn sie nicht Gefahr laufen wollte, dass Henry bereits wieder gegangen war, würde sie zum Holstentor rennen müssen.

Auf leisen Sohlen schlich sie die Treppe hinunter. Der Flur war nur spärlich beleuchtet, und Luisa bemühte sich, keinen Laut zu machen. Sie nahm den Schlüsselbund von der Kommode, aber gerade als sie nach der Türklinke greifen wollte, ertönte eine raue Stimme hinter ihr.

»Luisa.« Es war die Stimme ihres Großvaters, und sie zuckte erschrocken zusammen.

Ganz langsam drehte sich Luisa um und linste hinauf zum Treppenabsatz. Dort stand Hans und musterte seine Enkeltochter eingehend. Sein Gesicht war in Dunkelheit getaucht, deshalb konnte Luisa seinen Gesichtsausdruck nicht deuten.

»Großvater …«, begann sie und versuchte sich aus dieser Situation herauszureden. Aber kein weiteres Wort verließ ihre Kehle.

Sie senkte den Kopf und presste die Lippen aufeinander. Knetete nervös ihre Finger. Sie hatte es vermasselt. Jetzt würde sie Henry gar nicht mehr treffen können.

»Du willst zu ihm, oder?«, fragte Hans und ging langsam die Treppe hinunter.

Er blieb kurz vor Luisa stehen und schaute sie an. Aber sie wich seinem Blick aus und starrte auf den Boden. Vorsichtig legte Hans seine kalten Finger unter ihr Kinn und zwang sie sanft, ihn anzusehen.

Luisa zog scharf die Luft ein, als sie in die dunklen Augen ihres Großvaters blickte. So viel Trauer spiegelte sich in ihnen wider. Der Glanz, welcher sonst seine ganze Gestalt erleuchtete, war wie weggeblasen.

Als hätte man eine flackernde Kerze im Wind ausgepustet, dachte Luisa voller Verzweiflung.

Ihr Großvater trug ein weißes, leicht zerknittertes Hemd und eine graue Hose mit schwarzen Hosenträgern. Seine alte, faltige Hand strich über ihre Haut, und seine grauen Haare leuchteten silbern im Schein der Deckenlampe im Flur, die Hans eingeschaltet hatte.

»Ich … Großvater, bitte verzeih mir«, murmelte Luisa leise und biss sich auf die Unterlippe.

Sie wollte ihn nicht so traurig sehen. Er hatte so viel Leid in den beiden Kriegen erlebt. Und nun auch noch das Ableben ihrer Großmutter Mathilda.

Sie wollte Hans glücklich sehen. Denn er hatte Rowena und sie auch immer glücklich gemacht. Er hatte für die Mädchen gesorgt, wann immer ihre Eltern geschäftlich unterwegs waren. Hans war ihr Licht in der Finsternis. Der Mann, der ihr Geschichten vorlas. Mit dem sie reden konnte, wann immer sie traurig war. Über Hans' Gesicht huschte ein trauriges Lächeln, und er schüttelte sacht den Kopf. »Dir muss nichts leidtun, mein Kind. Du bist daran nicht schuld.«

Wer dann?, hätte Luisa am liebsten gefragt, aber sie biss sich auf die Zunge. Das konnte sie nicht tun. Sie wollte ihren Großvater nicht noch trauriger machen.

Also schwieg Luisa und legte den Schlüssel zurück auf die Kommode. Sie hatte aufgegeben. Entgegen ihrem schlagenden

Herzen und all den Gedanken an Henry. Sie konnte jetzt nicht mehr gehen.

Aber Hans griff zur Kommode und legte den Schlüsselbund wieder in ihre Hand. »Geh«, raunte er ihr leise zu und lächelte.

Er gab ihr einen Kuss auf die Wange und drängte sie in Richtung Tür. »Aber sei zurück, bevor deine Eltern wieder da sind. Immerhin treffen sie sich noch mit Freunden, hat Rowena erzählt, da bleiben sie immer einige Zeit weg, und Rowena kann vielleicht sogar noch zu ihren Freundinnen ins Jazz-Café gehen.«

»Aber Großvater …«, sagte Luisa, doch Hans unterbrach sie jäh.

»Liebe sollte man nicht aufhalten. Liebe sollte man nicht zerstören oder verhindern. Irgendwann wirst du es vielleicht verstehen …« Er machte eine Handbewegung in Richtung Tür.

Luisa starrte ihren Großvater an, nickte dann aber mit einem ehrlichen Lächeln auf den Lippen.

»Ich danke dir«, murmelte sie und spürte, wie Röte in ihre Wangen stieg. Ihr Herz klopfte hämmernd in ihrer Brust, und sie schlüpfte schnell aus der Haustür.

Kühle Nachtluft empfing sie, und der Wind war rau und kalt. Zerrte an ihren Kleidern. Luisa lief schnellen Schrittes die Straße hinunter. Nur wenige Menschen begegneten ihr, nahmen sie aber kaum wahr. Sie fühlte sich wie ein Schatten in der Nacht. Unsichtbar und flink.

Ihr lauter Atem hallte in ihren Ohren wider, und sie fühlte sich frei. Wie ein Vogel, der seine Flügel ausbreiten konnte. Sie würde nicht nachgeben. Sie liebte Henry von ganzem Herzen. Sie wollte diese Zukunft mit ihm. Wenn sie bereit wäre, für diese Liebe zu kämpfen, dann würde sie auch den Mut finden, für ihre Träume zu kämpfen, dessen war sie sich sicher. Für eine Pralinenmanufaktur, für ihren großen Traum, zu backen und andere Menschen mit Köstlichkeiten zu verzaubern.

Sie lief erneut an der Marienkirche vorbei, deren Fenster hell erleuchtet in der Dunkelheit lagen. Luisa stoppte kurz und schaute auf ihre Armbanduhr. Nein, sie hatte keine Zeit, Gott um Hilfe zu bitten, sie war sowieso schon zu spät dran, aber nach ihrem Treffen mit Henry, da würde sie für diese Liebe eine Kerze entzünden.

Sie fröstelte, als sie die Holstentorstraße hinunterrannte, die in Stille und Dunkelheit dalag. Nur einige wenige Familien kreuzten ihren Weg, aus der Ferne konnte sie aus einem der vielen Cafés an der Untertrave Rock-'n'-Roll-Musik und verzerrte Stimmen vernehmen.

Sie sah das Holstentor aus der Ferne und überquerte eilig die Straße. Luisa kniff die Augen zusammen, aber sie konnte Henrys Gestalt in der Dunkelheit nicht unter dem Torbogen des Holstentors sehen. Sie lief die Treppen zum Gebäude hinunter. Hektisch sah sie sich um und spürte, wie Tränen in ihren Augen brannten.

Nein, er konnte doch nicht wieder gegangen sein. Hatte er denn nicht auf sie gewartet? Dies war ihr geheimer Treffpunkt, ihr kleines Refugium, aber Henry war nicht mehr da.

»Henry?«, flüsterte Luisa in die Dunkelheit und trat in den Schatten des Holstentors.

Ihre Hände zitterten unkontrolliert, und sie fuhr sich rasch über die Wange, um ihre Tränen fortzuwischen. Wütend biss sie sich auf die Unterlippe, als sie einen Windzug hinter sich spürte und kalte Hände sich auf ihre Augen legten.

Erschrocken keuchte sie auf, ihr Herz schlug bis zum Hals, und sie legte ganz vorsichtig ihre Hände auf jene, die ihre Augen verdeckten.

»Henry?«, fragte sie erneut und hörte ein leises Lachen hinter sich.

Luisa drehte sich um und schaute in sein wunderschönes Gesicht. Dankbarkeit erfasste sie so heftig, dass erneut Tränen in ihre Augen traten und sie sich in seine Arme warf.

Von einem Moment auf den anderen fiel all die Last von Luisa ab. All die schlechten Gefühle verschwanden im Nichts. Lösten sich in Luft auf und wurden vom Wind davongetragen. Luisa saugte gierig den Duft von Marzipan und Schokolade ein, der sich in seinen Haaren verfangen hatte.

So standen sie eng umschlungen im Schatten des Holstentors. Luisa bettete ihren Kopf an Henrys starke Brust, und ihre Finger krallten sich in den feinen Stoff seines Anzugs.

Sie konnte Henrys schlagendes Herz hören. Seine Hände wanderten über ihre Hüften zu ihrem Gesicht, und vorsichtig rückte er ein Stück von ihr ab.

»Ich habe dich vermisst«, flüsterte sie, schaute zu ihm hoch, grinste und stellte sich auf die Zehenspitzen.

Gierig küsste sie ihn und verschränkte ihre Hände in seinem Nacken. Er erwiderte den Kuss stürmisch. Wärme durchflutete Luisa, und sie wagte es kurz, die Augen zu schließen und sich fallen zu lassen. Henrys Zunge stieß gegen ihre Zähne, und bereitwillig öffnete Luisa den Mund, schmeckte das süße Marzipan auf seinen Lippen. Ihre Finger streiften durch seine krausen Locken.

Als Henry sich von ihr löste, strich er sanft über ihre Wange. Musterte sie mit seinen wunderschönen blauen Augen, die ihr Herz höherschlagen ließen.

»Es tut mir leid, dass ich zu spät bin«, murmelte Luisa.

»Was ist passiert?«, fragte er ernst, und sie konnte erkennen, wie eine seltsame Traurigkeit über sein Gesicht huschte.

Unbehaglich ergriff Luisa seine Hand und führte ihn zu einer der Bänke auf der Wiese. Der Wind raschelte in den Bäumen und jagte über die Wiesen hinweg. Luisas Blick glitt zurück, ihre Augen huschten über die alte Inschrift über dem Torbogen des Holstentors.

CONCORDIA DOMI FORIS PAX.
Eintracht innen, draußen Friede.

Luisa kannte die Inschrift in- und auswendig, seit sie denken konnte. Und sie glaubte daran, dass ihr Herz nur bei Henry Frieden finden konnte. Nur bei ihm. In seinen Armen.

Sie hatte noch nie so für einen Jungen geschwärmt, sie war nicht wie Rowena, hatte mit ihren Schulfreundinnen nie über ihre Angebeteten getratscht. Sie war auch keine Rebellin, interessierte sich kaum für Kinofilme oder die neueste Musik aus Amerika, und trotzdem, genau in diesem Augenblick mit Henry, da rebellierte sie gegen ihre strengen Eltern mehr, als Rowena es wahrscheinlich jemals tun würde. Denn dann war dieser Tag im Museum des Holstentors gekommen, als Henry sie angesprochen hatte. Und sie mit ihm gelacht hatte. Daran hatte sie immer wieder denken müssen. Sie hatte sich oft mit ihm getroffen, war schon seit Monaten in ihn verliebt.

Sie setzten sich gemeinsam auf die Bank, und Luisa umschloss Henrys Hand. Sie seufzte leise und schaute auf ihre Fußspitzen. Sie wusste nicht recht, wie sie anfangen sollte. Wie sie Henry erklären sollte, was geschehen war.

»Meine Familie …«, begann sie unruhig und versuchte sich die Worte zurechtzulegen. »Mein Vater hat deinen Namen gehört, als ich mit meinem Großvater über dich geredet habe, und er …«

»Er ist wütend geworden«, unterbrach Henry sie mit scharfer Stimme und drückte Luisas Hand.

Überrascht schaute sie ihn an und spürte, wie ihre Handinnenflächen nass wurden und sich die Luft mit einem Mal dünner anfühlte, sodass es ihr schwerfiel, noch ruhig zu atmen.

»Woher … woher weißt du das?«, murmelte sie.

»Mein Vater hat ebenso reagiert wie deiner«, antwortete Henry, und seine Stimme zitterte leicht.

Er seufzte leise, sah Luisa in die Augen und drehte sich zu ihr. Da war eine Ernsthaftigkeit in seinen Gesichtszügen, die Luisa noch nie gesehen hatte.

»Mein Vater … hat mich einem möglichen Geschäftspartner von sich vorgestellt … er wollte, dass ich …« Henry brach ab.

Luisa bemerkte, wie schwer es ihm fiel, diese Worte auszusprechen. »Rede mit mir, Henry, du kannst mir alles erzählen.« Sie legte ihre Hand an seine raue Wange und bemerkte eine leichte Schwellung unter ihren Fingern.

Erschrocken zog sie die Luft ein und nahm ihre Hand weg, sah eine Rötung auf Henrys Wange. »Dein Vater hat dich geohrfeigt«, flüsterte sie mit heiserer Stimme.

Wie in Trance griff sich Henry an die Wange und nickte kaum merklich. »Das hat er. Er wollte, dass ich die Tochter seines Geschäftspartners kennenlerne, weil sie eine gute Partie für mich wäre.«

Henry spuckte die Worte förmlich aus, und Luisa erkannte, dass da so viel ungezügelte Wut in ihm war wie in ihrem Herzen. Sie schwieg und wartete darauf, dass Henry weitersprach.

»Ich habe gesagt, dass ich eine junge Frau kennengelernt habe. Dass ich diese *gute Partie* nicht treffen will. Dann habe ich deinen Namen genannt, und mein Vater ist so wütend geworden, wie ich ihn lange nicht mehr gesehen habe. Und dann hat er mich geohrfeigt.«

»Oh, Henry … es tut mir so leid …«, flüsterte Luisa und strich ganz vorsichtig über seine geschwollene Wange.

Henry zuckte mit den Schultern und sah Luisa an.

»Das muss es nicht …«, sagte er leise und lächelte zerknirscht. »Ich habe nicht verstanden, warum er so reagiert hat. Daraufhin habe ich die Manufaktur verlassen. Und dann bin ich meinem Großvater begegnet, der ganz merkwürdig reagiert hat, als ich deinen Namen erwähnt habe und …«

»Dein Großvater?«, unterbrach Luisa ihn.

»Ja«, bestätigte Henry ihr. »Wieso fragst du das?«

Luisa biss sich auf die Zunge und dachte an ihren Großvater Hans. An sein trauriges Gesicht und die Tränen in seinen Augen.

»Mein Großvater Hans hat auch sehr merkwürdig reagiert, als ich deinen Namen erwähnt habe. Meine Schwester hat gesagt, dass er geweint hat.«

Henry zog Luisa näher zu sich heran. »Wie alt ist dein Großvater?«, fragte er nach einiger Zeit.

Luisa dachte einen Augenblick nach.

»Er ist siebenundsechzig Jahre alt …« Zunächst verstand sie seine Frage nicht so recht, dann jedoch kam ihr ein Gedanke, und sie linste zu Henry hoch. »Hat dein Großvater in beiden Kriegen gekämpft?«, fragte sie tonlos und starrte in die Dunkelheit.

Henry nickte kaum merklich. »Ja, im ersten als einfacher Soldat, und im zweiten war er Offizier bei der Marine. Und deiner?«

Luisa seufzte schwer. »Mein Großvater war im Ersten Weltkrieg auch nur einfacher Soldat, im Zweiten ebenfalls Offizier, aber nicht in der Marine …«, antwortete sie leise.

Henry fuhr sich mit der Hand über das Kinn. »Meinst du …? Luisa, denkst du, dass die beiden einander im Krieg kennengelernt haben?«

Luisa zuckte unschlüssig mit den Schultern. Sie hatte keine Ahnung. Nur eine Idee, dass es vielleicht wirklich einen Grund gab, warum beide Familien ihren Kindern die Beziehung zueinander verboten.

»Vielleicht …«, begann Henry und überlegte einen Augenblick, »vielleicht finden wir etwas heraus. Ihr habt bestimmt auch einen Dachboden, wo massenweise alte Erinnerungsstücke liegen, oder nicht?«

»Ich weiß nicht, ob wir das tun sollten. Mein Großvater sah so verletzt aus, als er deinen Namen hörte. Es war, als wäre sein Herz gebrochen. Ich habe Angst vor der Wahrheit …« Luisa warf Henry einen unsicheren Blick zu, doch er löste sich von ihr und starrte in die Dunkelheit.

»Ich habe Angst, dich zu verlieren«, murmelte er. Seine Stimme stockte, und Luisa hörte nicht nur Traurigkeit, sondern auch Wut aus ihr heraus. »Ich werde nicht zulassen, dass unsere Beziehung von unseren Familien zerstört wird.«

»Aber was sollen wir denn tun, Henry?« Aufgebracht breitete Luisa die Hände aus. »Ich kann nicht weglaufen, um mit dir zusammenzuleben! Ich kann mich meinen Eltern nicht so widersetzen.«

»Vielleicht kannst du das doch«, fuhr Henry sie wütend an, und erschrocken wich Luisa ein Stück zurück.

Henry starrte sie einen Augenblick an, dann verschwand die Wut aus seinem Blick, und er versuchte sich an einem kleinen Lächeln.

»Es tut mir leid, Luisa.« Er streckte vorsichtig die Hand nach ihr aus. »Verzeih meine scharfen Worte.«

Sie nickte schweigend und rückte wieder ein Stück näher zu ihm heran. »Ich habe Angst«, gab Luisa kleinlaut zu. »Ich will dich nicht verlieren. Aber ich will auch meine Familie nicht verlieren …«

Weil du keine echte Rebellin bist, erinnerte sie eine sanfte Stimme in ihrem Inneren an diese winzige Wahrheit. Sie wusste, dass ihre Freundinnen es komisch fanden, dass ihre Eltern noch in der alten Zeit verhaftet zu sein schienen, aber das störte Luisa nicht. Sie hatte ein gutes Leben, sie liebte das Backen und Bücher. Sie brauchte keine Rebellion, um glücklich zu sein. Kein Jazz-Café und keine aufreizenden Tänze zu lauter Musik. Doch sie brauchte Henry.

»Ich weiß. Ich auch nicht, aber mein Großvater sagt immer, dass man für die Liebe kämpfen muss«, meinte Henry und lächelte matt.

»Das hat mein Großvater auch gesagt, und er hat mich gehen lassen, obwohl meine Eltern mir verboten haben, das Haus zu verlassen.« Luisa ergriff Henrys Hand und konnte nicht anders, als sein Lächeln zu erwidern.

»Siehst du …« Henry stand auf, zog sie zu sich heran und umarmte sie. »Ich habe auch Angst«, flüsterte er leise, »aber ich liebe dich, Luisa. Ich hätte viel größere Angst, dich zu verlieren.«

Luisa schluckte hart und schwieg. Sie versuchte die Tränen wegzublinzeln, aber es gelang ihr nicht. Ein verzweifelter Schluchzer verließ ihre Kehle, und Henry drückte sie fester an sich.

»Wir schaffen das«, murmelte er an ihr Ohr. »Sieh mich an, Luisa.«

Sie tat wie geheißen und tauchte ein in das wunderbare Blau seiner Augen. Ließ sich von diesem Gefühl wie Wasser durchdringen und küsste Henry dann. Eng umschlungen standen sie da. In Luisas ganzem Körper prickelte es, so viele Gefühle rauschten durch sie hindurch, während ihre Hände durch Henrys Haare fuhren. Sie schloss diesen Moment tief in ihr Herz ein.

Nach einigen Sekunden – *oder waren es Minuten?* – lösten sie sich voneinander. Lächelnd schaute Henry Luisa an und strich ihr über die Wange.

»Lass uns wenigstens versuchen, ein paar Dinge herauszufinden. Ich werde meinen Großvater noch mal darauf ansprechen. In zwei Tagen treffen wir uns wieder hier.«

»Wenn ich es überhaupt schaffe hierherzukommen …«, seufzte Luisa leise, aber Henry grinste sie an.

»Du findest bestimmt eine Möglichkeit, Luisa. Du findest immer eine, das weiß ich.«

Bei diesen Worten musste sie ebenfalls grinsen. Damit hatte er recht. Sie würde nicht aufgeben. Zum allerersten Mal in ihrem Leben hatte sie das Gefühl, für etwas kämpfen zu wollen. Mit ganzem Herzen. Und dieses Gefühl wollte sie nie wieder verlieren.

»In Ordnung«, sagte sie und schloss Henry in die Arme.

Schweren Herzens verabschiedete sie sich von ihm. Sie wollte Henry nicht gehen lassen, aber sie musste nach Hause, bevor ihre Eltern zurückkamen.

Sie gingen noch ein Stück gemeinsam durch Lübeck, dann trennten sie sich mit einem letzten, begierigen Kuss voneinander. Luisa lief durch die gespenstisch stillen Straßen der Stadt zurück. Die Nacht war dunkel und der Himmel mit Wolken bedeckt, sodass kaum Sterne am Firmament zu erkennen waren. Luisa schlang ihre Arme um den Körper und versuchte ruhig zu atmen. Aber Aufregung und Enttäuschung schossen wie Blitze durch ihren Körper, und sie war in Gedanken immer noch bei Henry.

Ihre Schritte hallten leise in den schmalen Gassen wider. Die Kälte kroch in ihre Kleidung, und es begann zu nieseln. Eilig zog Luisa ihre Kapuze über den Kopf und beschleunigte ihren Schritt. Der kalte, unbarmherzige Regen prasselte wie kleine Nadeln auf sie ein, und die Kälte ließ sie erzittern.

Glücklich, endlich vor der Wohnung zu stehen, sperrte sie leise die Haustür auf und schlich ins Innere. Alles war still.

Ihre Eltern und Rowena waren noch nicht zurück, und Luisa schlüpfte aus ihren Schuhen und schlich die Treppe hinauf, die leise knarzte. Schnell ging sie in ihr Zimmer und seufzte erleichtert, als sie die Tür hinter sich schloss. Sie ließ sich daran herunterrutschen und verharrte einige Zeit so. Leise tropfte das Wasser von ihren Haaren, und sie fuhr mit den Fingern durch die kleine Pfütze, die sich auf dem Boden gebildet hatte.

»Wie soll ich nur etwas herausfinden?«, murmelte Luisa leise und schloss kurz die Augen.

Da waren so viele Dinge, die sie nicht verstand. So viele Geheimnisse. Aber sie würde nicht nachgeben. Sie glaubte, dass all dies mit dem Krieg zu tun haben musste. Vielleicht kannten sich die Männer. Vielleicht waren sie …

Laute Stimmen und Lärm schreckten Luisa auf, und sie öffnete ruckartig die Augen. Sie drückte sich an ihre Zimmertür und lauschte.

Ihre Eltern waren zurück. Eilig stand sie auf und zog die nasse Kleidung aus. Schlüpfte in ihr Nachtkleid und öffnete den Zopf, den sie sich geflochten hatte. Dann legte sie sich ins Bett und kuschelte sich in die Decke.

Leise, darauf bedacht, keinen Laut zu machen, harrte sie aus. Hörte das Knarzen der Treppe. Rowenas Stimme. Gesprächsfetzen drangen an ihr Ohr, die sie jedoch nicht einordnen konnte.

Nach einiger Zeit wurde es still, und Luisa wollte gerade die Augen schließen, als ein leises Klopfen an ihrer Tür ertönte. Sie lugte unter der Decke hervor.

»Hallo, schlafende Schönheit«, begrüßte Rowena sie und grinste schelmisch.

Luisa erhob sich und lächelte ihre Schwester an. Sie klopfte auf den freien Platz im Bett, und Rowena setzte sich zu ihr. Sie trug immer noch ihr zitronengelbes Kleid, und ihre Wangen glühten förmlich.

Luisa legte ihre hellblaue Decke über Rowenas Beine und knipste die kleine Nachttischlampe neben ihrem Bett an, die den Raum in ein milchig oranges Licht tauchte.

»Du hast ein sehr leckeres Essen verpasst, und ich durfte sogar noch ganz kurz ins Jazz-Café, weil Vater noch einen alten Freund getroffen hat. Stell dir vor, ein Junge hat mich zum Tanz aufgefordert!«, erzählte ihre Schwester aufgeregt.

Rowena begann ihre komplizierte Frisur zu entwirren und schaute Luisa auffordernd an. »Erzähl, wie dein Treffen mit Henry war.«

»Shh!«, zischte Luisa erbost und schaute zur Tür, aber Rowena winkte schmunzelnd ab.

»Mutter und Vater sind zu Bett gegangen, alles ist in Ordnung.«

Luisa legte eine Hand auf ihre Brust und nickte stumm. »Unser Treffen war sehr schön, aber seine Familie hasst unsere auch …«

»Was?«, fragte Rowena überrascht. »Wieso das?«

Luisa zuckte mit den Schultern und wickelte sich enger in die Decke ein. »Wenn wir das wüssten …«

Rowena grinste frech und dachte einen Augenblick nach. »Wir waren so lange nicht mehr auf dem Dachboden. Dort könnten wir nach Hinweisen suchen.« Verschwörerisch stieß sie ihre ältere Schwester an, und Luisa lachte leise auf.

»Diese Idee hatte Henry auch …«, informierte sie ihre Schwester, deren Grinsen noch breiter wurde.

»Dann machen wir es so. Vater hat morgen einen wichtigen Termin mit den anderen Direktoren der Lübecker Museen, er wird den ganzen Tag außer Haus sein. Und Mutter ist bei einem Kaffeekränzchen.«

»Was du wieder alles weißt«, bemerkte Luisa und umarmte ihre Schwester fröhlich. »Ohne dich wäre ich verloren.«

»Ich weiß«, erwiderte Rowena und hob den Zeigefinger. »Aber das ist auch das Einzige, was ich herausbekommen habe.«

Schweigend schaute Luisa ihre Schwester an. Sie konnte sich immer auf Rowena verlassen, egal, was geschehen würde, Rowena wäre immer an ihrer Seite. Gemeinsam würden sie die Wahrheit herausfinden.

KAPITEL 4

HENRY

Henrys Schritte hallten in der Dunkelheit wider, als er mit zitternden Händen den Schlüssel ins Schloss steckte und die Tür sich mit einem leisen Quietschen öffnete. Er trat ein und lauschte der Stille des Hauses. Seine Familie schlief vermutlich schon. Sein Vater würde morgen wieder früh in der Manufaktur sein und ihn vermutlich erneut auf Emilie Dietrichs ansprechen.

Henry seufzte gequält, ließ den Autoschlüssel in eine kleine Schale auf der Kommode im Flur fallen und zog seine Schuhe aus. Dann ging er die Treppe hinauf, die bei jedem Schritt gefährlich knarzte. Kurz bevor er die Tür seines Zimmers erreicht hatte, nahm Henry einen leichten Luftzug wahr und hörte ein raues Husten von der Etage über ihm.

Er neigte den Kopf zur Seite und verharrte, unsicher, ob er nach oben gehen sollte, denn dort wohnte sein Großvater Matthias. Er fuhr sich mit einer Hand durch seine störrischen Locken und entschied sich, seinem Großvater noch einen Besuch abzustatten.

Mit langsamen Schritten ging Henry die Treppe hinauf und klopfte an der alten Eichentür. Er hörte ein weiteres Husten von der anderen Seite und dann ein leises »Herein«.

Henry öffnete die Tür und trat ein. Matthias saß in einem Sessel, ein Buch in der Hand und ein Glas Wein auf dem kleinen Beistelltisch daneben. Das Fenster war leicht geöffnet, und kühle Nachtluft wehte herein.

»Guten Abend, Großvater«, begrüßte Henry ihn, und Matthias warf ihm einen spöttischen Blick zu.

»Es ist Nacht«, sagte sein Großvater und nippte an seinem Wein.

Henry lachte leise auf, zog sich einen Schemel heran und setzte sich zu seinem Großvater. Er knetete seine Finger und betrachtete Matthias lange.

»Was führt dich zu mir, Henry?«, fragte Matthias und deutete auf die Flasche Wein. »Möchtest du auch ein Gläschen?«

Erst wollte Henry ablehnen, aber dann lächelte er und nickte. »Sehr gerne.«

Mit einem leisen Ächzen erhob Matthias sich aus seinem Sessel und ging auf die Vitrine am anderen Ende des Zimmers zu. Er holte ein Weinglas heraus und schenkte Henry die rot glänzende Flüssigkeit ein.

»Bitte sehr.« Matthias reichte Henry das Glas und setzte sich wieder. Er klappte das Buch zu und schlug die Beine übereinander.

Henry schwenkte das Glas kurz in der Hand und roch an dem Wein. Dann trank er einen kleinen Schluck, die Flüssigkeit prickelte auf seiner Zunge und schmeckte nach der Süße von Früchten, im Abgang ein wenig herb. Ein Wein ganz nach seinem Geschmack.

»Du ähnelst deiner Mutter, wenn du einen guten Wein trinkst.«

Henry hob den Blick und sah, wie sein Großvater ihn schmunzelnd betrachtete.

»Immerhin bin ich ihr Sohn, und sie muss die Leidenschaft für guten Wein von dir geerbt haben, Großvater«, entgegnete Henry und trank noch einen kleinen Schluck.

Matthias nickte freundlich und schaute kurz aus dem Fenster hinaus in die Dunkelheit. »Und was hat dich hierhergeführt?«

Henry seufzte leise. Darauf wusste er selbst keine Antwort. Da war nur dieses drängende Gefühl in seiner Brust, seinem Großvater in die Augen zu sehen, nachdem er mit Luisa gesprochen hatte.

So viele Fragen stoben wie Blitze durch Henrys Kopf, doch er wagte es nicht, auch nur eine davon zu stellen. Seine Hände zitterten leicht, und er umklammerte das Glas Wein so fest, dass seine Knöchel weiß hervortraten.

»Du hast mir nie erzählt, wieso du Marzipan so liebst«, sagte Henry stattdessen und beobachtete Matthias eingehend.

Henrys Großvater stellte sein Glas wieder auf den Beistelltisch und verschränkte die Arme vor der Brust.

»Ich habe Marzipan nie geliebt«, eröffnete er Henry, der seinen Großvater nun verblüfft ansah.

»Schau nicht so, Henry. Du hast gefragt, und ich habe geantwortet.« Matthias grinste seinen Enkel an und legte ihm eine Hand auf den Arm. »Sag etwas, damit ich weiß, dass der gute Tropfen dir nicht zu sehr zu Kopf gestiegen ist.«

»Ich …«, setzte Henry an. »Das verstehe ich nicht.«

Matthias lachte leise auf und fuhr mit seinen Fingern über seinen grauen Bart. »Liebst du denn Marzipan, Henry?«

Henry fühlte sich bei dieser Frage ertappt. Sein Herz schlug mit einem Mal sehr schnell. Er hörte die kritische Stimme seines Vaters in seinen Ohren, die ihn immer wieder dazu anspornte, mehr für die Manufaktur zu tun. Sich endlich mehr mit diesem Erbe ihrer Familie zu beschäftigen.

»Nein …«, gab Henry nach einer Weile zu, und seine Stimme zitterte so sehr, dass er Angst hatte, die Worte nicht richtig aussprechen zu können. »Ich liebe Marzipan nicht so sehr, wie ich es vermutlich sollte.«

»Und das habe ich auch nicht getan. Mein Vater hat die Manufaktur damals gekauft. Er wollte immer Marzipan herstellen, und nach dem Ersten Weltkrieg hatte ich kaum eine Wahl. Ich musste eine Familie ernähren, und die Manufaktur war ein lukratives Geschäft.«

Die Worte seines Großvaters drangen nur dumpf zu Henry durch. Er fühlte sich wie in Watte gepackt, kurz verschwamm die Welt vor seinen Augen, und schwarze Punkte tanzten davor.

Henry hob seinen Blick und sah seinen Großvater an, langsam wurde sein Blick wieder klarer, die Konturen schärfer.

»Du … du hast mir nie erzählt, wie es war«, murmelte Henry und seufzte leise. »Dein Leben meine ich. Was du im Ersten Weltkrieg erlebt hast … und alles, was danach geschah … auch im Zweiten Weltkrieg.«

Henry versuchte eine Gefühlsregung auf dem Gesicht seines Großvaters zu erkennen. Aber Matthias sah ihn nur ruhig an, dann huschte ein kleines Lächeln über sein Gesicht.

»Dieses Leben damals kommt mir so lange her vor. Verblasste Erinnerungen im Sonnenlicht. Ach, mein Junge, es gibt so vieles, was du nicht weißt. So viel, worüber ich nicht sprechen kann.« Matthias' Stimme hatte einen merkwürdigen Unterton angenommen, und seine Hände zitterten mit einem Mal so sehr, dass der Wein in dem Glas, welches er hielt, auf den Boden tropfte.

»Großvater …« Erschrocken erhob sich Henry und griff nach einem Tischtuch, um den Wein wegzuwischen. »Das habe ich nicht gewollt, bitte entschuldige meine Neugier.«

Henry wagte es nicht, den Blick zu heben, er wollte diesen traurigen Blick seines Großvaters nicht sehen, die Tränen, die vermutlich gerade über seine Wange liefen.

»Henry«, sagte Matthias nach einer Weile. »Sieh mich an, mein Junge.«

Seufzend hob Henry den Blick und setzte sich wieder auf den Schemel. Er legte das schmutzige Tuch zur Seite und verschränkte die Hände ineinander.

»Du hast nichts falsch gemacht, Henry. Aber weißt du …«, Matthias sah seinen Enkel zögerlich an, »es gibt Dinge, die sind viel zu schmerzhaft, um sie laut auszusprechen. Und das, was ich im Krieg erlebt habe, gehört leider dazu. Ich habe Dinge gesehen, die niemand sehen sollte. Du kannst dir nicht vorstellen, was Krieg bedeutet.«

Das konnte Henry sich wirklich nicht vorstellen, und ihm wurde bewusst, dass sein Großvater ihm deshalb keinen Vorwurf machte. Henry hatte nicht im Krieg gekämpft, er kannte nur die Geschichten, die sein Großvaters ihm als kleiner Junge erzählt hatte. Sein eigener Vater hatte nicht im Zweiten Weltkrieg gekämpft, aber sein Großvater sogar in beiden Kriegen – es musste grausam gewesen sein.

»Es tut mir leid, dass ich dich an all das erinnert habe«, wisperte Henry in die Stille. »Aber ich war neugierig.«

»Das ist dein gutes Recht.« Matthias schenkte ihm ein freundliches Lächeln, dann glitt sein Blick in die Ferne, und es dauerte einige Zeit, bis er seinen Enkel wieder ansehen konnte.

»Manchmal sind meine Erinnerungen an den Ersten Weltkrieg verschwommen. Es fühlt sich an, als hätte jemand Wasser über Tinte geschüttet, die Schrift ist verwischt, und alles fühlt sich so lange her an. Aber ich habe in Belgien gekämpft und in der Hölle von Verdun. Kannst du dir die unzähligen Schützengräben vorstellen? Wie ein Labyrinth voller Dunkelheit. Schreie, die in dieser Finsternis widerhallen wie schlagende Herzen? Ich habe Burschen sterben sehen, die jünger waren als du. Gesichter, die einen anstarren, Augen, in denen kein Leben mehr war.«

Henry konnte nichts sagen. Die Worte seines Großvaters sickerten zäh wie Marmelade in seinen Verstand. Erfüllten all seine Gedanken mit Dunkelheit.

»Oh, Großvater …«, murmelte Henry nach einiger Zeit und ergriff die Hand von Matthias.

Dieser sah seinen Enkel an, und getrocknete Tränen glitzerten auf seinen Wangen.

»Ich glaube, das sind genug Geschichten für heute, Henry. Du solltest zu Bett gehen.« Matthias entzog Henry seine Hand und machte eine wedelnde Bewegung, gerade so, als wollte er Henry fortscheuchen.

Henry kaute nachdenklich auf seiner Unterlippe herum, dann erhob er sich mit einem dumpfen Gefühl im Magen.

»Großvater ...« Eine allerletzte Frage brannte Henry noch unter den Nägeln, aber er war sich nicht sicher, ob er sie wirklich stellen konnte. Ob er seinen Großvater noch mehr mit der Vergangenheit belasten durfte.

»Henry!«, herrschte Matthias ihn an. »Sprich oder geh, ich bin jetzt wirklich müde und würde gerne schlafen.«

Henry nickte. »Dann wünsche ich dir eine gute Nacht.«

Er ging in Richtung Tür, als ihm ein Brief auffiel, der auf der Kommode lag. Henry neigte den Kopf und drehte sich noch einmal zu seinem Großvater um.

»Was ist das?«, fragte er.

Matthias seufzte leise. »Eine Einladung zum Ball bei der Familie ...« Matthias legte einen Finger ans Kinn und kniff die Augen zusammen. »Wie hießen sie noch gleich? Die, die mehrere Hotels in der Stadt haben ...«

»Familie Brandt?«, mutmaßte Henry und griff nach dem Brief.

Vorsichtig öffnete er die Einladung, die auf festem beigem Papier gedruckt war. Die Schrift geradlinig und trotzdem mit schönem Schwung und einigen Schnörkeln.

Matthias schnipste mit den Fingern und grinste seinen Enkel an. »Genau die!«, rief er. »Ihr seid eingeladen, und deine Mutter hat mich doch tatsächlich gefragt, ob ich euch begleiten will. Ein Maskenball! Kannst du dir das vorstellen? Ich und ein Maskenball? Ich habe ihr gesagt, dass ich solche Tanzveranstaltungen lieber den jungen Leuten überlasse, aber sie hat die Einladung trotzdem hiergelassen.«

»Nun, die jungen Leute würden wohl lieber auf ein Rock-'n'-Roll-Konzert gehen als auf einen Maskenball«, entgegnete Henry spöttisch und las den Text der Einladung. Es war tatsächlich ein Maskenball mit allem Prunk und festlicher Aktivität. Vermutlich würden seine Eltern von ihm verlangen, dass er sie begleitete, um gehobene Konversation zu betreiben. Und Henry war sich sicher, dass sein Vater es möglich machen würde, dass auch Emilie Dietrichs kommen würde.

Henry seufzte schwer und ließ den Brief wieder auf die Kommode fallen. »Das wird ein Spaß …«, murmelte er verdrossen.

Matthias lachte rau. »Ich habe gehört, es kommen viele wohlhabende Lübecker Familien. Die Töchter der Bankiers, die Leiter der Lübecker Museen und …«

Henry wirbelte herum. Mit einem Mal schlug sein Herz wieder wild und heftig gegen seine Rippen.

»Hast du gerade gesagt, dass die Leiter der Lübecker Museen ebenfalls geladen sind?«, fragte er.

»Das habe ich gesagt, aber warum bringt dich diese Nachricht so in Aufruhr? Es …« Matthias hielt inne, Erkenntnis huschte über seine Gesichtszüge.

Henry schwieg und senkte den Blick. Luisas Vater war Direktor des Holstentormuseums. Das würde bedeuten, dass sie zu diesem Maskenball kommen würde und Henry sie dort wiedersehen könnte. Er könnte sie in seinen Armen halten und …

»Du denkst an sie.«

Matthias' Stimme durchbrach Henrys Gedanken, und er hob den Blick.

»Großvater, es …« Wie sollte Henry es erklären, wenn er es doch selbst nicht verstand? Er konnte seine Liebe zu Luisa nicht in Worte fassen.

»Sprich nicht weiter, Henry«, sagte Matthias und erhob sich mit einem schwerfälligen Stöhnen aus dem Sessel.

Er schloss das Fenster, und sein Blick glitt nach draußen über die nächtliche Stadt und die Sterne, die am Himmel glänzten.

Dann drehte Matthias sich um und sah Henry in die Augen.

»Sag mir, Henry ...« Er fuhr mit seiner Zunge über seine Lippen und lächelte. »Liebst du dieses Mädchen?«

Henry zögerte nicht einen Augenblick. »Ich liebe sie von ganzem Herzen. Ich würde mein Leben für sie geben.«

Mit Schrecken sah Henry, wie eine Träne über die Wange seines Großvaters glitt.

»Dann halte diese Liebe fest, mein Junge. Halt sie fest, und lass sie nicht los. Egal, was dein Vater sagt.« Matthias schenkte ihm ein letztes Lächeln, dann drehte er sich um.

Henry fühlte sich wie festgefroren. Er unterdrückte ein Stöhnen und ging langsam zur Tür, sein Blick streifte ein allerletztes Mal die Stube seines Großvaters. Wärme durchflutete ihn und ein Gefühl von Heimat.

Kurz bevor Henry die Türklinke hinunterdrückte, sah er Matthias an. »Du hast sie gekannt, oder nicht? Die Familie Linde?«

Matthias hob den Blick und seufzte. »Ja ...«, antwortete er mit brüchiger Stimme. »Viel besser, als ich glaube, mein eigenes Leben zu kennen ...«

Henry wollte zu einer Erwiderung ansetzen, aber er schloss den Mund, ohne dass ein Wort seine Kehle verließ, und trat nach draußen auf den Flur. Die Tür schloss sich mit einem Knacken hinter ihm, welches Henry einen eiskalten Schauer über den Rücken jagte.

Er verharrte noch einen Augenblick in der Dunkelheit. So viele Gedanken stoben durch seinen Kopf über Geheimnisse, die er nicht richtig fassen konnte. Sie waren wir bunte Fäden, die sich verheddert hatten, und Henry spürte, dass es seine Aufgabe war, diese Fäden zu entwirren.

Also ging er die Treppe hinunter, aber sein Weg führte ihn nicht in sein eigenes Zimmer, sondern eine Etage tiefer zum Arbeitszimmer seines Vaters. Gerade als Henry auf die Tür zugehen wollte, stutzte er und hielt abrupt inne.

Seine Stirn legte sich in Falten, als er bemerkte, dass in dem Zimmer noch jemand war. Ein schmaler Streifen goldenes Licht drang durch den Türschlitz.

Henry stolperte zwei Schritte zurück, aber da wurde die Tür geöffnet, und sein Vater stand im Türrahmen. Er sah müde aus.

»Wolltest du mich sprechen?«, fragte Nikolas, und in seiner Stimme schwang ein Hauch von Ungeduld mit, die Henry auf eine grausame Art an seine Kindheit erinnerte.

»Ich … nein, bitte entschuldige …«, murmelte Henry und senkte den Kopf.

Nikolas seufzte schwer und macht eine wegwerfende Handbewegung. »Dann geh zu Bett, vielleicht kannst du dich dann morgen dazu durchringen, mit in die Manufaktur zu kommen.«

Henry zwang sich zu einem Lächeln und nickte. »Sehr gerne, Vater.«

Er war überrascht, wie leicht ihm die Lüge über die Lippen kam. Vielleicht wäre es hilfreich, sich gut mit seinem Vater zu stellen, vielleicht würde dieser Luisa akzeptieren, wenn Henry nur tat, was er wollte.

»Ach, Henry.« Die Stimme seines Vaters hielt ihn zurück. »Wir sind auf einen Maskenball eingeladen, deine Mutter möchte morgen einen neuen Anzug mit dir kaufen.«

Henry biss sich auf die Zunge, denn fast hätte er gesagt: »Ich weiß«, aber sein Vater brauchte nicht zu erfahren, dass er mit seinem Großvater gesprochen hatte.

»In Ordnung«, sagte er stattdessen.

»Ach, und … Emilie Dietrichs und ihr Vater werden ebenfalls auf dem Maskenball sein.«

Henry presste die Kiefer so fest aufeinander, dass seine Zähne knirschten. Ohne ein weiteres Wort ging er die Treppe hinauf in sein Zimmer. Er stellte sich ans Fenster und ließ seinen Blick über die glitzernden Lichter Lübecks schweifen.

Und da fiel es ihm wie Schuppen von den Augen, dass sein Großvater nur über den Ersten Weltkrieg gesprochen hatte, als ob genau diese Erinnerung in seinem Kopf präsent wäre. Mit einem Mal war sich Henry sicher, dass dieses Geheimnis damit zu tun haben musste. Und er würde herausfinden, was damals geschehen war.

KAPITEL 5

LUISA

Staub wirbelte auf im glänzenden Licht der Sonne. Luisa ließ ihren Blick über den Dachboden schweifen und fuhr mit den Fingern über eine dicke Schmutzschicht.

Sie blinzelte gegen die Sonne, die durch das Dachfenster hereinschien. Mit einem Mal hörte sie hinter sich ein Poltern und schaute sich erschrocken um. Ein Zittern erfasste ihren Körper.

»Herrgott, Rowena!«, herrschte sie ihre Schwester an, die gerade durch die Dachluke geklettert kam und dabei einen Stapel alter Kisten umgestoßen hatte.

»Entschuldige«, murmelte Rowena zerknirscht.

Luisa schüttelte den Kopf und wandte sich wieder den vielen Kisten und alten Möbelstücken zu, die vor ihr auf dem Dachboden standen. Sie zog eine Kiste zu sich heran und setzte sich auf den Boden.

»Sag mir noch mal – wonach suchen wir?«, fragte Rowena und hob einige der Kisten auf, die umgefallen waren.

»Briefe, Tagebücher, alte Fotos«, zählte Luisa auf und zuckte unschlüssig mit den Schultern, »irgendetwas, was darauf hindeuten könnte, dass unser Großvater und Henrys Großvater sich kannten und im Ersten Weltkrieg zusammen gekämpft haben.«

»Warum bist du dir so sicher, dass es mit unseren Großvätern zu tun hat und vor allem mit dem Ersten Weltkrieg?«, fragte Rowena.

»Weil im Ersten Weltkrieg Henrys und unser Großvater als einfache Soldaten gedient haben. Im Zweiten Weltkrieg waren sie nicht mal im gleichen Regiment. Der eine war Offizier bei der Marine und der andere Offizier auf dem Feld. Und Henrys Vater war wegen der Manufaktur nicht im Zweiten Weltkrieg. Es muss mit Großvater zu tun haben.«

Luisa hatte keine Ahnung, ob sie damit richtiglag, aber es fühlte sich so an. Sie musste irgendwelche Hinweise finden. Ihr Vater war heute Morgen früh aufgebrochen. Er hatte Luisa immer noch mit Schweigen gestraft, aber sie hatte versucht, sich nicht anmerken zu lassen, wie sehr sein Verhalten sie verletzte. Sie hatte schließlich nichts getan, außer sich zu verlieben.

Und was konnte an Liebe falsch sein?

»Wie wäre es hiermit?«, riss ihre Schwester sie nach einer Weile aus ihren Gedanken, in der beide den Dachboden schweigend erforscht hatten.

Luisa hielt in ihrem Suchen inne und schaute auf.

Rowena hatte ein altes Foto in der Hand und wedelte damit vor Luisas Gesicht herum.

Luisa ergriff das Foto und runzelte die Stirn, eine merkwürdige Hitze huschte durch ihre Glieder, als sie das Bild näher betrachtete.

Es zeigte einige junge Männer in Militäruniform. Sie standen hinter einem Armeewagen und lächelten scheu in die Kamera. Sie alle wirkten müde und ausgezehrt. Weiße, blasse Haut wie Papier und dunkle Schatten unter den Augen.

»Soldaten«, murmelte Luisa leise und fuhr mit den Fingern über die Gesichter der Männer.

»Ist das Großvater?« Rowena zeigte auf einen jungen Mann in der vorderen Reihe, dessen dunkle Haare den ihren glichen.

Nachdenklich kaute Luisa auf ihrer Unterlippe herum.

»Ja, das müsste er sein …«, antwortete sie leise und sah sich die anderen Männer an.

Neben dem Mann, der allem Anschein nach Hans war, stand ein weiterer, der seinen Arm um ihn gelegt hatte. Er war der Einzige unter all diesen Soldaten, dessen Augen vor Freude zu leuchten schienen. Auch sein Lächeln war breit und ehrlich.

»Sie sehen wie Freunde aus«, bemerkte Rowena, und ein kleines Lächeln schlich sich auf ihr Gesicht. »Ob das Henrys Großvater ist?«

Luisa sah das Foto schweigend an und verlor sich für einen Augenblick in ihren Gedanken. Wenn das Henrys Großvater wäre, dann hätten sie recht mit ihrer Vermutung gehabt. Sie drehte das Bild in ihren Händen und zuckte zusammen, als sie eine verblasste Inschrift erkannte.

»*April 1914, Ypern, Hans und Matthias*«, las sie angestrengt vor und keuchte erschrocken auf.

»Ypern?«, fragte Rowena verständnislos, und Luisa konnte nur leise lachen.

»Du hast wirklich nicht sehr gut aufgepasst im Geschichtsunterricht, kleine Schwester. Ypern ist eine Stadt in Belgien, in der die Deutschen im Ersten Weltkrieg gekämpft haben«, erklärte Luisa ihr bereitwillig, wurde dann aber sofort wieder ernst. »Also war Großvater dort zusammen mit Matthias …«

»Der Henrys Großvater ist?«, beendete Rowena ihren Satz.

»Das werde ich ihn wohl fragen müssen …«, gab Luisa zu bedenken und legte das Foto vorsichtig zur Seite.

In ihren Finger kribbelte es leicht, als sie sich einer anderen Kiste zuwandte. »Vielleicht finden wir hier oben noch weitere Fotos oder Ähnliches.«

»Dich scheint der Eifer gepackt zu haben.« Rowena grinste und steckte ihre Nase tief in die nächste Kiste.

Ja, ihre Schwester hatte recht. Sie hatte neue Hoffnung geschöpft. Sie wollte wissen, welches Geheimnis da verborgen lag. Unermüdlich suchte sie weiter.

Papier raschelte, während die beiden jungen Frauen die Kisten auspackten. Hin und wieder mussten sie über einige alte Fotos von ihren Eltern lachen und Fotos von sich selbst, als sie noch klein waren. Sie bemerkten gar nicht, wie die Stunden vergingen. Wie die Stille sie einhüllte.

Luisa musste mehrmals niesen bei all dem Staub auf dem Dachboden. Ihre Augen tränten leicht, aber sie konnte nicht aufhören, nach weiteren Fotografien oder anderen Dingen aus der Vergangenheit zu suchen. Die Sonne schien durch das Fenster und wärmte Luisa. Sie war erschöpft und müde, hatte die letzte Nacht kaum geschlafen, weil sie nur an Henry gedacht hatte, doch sie machte unermüdlich weiter.

Endlich fand Luisa etwas. Einen Brief, der in einem alten Märchenbuch der Gebrüder Grimm steckte.

»Was ist das?«, fragte Rowena neugierig.

»Das weiß ich erst, wenn ich ihn gelesen habe«, sagte Luisa seufzend.

Vorsichtig faltete sie den Brief auf und fuhr über das zerknitterte Papier, welches an mehreren Stellen eingerissen war. Die Schrift war verblasst, einige Worte konnte man nicht mehr erkennen, und die obere Hälfte des Papiers war anscheinend nass geworden, denn die Tinte war verwischt und zerlaufen.

Luisa legte den Kopf schräg und versuchte die wenigen Sätze, die noch lesbar waren, zu entziffern.

… Wir arbeiten hart und wollen, dass alles so ist wie früher, wenn ihr zurückkehrt. Ich hoffe, dass ihr bald wieder hier seid. Grüß Matthias von mir. Seiner Familie geht es den Umständen entsprechend gut, die Manufaktur läuft auf Hochtouren. Frag mich bitte nicht, wieso, aber ich denke, ein

Stückchen Normalität will im Augenblick jeder haben. Auch wenn das nur bedeutet, sich ein bisschen Marzipan zu kaufen. Deinen Eltern und deinem Bruder geht es ebenfalls gut. Sie vermissen dich sehr. Ebenso wie ich. Ich denke jeden Tag an dich. Das verspreche ich dir. Während ich diese Zeilen schreibe, weine ich. Jede Träne ist für dich, mein Liebster. Ich will, dass du zu mir zurückkommst. Dass du mich nicht allein zurücklässt in dieser Welt. Immerhin sind wir füreinander versprochen. In Ewigkeit. Für immer. Erinnerst du dich an diese Worte? In meinem Herzen werden sie ewig verweilen. Genau wie du, Hans.
Ich warte auf deine Rückkehr und werde dich nie vergessen.
Ich liebe dich. Deine Greta

»Greta?« Rowenas Frage durchbrach die Stille zwischen ihnen so abrupt, dass Luisa erschrocken zusammenzuckte.

Luisa legte den Brief vor sich hin und zog die Knie an die Brust. Sie musste nachdenken. »Großmutter hieß nicht Greta. Nicht mal mit zweitem Namen …«

»Vielleicht Großvaters Jugendliebe?«, schlug Rowena vor und nahm den Brief in ihre Hände.

»Nein.« Unruhig schüttelte Luisa den Kopf. »Hast du nicht zugehört? Da steht ›versprochen‹. Verlobt. Das ist mehr als eine Jugendliebe.«

»Aber warum hat Großvater dann Großmutter geheiratet und nicht diese gewisse Greta?«

»Wenn ich das wüsste«, seufzte Luisa leise.

»Aber …« Rowenas Augen huschten erneut über die Zeilen, dann sah sie ihre Schwester ernst an. »Da steht wieder ›Matthias‹, und da steht ›Manufaktur‹. Marzipan. Das kann doch nur bedeuten, dass dieser Matthias in irgendeiner Weise mit Henry verwandt ist, oder nicht?«

Luisa fuhr sich mit der Zunge über die Lippen. Ihr Herz war in Aufruhr geraten, und sie hatte Mühe, ihre Gedanken zu ordnen.

»Ja …«, antwortete sie nach einer Weile. »Das denke ich auch. Aber wer ist Greta? Warum war Großvater einer anderen Frau versprochen? Was ist aus ihr geworden?«

Rowena rückte näher an ihre Schwester heran. »Vielleicht …«, setzte Rowena an und seufzte schwer. »Vielleicht ist sie gestorben?«

Dieses Wort schwebte wie eine drohende Gewitterwolke über Luisa, und urplötzlich war ihr eiskalt.

Die Geschichten ihres Großvaters kamen ihr in den Sinn. Über den Krieg und Hans' »Abenteuer«, wie er es damals genannt hatte. Er hatte Luisa und ihrer Schwester viele dieser Geschichten erzählt, und damals hatte sie noch gar nicht begriffen, wie abscheulich der Krieg gewesen war.

»Das verstehe ich nicht …«, murmelte Luisa und erhob sich.

Suchend ließ sie ihren Blick über weitere Kisten schweifen und angelte ein altes Foto aus einer von ihnen heraus.

»Schau …« Sie hielt Rowena das Foto hin, die verwirrt die Stirn in Falten legte. »Das ist Großvater mit Großmutter Mathilda, und der kleine Junge vor ihnen, das ist unser Vater. Es steht hinten auf dem Foto geschrieben, diese Aufnahme wurde 1924 gemacht.«

Rowena nahm das Foto in ihre Hände und betrachtete es lange. »Da ist Vater vielleicht gerade mal vier Jahre alt … und da waren die beiden vermutlich schon einige Zeit verheiratet. Aber der Krieg endete doch bereits viel früher, oder nicht?«

»Stimmt, und …« Ein lautes Rufen ertönte von unten, das Luisa jäh unterbrach. Sie und ihre Schwester zuckten zusammen.

»Luisa! Rowena! Seid ihr oben auf dem Dachboden?« Es war Hans' Stimme.

Luisa fluchte leise. »Herr im Himmel«, murmelte sie.

Sie wusste, dass Hans im Haus war, aber das letzte Mal, als sie nach ihm geschaut hatte, hatte er friedlich in seinem Sessel geschlafen.

Sie standen auf und steckten den Brief sowie ein paar der Fotos ein. Dann räumten sie die Kisten aus dem Weg und kletterten vorsichtig die Leiter vom Dachboden herunter.

»Da seid ihr ja!« Nachdenklich kratzte sich Hans am Hinterkopf.

Luisa hustete und drehte sich zu ihm um. Unbehagen machte sich in ihr breit, und sie senkte den Kopf.

»Was habt ihr da oben gemacht?«

»Wir …«, begann Luisa stockend, aber Rowena stellte sich vor sie.

»Meine Schulaufgaben«, behauptete sie mit einem selbstsicheren Lächeln, »wir sollen alte Fotos heraussuchen, auf denen die Gebäude Lübecks zu sehen sind. Weil doch immer noch so viel gebaut wird – wir vergleichen das Stadtbild von vor dem Zweiten Weltkrieg mit dem jetzigen. Deswegen haben wir oben auf dem Dachboden nach alten Fotos geschaut.«

Luisa seufzte erleichtert. Das war keine so dumme Idee. Das sollte Hans ihnen glauben.

»Ah …«, machte er jedoch wenig überzeugt und musterte seine Enkeltöchter streng. »Dann solltet ihr euch jetzt umziehen. Ihr seid voller Staub. Oder liege ich falsch, dass ihr heute Abend mit euren Freundinnen in die Stadt wolltet?«

»Nein, da hast du recht, Großvater«, antwortete Rowena erfreut und zog Luisa mit sich. »Wir werden uns umziehen.«

Rasch verschwand sie mit ihrer Schwester zusammen in ihrem Zimmer.

Klappernd fiel die Tür zu, und Luisa ließ sich auf Rowenas Bett fallen. »Das ist ja noch mal gut gegangen«, sagte sie und lehnte sich zurück, während sie den Brief und die Fotos herausholte.

»Du bist wirklich keine gute Lügnerin«, bemerkte Rowena vorwurfsvoll und nestelte in ihrem Kleiderschrank herum.

»Was machst du da?« Luisa hob ihre Augenbrauen und neigte den Kopf zur Seite.

»Ehrlich?«, fragte Rowena und holte zwei Kleider hervor. »Wir wollten heute Abend tatsächlich ausgehen, also zieh dich um.«

»Muss ich?« Gequält sah Luisa ihre Schwester an und verzog das Gesicht zu einer Grimasse.

»Ja«, sagte Rowena knapp und warf Luisa eines der Kleider zu. »Und weißt du, was? Vielleicht kannst du dich nachher davonstehlen und deinen Geliebten sehen«, flötete sie grinsend. »Wir werden sowieso nächste Woche noch mal zum Schneider gehen müssen wegen des Balls.«

Luisa unterdrückte nur mit Mühe ein Stöhnen und vergrub ihren Kopf in den unzähligen Kissen auf Rowenas Bett. Der Maskenball, zu dem sie geladen waren. Dieses große gesellschaftliche Ereignis, über das ihr Vater noch mit ihr sprechen wollte. Luisa konnte kaum in Worte fassen, wie wenig Lust sie auf diesen Ball hatte.

»Müssen wir dort wirklich hin?«, fragte sie und strich mit ihren Fingern über den Brief.

Ihre Gedanken kreisten nur um diese Greta, wer immer diese Frau auch war, was immer sie für ihren Großvater bedeutet haben mochte.

»Natürlich«, antwortete Rowena und setzte sich neben Luisa aufs Bett. »Außerdem habe ich gehört, dass sehr viele einflussreiche Familien der Stadt geladen sind. Angeblich auch der Sohn eines gewissen Herrn, der eine Marzipanmanufaktur leitet.«

Luisa starrte ihre Schwester irritiert an. »Henry wird auch da sein?«, flüsterte sie so leise, als wäre allein Henrys Name ein Geheimnis zwischen ihnen.

»Ob Großvater sie auch so sehr geliebt hat?«, wechselte Rowena das Thema und begann sich ihre Haare zu flechten.

»Sonst hätte er ihren Brief bestimmt nicht aufbewahrt, oder?«, antwortete Luisa nach einiger Zeit.

»Und was ist mit Großmutter?« Das verstand Rowena auch nicht. Wenn ihr Großvater diese Frau geliebt hatte, warum hatte er dann ihre Großmutter geheiratet?

»Das ergibt alles keinen Sinn!« Luisa raufte sich die Haare und hievte sich schwerfällig hoch.

»Beruhige dich, Schwesterherz«, sagte Rowena mit ruhiger Stimme und nahm Luisa den Brief aus der Hand. »Dreh dich um, ich mache dich jetzt hübsch für die jungen Männer.«

Eine gewisse Ironie schwang in Rowenas Stimme mit, denn sie wusste ebenso wie Luisa, dass es nur einen jungen Mann in deren Leben gab. Luisa drehte sich zu Rowena um und hielt still, als ihre Schwester sie zu frisieren begann.

Natürlich mochte sie ihre und Rowenas Freundinnen, aber sie wollte lieber noch mehr erfahren. Weiter den Spuren der Vergangenheit folgen. Auch wenn dieser Pfad voller Nebel und Geheimnisse war. Sie würde die Finsternis betreten für diese Wahrheit. Für ihre Liebe zu Henry.

Luisa konnte nicht einschlafen. Seit Stunden drehte sie sich in ihrem Bett hin und her. Zu viele Gedanken wanderten in ihrem Kopf umher und hielten sie wach.

Erschöpft warf sie die Decke zurück, um aufzustehen. Der Mond hing wie eine Scheibe am Himmel. So gleißend hell, dass er Luisa blendete.

Kälte fuhr durch ihren Körper, als sie mit nackten Füßen auf den rauen Boden trat und aus ihrem Zimmer schlich.

Vielleicht würde eine warme Milch mit Honig ihr helfen einzuschlafen. Vorsichtig lief sie im Halbdunkeln die Treppe hinunter und ging in die Küche. Sie knipste das Licht an und blinzelte erschrocken, weil es plötzlich viel zu hell war.

»Luisa?«, schreckte sie eine kratzige Stimme auf, und sie wirbelt herum.

»Großvater«, rief sie erleichtert und seufzte leise.

Hans stand in seinem Morgenmantel vor ihr und schenkte ihr ein kleines Lächeln.

»Kannst du nicht schlafen?«, fragte er, während sie Milch aus dem Kühlschrank holte und einen Topf auf den Herd stellte.

»Nein«, antwortete sie leise, »der Abend mit den anderen Mädchen war sehr schön, und ich dachte, ich würde so müde, wie ich bin, auch gleich einschlafen, aber irgendwie …«

»Es belastet dich«, bemerkte Hans, und Luisa zuckte zusammen.

»Ich …«, begann sie, brach aber sofort ab und wandte sich wieder dem Kochtopf mit der Milch zu.

Sie wollte mit Hans nicht darüber reden. Es ergab einfach alles keinen Sinn. Zudem wollte sie ihren Großvater nicht so traurig sehen. Diese Tränen in seinen Augen waren schrecklich gewesen.

So rührte sie schweigend die Milch um und wartete, bis diese zu kochen begann, dann schüttete sie sie in einen Becher und holte den Honig heraus. »Möchtest du auch?«

Hans sah sie einen Moment skeptisch an und nickte dann. »Gerne, mein Kind.«

Sie lächelte erfreut und goss Hans ebenfalls Milch in einen Becher. Dann reichte sie ihm den Honig und setzte sich neben ihn. Luisa pustete in den Becher hinein und nippte vorsichtig an ihrer Milch.

»Das hast du früher auch gemacht«, sagte Hans lächelnd und sah sie von der Seite an. »Wann immer du nicht schlafen konntest, bist du in die Küche geschlichen und hast dir Milch gemacht.«

Luisa musste bei diesen Worten schmunzeln. »Stimmt,

und einmal habe ich dabei um ein Haar die Küche in Brand gesetzt.«

Ihre Eltern waren sehr erbost gewesen, und es war Hans gewesen, der sie vor diesem Ärger beschützt hatte. Von da an durfte sie ihn immer wecken, wenn sie nicht schlafen konnte. Zusammen machten sie sich Milch mit Honig, setzten sich ins Wohnzimmer, und Hans erzählte ihr eine seiner vielen Geschichten. Ihr wurde warm ums Herz bei diesen Erinnerungen.

»Das hast du tatsächlich«, ihr Großvater lachte auf und trank einen Schluck Milch.

Es war ein komisches Gefühl, mitten in der Nacht hier mit ihrem Großvater zu sitzen. Nicht, weil sie es nicht mochte, sondern weil plötzlich so viel zwischen ihnen stand.

»Großvater«, fing Luisa zaghaft an und wandte sich ihm zu. »Ich weiß, ich sollte dich gar nicht danach fragen, weil ich bemerkt habe, dass allein die Erwähnung von Henrys Namen dir Schmerz bereitet hat, aber ich verstehe es nicht. Warum hasst Vater die Familie Hawkins so?«

Hans presste die Lippen fest aufeinander und wich ihrem Blick aus. Seine Hand begann zu zittern, und er umklammerte den Becher mit aller Kraft.

Erschrocken biss sich Luisa auf die Unterlippe und berührte Hans sanft an der Schulter. »Entschuldige, bitte vergiss meine Worte.«

Sie trank ihre Milch aus und stand auf. Wollte nach oben gehen, als Hans ihr Handgelenk ergriff.

»Warte«, flüsterte er und zog sie zu sich. »Ich werde dir nicht all die Antworten geben können, die du haben möchtest, aber ich spüre, dass du leidest.«

Luisa schluckte hart und blinzelte die Tränen fort. Sie setzte sich wieder auf den Stuhl und legte den Kopf schräg. Einige Haarsträhnen fielen ihr ins Gesicht, und über Hans' Gesicht huschte ein flüchtiges Lächeln.

»Oh, Großvater«, murmelte Luisa, »ich weiß nicht mehr, was ich tun soll. Ich liebe Henry von ganzem Herzen, und ich zerbreche daran, ihn nicht sehen zu dürfen.«

»Du hast dich wieder mit ihm getroffen, mein Kind. Man sieht es an dem Leuchten in deinen Augen«, sagte Hans schelmisch.

Ertappt wich Luisa seinem Blick aus. Sie hatte Henry tatsächlich am Abend flüchtig gesehen, eher zufällig, als er mit Freunden in der Stadt gewesen war. Während Rowena und ihre Freundinnen durch Lübeck flaniert waren, hatte sie sich abgesetzt und mit Henry geredet. Sie hatten nicht viel Zeit miteinander verbringen können, aber jede Minute mit ihm war kostbar und wunderschön gewesen.

»Gräm dich nicht. Über die Jahre habe ich so viele Arten von Liebe gesehen. Vor mir kann man nichts verheimlichen.« Er zwinkerte ihr zu und tätschelte ihre Wange.

»Aber Großvater«, murmelte sie leise, »was hat die Familie Hawkins uns denn getan? Oder liegt es daran, dass sie aus England stammen?«

Für einen Augenblick sah Luisa ein düsteres Funkeln in den Augen ihres Großvaters. Eine Finsternis, die sie zu verschlingen drohte. Dann lachte Hans leise auf und winkte mit einem matten Lächeln ab.

»Nein, mein Kind, dass sie Engländer sind, hat nie jemanden von uns gestört. Sie waren gute, blitzgescheite Menschen, die hart auf den Feldern gearbeitet haben.«

»Auf den Feldern?«, unterbrach Luisa ihn.

Aber Hans schüttelte nur den Kopf und ließ ihre Hand los. Dann stand er auf und küsste sie auf die Wange. »Manchmal, Luisa, da geht das Leben andere Wege, als wir es wollen. Und manchmal, da leben wir unser ganzes Leben lang eine Lüge.«

Luisa setzte zu einer Erwiderung an, aber ihr Großvater legte ihr einen Finger auf die Lippen und schüttelte erneut den Kopf. Der Blick seiner dunklen Augen schien Luisa zu durchbohren.

Hans drehte sich um und ging zur Treppe, das monotone Klackern seines Gehstocks hallte in der Stille wider, und Luisa erhob sich, um ihm hinterherzulaufen.

»Aber Großvater …« Luisa streckte die Hand nach ihrem Großvater aus und bekam ihn am Ärmel zu fassen. »Hat … hat all dies mit deiner Vergangenheit zu tun?«

Hans drehte sich zu Luisa um, und sie erschrak, als sie erneut Tränen in seinen Augen sah. Silbern funkelten sie im matten Licht des Mondes.

»Meine Vergangenheit ist nichts, worüber wir sprechen sollten«, antwortete Hans und riss sich von Luisa los.

Seine Stimme klang schroff und abweisend, und Luisas Hand verharrte zitternd in der stickigen Luft zwischen ihnen. Hans betrachtete sie eingehend und seufzte leise. Er ging einen Schritt auf Luisa zu und berührte sie vorsichtig am Arm.

Luisa spürte, wie heiße Tränen in ihren Augen brannten, aber sie ballte die Hand zur Faust, so fest, dass ihre Nägel ihr die Haut einschnitten. Sie wollte um keinen Preis weinen, wollte vor ihrem Großvater nicht schwach wirken.

»Ach, mein Kind. Du hast immer schon zu viele Fragen gestellt und warst immer zu neugierig. Aber über diese Dinge kann ich nicht sprechen.«

Luisa presste die Lippen aufeinander, und ihre Gedanken schienen sich zu überschlagen.

»Du hast mir nie erzählt, wie es war. Dein Leben auf den Feldern, die Kriegszeiten, und wie du Großmutter kennengelernt hast. Du hast nur einen Teil deiner Geschichte offenbart, und ich möchte verstehen, warum. Wer …?«

Wer ist Greta?

Sie konnte diese Frage nicht laut aussprechen, die Worte hatten sich auf ihrer Zunge verhakt und würden ihr wahrscheinlich niemals über die Lippen kommen.

Hans' trauriger Blick stach ihr ins Herz, und Luisa wandte sich ab, schlang die Arme um ihren Körper und schluchzte leise.

»Die Arbeit auf den Feldern war hart und mühsam. Wir waren nichts weiter als einfache Bauern und zogen für unser Land in den Krieg«, sagte Hans nach einer Weile.

Luisa konnte nicht glauben, dass er über sein früheres Leben gesprochen hatte, auch wenn diese wenigen Worte kaum Sinn für sie ergaben.

»Nach dem Krieg hatte ich keine Hoffnung mehr, es gab niemanden mehr, zu dem ich zurückkehren konnte, weil …« Hans wich Luisas Blick aus und fuhr sich durch seine grauen Haare. »Doch dann habe ich deine Großmutter kennengelernt, dein Vater wurde geboren, und ich wollte, dass er einmal ein besseres Leben hat als ich. Daher investierte ich alles in seine Bildung, und schau, Luisa. Das ist aus unserer Familie geworden.«

Hans lächelte sie an und legte seine faltigen Hände an ihre Wangen. Luisa konnte das lange Leben, welches er gelebt hatte, unter seinen Fingern spüren. Auf ihrer Haut kribbelte es leicht. »Du solltest jetzt schlafen gehen, mein Kind.«

Hans drehte sich um und ging die Treppe hinauf, er schaute nicht noch einmal zu ihr zurück, und sie blieb allein im Flur stehen. Es war, als könnte sie seine sanfte Berührung immer noch auf ihrer Haut wahrnehmen. Nachdenklich stand sie noch einen Augenblick im Dunkeln und ging dann in die Küche, um das Licht auszuschalten und die Becher in die Spüle zu stellen.

Mit einem Seufzer begab sie sich zurück in ihr Zimmer, stellte sich ans Fenster und starrte hinaus in die schwarze Nacht.

Ich werde die Wahrheit herausfinden, dachte sie. Vielleicht würden ihr die Worte von Hans helfen, vielleicht würde sie herausfinden, wo ihr Großvater damals gelebt hatte, und dann würde sie mit Henry darüber sprechen.

Mit diesen Gedanken legte sie sich zurück ins Bett, schlief jedoch erst ein, als ihr die ersten Sonnenstrahlen auf das Gesicht schienen.

KAPITEL 6

HENRY

Sonnenlicht schien durch die weißen Vorhänge und erleuchtete einen schmalen Streifen seines Zimmers. Henry drehte sich auf die Seite und starrte einige Minuten gedankenverloren ins Leere. Er fühlte sich müde und erschöpft. Ausgezehrt und nicht mehr bereit für das Leben, welches sein Vater ihm vorschreiben wollte.

Er hörte Lärm von unten aus der Küche und verdrehte die Augen. Das mussten seine kleinen Geschwister sein, die sich bereit machten für die Schule.

»Max! Wo bleibst du?«, hörte Henry die Stimme seiner Schwester Maya, und ein Seufzer verließ seine Lippen.

»Ich komme!«

Er hörte das Getrampel auf dem Flur, als sein kleiner Bruder an seiner Tür vorbei die Treppe hinunterlief. Wortfetzen, die an sein Ohr drangen, und dann wieder Stille, die sich durch Henrys Gedanken zog.

Er erhob sich langsam und versuchte mit aller Kraft, sich die Müdigkeit aus den Gliedern zu schütteln. Noch kurz verharrte er in seinem Zimmer, sah aus dem Fenster und musste unwillkürlich an Luisa denken.

Seit einigen Tagen hatte er sie nicht gesehen. Nur einmal hatte sie sich noch fortschleichen können, als sie zusammen mit ihrer Schwester in der Stadt gewesen war.

Henry und sie hatten Briefe ausgetauscht, die ein Freund von

Henry übermittelt hatte. Er war der Bruder einer Freundin von Rowena.

Noch komplizierter ging es kaum, aber sein Vater schaffte es, ihn jeden Tag zu beschäftigen. Die Arbeit in der Manufaktur, die betriebswirtschaftlichen Zusammenhänge, Rechnungen schreiben, Lieferanten kennenlernen. All das nahm kein Ende. Am liebsten wäre Henry fortgelaufen. In irgendeine Stadt. Ganz weit weg. Nie wieder wollte er zurückkehren.

Wenn Luisa nicht gewesen wäre. Er musste nur an sie denken, dann spürte er, wie seine Liebe für sie ihn gefangen nahm. Für Luisa würde er alles durchstehen. Für diese Frau, die ihm so viel bedeutete wie niemand jemals zuvor.

Henry öffnete das Fenster, und ein kühler Windzug fegte ihm entgegen. Mit einem flüchtigen Lächeln betrachtete er diese schöne Stadt. Die Stadt der sieben Türme.

Lübeck war ein kleines Paradies. Eine Stadt, die unglaublich viel zu bieten hatte. Die vielen Museen, welche das Stadtbild prägten. Eine gemütliche, nordische Ruhe mit Menschen, die zwar kühl wirken konnten, aber alles für ihre Liebsten taten. Und natürlich das Marzipan. Diese köstliche Süßigkeit, für die Lübeck über die Landesgrenzen hinaus bekannt war. Noch dazu war die Ostsee nicht weit entfernt. Henry hatte sich immer wohl in Lübeck gefühlt, aber jetzt kam ihm diese Stadt, selbst sein eigenes Zuhause, vor wie ein Gefängnis.

»Henry!«, schallte eine Stimme durch die geschlossene Tür.

Es war die Stimme seiner Mutter, die ihn da so unsanft aus seinen Gedanken riss. Leise stöhnte er auf und öffnete seine Zimmertür.

»Ich komme gleich!«, rief er hinunter und verschwand nur noch schnell ins Badezimmer, um sich zu waschen.

Dann lief er die Wendeltruppe hinunter in die Küche. Seine Mutter Esmara saß am Küchentisch und kümmerte sich gerade darum, dass die Zwillinge Maximilian und Maya brav ihr Frühstück aufaßen und sich nicht gegenseitig damit bewarfen.

Sie waren vierzehn Jahre alt, benahmen sich aber gerne wie Kleinkinder.

»Guten Morgen«, begrüßte er die Anwesenden und hielt Maximilians Hand fest, als er gerade versuchte, seine Schwester mit einem Stück Apfel zu bewerfen.

»Herrgott, Max! Wie alt bist du eigentlich? Benimm dich!« Sein Ton war barscher als beabsichtigt, und Max betrachtete ihn mit einem zerknirschten Gesichtsausdruck. »Entschuldigung«, nuschelte sein jüngerer Bruder.

Mit einem Grinsen wuschelte Henry durch Maximilians weizenblonden Schopf und setzte sich zu seiner Mutter. Maximilian rebellierte gerne, er schlich sich abends aus dem Haus, ging auf Rockkonzerte und wollte sich eigentlich, wie die Jungen in seiner Schule, die Haare lang wachsen lassen und in Lederjacke herumlaufen, aber ihr Vater Nikolas hatte die langen Haare bis jetzt erfolgreich verboten, lediglich das Recht, die alte, abgewetzte Lederjacke zu tragen, hatte Maximilian sich erkämpft.

Elise, ihr Hausmädchen, stellte ihm eine Tasse Kaffee vor die Nase und lächelte ihn scheu an. »Guten Morgen«, grüßte sie ihn höflich und wandte sich dann wieder ihrer Arbeit am Herd zu.

Schweigend trank Henry seinen Kaffee und lauschte den angeregten Gesprächen der Zwillinge, als seine Mutter ihn sanft an der Hand berührte. Erschrocken sah er sie an.

Henry und alle seine Geschwister hatten ihr Aussehen von Esmara geerbt. Ihre kunstvoll zu einem Zopf ihm Nacken gebundenen Haare waren blond und ihre Augen so blau wie seine eigenen.

»Alles in Ordnung?«, flüsterte Esmara leise, und Henry begriff sofort, worauf sie hinauswollte.

Nach dem Streit in der Fabrik war er noch einige weitere Male mit seinem Vater aneinandergeraten. Es war nie gut ausgegangen, jedenfalls nicht für Henry.

Er nickte schweigend und wich dem Blick seiner Mutter aus. Sie war die eigentliche Erbin der Manufaktur. Aber eine Frau allein konnte solch eine große Firma nicht leiten. Nachdem seine Mutter und sein Vater geheiratet hatten, war sein Vater Nikolas mit in das Geschäft eingestiegen.

Als die Zwillinge polternd aufstanden und sich von ihrer Mutter verabschiedeten, kehrte langsam Ruhe im Haus ein.

»Kann ich noch etwas für Sie tun, Frau Hawkins?«, fragte Elise höflich, nachdem sie den Küchentisch abgeräumt und das Geschirr gespült hatte.

»Du kannst dich um die Zimmer der Zwillinge kümmern, und dann gehen wir nachher zusammen einkaufen«, erwiderte Esmara freundlich.

Das Hausmädchen nickte lächelnd und verschwand aus der Küche.

»Nun …« Esmara goss ihrem Sohn eine weitere Tasse Kaffee ein und musterte ihn über ihre schwarze Brille hinweg. »Sag, wie geht es dir?«

Unwillig zuckte Henry mit den Schultern und trank einen Schluck Kaffee. »Was willst du von mir hören, Mutter?«, sagte er leise und starrte auf die Tischplatte.

»Oh, mein Sohn«, murmelte Esmara und strich Henry über die Wange.

Es waren diese ruhigen Momente mit seiner Mutter, die er genoss. Sie bedrängte ihn nie, und sie wusste, dass Henry ganz andere Dinge wollte als sein Vater. Sie versuchte immer mühevoll zwischen den beiden Streithähnen zu vermitteln.

»Ich bin wütend und genervt. Erschöpft und müde. Ich würde gerne irgendwo anders sein. Aber …« Er stockte und biss sich auf die Unterlippe. Er wollte nicht über Luisa reden. Nicht mal mit seiner Mutter.

Nachdenklich sah Esmara ihn an und ergriff seine Hand. »Henry, sag, gibt es da etwas, was du mir erzählen möchtest? Was ich wissen sollte?«

Er presste die Lippen fest aufeinander und wich ihrem Blick aus. Er überlegte, was er ihr sagen könnte.

»Hast du dich jemals so gefühlt, als würde sich der Boden unter deinen Füßen auftun? Als würdest du eine Ewigkeit fallen und hättest keine Ahnung, wann der Schmerz endet?«, fragte er unvermittelt, und seine Stimme klang heiser und blechern in seinen eigenen Ohren.

Ein Lächeln zeigte sich auf Esmaras Gesicht. »Ja, so habe ich mich viele Male gefühlt, mein Sohn. Und ich kann dir sagen, irgendwann hört das Fallen auf. Wir können nicht ewig durch die Finsternis stürzen.«

»Und was ist, wenn ich am Ende zerbrochen bin?«, fragte Henry schärfer als beabsichtigt.

Esmara stand auf und küsste ihn auf den krausen Haarschopf. »Du wirst nicht zerbrochen sein, Henry. Dein Herz wird weiterschlagen, und die Liebe zu diesem Mädchen wird dich retten.«

»W… was?«, stotterte er und schaute Esmara überrascht an.

»Ich bin deine Mutter, Henry. Und blind bin ich auch nicht. Seit einem halben Jahr bist du viel aufgeweckter, viel glücklicher. Und da ist dieses verliebte Grinsen auf deinem Gesicht, wenn du an sie denkst. Genau den gleichen Gesichtsausdruck hat dein Vater früher auch gemacht.«

Mit offenem Mund starrte er seine Mutter an.

»Schau nicht so …«, sagte Esmara und ging um den Tisch herum. »Vielleicht hat dein Vater es nicht bemerkt, aber dem fallen so einige Dinge nicht auf.«

»Aber …«, begann Henry, brach jedoch gleich wieder ab.

»Keine Sorge. Von mir wird dein Vater es nicht erfahren. Aber irgendwann wirst du dich diesem Konflikt stellen müssen, Henry. Wenn du dieses Mädchen wirklich liebst, solltest du für sie kämpfen.«

Henrys Kehle war plötzlich trocken. Als er zu einer Antwort ansetzen wollte, kam nur ein Krächzen aus seinem Mund.

Esmara lächelte und legte den Kopf schräg. »Versprich mir, dass du das tust, Henry. Manch eine Liebe kann all diese Mauern einreißen. Vielleicht kann auch dein Großvater wieder glücklich werden …«

Irritiert sah Henry seine Mutter an. »Großvater?«, fragte er.

Aber Esmara schüttelte den Kopf. »Ich habe bereits zu viel gesagt. Manche Wege muss man allein beschreiten.« Sie stemmte die Hände in die Hüften. »Außerdem hast du gleich einen wichtigen Termin.«

»Einen wichtigen Termin?«, fragte Henry.

Esmara verdrehte die Augen. »Heute Abend ist der Maskenball. Hast du das etwa vergessen?«

Mit einem Mal fing Henrys Herz an heftig zu schlagen. Natürlich hatte er das nicht vergessen. Der Maskenball, auf dem er Luisa wiedersehen würde. Auf dem er vor aller Augen mit ihr tanzen würde, weil niemand erkennen könnte, wer sie wirklich war.

»Nein, das habe ich nicht vergessen«, antwortete Henry und trank seinen Kaffee aus.

Letzte Woche war Frau Hirsch, die Schneiderin, zu ihnen gekommen und hatte Maß an Henry genommen. Heute sollte sie den neuen Anzug bringen und noch kleine Änderungen vornehmen.

Esmara klatschte in die Hände. »Dann geh dich anziehen, Frau Hirsch wird gleich da sein.« Mit einer wedelnden Handbewegung scheuchte sie Henry davon, der sich eilig erhob und in sein Zimmer ging.

Es dauerte nicht lange, da drang das schrille Läuten der Klingel an sein Ohr.

»Guten Tag, Frau Hirsch!«, hörte Henry die Stimme seiner Mutter von unten und begab sich mit einem mulmigen Gefühl ins Wohngemach, wo die Anprobe stattfinden sollte.

»Henry!«, begrüßte die Schneiderin ihn, als er das geräumige Zimmer betrat.

»Frau Hirsch.« Henry zwang sich zu einem Lächeln und ergriff die dargebotene Hand der Schneiderin.

»Du wirst deinen neuen Anzug lieben!«, rief Frau Hirsch aus und begann sofort damit, den großen Karton, den sie mitgebracht hatte, zu öffnen.

Henry unterdrückte ein Stöhnen, denn er hatte wenig Lust auf diese Anprobe.

»Bitte sehr, junger Herr!« Mit einem begeisterten Lächeln reichte Frau Hirsch Henry den ordentlich zusammengelegten Anzug.

»Ich ziehe mich kurz zurück«, sagte er und ging schnell nach oben in sein Zimmer.

Eilig entledigte Henry sich seiner Kleidung und streifte den neuen Anzug für den Ball über. Er wollte heute noch in die Manufaktur, denn er hatte seinem Vater versprochen, ihm bei den neuen Lieferungen zu helfen.

Als Henry angekleidet war, betrachtete er sich skeptisch im Spiegel. Seine Finger fuhren über den weichen, glänzenden Stoff, und er konnte nicht abstreiten, dass Frau Hirsch gute Arbeit geleistet hatte. Der Anzug war schwarz wie die Nacht, aber im Licht funkelte der Stoff wie Sterne am Himmel.

Henry ging die Treppe wieder hinunter und betrat das Wohnzimmer.

Seine Mutter schaute überrascht auf und lächelte. »Du siehst wahrlich stattlich aus, mein Junge.« Ihre Stimme klang weinerlich, und Henry konnte winzige Tränen in ihren Augen erkennen.

»Mutter, bitte.« Henry drehte sich für Frau Hirsch um die eigene Achse, und die Schneiderin zupfte noch mehrmals an ihm herum, aber auch sie schien zufrieden mit ihrem Werk.

»Wunderbar, wirklich wunderbar! Du bist ein adretter junger Mann.«

»Danke für dieses Kompliment.« Henrys Blick streifte die Uhr über dem alten Kamin, und er unterdrückte nur mit Mühe einen Fluch. Er musste los, sonst würde dieser Tag nur noch anstrengender werden.

»Ich muss jetzt zur Manufaktur, Mutter.«

Esmara ging einen Schritt auf ihren Sohn zu. Sie betrachtete ihn von oben bis unten und lächelte.

»Ja, geh nur. Aber vorher probiere die hier bitte noch an.«

Esmara reichte ihm ein Stück Stoff in der Farbe des Anzugs, und Henry brauchte einige Sekunden, bis er begriff, dass dies eine Maske war, die mit silbernen Ornamenten verziert war. Er streifte sie über seine Augen und ging zum Spiegel im Wohnzimmer, um sich durch die kleinen Schlitze in der Maske zu betrachten. Er erkannte sich kaum wieder.

»Vielen Dank für Ihre außerordentliche Arbeit, Frau Hirsch«, sagte er höflich zu der Schneiderin.

»Es war mir eine Freude, einen so wunderbaren jungen Mann einzukleiden! Dann sehen wir uns heute Abend auf dem Maskenball.« Frau Hirsch packte ihre Sachen zusammen, und Esmara entließ Henry mit einem Wink.

Schnellen Schrittes ging er nach oben und hängte den neuen Anzug in seinen Kleiderschrank. Gedankenverloren fuhr Henry über den Stoff der Maske.

»Hoffentlich wirst du mich noch erkennen, Luisa«, flüsterte er mit rauer Stimme, ehe er die Maske auf seine Kommode legte.

Dann nahm er den Schlüssel aus der Schale im Flur und seine Jacke vom Haken.

»Auf Wiedersehen, Mutter!«, rief er noch, ehe er das Haus verließ, in sein altes Auto stieg und den Wagen startete. Das Geklapper des Motors begann ihn zu beunruhigen, aber sein Vater hatte gesagt, der Wagen würde noch durchhalten, und in dieser Hinsicht vertraute er ihm. Außerdem würde er mit Betsy bis zum bitteren Ende fahren.

Er ließ den Blick über Lübeck gleiten und lächelte matt, als er an einer Ampel anhielt und eine Gruppe Schüler über die Straße lief. Sie unterhielten sich angeregt, die Jungen schubsten sich hin und wieder, rauften miteinander.

Wie gerne wäre Henry wieder so jung. Er wünschte sich diese Art von Unbeschwertheit, die ihm mit der Zeit verloren gegangen war.

Auf der Fahrt zur Manufaktur dachte er an seinen Großvater Matthias, an das Gespräch, das er vor einigen Tagen mit ihm geführt hatte. An diesen stillen Mann, der wie ein Schatten durch die Fabrik lief. Der kaum ein Wort mit den anderen Männern wechselte.

Die meisten Arbeiter hielten Matthias für arrogant. Sie dachten, dass er sich nicht mit den anderen abgeben wollte. Dass er sich für etwas Besseres hielt. Aber das war nicht die Wahrheit. Henry wusste es besser. Sein Großvater hatte ihn früher oft durch die Fabrik geführt. Hatte ihm alle Techniken der Marzipanverarbeitung gezeigt. Dem Jungen erklärt, wie diese leckere Süßigkeit hergestellt wurde, welche Mandeln am besten waren. Welche Schokolade gut mit der Marzipanmasse harmonierte.

Früher, da hatte Henry auch in dieser Manufaktur arbeiten wollen. Fasziniert hatte er seinem Großvater zugehört, mit leuchtenden Augen und einem breiten Grinsen im Gesicht.

Doch dann hatte sein Großvater sich immer mehr in seine eigene Welt zurückgezogen, und sein Vater Nikolas war Henry nicht ansatzweise ein so guter Lehrer gewesen wie sein Großvater.

Henry erinnerte sie gut daran, wie er die Lust auf die Arbeit in der Manufaktur verloren hatte. Wie ihn alles gelangweilt hatte. Damals hatten die Streitigkeiten mit seinem Vater begonnen.

Jetzt waren sie an ihrem Höhepunkt angelangt, und er wusste, wenn sich die Situation nicht entspannte, würde zwischen ihm und seinem Vater irgendwann alles explodieren.

Die Landschaft flog in schemenhaften Fetzen an ihm vorbei, und Henry überlegte, ob sein Großvater nicht auch in der Manufaktur war. Vielleicht konnte er noch ein paar Worte mit ihm wechseln, denn bis jetzt hatte Henry keine Idee gehabt, wo er alte Briefe oder Fotos seines Großvaters finden könnte.

Denn mit einer Sache hatte Luisa recht. Es musste mit ihren Großvätern zu tun haben. Mit der Vergangenheit dieser beiden alten Männer.

Er bog in die Landstraße Richtung Stockelsdorf zur Manufaktur ab und parkte den Wagen in erster Reihe.

Sofort umfing ihn der Duft von frischen Mandeln und Schokolade. So viele Erinnerungen waren mit diesem Ort verbunden. Gute und schlechte. Im Augenblick überwogen leider die schlechten Erinnerungen. Diese Erkenntnis machte Henry traurig, aber er war machtlos dagegen.

Als er auf die Fabrik zulief, hörte er hinter sich eine laute Stimme. »Henry? Wie schön, dass du da bist!«

Henry zuckte zusammen und drehte sich zerknirscht um. Es war die harsche Stimme seines Vaters, die ihn da aufgehalten hatte. Er hatte gehofft, seinem Vater erst später zu begegnen und noch mit seinem Großvater reden zu können.

»Vater …«, murmelte er leise und schaute Nikolas an.

Die harten Gesichtszüge hatte Henry von ihm geerbt. Auch wenn er sonst nach seiner Mutter kam, diese Ähnlichkeit konnte keiner von beiden verstecken.

Nikolas lief gemächlich auf seinen Sohn zu und trat auf dem Weg seine Zigarette aus. Der Rauch hing noch in der Luft, und Henry rümpfte die Nase. Er war mit dem Geruch von Tabak aufgewachsen, und dennoch verabscheute er den Gestank.

»Nun?«, fragte Nikolas und blieb vor seinem Sohn stehen. »Wie war die Anprobe deines neuen Anzugs für heute Abend?«

Unwillig zuckte Henry mit den Schultern und schaute hinauf zur Manufaktur, die sich dem Himmel entgegenstreckte.

»Ganz gut, denke ich. Mutter sagte jedenfalls, ich sehe adrett darin aus. Und Frau Hirsch hat es auch gefallen«, sagte er und musste sich zusammenreißen, nicht irgendein falsches Wort an seinen Vater zu richten.

»Nun, das freut mich. Emilie Dietrichs wird von dir verzaubert sein! Heute werden weitere Lieferungen abgeholt. Du kannst mir nachher gerne bei den Rechnungen helfen.«

»Natürlich«, erwiderte Henry und unterdrückte nur mit Mühe einen sarkastischen Unterton.

Sein Vater schien dies nicht zu bemerken. Er legte seinem Sohn kurz die Hand auf die Schulter, und ein Lächeln zeigte sich auf seinem Gesicht. »Sehr schön, bis später, mein Sohn. Ich bin stolz auf dich, dass du diese Firma übernehmen wirst. Und ich freue mich auf unsere Gespräche mit der Familie Dietrichs heute Abend.«

Henry biss sich sicherheitshalber auf die Unterlippe und sagte kein weiteres Wort, während sein Vater in Richtung Lager lief. Verloren stand Henry auf dem Vorplatz und seufzte leise. Er fühlte sich innerlich zerrissen, kaputt. In seiner Kindheit war es immer sein größter Wunsch gewesen, seinen Vater stolz zu machen.

Denn welches Kind wollte das nicht? Henry hatte dem großen Schatten seines Vaters nachgeeifert, war ihm überallhin gefolgt. Aber sein Vater hatte zu Beginn wenig Zeit für seinen Sohn gehabt. Während des Zweiten Weltkriegs hatte Nikolas unermüdlich dafür gearbeitet, dass die Manufaktur offen bleiben konnte, und hatte sich wenig um seinen Sohn gekümmert. Aus diesem Grund hatte Henry sich seinem Großvater zugewandt. Denn er hatte permanent das Gefühl, seinen Vater schon mit seiner bloßen Existenz zu enttäuschen.

Mit aller Kraft verscheuchte Henry die trüben Gedanken und ging zum Eingang der Manufaktur. Dampf und laute Maschinengeräusche empfingen ihn im Inneren, und er schaute sich suchend nach seinem Großvater um.

Henry erspähte ihn auf der Empore, wie er die Arbeiter beobachtete und gedankenverloren seinen Blick schweifen ließ. Mit einem erleichterten Lächeln ging Henry die Treppen hinauf und blieb dann unschlüssig vor seinem Großvater stehen.

»Hallo, was machst du hier?«, fragte Matthias mit gerunzelter Stirn und fuhr sich durch die hellgrauen Haare.

Seufzend lehnte sich Henry an die Brüstung und schloss kurz die Augen. »Warum fragen das heute alle? Vater hat sich auch gewundert, wieso ich so früh hier bin, obwohl er mich sogar darum gebeten hat.«

Matthias lachte leise auf. »Vielleicht, weil du die Manufaktur sonst scheust?«, schlug er grinsend vor, und Henry erkannte in ihm den jungen Mann, der er einmal gewesen sein musste.

Das Haar war nur schütterer und nicht mehr so blond wie damals. Aber seine Augen hatten immer noch dieses Leuchten, und sein aufmerksamer Blick schien Henry zu durchbohren.

»Vielleicht weil mich hier nichts glücklich macht«, erwiderte Henry leise und schaute über die Manufaktur und die technischen Geräte hinweg.

»Dann solltest du auch nicht hier sein«, sagte Matthias ernst.

»Erzähl das mal meinem Vater.«

»Dein Vater.« Vorwurfsvoll sprach Matthias diese Worte aus. Es war etwas Gefährliches, Hartes in seiner Stimme. Worte voller

Abscheu. »Dein Vater will das Beste für diese Manufaktur. Das weiß ich. Aber wenn du nicht hier sein willst, solltest du es auch nicht.«

Henry fuhr zusammen und starrte seinen Großvater lange an. Matthias hatte recht. Niemand sollte etwas tun müssen, was er nicht wollte. Und niemand hatte das Recht dazu, jemand anderem Dinge vorzuschreiben. Doch genau das tat sein Vater.

Henry zuckte mit den Schultern und wollte sich wieder abwenden, als Matthias ihn am Arm festhielt.

»Warum bist du wirklich hier, Henry?«, fragte er mit scharfer Stimme.

Henry runzelte die Stirn und versuchte dem Blick seines Großvaters auszuweichen. Aber es ging nicht, diese dunklen Augen hielten ihn gefangen, wie die Finsternis es in seinen Träumen tat.

»Lass uns an die frische Luft gehen«, sagte Matthias, und seine Stimme wurde weicher.

»In Ordnung«, antwortete Henry ruhig, denn es war ihm recht, mit seinem Großvater an einem leiseren Ort zu reden.

Gemeinsam verließen sie die Manufaktur und gingen nach draußen. Matthias setzte sich auf eine Bank, die mit anderen Bänken zu einer großen Sitzgruppe mit einem Tisch in der Mitte zusammengeschoben war. Die Männer machten hier draußen ihre Pause, wenn das Wetter es zuließ.

Henry setzte sich neben ihn und drehte den Kopf in Richtung Sonne. Er ließ sich von den Strahlen wärmen und schloss mit einem versonnenen Lächeln die Augen.

»Nun?«, riss sein Großvater ihn nach einigen Minuten aus dieser herrlichen Ruhe, und Henry öffnete die Augen.

»Ich habe eine Frage an dich, Großvater …«, setzte er an, stoppte dann aber abrupt. Alles in seinem Kopf ergab keinen Sinn.

»Sei nicht so scheu, Henry«, herrschte sein Großvater ihn an, aber da war keine Wut in seiner Stimme. Es waren die Worte eines liebevollen alten Mannes, den Henry für immer in seinem Herzen behalten würde. »Sonst bist du doch auch nicht auf den Kopf gefallen.«

»Ich weiß.« Henry rang mit sich, fand jedoch nicht die richtigen Worte. Als er nicht mehr weitersprach, schwieg auch Matthias und lehnte sich zurück.

Die Stille zwischen ihnen knisterte unheimlich, sodass Henry nicht anders konnte, als wieder zu reden. Er hasste diese Art von Stille mehr als alles andere.

»Erinnerst du dich daran, worüber wir neulich gesprochen haben, Großvater? Über den Ersten Weltkrieg und die Familie Linde?«

Die Frage hing einige Zeit zwischen ihnen in der Luft und fiel dann dumpf zu Boden. Es kam Henry so vor, als würden die Worte auf dem Beton schmelzen wie ein Eis in der Sonne.

Matthias antwortete nicht. Er saß ganz ruhig da, nicht wie beim ersten Mal, als Henry diese Frage gestellt hatte.

»Großvater?«, fragte Henry und nahm Matthias' faltige Hand in die seine.

Ganz langsam drehte Matthias den Kopf und schaute seinen Enkel an. »Ja, ich kann mich an unser Gespräch erinnern. Und es scheint meine Schuld zu sein, dass dich diese Dinge nicht mehr loslassen.«

»Deine Schuld?« Henry konnte den Blick nicht von der traurigen Gestalt seines Großvaters abwenden.

»Ach, mein wundervoller Enkel. Es gibt so vieles, was du nicht weißt. So viele Geheimnisse, die im Verborgenen liegen. Aber ja, es ist meine Schuld, dass dein Vater und auch deine Mutter so einen Hass auf die Familie Linde haben.«

Auch Mutter?, fragte sich Henry im Stillen, denn diese Antwort überraschte ihn. Bis jetzt hatte er diese Ablehnung nur bei seinem Vater wahrgenommen.

»Aber warum?« Aufgeregt sah Henry ihn an und bemerkte kaum, wie seine Stimme lauter wurde.

Sein Großvater zuckte zusammen und wandte den Blick ab, als wären Henrys Fragen scharfe Nadeln, die auf ihn niederprasselten.

Wütend biss sich Henry auf die Unterlippe. Er wollte seinen Großvater nicht bedrängen. Aber diese Wahrheit wollte er um jeden Preis wissen.

Matthias schwieg beharrlich, und Henry atmete laut auf. Dann stand er auf und sah auf seinen Großvater hinab. »Weißt du, Großvater, dieser Hass zerstört gerade meine Beziehung zu dem wichtigsten Menschen in meinem Leben. Dieser Hass zerstört mein Leben. Und ich sehe nicht ein, für etwas zu büßen, das so lange in der Vergangenheit zurückliegt«, fauchte er seinen Großvater an.

Jedes dieser Worte tat ihm leid, aber er konnte – er wollte – nicht mehr, dass alles geheim blieb.

»Es tut mir leid«, flüsterte Matthias mit tränenerstickter Stimme. Dann sah er seinen Enkel an, seine Unterlippe bebte.

»Oh, Großvater«, murmelte Henry traurig und kniete sich vor Matthias hin. »Ich will nur verstehen, warum ich sie nicht lieben darf«, erklärte er leise.

»Ich durfte sie auch nicht lieben«, raunte Matthias ihm zu und wischte sich mit den Händen übers Gesicht.

»Was?« Henry starrte ihn an und verstand kein Wort. »Ich …«

Matthias schüttelte den Kopf. »Vielleicht solltest du mal den einen oder anderen Blick in das Büro deines Vaters werfen«, schlug er vor und berührte seinen Enkel sanft an der Wange. Dann nickte er Henry zu und verabschiedete sich mit einem kleinen Lächeln von ihm.

Ratlos blieb Henry auf dem Vorplatz stehen, während sich kleine Wolken langsam vor die Sonne schoben und die Welt in ein tiefes Grau kleideten.

Warum in Vaters Büro?, dachte er verwirrt und ging langsamen Schrittes zurück in die Manufaktur. Am liebsten wäre er nach Hause gefahren, aber er hatte seinem Vater versprochen, ihm bei den Rechnungen zu helfen. Und an diesem Tag wollte Henry um keinen Preis den Unmut seines Vaters auf sich ziehen.

Nicht heute, wo er Luisa wiedersehen würde. Wo er mit ihr tanzen und für eine kurze Weile all seine Sorgen vergessen könnte.

KAPITEL 7

LUISA

Luisas Blick glitt nach draußen, während Rowena ihr die schwarzen Haare zu einer kunstvollen Frisur flocht und die Zöpfe dann im Nacken hochsteckte.

Es war der Abend des Balls, und Luisa konnte ihre Aufregung kaum zügeln. Sie würde Henry wiedersehen. Vor den Augen ihrer Eltern. Sie hoffte nur, dass sie ihn inmitten all dieser maskierten Menschen auch finden würde.

»So … fertig.« Rowena strich Luisa über die Schultern und legte ihren Kopf auf deren Schulter. »Du siehst wunderhübsch aus«, schwärmte sie.

Luisa erhob sich und ging mit vorsichtigen Schritten zu dem großen Spiegel in ihrem Zimmer.

»Rowena …«, setzte Luisa an und fühlte eine seltsame Rührung. »Ich danke dir …«

Tränen brannten in Luisas Augen, als ihre Schwester sie in die Arme schloss.

»Du musst mir nicht danken«, hauchte Rowena ihr ins Ohr und wischte ihr über die Wange. »Jetzt heul nicht, sonst verwischt deine ganze Schminke.«

Luisa lachte leise und strich über ihr dunkelrotes Kleid, das sie zusammen mit Rowena gekauft hatte. Eine große Schleife zierte die Vorderseite in Höhe der Hüfte, und schwarze Blumenmuster schlängelten sich über die Ärmel und den Kragen. Ein wunderschönes Ballkleid, das perfekt mit ihrem schwarzen Haar harmonierte.

Sie fühlte sich wirklich hübsch. Und sie konnte ihre Vorfreude darauf, Henry wiederzusehen, nicht verbergen.

Ihre Eltern würden sie natürlich auf diesen Ball begleiten, aber da es ein Maskenball war, würde niemand bemerken, mit wem Luisa den ganzen Abend tanzte. An wen sie ihr Herz verloren hatte.

Aufregung pulsierte heftig in ihren Adern, und ihr Herz schlug so laut, dass Luisa dachte, Rowena müsste es hören.

Doch ihre Schwester strich ihr rosafarbenes Kleid ebenfalls glatt und flocht sich noch ein Band in ihr braunes Haar. Dabei summte sie leise eine Melodie und wirkte ganz verloren in ihren Gedanken.

»Heute kann ich wirklich nicht mit dir mithalten.« Grinsend sah sie Luisa an und zog einen kleinen Schmollmund.

»Natürlich kannst du das!« Luisa nahm Rowenas Hände in die ihren und küsste sie auf die Wange. »Du bist viel anmutiger als ich.«

Es stimmte. Sie wollte ihrer Schwester damit nicht schmeicheln. Es war schlicht und einfach die Wahrheit. Rowena war ein heller Stern an einem finsteren Himmel, sie konnte alles und jeden mit ihrem Licht in den Bann ziehen. Sie war gescheit und übermütig und schaffte es immer, Luisa aufzumuntern.

»Dann lass uns losgehen«, rief Rowena fröhlich und zog ihre Schwester die Treppe hinunter.

Sie gingen gemeinsam ins Wohnzimmer, wo ihre Mutter Annabella auf dem Sofa saß. Auch sie trug ein wunderschönes Ballkleid und sah umwerfend aus.

»Seid ihr beiden fertig?«, fragte sie und erhob sich langsam.

Ihr Kleid war dunkelblau mit kleinen silbernen Steinen auf dem Dekolleté und dem Saum ihrer Ärmel. Ihre braunen Haare waren zu einem kunstvollen Knoten hochgesteckt, und ein feines Lächeln zierte ihre Lippen.

»Ja!«, rief Rowena aus und drehte sich im Kreis.

Luisa unterdrückte ein Kichern und drehte sich ihrer Schwester zuliebe auch um die eigene Achse.

»Ihr seht beide wunderschön aus«, sagte Luisas Vater Stephan, der am Fenster gestanden hatte und nun langsam auf seine Töchter zuging. Das monotone Klackern seines Gehstocks bohrte sich bei jedem Schritt in Luisas Gedanken.

»Danke, Vater«, erwiderte Rowena und küsste ihn auf die raue Wange.

Luisa wich dem Blick ihres Vaters aus. In den letzten Tagen hatten sie weiterhin kaum ein Wort gewechselt. Und jetzt, nach so langem Schweigen, wollte sie gar nicht mehr reden.

Aber ihr Vater ging auf sie zu und legte seine Hand unter ihr Kinn. In seinen grünblauen Augen sah sie sich selbst.

»Wie erwachsen du geworden bist«, murmelte er leise. Seine Stimme klang auf einmal traurig und reumütig.

Nach dem Krieg hatte er nie über die Dinge gesprochen, die ihm widerfahren waren. Nie darüber, wieso er diesen Stock brauchte und was er alles Schreckliches erlebt hatte. Er hatte darüber geschwiegen, und vielleicht war dies einer der Gründe, warum Luisa das Gefühl hatte, nicht mehr zu ihrem Vater durchzudringen. Weil er in ihr immer noch das kleine Mädchen sah, das seine Rückkehr aus dem Krieg herbeigesehnt hatte. Weil er immer noch in der Zeit vor dem Krieg verloren schien, darauf bedacht, dass seine Töchter wohlerzogene junge Frauen wurden, die nicht rebellierten.

»Eine wunderhübsche Dame«, mischte sich Annabella ein, und Luisa mutmaßte, dass ihre Mutter spürte, dass zwischen Vater und Tochter noch vieles unausgesprochen war.

»Und nun lasst uns losfahren.« Annabella ging in den Flur und zog sich ihren Mantel über.

Rowena folgte ihr eilig, und auch Luisa wollte in den Flur gehen, als ihr Vater ihr Handgelenk ergriff und sie zurückhielt.

»Ich möchte dir heute Abend jemanden vorstellen«, flüsterte er leise und sah sie ernst an.

In Luisas Magen begann es zu rumoren, und sie fühlte sich, als ob die Wellen der See sie zu überspülen drohten. Sie versuchte das Zittern ihrer Hände zu verbergen und sah ihren Vater an.

»Wen … wen möchtest du mir denn vorstellen?«, murmelte sie und senkte den Blick. Übelkeit rumorte in ihrem Magen.

»Den Sohnes eines guten Freundes von mir.«

Luisa zuckte zusammen und konnte ihren Vater nur schweigend anstarren. »Wieso?« Furcht jagte ihren Rücken hinab.

Ihr Vater schnalzte mit der Zunge und schüttelte den Kopf. »Es wird Zeit, dass wir an deine Zukunft denken, Luisa …«

»Aber Vater …«, begehrte Luisa auf, doch er schüttelte vehement den Kopf.

»Kein Wort mehr von diesem Sohn eines Manufakturbesitzers, Luisa. Du wirst folgsam sein und tun, was ich dir sage.«

Mit diesen Worten ging er an ihr vorbei in den Flur und ließ Luisa allein im Wohnzimmer zurück.

Tränen sammelten sich in ihren Augen, und Luisa presste die Hand vor ihren Mund, um ein Schluchzen zu unterdrücken. Keine ihrer Freundinnen wurde noch verheiratet, natürlich machten die Eltern Vorschläge für einen Mann, wollten ihre Töchter gut versorgt wissen, aber ihr Vater klang, als hätte er den Mann für sie schon längst ausgewählt. Ohne sie jemals zu fragen, was sie wollte.

»Luisa, kommst du?«, hörte sie Rowenas Stimme und wischte sich eilig die Tränen von den Wangen.

Mit zittrigen Beinen ging sie in den Flur und zog sich ihren Mantel über. Rowena sah sie mit hochgezogener Augenbraue an, aber Luisa schüttelte nur stumm den Kopf.

Sie folgte ihrer Familie hinaus, und ein kühler Frühlingswind zerrte an ihrer Kleidung. Gemeinsam ging die Familie zu Fuß die

Straßen entlang, denn der Weg war nicht weit. In der Dr.-Julius-Leber-Straße wohnte die Familie Brandt, der mehrere Hotels in Lübeck gehörten.

Verblüfft blieb Luisa vor der riesigen Stadtvilla stehen, die mit der weißen Fassade und den Verzierungen und Ornamenten an den Fenstersimsen eher aussah wie ein Palast.

»Das …«, stotterte Luisa und konnte den Blick nicht von dem herrschaftlichen Haus abwenden. Sie war noch nie bei der Familie Brandt gewesen, hatte die Töchter von Hermann Brandt nur flüchtig in der Schule kennengelernt, aber sie hatte immer gewusst, dass diese Familie sehr reich war.

»Komm.« Rowena zog ihre Schwester zum Eingang der Villa, denn ihre Eltern waren bereits die lange Treppe hinaufgegangen.

Luisa schaute erneut zu der Häuserfassade hoch und konnte kaum verbergen, wie beeindruckt sie war, als die Familie Brandt sie am Eingang begrüßte.

»Familie Linde, ich heiße Sie herzlich willkommen.« Hermann Brandt streckte Luisas Vater die Hand entgegen, und die Herren begrüßten einander freundschaftlich.

Luisa betrachtete Hermann Brandt neugierig, der neben ihrem Vater geradezu winzig wirkte. Sein dunkles Haar war schütter und seine Statur klein und rundlich.

»Ich danke Ihnen für die Einladung«, sagte ihr Vater höflich und wollte gerade ins Innere treten, als er von Hermann Brandt aufgehalten wurde.

»Die Masken«, erinnerte sie der Hotelinhaber grinsend an das Motto des Balls.

Luisa zog ihre dunkelrote Maske über die Augen, konnte den frischen Geruch des Stoffes wahrnehmen und folgte ihrer Familie nach drinnen.

Im großen Saal hatten sich viele Menschen versammelt. Die Wände waren in einem hellen Beige gestrichen, von der Decke hingen mehrere Kronleuchter herab, die den Raum in ein goldenes Licht tauchten. An den Wänden entlang waren mehrere Stehtische aufgebaut, an denen Menschen standen und ein Glas Wein genossen oder etwas aßen. Leise Musik war zu vernehmen, und an der gegenüberliegenden Seite war ein Büfett mit allerlei Speisen und Getränken aufgebaut.

»Wie schön.« Rowena neben ihr klatschte begeistert in die Hände und grinste ihre Schwester an.

Luisa erwiderte ihr Lächeln, auch wenn die Aufregung sie zu zerreißen schien. Sie ließ den Blick durch den Saal schweifen, aber sie konnte Henry nirgendwo erkennen. So viele Menschen waren zugegen, so viele unterschiedliche Masken waren zu sehen.

»Luisa!«, hörte sie die Stimme ihres Vaters und unterdrückte ein Stöhnen, als sie sich zu ihm umdrehte.

Stephan kam mit zwei Männern auf sie zu und lächelte seine Tochter an. »Darf ich dir Torge Möller und seinen Sohn Sebastian vorstellen?«

Ein junger Mann trat vor und ergriff Luisas Hand. »Fräulein Linde, es freut mich, Ihre Bekanntschaft zu machen. Darf ich Sie zu einem Tanz auffordern?«

Luisa biss sich auf die Zunge, um nicht laut zu seufzen, und zwang sich zu einem Lächeln. »Ich würde mich geschmeichelt fühlen.«

Sie kannte Sebastian Möller aus der Schule. Er war der Sohn des Direktors des St.-Annen-Museums in Lübeck. Und Luisa mochte ihn ein wenig, aber nicht so, wie ihr Vater sich das wünschte. Nicht so, wie Sebastian es verdient hätte.

Trotzdem streckte sie den Rücken durch und ergriff Sebastians Hand. Weil es von ihr erwartet wurde und weil Luisa wusste, dass ihr Vater sie beobachtete. Die Musik dröhnte in ihren Ohren, und ihre Füße vollführten wie von selbst die gleichmäßigen Schritte. Die Konturen der anderen Menschen verschwammen vor ihren Augen.

»Sie sehen wirklich bezaubernd aus, Fräulein Linde«, sagte Sebastian und lächelte Luisa an.

»Vielen Dank, Herr Möller«, entgegnete sie und musste tief Luft holen, um Sebastian nicht vor die Füße zu spucken.

Als die Musik ruhiger wurde, da wurden Luisas und Sebastians Schritte langsamer, passten sich dem Takt der Musik an. Doch als Sebastian Luisa auch zum nächsten Tanz auffordern wollte, stand mit einem Mal ein junger Mann bei ihnen, der Rowena im Schlepptau hatte.

»Dürfte ich diese junge Dame um einen Tanz bitten?«, fragte er Sebastian und zeigte auf Rowena neben sich. »Partnerinnentausch?«

Luisa konnte Sebastian an der Nasenspitze ansehen, dass ihm dies missfiel, aber er hatte keine Wahl, denn Rowena ergriff seine Hand und zwinkerte ihrer Schwester verschwörerisch zu. Die Musik begann wieder, und der junge Mann nahm Luisas Hand, und dann begriff sie.

»Henry«, flüsterte sie atemlos und spürte, wie ihre Handflächen feucht wurden.

Luisas Herz geriet in Aufruhr, und sie konnte den Blick nicht von ihrem Geliebten abwenden. Henry trug einen schwarzen Anzug, der silbern schimmerte, und eine ebenso schwarze Maske. Seine blonden Locken wogten wie Wellen auf seinem Kopf hin und her. Luisa sah ihn an, und es war um sie geschehen. Ihre Beine drohten unter ihr nachzugeben, und sie lächelte Henry voller Hoffnung an.

»Fräulein Luisa Linde«, sagte Henry und schenkte ihr ein verschmitztes Lächeln. »Es ist schön, dass Sie heute Abend hier sind.«

Luisa brachte kein einziges Wort heraus, denn sie hatte die merkwürdige Angst, dass nur ein Ton von ihr diesen Augenblick zerstören könnte.

Erst als der Tanz vorbei war und Henry sie durch die Menge zum Balkon führte, nicht ohne vorher zwei Gläser Sekt mitzunehmen, fand Luisa ihre Stimme wieder.

»Ich … ich freue mich ebenso«, wisperte sie leise und wich Henrys Blick schüchtern aus.

Sie trank einen Schluck Sekt, und das Getränk prickelte angenehm in ihrer Kehle, sie spürte, wie ihre Wangen warm wurden.

Henry führte sie hinaus in die laue Nacht und stellte sich mit ihr an die Brüstung. Ruhe umschmeichelte Luisas Herz, und mit einem Mal fühlte sie sich geborgen.

»Weißt du, was der Vorteil an so einer Veranstaltung ist?«, fragte Henry und lehnte sich zu ihr herüber. Seine Worte kitzelten in ihrem Ohr, und ein Schauer lief ihr über den Rücken. Vorsichtig ergriff sie Henrys Hand.

»Nein, was denn?«

Er lächelte glücklich und küsste sie auf die Stirn. »Niemand achtet auf uns, Luisa. Niemand schert sich darum, was wir tun.«

Ein Lächeln schlich sich auf Luisas Züge. »Ich bin so froh, dich zu sehen.«

Ihr Blick huschte zurück, aber niemand hatte ihre Abwesenheit bemerkt. Sie fühlte sich geborgen bei Henry, frei von allen Zwängen der Gesellschaft.

»Ich bin auch sehr froh«, murmelte Henry und umarmte Luisa sanft.

Wieder stieg ihr der Duft von Marzipan in die Nase, und sie fuhr sanft durch seine krausen Haare.

»Ich habe dich vermisst«, erwiderte Luisa matt und lehnte ihren Kopf an seine Brust. Tränen sammelten sich in ihren Augen, und sie fuhr sich unruhig mit der Zunge über die Lippen.

»Was bedrückt dich?«, fragte Henry und legte eine Hand unter ihr Kinn.

»Mein Vater … ich glaube, er will mich mit diesem jungen Mann verheiraten, mit dem ich getanzt habe …« Die Worte kamen nur schwer über ihre Lippen, und Luisa senkte den Blick.

Henry zog sie in seine Arme. »Das werde ich zu verhindern wissen«, wisperte er ihr ins Ohr.

Dankbar schloss Luisa die Augen und genoss die Nähe zu Henry, die ihr so lange verwehrt geblieben war.

»Hast du etwas in Erfahrung bringen können?«, fragte Henry, löste sich von ihr und sah sie ernst an.

Luisa räusperte sich und trank einen weiteren Schluck Sekt. *Wie albern,* dachte sie, *als ob ich mir Mut antrinken müsste, um mit meiner großen Liebe zu reden.*

»Rowena und ich haben auf dem Dachboden einen Brief an unseren Großvater gefunden. Von einer Frau namens Greta. Ich habe keine Ahnung, wer das sein könnte. Unsere Großmutter hieß Mathilda. Und …«

Sie nestelte an ihrer kleinen Handtasche herum und holte das Foto heraus, das Rowena und sie gefunden hatten.

»Schau, das ist mein Großvater Hans und …«

»Das ist mein Großvater Matthias«, unterbrach Henry sie überrascht und nahm das Foto in die Hand.

»Also hatten wir wirklich recht.« Luisa schaute sich das Foto auch noch einmal an und fuhr vorsichtig über die Gesichter der Männer. »Das war zur Zeit des ersten Weltkriegs.«

»Ja.« Henry war völlig in Gedanken versunken und schienLuisa kaum noch wahrzunehmen. »Also kannten sie sich.«

Beide schwiegen lange, und Henry legte die Stirn in Falten. »Das Büro meines Vaters«, rief Henry aus und lächelte mit einem Mal. »Hat die Dame vielleicht Lust, mich auf eine kleine Schatzsuche zu begleiten?«

»Was meinst du damit?« Irritiert sah Luisa ihn an.

»Ich habe mit meinem Großvater gesprochen«, erklärte Henry ihr und ergriff ihre Hände. »Er hat nicht viel gesagt und schien unglaublich verletzt, als er euren Familiennamen hörte. Aber er hat gesagt, ich solle mal in das Büro meines Vaters schauen. Ich habe zuerst nicht begriffen, was er damit meint, aber dann ist mir eingefallen, dass dies früher sein Büro war.«

»Wieso hat er dir das gesagt?«

Henry zuckte mit den Schultern und gab Luisa das Bild zurück. »Ich weiß es nicht. Es ist, als ob er mich zur Wahrheit führen will, sie mir aber nicht selbst erzählen kann.«

Luisa dachte über seine Worte nach. »Du willst also jetzt in das Büro deines Vaters?«, fragte sie mit hochgezogener Augenbraue.

»Ja«, antwortete Henry knapp und zog Luisa mit sich wieder ins Innere der Villa.

»Aber …«, begann sie stockend. Ihr Blick huschte über die anwesenden Gäste, und sie sah, dass ihre Eltern angeregt mit der Familie Brandt redeten.

Henry starrte sie überrascht an und ließ dann ihre Hand los. »Wann, wenn nicht jetzt, Luisa?«

Sie schwieg und wich Henrys Blick aus. Schaute noch einen Augenblick zu ihren Eltern und entdeckte dann ihre Schwester Rowena, die mit einigen Freudinnen am Büfett stand.

Henry hatte recht. Sie wollte die Wahrheit herausfinden. Und es gab nicht so viele Möglichkeiten dafür.

»In Ordnung, aber lass mich kurz Rowena Bescheid sagen, damit sie mich deckt, falls meine Eltern mein Verschwinden bemerken sollten.«

Henry nickte, und Luisa lief zu ihrer Schwester und zog sie von der Gruppe Mädchen fort.

»Rowena«, flüsterte sie leise und führte ihre Schwester in eine ruhige Ecke.

Rowena grinste und schaute über Luisas Schulter zu Henry. »Wie war der Tanz?«

Luisa konnte nicht anders, als ebenfalls zu lächeln, aber dann wurde sie wieder ernst. »Es war ein wunderschöner Tanz, ich danke dir, Schwesterherz. Aber du musst mich decken, ich werde mit Henry Nachforschungen anstellen.«

»Jetzt?«, rief Rowena, und die drei Mädchen, bei denen sie gestanden hatte, drehten sich verwundert um.

Luisa legte einen Zeigefinger auf ihre Lippen. »Ja, jetzt. Bitte, Rowena, deck mich, wenn Vater oder Mutter nach mir fragen.«

Rowena wollte zu einer Antwort ansetzen, sah dann aber erneut zu Henry. »In Ordnung, aber bitte beeilt euch.«

Luisa nickte und schloss ihre Schwester in die Arme. »Ich danke dir, und das werden wir.«

Rowena nickte und scheuchte Luisa mit einer Handbewegung davon. Glücklich holte Luisa ihren Mantel und lief zu Henry, der am Eingang stand. Sie schaute zurück, aber ihre Eltern waren ins Gespräch vertieft. Am Eingang der Villa stand nur noch ein livrierter Diener, der kaum Notiz von ihnen nahm.

Sie ergriff Henrys Hand und rannte mit ihm die Treppe hinunter. Es war wie ein kleines Abenteuer. Mit ihrer großen Liebe. Zusammen, vereint in ihren Herzen.

»Ich liebe dich so sehr«, hauchte Luisa in Henrys Ohr und zog ihn in den Schatten einer Häuserecke.

»Ich liebe dich auch, Luisa Linde«, entgegnete Henry und legte seine Hände auf ihre Hüften.

Ein wohliger Schauer erfasste Luisa, und sie stellte sich auf die Zehenspitzen. Ihre Finger fuhren durch Henrys wilde Locken, und sie konnte sein Lächeln im dämmrigen Licht der Straßenlaterne erkennen.

Dann küsste sie ihn stürmisch. Begehrte nach mehr. Henry erwiderte den Kuss mit der gleichen Leidenschaft. Sie schmeckte

Marzipan auf ihren Lippen und herbe Gewürze. Mandeln und den Geschmack von Liebe.

So unendlich viel Liebe. So unendlich viele Geheimnisse. Aber sie wollte diese Grenzen überwinden.

Für sich und ihre Familien.

KAPITEL 8

HENRY

Henry sperrte leise die Haustür zur Wohnung seiner Familie auf. Im Inneren war es dunkel und ruhig, sodass seine Augen sich erst an die Finsternis gewöhnen mussten. Die Tür quietschte, als er sie schloss, und er lächelte Luisa zerknirscht an, während er ihr aus dem Mantel half.

»Entschuldige, alles hier ist sehr alt«, flüsterte er leise.

Sie schüttelte stumm den Kopf und sah sich um. Vom Flur aus führte eine Wendeltreppe hinauf in die anderen Stockwerke. Links vom Flur, der in beigen und cremefarbenen Tönen gehalten war, lag die Küche.

»Ist denn sonst niemand hier?«, fragte sie und steckte einige lose Haarsträhnen vorsichtig wieder in ihrem Zopf fest.

»Mein Großvater ist oben in seinem eigenen Bereich, die Zwillinge übernachten heute bei Freunden, und unser Dienstmädchen sollte längst schlafen.« Henry sah sie an und nahm ihre Hand in seine.

»In Ordnung.« Luisa schenkte Henry ein hinreißendes Lächeln. »Wo ist das Büro deines Vaters?«

Henry deutete auf eine Tür links von ihnen und zog Luisa sanft mit sich. Ihre Schritte hallten in der Stille gespenstisch wider, und Henry bemerkte, wie seine Hand leicht zitterte, als er diese auf die Türklinke legte. Luisa schien seine Unsicherheit zu bemerken und legte ihre Hand auf die seine. »Gemeinsam?«

Henry nickte. »Gemeinsam.«

Er drückte mit Luisa zusammen die Klinke herunter, und die Tür schwang geräuschlos auf. Sie traten ein, und Henry schaltete die kleine Lampe auf dem Schreibtisch ein, die den Raum in ein milchiges Licht tauchte. Das Fenster war gekippt, und Henry bemerkte, wie Luisa neben ihm fröstelte. Schnell legte er seine Hände auf ihre Schultern und zog sie in seine Arme.

Er konnte ihren Duft von Rosen und Nelken wahrnehmen, der in seiner Nase kribbelte, und am liebsten hätte er Luisa nie wieder losgelassen.

Henry ließ seinen Blick durch den Raum schweifen. Das Büro seines Vaters war in seiner Erinnerung kein guter Ort. Hier hatte er sich viele Strafpredigten anhören müssen, und für einen kurzen Augenblick fühlte Henry sich wieder wie ein kleiner Junge, der ganz allein der Wut seines Vaters ausgesetzt war. Und wenn er nicht rechtzeitig wieder auf dem Ball sein würde, dann würde sein Vater noch viel zorniger werden. Er hatte mit Emilie Dietrichs getanzt, sich ihr gegenüber höflich und zuvorkommend benommen, obwohl er nur an Luisa dachte. Er hoffte nur inständig, dass Emilie Dietrichs sich auch mit anderen Männern auf dem Ball zufriedengab und nicht nach ihm suchte.

»Wo sollen wir anfangen?«, fragte Luisa und riss ihn mit ihrer liebevollen Stimme aus seinen trüben Gedanken.

Henry schüttelte die Erinnerung ab und schaute sich erneut um. Papiere lagen auf dem Schreibtisch sowie einige Aktenordner. In den Regalen stapelten sich Fachbücher über die Herstellung von Marzipan und weitere Ordner mit Rechnungen und Lieferinformationen.

Vor dem Fenster standen zwei Sessel und ein kleiner Beistelltisch, auf dem sich eine Karaffe mit Wasser und zwei Gläser befanden. Mit langsamen Schritten ging Henry durch den Raum und sah sich um.

»Ich weiß es nicht«, gab er zu. »In alten Kisten? Irgendwo zwischen den Büchern? Ich verstehe nicht, warum mein Großvater alte Erinnerungen hier aufhebt, wenn es doch nicht mal mehr sein Büro ist.«

»Damit er sich diesen Erinnerungen nicht mehr stellen muss«, antwortete Luisa und ging auf eines der Regale zu. Sie zog eine alte, staubbedeckte Kiste heraus und öffnete sie. »Mein Großvater hat seine Erinnerungen auf den Dachboden gesperrt, den er wegen seiner alten Knochen nicht mehr betreten kann.«

Henry dachte einen Augenblick über ihre Worte nach und kniete sich dann neben Luisa hin. Vorsichtig zog er ebenfalls eine Kiste sowie einige alte Bücher aus dem Regal.

»Ich glaube, das kann einige Zeit dauern«, murmelte er, als er die Kiste öffnete und ein paar alte Papiere herausholte.

»Nicht schlimm«, erwiderte Luisa, und ihre Finger fuhren über die Schriftstücke, die sie aus ihrer Kiste hervorgeholt hatte. »Egal, wie ich die Zeit mit dir verbringe, es ist die allerschönste Zeit für mich.«

Henry spürte, wie sein Herz anschwoll vor Liebe, und er beugte sich zu Luisa hinüber. Er küsste sie sanft auf die Lippen. Luisas Wangen färbten sich rot, sie senkte den Kopf und kramte weiter in der Kiste herum.

Henry betrachtete sie liebevoll und holte ebenfalls einige Sachen aus der Kiste vor ihm heraus.

Er fand alte Dokumente und Bilder, aber auf den ersten Blick nichts Außergewöhnliches. Dann jedoch erregte etwas seine Aufmerksamkeit.

»Oh, schau, eine Urkunde der Manufaktur«, rief er und reichte Luisa das Schriftstück, das in einen Bilderrahmen eingefasst worden war.

Sie runzelte die Stirn, und ihre Augen huschten über die Worte.

»Seit 1910 existiert eure Manufaktur für Marzipan?«, fragte sie überrascht.

»Ja, mein Urgroßvater hat damit begonnen, und nach dem Krieg hat mein Großvater Matthias die Manufaktur übernommen.«

Luisa kaute nachdenklich auf ihrer Unterlippe und ließ ihren Blick über die Kartons schweifen. »Meinst du, sie waren Freunde?«, fragte sie nach einiger Zeit in die Stille hinein.

Henry dachte einen Moment über ihre Worte nach und ergriff dann Luisas Hand.

»Ich glaube schon«, antwortete er ruhig, »mein Großvater war so verletzt. Aber da schwang nicht nur Wut in seiner Stimme mit. Nein, es war eine unglaubliche Traurigkeit. Verlust und Reue. Außerdem bin ich sicher, dass dieses Geheimnis mit dem Ersten Weltkrieg zusammenhängt. Nur von diesem Krieg hat mein Großvater geredet, nur davon gibt es das Foto mit deinem Großvater.«

Luisa nickte bestätigend. »Hat dein Großvater mal eine Greta erwähnt?«

»Du meinst die Greta aus dem Brief, den ihr bei euch auf dem Dachboden gefunden habt? Nein, ich habe den Namen noch nie gehört. Aber vielleicht finden wir hier ja weitere Briefe.«

Luisa nickte und drückte kurz seine Hand, dann suchten sie beide in Windeseile weiter, und es dauerte nicht lange, da waren sie umringt von Schriftstücken und alten Fotografien, die Henry und seine Geschwister zeigten. Nachdenklich ließ Henry den Blick schweifen, als er ein altes Buch im Regal entdeckte, aus dem ein Stück vergilbtes Papier herausragte. Vorsichtig zog Henry das Buch hervor.

Es war eine alte Ausgabe von Goethes *Faust*. Eine Lektüre, die Henry in der Schule gehasst hatte. Nicht wegen der Geschichte an sich. Eher wegen der geschwollenen Worte. Weil darin so viel um die Liebe herumgeredet wurde. Er pustete den Staub weg und schlug das Buch auf. Dann entdeckte er einen Brief darin.

»Luisa«, flüsterte er begeistert und griff nach ihrem Arm. »Ich glaube, ich habe etwas Spannendes entdeckt.«

Luisa rückte ein Stück näher an ihn heran. Henry räusperte sich und begann mit rauer Stimme die Zeilen vorzulesen.

»*Matthias, ich weiß, es ist merkwürdig, dass ich dir ebenfalls einen Brief schreibe. Ich habe es in deinem Gesicht gesehen, als ich dir dieses Stück Papier gegeben habe, dass du nicht weißt, warum ich das tue. Aber ich habe eine Bitte an dich. Gib gut auf Hans acht. Pass auf ihn auf. Er ist nicht so stark, wie er immer versucht zu wirken. Ich weiß das und du noch viel besser. Versprich mir, dass du ihn beschützt. Dass ihr euch gegenseitig beschützt und euch nicht von diesem schrecklichen Krieg zerstören lasst. Dies ist meine einzige Bitte an dich. Bitte bring ihn heil zu mir zurück. Ich kann mir nicht vorstellen, ohne euch beide zu leben. Ich brauche euch, und mein Herz würde vergehen, wenn ihr nicht zurückkehrt. Deine Greta*«

Schweigen erfüllte den Raum, und ein eiskalter Schauer jagte über Henrys Rücken. Seine Hände zitterten leicht, und er warf einen Blick auf Luisa, die jedoch zunächst kein Wort sagte. Henrys Gedanken stoben wie kleine Blitze durcheinander, und er starrte erneut auf den Brief.

»Sie kannten sich alle.« Luisas Stimme durchschnitt die Stille zwischen ihnen, und Henry meinte Bitterkeit, sogar Wut aus ihren Worten herauszuhören.

»Ja ...« Er drehte den Brief in den Händen und hielt ihn gegen das Licht. »Es steht kein Datum darauf.«

»Es muss irgendwann während des Krieges gewesen sein«, sagte Luisa und klopfte sich den Staub von den Kleidern.

»Aber ...«, begann Henry aufgeregt, »was hat dazu geführt, dass sie sich jetzt so sehr hassen? Greta war die Verlobte deines

Großvaters, richtig? Und auch eine gute Freundin meines Großvaters. Das verstehe ich nicht …«

Luisa reagierte zunächst nicht auf Henrys Worte. Sie schien wie in einem Traum gefangen, und Henry sah, dass ihre Lippen leicht bebten. Sie schüttelte den Kopf. »Ich habe keine Ahnung«, murmelte sie leise und zog einen kleinen Schmollmund.

Henry schaute sie überrascht an und konnte nicht anders, als zu lachen. Luisa warf ihm einen irritierten Blick zu.

»Was denn?«, fragte sie schroff, aber Henry sah, dass sie sich ein kleines Grinsen auch nicht verkneifen konnte.

»Du siehst niedlich aus, wenn du keine Ahnung hast«, sagte Henry lachend und zog sie sanft in seine Arme.

Luisa neigte den Kopf zur Seite, und Henry spürte, wie ihre Finger sich in den Stoff seines neuen Jacketts krallten und es zerknitterten. Er spürte die Wärme ihres Körpers und konnte ihren Herzschlag fühlen.

»Du bist albern«, murmelte Luisa, ließ aber auch nicht von ihm ab.

Henry schwieg und strich ihr zärtlich übers Haar. Dann löste er sich ein kleines Stück von ihr und hob ihr Kinn sanft mit seinen Fingern an. Er schaute ihr in diese wunderschönen grünen Augen und ertrank nahezu in ihrem Blick. Henrys ganzer Körper prickelte vor Anspannung, seine Gedanken überschlugen sich, und ein raues Lachen entglitt seiner Kehle. Dann beugte er sich zu Luisa hinunter und küsste sie stürmisch.

Sie erwiderte seinen Kuss begierig und öffnete den Mund, um seiner Zunge Einlass zu gewähren. Henry erkundete sanft und gleichzeitig begehrend ihren Mund. Luisas Hände wanderten in seinen wilden Locken umher, und ein leiser Seufzer entschlüpfte ihrer Kehle.

Hier, umgeben von all den Geheimnissen der Vergangenheit, küsste Henry die Frau, die er von ganzem Herzen liebte. Hier, inmitten von Staub und in dem dämmrigen Licht einer einsamen Schreibtischlampe, könnte er ewig verweilen. Mit Luisa in seinen Armen. Nach einigen Sekunden oder gar Minuten – Henry vermochte es nicht zu sagen – trennten sich ihre Lippen voneinander. Henry strich über Luisas Wange und lächelte zärtlich.

»Ich werde dich nicht allein lassen«, hauchte er in Luisas Ohr und küsste sie auf die Stirn. »Egal, was unsere Familie sagen wird. Egal, wie viele Steine sie uns in den Weg legen. Ich bleibe bei dir. Für immer.« Henry sah Tränen in Luisas Augen, welche sie wegzublinzeln versuchte, dann ergriff sie seine Hand.

»Ich werde immer an deiner Seite bleiben«, antwortete sie lächelnd. »Das verspreche ich dir.«

Henry sah sich noch einmal kurz in dem Büro seines Vaters um und begann dann langsam die Kisten wieder einzuräumen.

»Was machst du da?«, fragte Luisa und kniete sich neben ihn.

»Würdest du mit mir kommen, wenn ich dir etwas zeigen möchte?« Henry bemühte sich um einen gelassenen Tonfall, aber er bemerkte, wie sehr seine Stimme zitterte.

Luisa legte die Stirn in Falten und warf einen Blick auf all die Kisten und Unterlagen. »Was machen wir damit?«

Henry schloss die erste Kiste, die er geöffnet hatte, und nahm das Buch sowie den Brief in die Hand. »Wir nehmen den Brief mit …«

Luisa nickte schweigend und half ihm, alles wieder in Ordnung zu bringen. Henry wollte gerade das Büro verlassen, als Luisas Stimme ihn noch einmal zurückhielt. Sie erhob sich und winkte ihn zu sich, in ihrer Hand hielt sie ein altes Foto.

»Warte«, rief sie.

»Hast du noch etwas gefunden?« Henry ging auf Luisa zu.

»Es ist das gleiche Bild, das auch auf unserem Dachboden war. Schau, das ist mein Großvater …«

»Und das ist meiner«, unterbrach Henry sie und zeigte auf den Mann neben Luisas Großvater Hans.

»Der Krieg muss so schlimm gewesen sein …«, sagte Luisa und schaute gedankenverloren auf das Bild all dieser Männer.

Henry nahm sie an der Hand und führte sie zielstrebig aus dem Büro hinaus. »Mein Großvater hat nie darüber geredet«, sagte er, machte das Licht im Büro aus und schloss die Tür hinter sich.

»Meiner schon. Er hat mir und meiner Schwester viel über den Krieg erzählt. Im Gegensatz zu meinem Vater, der im Zweiten Weltkrieg gekämpft, aber nie ein Wort darüber verloren hat. Nur der Gehstock, den er seither benutzen muss, erinnert daran, dass mein Vater im Krieg war. Aber mein Großvater hat nie über deinen Großvater, geschweige denn über eine Frau namens Greta ein Wort verloren«, sagte Luisa, während sie gemeinsam die Wendeltreppe hinaufliefen.

Henry legte die Stirn in Falten und fuhr sich über sein stoppeliges Kinn. »Wenn wir nur herausfinden könnten, wer sie ist. Warum sie so eine große Bedeutung für unsere Großväter hatte.«

Er führte Luisa den langen, schummrigen Flur entlang und öffnete die Tür ganz hinten links. Luisa betrat mit ihm den Raum und wich dann erschrocken einen Schritt zurück. Henry konnte sich nur mit Mühe ein kleines Grinsen verkneifen.

»Ist … das dein Zimmer?«, stotterte sie fassungslos.

Henry unterdrückte ein Lachen und hielt sie sanft am Arm fest. »Wäre es so schlimm, wenn es so wäre?«

Luisa senkte den Kopf und schaute auf ihre Fußspitzen. Henry spürte, wie ein Zittern durch ihren Körper jagte. Dann hob sie den Blick und legte eine Hand an seine Wange. Ihr Lächeln was zaghaft, aber da war auch ein geradezu wilder Glanz in ihren Augen.

»Nein«, antwortete sie mit leiser Stimme und hauchte einen Kuss auf Henrys Wange. »Es wäre wunderschön.«

»Darf ich die Dame dann fragen, ob sie mich auf den Balkon begleiten möchte?« Henry streckte die Hand nach Luisa aus und spürte ein heftiges Pulsieren in seiner Brust.

»Ja«, flüsterte Luisa und ergriff seine Hand, als wäre es das Selbstverständlichste auf der Welt.

KAPITEL 9

LUISA

Ihr Herz schlug so heftig, dass Luisa das Gefühl hatte, es würde aus ihrer Brust springen. So überwältigt war sie davon, in Henrys Zimmer zu stehen.

Auf dem Weg hinaus auf den Balkon blieb ihr Blick an den verschiedensten Dingen in seinem Zimmer hängen, und immer mutiger schaute sie sich offen um. Henrys großes Bett, das sauber und frisch gemacht war. Eine hellblaue Tagesdecke lag darauf. Ein großer Eichenschreibtisch stand an der gegenüberliegenden Wand. Daneben zwei riesige Regale mit unzähligen Büchern.

Henrys Hand in ihrer, seine Wärme, die auch ihren Körper sanft umschmeichelte. Luisa spürte, wie ihre anfängliche Scheu verflog und sie ihm bereitwillig folgte.

Das ist also Henrys Zimmer, dachte sie im Stillen und schloss kurz die Augen.

Sein Duft lag in diesem Raum. Der Geruch nach Marzipan und dem Meer. Eine Mischung aus Salz und Süße. Henry öffnete die Tür zum Balkon, und kühle Abendluft empfing Luisa. Galant legte er ihr eine seiner Strickjacken über die Schultern und trat mir ihr einen Schritt hinaus.

Luisa ließ ihren Blick über Lübeck schweifen und drehte sich um die eigene Achse. Erst dann fiel ihr das Teleskop auf, welches unter einem Verschlag auf dem Balkon stand. Ehrfürchtig betrachtete sie das Gerät und strich mit vorsichtigen Bewegungen darüber.

»Ist das deines?«, fragte sie begeistert und drehte sich zu Henry um.

»Ich wollte immer die Sterne sehen. Mein Vater hat mir diesen Wunsch vor einigen Jahren erfüllt. Ich denke immer, dass die Menschen aus vergangenen Zeiten von den Sternen aus auf uns heruntersehen.«

Es war ein wunderbarer, liebevoller Gedanke. Henry war ein sanftmütiger Mann. Das wurde Luisa jetzt noch stärker bewusst als bisher.

»Darf … darf ich?« Ihre Stimme zitterte leicht, und sie räusperte sich verlegen.

»Was glaubst du, warum ich dich hierhergebracht habe?« Henry nahm die Abdeckung vom Teleskop, und vorsichtig stellte Luisa sich dahinter.

»Du musst ein Auge zukneifen, dann siehst du besser«, riet er ihr, und sie tat wie geheißen.

Neugierig schaute Luisa hindurch, und das, was sie sah, ließ ihr den Atem stocken. Es war wie eine Welt voller tausend Wunder. Alles Schöne in diesem einen Augenblick.

Sie sah all diese Sterne. Sie funkelten anmutig an dem schwarzen Nachthimmel. Luisa brachte kein Wort heraus, so geblendet war sie von dieser Schönheit.

Und in diesem Augenblick wurde ihr klar, was sie wollte. Sie würde mit offenen Augen durch die Welt gehen. Sich alles genau betrachten, was diese Welt ihr bot. Aber sie würde sich selbst auf ihrem Weg nicht verlieren. Sie hatte immer noch so viele Träume, und auch wenn sie Henry liebte, würde sie diese weiterverfolgen. Nicht so, wie ihre Mutter es hatte tun müssen, als der Zweite Weltkrieg begann.

Luisa schaute auf und richtete ihren Blick zu Henry. Er stand lächelnd da. Ein sanftes Schmunzeln auf den Lippen. Ein Blick voller Liebe und Fürsorge.

»Es ist großartig«, brachte Luisa leise hervor.

»Das ist unsere Welt«, erwiderte Henry und reichte ihr die Hand.

Gemeinsam lehnten sie sich an die Brüstung des Balkons und schwiegen. Sahen hinunter auf die ruhigen Straßen, welche in Finsternis getaucht waren. Luisa verlor jedes Zeitgefühl. Es war, als würde sie in einem sanften Meer schwimmen. Gefangen in einer Wolke aus Liebe.

»Ich bin so froh, dass du in mein Leben getreten bist«, murmelte sie an Henrys Schulter.

Er strich ihr sanft über die Wange und küsste sie erneut. Diese Liebe würde nie vergehen, dessen war sich Luisa sicher.

»Sag mal«, setzte Henry an, »möchtest du mich einmal in die Manufaktur begleiten?«

Überrascht schaute Luisa ihn an. Sie konnte die Skepsis, die sich in ihrem Herzen breitmachte, nicht verbergen und presste die Lippen fest aufeinander.

»Das ist unmöglich«, sagte sie ausweichend, »was würden deine Eltern denken?«

Verschwörerisch grinste Henry sie an und küsste ihre Hand. »In ein paar Wochen haben sie wieder einige Geschäftstermine. Nur mein Großvater wird da sein. Und keiner weiß, wie du aussiehst.«

»Das … das ist gar keine schlechte Idee«, antwortete Luisa mit einem verschmitzten Lächeln, »außerdem wollte ich schon immer einmal eine Marzipanmanufaktur sehen. Ich habe so viele Ideen für Rezepte, auch mit Marzipan, vielleicht kann ich dort sogar noch etwas lernen!«

»Dann ist es beschlossen, ich lasse dich wissen, wenn es so weit ist.«

Sie nickte schweigend und ließ sich von Henry in den Arm nehmen. Sog gierig seinen Duft ein. Fuhr durch seine Haare und lächelte versonnen vor sich hin. Luisa schloss die Augen und ließ sich von der Stille einnehmen. Sie lauschte ihrem Herzen. Dem Flüstern dieser Welt.

Sie wollte nirgendwo anders sein in dieser Nacht. Nur bei Henry. In seinen Armen. Es fühlte sich wie Heimat an.

»Wollen wir hineingehen?«, fragte Henry nach einer kleinen Ewigkeit, denn er hatte bemerkt, dass Luisa angefangen hatte zu zittern. Sie knetete ihre Finger, die leicht gerötet waren.

Die Nacht war immer noch kalt, auch wenn der Frühling langsam die Stadt in seine Schönheit tauchte.

»Gerne.« Luisa folgte ihm in sein Zimmer und setzte sich auf einen Sessel neben seinem Bett.

Ihr Blick fiel erneut auf sein Bücherregal. Fasziniert betrachtete sie all die Bücher und schaute sich einige Titel genauer an.

Henry hatte ihren Blick bemerkt und stellte sich hinter sie. Schlang seine Arme um ihren Körper und bettete seinen Kopf auf ihre Schulter. Er küsste sie auf den Hals, und Luisa kicherte leise.

»So viele Bücher«, murmelte sie und strich ehrfürchtig darüber.

»In einem anderen Leben wäre ich gerne Schriftsteller geworden. Oder Gelehrter. Ich würde gerne in einem Museum arbeiten und die Kunst in Ehren halten«, erklärte er ihr mit trauriger Stimme.

»In einem anderen Leben?«

Henry presste die Lippen aufeinander und schien mit sich zu ringen. Die Antwort fiel ihm anscheinend schwer. Sofort bereute sie ihre Frage und wollte sich entschuldigen, doch dann ergriff Henry das Wort.

»Ich habe Geschichten immer geliebt. Mich in andere Welten zu träumen. Aber das ist nicht das Leben, das mein Vater für mich vorgesehen hat. Ich bin der älteste Sohn. Meine Pflicht ist es, die Manufaktur zu übernehmen …«

Er seufzte leise und löste sich von Luisa. Fuhr sich durch sein Haar. Versuchte die Traurigkeit von sich abzuschütteln.

»Das ist falsch«, bemerkte Luisa leise und setzte sich zu Henry aufs Bett.

Er lachte bitter. »So vieles in allen Leben der Welt ist falsch, Luisa. Jeder Krieg, der jemals stattgefunden hat, war falsch. Aber wir können so wenig dagegen tun.«

»Das stimmt nicht!«, unterbrach sie ihn mit scharfer Stimme, und Henry zuckte überrascht zusammen.

Luisa erschrak selbst über ihren harten Tonfall. Normalerweise war sie nicht so impulsiv und dachte länger über die Worte nach, die sie sagen wollte.

»Mein Großvater sagt immer, wir müssen für das kämpfen, was uns wichtig ist. Wir haben nur dieses eine Leben. Und es ist unsere Pflicht, das Beste daraus zu machen.« Luisa legte eine Hand auf Henrys Brust und fühlte seinen Herzschlag unter ihren klammen Fingern.

»Dein Großvater scheint ein weiser Mann zu sein.«

Luisa schüttelte den Kopf. Ein paar Haarsträhnen lösten sich aus ihrem Zopf und umrahmten ihr blasses Gesicht. Henry legte seine Hände auf ihre Wangen, und der Blick seiner blauen Augen nahm Luisa gefangen.

»Ich glaube, das Leben macht uns weise. Ich weiß nicht, was in Großvaters Leben passiert ist. Aber ich glaube, er hat dadurch viele Dinge gelernt. Er hat Rowena und mir beigebracht, für das, was wir lieben, zu kämpfen.«

Sie lehnte sich zu Henry, und ihre kalten Hände berührten seine Wangen. Der Stoff ihres eleganten Kleides raschelte sanft, als sie ihn küsste und ihren Körper an seinen presste. Sie war ihm so nah wie nie zuvor. Und Luisa spürte, dass sie jetzt – *in dieser Sekunde* – mehr wollte, als jemals zuvor zwischen ihnen geschehen war.

Ihre Küsse wurden immer begieriger, ihre Hände wanderten Henrys Brust hinauf, und geschickt knöpfte sie sein Jackett auf. Zwischen den Küssen seufzte sie leise, und Henry sah sie kurz fragend an.

»Willst du …?« Er konnte seine Frage nicht beenden, denn Luisa küsste ihn erneut.

Dann löste sich Luisa von ihm und strich mit dem Daumen über seinen Bart. Sie nickte stumm und spürte, wie Hitze in ihre Wangen stieg. Henry sah sie mit einem schelmischen Lächeln an.

Er zog Luisa auf sein Bett und legte seine Arme um sie. Eng umschlungen lagen sie inmitten von Kissen und Decken da. Henry beugte sich über sie, während er sein Jackett abstreifte, und Luisa konnte sich ein Grinsen nicht verkneifen, als sie ihm half, sein Hemd auszuziehen.

Fasziniert berührte sie seinen nackten Oberkörper. Ihre Finger fuhren über seine Bauchmuskeln hinauf zu seinen Schultern und vergruben sich in seinen Haaren.

Ein leises, kaum verständliches Flüstern entschlüpfte ihrer Kehle, als Henry ihren Nacken küsste und jeden Zentimeter ihres Körpers mit seinem Mund erkundete.

Luisa schnürte ihr Kleid auf. Sie warf Henry einen schüchternen Blick zu, als sie es langsam von ihren Schultern gleiten ließ.

Aber sein Blick war so voller Zärtlichkeit, dass ihre Angst vor diesem Augenblick verflog.

Sie küsste Henry erneut, voller Hingabe und unschätzbarer Liebe. Sie hatte keine Scheu mehr vor ihm, und als Henry langsam seine Hose aufknöpfte, da schloss Luisa genüsslich die Augen, und die Gefühle übermannten sie wie eine Welle im stürmischen Ozean.

Sie gab sich ganz diesem Augenblick hin. Für sich und ihn. Für die Liebe ihrer Welt.

Eine Sternschnuppe zog ihre helle Bahn über den Himmel, und Luisa blinzelte versonnen. Sie lag auf Henrys Bett, zugedeckt mit einer feinen Wolldecke.

Henry lag neben ihr. Hatte sich seine Hose wieder angezogen, aber noch immer konnte sie sich nicht an seinem nackten Oberkörper sattsehen. Es war so intensiv gewesen.

So wunderschön. Sie stützte ihren Kopf auf ihre Hände, und die Decke rutschte ein Stück nach unten. Entblößte ihre nackten Schultern.

Sie konnte nicht aufhören zu lächeln. Sie konnte nicht aufhören, an Henry zu denken. Er ergriff ihre Hand und küsste sie schmunzelnd.

Dann fiel sein Blick auf die Uhr an der gegenüberliegenden Wand, und er sah Luisa zerknirscht an.

»Was ist los?«, fragte sie und folgte seinem Blick.

Gleich darauf fluchte sie leise und schälte sich umständlich aus der Decke. »Ich muss zurück zum Ball, sonst bemerken meine Eltern noch meine Abwesenheit!«, rief sie, während sie sich ihr Kleid griff und es überstürzt anzog.

Dann drehte sie Henry den Rücken zu, damit er es zuschnüren konnte. Als sie ihn über die Schulter ansah, merkte sie, dass er sie grinsend betrachtete. Luisa zog eilig die hohen Schuhe an.

Sie schaute kurz in den Spiegel und seufzte. Ihre Haare waren zerzaust, ihre Frisur vollkommen ruiniert.

Unwillig löste sie den Zopf und ließ ihr rabenschwarzes Haar offen über ihre Schultern gleiten.

»So muss es gehen, ich hoffe, meine Eltern suchen mich nicht bereits.«

Henry stand vom Bett auf, streifte seine Kleidung über und zog Luisa in seine Arme. Hielt sie ganz fest und küsste sie auf die Stirn.

»Für mich bist du immer noch die schönste Frau der Welt«, hauchte er ihr ins Ohr.

»Das musst du ja jetzt sagen«, antwortete sie schmunzelnd, während Henry und sie gemeinsam die Treppe hinuntergingen und auf leisen Sohlen das Haus verließen.

Hand in Hand gingen sie durch die Straßen zurück zur Stadtvilla der Brandts und hielten am Treppenaufgang an. Luisa zog ihre Maske wieder über ihr Gesicht, und Henry tat es ihr gleich.

»Ich würde so gerne in deiner Nähe bleiben«, murmelte Luisa, und mit einem Mal erfasste sie eine Welle von Traurigkeit.

Henry strich mit seiner Hand über ihre Wange und küsste sie ein letztes Mal auf die Stirn. »Bald sehen wir uns wieder. Ich freue mich darauf.«

Er ließ Luisas Hand los, bevor er die Treppenstufen hochging und in der Villa verschwand.

Luisa blieb nur einen Augenblick allein in der Kälte stehen und ging dann mit langsamen Schritten ebenfalls hinauf in die Villa. Wärme umfing sie, als sie in den Saal kam, und sofort hörte sie eine Stimme hinter sich.

»Luisa!« Es war Rowena, die ihr Handgelenk ergriff und Luisa eilig zu einer kleinen Nische zog. »Hast du schon einmal auf die Uhr geguckt?« Rowenas Stimme überschlug sich, und Zornesröte stieg ihr in die Wangen.

Luisa zuckte mit den Schultern. »Tut mir leid, ich habe die Zeit vergessen.«

Rowena rümpfte die Nase und verschränkte die Arme vor der Brust. »Ich musste Mutter und Vater mehrmals anlügen und sagen, dass du mit deinen Freundinnen am Tratschen bist.«

Ohne Luisas Antwort abzuwarten, zog Rowena sie mit zu ihren Eltern, die mit Herrn Möller und seinem Sohn abseits der Tanzfläche standen.

»Luisa.« Ihr Vater musterte sie mit gerunzelter Stirn von oben bis unten. »Schön, dass du uns auch wieder mit deiner Anwesenheit beehrst.«

Luisa verschränkte die Hände ineinander und zwang sich zu einem Lächeln. »Bitte entschuldige, Vater. Aber ich habe meine Freundinnen aus der Schule lange nicht mehr gesehen. Und du weißt doch, wie junge Mädchen sind.«

Torge Möller lachte leise auf und zog die Aufmerksamkeit ihres Vaters auf sich. »Glaube mir, Stephan, Söhne sind auch nicht weniger anstrengend.«

Luisa sah aus den Augenwinkeln, wie Sebastian Möller sich versteifte und ein Stück von seinem Vater abrückte, denn ihm schien diese Unterredung peinlich zu sein.

»Ich denke, wir werden uns nun auch auf den Heimweg machen«, entschied ihr Vater nach einer Weile und sah seine Töchter an. »Ihr seht beide ein wenig müde aus.«

Luisa nickte schweigend. Ihr Vater hatte recht, sie war wirklich müde.

Rowena neben ihr seufzte leise und sah sich im Saal um. »Dann lasst uns nach Hause gehen«, sagte sie, und Luisa hörte eine gewisse Wehmut aus ihrer Stimme heraus.

Ihre Familie verabschiedete sich von Torge und Sebastian Möller und danach von Familie Brandt. Kurz bevor Luisa die Villa mit ihrer Familie verließ, wandte sie sich noch einmal um und erspähte Henry in der Menge.

Er schenkte ihr ein kleines Lächeln und hob die Hand zum Abschied. Luisa tat es ihm gleich, und es war, als könne sie seine zarten Berührungen noch immer auf ihrer Haut spüren.

»Luisa! Komm, es fängt an zu regnen!«, rief Rowena und lief mit ihr die Treppe hinunter.

Schnellen Schrittes ging es durch die Straßen, und der Regen benetzte Luisas Gesicht, Wind peitschte unbarmherzig über den Stoff ihres Kleides. Luisas Hände zitterten leicht, als sie zu Hause ankamen und die Wärme der Wohnung sie sanft umschmeichelte.

»Ich weise Agnes an, euch ein warmes Bad zu bereiten«, sagte Annabella zu ihren Töchtern und scheuchte die beiden mit einer Handbewegung nach oben.

Luisa nickte und folgte ihrer Schwester; als sie an ihrem Vater vorbeiging, streifte sein Blick den ihren. Nur für wenige Sekunden, aber Luisa erschrak. Ihr Vater durchbohrte sie mit seinem Blick, und Luisa erkannte Skepsis in seinen dunklen Augen. Stephan schien zu ahnen, dass sie nicht die Wahrheit gesagt hatte und nicht bei ihren Freundinnen gewesen war.

Wie in Trance lief Luisa die Treppe hinauf. Sie spürte immer noch Henrys Küsse auf ihrem Körper, aber der Blick ihres Vaters hatte wieder die Angst in ihr geschürt.

Die Angst, dass sie bei aller Liebe, die sie für Henry empfand, niemals mit ihm zusammen sein könnte.

Seit einigen Tagen zerrte Müdigkeit an Luisa. Sie fühlte sich, als ob sie in der Nacht nicht wirklich schlafen würde. Die Welt war aus den Fugen geraten. Alles war gekippt, und nichts ergab mehr Sinn.

Seit über einer Woche hatte sie Henry nicht mehr gesehen. Nur seine Briefe gelesen und sich in jeder Minute nach ihm gesehnt. So sehr wollte sie seine Küsse wieder auf ihrem Körper spüren.

So sehr vermisste sie seine Liebe. Gott, wie sehr sie ihn wollte. Wie sehr sie ihn liebte.

Es klopfte leise an ihrer Zimmertür, und ohne eine Antwort abzuwarten, trat Rowena in ihr Zimmer.

Es war Wochenende, und ihre Schwester war schon seit geraumer Zeit wach. Sie war frisiert und trug ein dunkelgrünes, kurzes Kleid mit passender Jacke.

»Guten Morgen, Schlafmütze«, scherzte ihre Schwester und setzte sich zu Luisa aufs Bett.

»Morgen«, murmelte Luisa verschlafen und wischte sich übers Gesicht.

Am liebsten wäre sie für immer im Bett geblieben. Die Welt ohne Henry schien ihr grau und düster. Ohne Hoffnung. Sie hatte Rowena erzählt, was in der Nacht geschehen war, und ihre Schwester hatte schweigend gelauscht. Sie hatte Luisa kein einziges Mal unterbrochen, und als sie fertig erzählt hatte, da hatte Rowena sie nur liebevoll in den Arm genommen.

»Wie geht es dir?«, fragte Rowena und ergriff Luisas Hand.

Luisa sah ihre Schwester an und seufzte schwer. Ihr war bewusst, dass Rowena immer zu ihr halten würde, aber sie konnte ihr auch nicht wirklich helfen.

Luisa zuckte schweigend mit den Schultern und hievte sich langsam hoch. »Ich weiß nicht«, antwortete sie, während sie ihren Kleiderschrank öffnete.

Rowena warf ihr einen traurigen Blick zu, und Luisa legte die Stirn in Falten. »Was ist?«, fragte sie ihre Schwester misstrauisch.

Rowena presste die Lippen aufeinander und wich dem Blick ihrer Schwester aus. »Ich …«, begann sie zaghaft und strich mit den Fingern über Luisas Bettzeug. »Vater will dich sprechen.«

»Warum?«, fragte Luisa sofort und kniete sich vor ihre Schwester. »Rowena, was weißt du?«

Ihre Schwester fühlte sich unwohl in ihrer Haut, das bemerkte Luisa sofort.

»Ich habe gelauscht«, gab Rowena leise zu und seufzte. »Ich glaube, er hat eine Verabredung für dich eingefädelt.«

»Was?« Luisas Stimme hatte einen bedrohlichen Unterton angenommen, und sie biss sich auf die Zunge. Sie durfte jetzt keinen Lärm machen. Manchmal hatte dieses Haus Ohren.

»Ich hab's nicht genau verstehen können«, sagte Rowena und stand auf. Einige Augenblicke ging sie durch Luisas Zimmer und blieb dann abrupt stehen. »Aber ich glaube, es ist der Name Sebastian Möller gefallen.«

»Oh, nein«, murmelte Luisa und legte die Hand vor den Mund. »Der junge Mann, mit dem ich auf dem Ball getanzt habe, bevor ich mit Henry …?«

Rowena nickte schweigend und schaute ihre Schwester traurig an. »Genau der.« Sie ließ sich auf Luisas Sessel fallen und bettete die Hände in den Schoß. »Ich glaube, Vater will, dass du ihn …«

»Heiratest«, beendete Luisa den Satz ihrer Schwester und sackte ihn sich zusammen.

Wie ein Häufchen Elend saß sie auf dem Boden und versuchte erst gar nicht die Tränen zu unterdrücken.

Sebastian Möller war kein schlechter Mann. Sie hatten sich immer verbunden gefühlt, weil ihre beiden Väter jeweils eines der Lübecker Museen leiteten. Sie waren zusammen auf Kunstveranstaltungen gewesen und kannten einander gut.

Sebastian Möller war weder hässlich noch irgendwie merkwürdig. Nein, wenn Luisas Herz nicht schon so lange für jemand anders geschlagen hätte, dann wäre er tatsächlich die perfekte Partie für sie gewesen. Außerdem war er freundlich und zuvorkommend gewesen, als er sie auf dem Ball um einen Tanz gebeten hatte. Aber Luisa wollte sich nicht verheiraten lassen, egal, was ihr Vater von ihr verlangte. Zudem war das in diesen Zeiten auch längst nicht mehr üblich. Doch sie musste zugeben, dass es ein cleverer Schachzug von ihrem Vater war.

»Was willst du jetzt tun?«, fragte Rowena traurig.

Luisa lächelte matt, als ihr auffiel, wie sehr ihre Schwester mit ihr litt, und in diesem Augenblick kam ihr eine aberwitzige Idee. Eine Idee, die den Zorn ihres Vaters ohne Zweifel auf sich ziehen würde. Eine Idee, die ihr Sebastian Möller vom Hals schaffen würde.

»Liebste Schwester«, flötete Luisa verschwörerisch und ging zu Rowena.

»Was denkst du?«, fragte diese irritiert.

»Ich denke, ich brauche Nachhilfe«, sagte Luisa und konnte sich ihr Grinsen nicht mehr verkneifen.

»Nachhilfe in was?«

»In schlechtem Benehmen«, antwortete Luisa kokett und zwinkerte ihrer Schwester zu. »Bitte bring mir bei, wie ich Sebastian Möller durch ganz schlechtes Benehmen loswerde.«

Rowena brauchte einige Minuten, bis es in ihrem Kopf *klick* machte. Doch plötzlich grinste auch sie, und sie erhob sich stürmisch.

»Das wird gar nicht so leicht, aber zuerst …«

Luisa klopfte vorsichtig an der Bürotür ihres Vaters und wartete darauf, dass er ihr Einlass gewährte.

»Komm rein.«

Bei der Härte seiner Stimme zuckte sie unwillkürlich zusammen. Zaghaft öffnete sie die Tür.

Ihr Vater saß an seinem Schreibtisch über einige Unterlagen gebeugt, der Gehstock lehnte am Tisch, und er schaute kurz auf, als sie eintrat. »Schließ bitte die Tür, Luisa«, wies er sie an, und sie tat wie geheißen.

Einige Zeit stand sie da, bis ihr Vater schließlich seine Unterlagen zur Seite legte und auf den Sessel deutete. »Setz dich, mein Kind.«

Luisa zögerte einen kurzen Moment, bevor sie Platz nahm. Sie wich dem Blick ihres Vaters aus und konzentrierte sich auf das Bücherregal hinter dem Schreibtisch. Versuchte sich in die tausend Geschichten hineinzuflüchten, die dort aufgereiht waren.

Früher hatte sie diesen Raum geliebt. Genau wie Rowena war sie fasziniert von Geschichten. Doch mit der Zeit hatte das richtige Leben Luisa deutlich mehr interessiert.

Sie wollte lieber selbst ein aufregendes Leben führen, als die Geschichten anderer zu lesen.

»Nun …«, begann ihr Vater mit ernsthafter Miene und setzte sich zu Luisa. »Ich möchte mit dir reden. Ich bin froh, dass du die Gedanken an diesen jungen Herrn Hawkins aus deinem Kopf verbannt hast.«

Luisa musste sich auf die Zunge beißen, um ja kein falsches Wort zu sagen. Und nicht erneut den Zorn ihres Vaters auf sich zu ziehen. Wenn er nur wüsste, wie die Dinge wirklich standen.

Sie nickte gedankenverloren und versuchte mit aller Kraft ihrem Vater zuzuhören.

»Deswegen möchte ich, dass du dich mit einem gewissen Herrn verabredest. Glaub mir, Luisa, es ist nur zu deinem Besten. Ich wünsche mir nichts mehr, als dass du glücklich bist.«

Wenn das wahr wäre, dann hättest du nichts dagegen, dass ich Henry liebe. Ohne Vorbehalte. Ohne Geheimnisse, dachte Luisa bitter, sagte aber kein Wort.

Stephan griff nach ihrer Hand, und erschrocken sah Luisa ihn an. »Ich möchte, dass du dich mit Sebastian Möller triffst. Du hast mit ihm auf dem Ball getanzt, und ihr seid zusammen zur Schule gegangen, erinnerst du dich?«

»Ja …«, krächzte sie leise und starrte auf den Teppich.

Stephan lächelte und tätschelte ihre Hand. »Das freut mich, ich habe für dich eine Verabredung mit ihm arrangiert. Für die nächste Woche. Ihr werdet euch sicherlich gut verstehen.«

Alles in Luisa sträubte sich gegen diese Worte. Finsternis sickerte in ihr Herz. Vergiftete ihre Gedanken. Hier ging es nicht um ihr Wohl, sondern allein um den Willen ihres Vaters. Wie gerne hätte sie dagegen aufbegehrt. Wie gerne hätte sie ihm die Wahrheit erzählt.

Aber sie konnte nicht. Sie musste die Füße stillhalten. Sie würde Sebastian Möller abweisen. Sich schrecklich benehmen. Und dann würde sie Henry wiedersehen. Noch war nicht die Zeit für eine offene Rebellion, noch musste sie schweigen.

»Luisa?« Stephan sah sie fragend an, und sie zuckte kurz zusammen.

»Ich freue mich auf diese Verabredung«, sagte sie mechanisch und lächelte ein falsches, zerbrechliches Lächeln, welches jede Sekunde in Zorn umschwenken konnte.

»Sehr schön«, sagte ihr Vater, stand auf und humpelte zu ihr. Er küsste sie auf den dunklen Haarschopf und setzte sich dann wieder an seinen Schreibtisch.

Damit war das Gespräch beendet. Sie war entlassen. Ihr Vater hatte keine weiteren Worte für sie übrig. Mit zitternden Beinen stand Luisa auf und seufzte leise. In diesem Moment war ihr Leben eine große Lüge. Ein unerfüllbares Geheimnis. Sie öffnete die Tür, und diese fiel dumpf ins Schloss.

Da stand sie nun allein im Flur und spürte, wie Tränen ihr die Wangen hinabliefen. Gott, wie viel sie geweint hatte in den letzten Tagen. Viel zu viele Tränen. Viel zu viel Traurigkeit. Unwillig schüttelte Luisa den Kopf, als sie das Knarzen der Treppe bemerkte und Rowena sah.

»Alles in Ordnung?«, fragte ihre Schwester zaghaft, und Luisa zuckte mit den Schultern.

Ein Grinsen schlich sich auf Rowenas Gesicht, und sie zog ihre Schwester in eine schnelle Umarmung.

»Keine Sorge«, flüsterte Rowena leise, »du wirst die schrecklichste Frau der Welt sein. Sebastian Möller wird keinerlei Interesse an dir haben.«

Luisa erwiderte die Umarmung ihrer Schwester. Sie hoffte so sehr, dass Rowena recht behalten sollte.

KAPITEL 10

HENRY

Henry schlug die Augen auf und starrte einige Zeit wie in Trance an die weiße Decke über ihm. Ein Gähnen entschlüpfte seinen Lippen, und langsam hievte er sich hoch. Es war still im Haus, und als Henrys Blick auf seine Uhr fiel, wurde ihm klar, dass die Zwillinge vermutlich schon zur Schule aufgebrochen waren und er viel zu lange geschlafen hatte.

Aber er war immer noch so unglaublich müde. Seit zwei Wochen hatte er Luisa nicht gesehen, hatte nur ein paar Briefe mit ihr ausgetauscht und wollte sich bald mit ihr treffen, um die Manufaktur zu besuchen. Sein Vater jedoch wusste Henry wahrlich zu beschäftigen.

In den letzten Wochen war er jeden Tag in der Manufaktur gewesen, hatte die Arbeitsabläufe eingehender kennengelernt, und auch einen weiteren Besuch von Herrn Dietrichs hatte er über sich ergehen lassen müssen.

Nur verschwommen erinnerte Henry sich an die Begegnung mit Emilie Dietrichs, die er auf dem Maskenball der Familie Brandt kennengelernt und gleich darauf wegen Luisa versetzt hatte.

Sein Vater hatte Henrys Verschwinden nicht bemerkt, da er viel zu beschäftigt damit gewesen war, neue Abkommen mit Handelspartnern zu treffen, und Emilie Dietrichs … nun, sie hatte auch kein echtes Interesse an Henry gehabt. Jedenfalls war sie weder beleidigt noch schockiert gewesen, als er sie hatte sitzen lassen. Nein, sie hatte mit anderen jungen Männern getanzt und Henry zum Abschied lediglich ein freundliches Lächeln geschenkt.

Mit einem leisen Seufzer erhob sich Henry und öffnete das Fenster. Kühle Luft drang in den Raum, und sein Blick glitt über Lübeck hinweg. Die Sonne schien golden vom Himmel und wärmte seine klammen Glieder.

Henry drehte sich um und öffnete seinen Kleiderschrank. Er holte ein paar Kleidungsstücke heraus, und sein Blick fiel auf die Ausgabe von Goethes *Faust,* in der sich der Brief befand, den diese Greta an seinen Großvater geschrieben hatte.

Henry hob das Büchlein auf und setzte sich damit auf die gepolsterte Fensterbank in seinem Zimmer. Er holte den Brief heraus, und seine Augen huschten erneut über die wenigen Zeilen.

Ich brauche euch, und mein Herz würde vergehen, wenn ihr nicht zurückkehrt. Deine Greta

»Wer bist du bloß, Greta?«, flüsterte Henry und fuhr mit seinen Fingern über die schwarze Tinte.

Er wurde aus diesen Zeilen nicht schlau. Es war offensichtlich, dass sein Großvater Matthias Luisas Großvater Hans gekannt hatte. Und dass Hans mit Greta verlobt gewesen war. Sie alle waren vermutlich befreundet gewesen, aber das erklärte immer noch nicht, was zwischen ihnen vorgefallen war.

Mit einem leisen Seufzer steckte Henry den Brief zurück in das Buch und blätterte durch die Seiten, als ihm plötzlich etwas auffiel. Henry kniff die Augen zusammen und spürte, wie Hitze in seine Wangen stieg.

»Das kann doch nicht …«, murmelte er und hielt das Büchlein näher an sein Gesicht.

Das war gar nicht Goethes *Faust,* das war …

Henry las die Zeilen konzentriert, und es dauerte einige Augenblicke, bis er realisierte, dass er das Tagebuch seines Großvaters Matthias in der Hand hielt.

Die Seiten, die eigentlich Goethes *Faust* enthalten sollten, waren ab der Mitte mit weißer Farbe übermalt worden. Nur noch blass schienen die gedruckten Worte hindurch. Und überschrieben waren diese Seiten mit den Worten seines Großvaters Matthias, was Henry sofort an der Handschrift erkannte.

Rasch blätterte er durch die Seiten, erkannte Datums- und Ortsangaben, die sein Großvater fein säuberlich in die rechte obere Ecke geschrieben hatte. Die Schrift war leicht verwischt und irgendwann einmal nass geworden, aber die meisten Wörter konnte Henry ohne große Probleme lesen.

»Oh, Großvater …«, murmelte er in die Stille seines Zimmers und spürte, wie ihm Tränen in die Augen stiegen, als er begann die Worte seines Großvaters über den Krieg zu lesen.

Plötzlich klopfte es an Henrys Tür, und er schreckte auf. Eilig steckte er das Buch unter ein Kissen, bevor er mit kratziger Stimme »Herein!« rief.

Die Tür öffnete sich mit einem leisen Knarzen, und Matthias trat in sein Zimmer. Henry wischte sich eilig über das Gesicht und schmeckte salzige Tränen auf seinen Lippen.

»Guten Morgen«, begrüßte ihn sein Großvater.

»Morgen, Großvater …«, antwortete Henry und versuchte seinen schnellen Atem zu beruhigen, aber sein Herzschlag pulsierte in seinen Ohren, und seine Hände wurden feucht vor Aufregung.

»Geht es dir gut? Du siehst blass um die Nase aus.« Matthias trat auf Henry zu, und er stand eilig von der Fensterbank auf.

»Ja, ich …« Henry kratzte sich am Kopf und wich dem Blick seines Großvaters aus. »Ich habe nur nicht so gut geschlafen und bin ein wenig erschöpft.«

Matthias nickte wissend und ließ sich auf dem Sessel neben Henry nieder. »Dein Vater spannt dich in der Manufaktur auch ganz schön ein.«

Henry verschränkte seine Finger ineinander und starrte auf den Boden. Er konnte seinem Großvater nicht in die Augen sehen. Nicht, nachdem er gerade dessen Tagebuch gefunden hatte. Dieses Tagebuch, das Luisa und ihn vielleicht näher an die Wahrheit heranbringen würde.

»Ich wollte dir nur sagen, dass dein Vater heute geschäftliche Termine außerhalb der Stadt wahrnimmt und mich gebeten hat, dir mitzuteilen, dass du heute nicht in die Manufaktur kommen musst.« Matthias wippte mit dem Fuß hin und her und erhob sich dann langsam.

Henry schaute auf und hatte Mühe, gegen das dumpfe Gefühl in seinem Magen anzukämpfen.

»Vielen Dank, dass du mir das mitgeteilt hast, Großvater«, sagte er und erhob sich ebenfalls.

Matthias nickte ihm zu und ging zur Tür, aber kurz bevor er diese öffnete, drehte er sich noch einmal zu Henry um.

»Ach, und …« Matthias sah seinen Enkel durchdringend an und schien mit seinen Worten zu ringen. »Dein Vater hat auch gesagt, du sollst dir Gedanken darüber machen, wann du bereit bist, in die Manufaktur einzusteigen.«

Henry verzog das Gesicht zu einer unwilligen Grimasse und seufzte schwer. »Das ist ja eine großartige Frage«, murmelte er leise und bettete den Kopf in die Hände.

Matthias lachte leise auf. »Ich habe mir gedacht, dass dir das nicht gefällt, aber dein Vater hat recht, Henry. Du musst bald eine wichtige Entscheidung treffen.«

Henry schaute auf und musterte seinen Großvater eingehend. Matthias' Stimme hatte einen seltsamen Unterton angenommen, und der Blick aus seinen dunklen Augen wirkte traurig.

»Was ist, wenn …?« Die Worte kamen Henry nur schwer über die Lippen. »Was ist, wenn ich nicht bereit dazu bin?«

Matthias ging einen Schritt auf seinen Enkel zu und legte ihm eine Hand auf die Schulter. »Wie gerne würde ich dir sagen, dass du diese Entscheidung nicht treffen musst«, begann er mitleidig, »aber das ist leider nicht die Wahrheit, Henry. Manchmal müssen wir Entscheidungen treffen und viel schneller Verantwortung übernehmen, als es uns lieb ist.«

Matthias drückte kurz Henrys Schulter und wandte sich dann zum Gehen. Er öffnete die Tür und schaute über die Schulter zu Henry zurück, dann ließ er ihn allein im Zimmer.

Henry stand noch einen Augenblick wie verloren da, dann schloss er die Tür, die Matthias aufgelassen hatte, und griff unter das Kissen. Er zog das Buch hervor und ließ sich wieder auf der Fensterbank nieder. Vorsichtig öffnete er das Buch und blätterte zum Anfang.

Kurz fühlte es sich für Henry so an, als würde er seinen Großvater verraten, als würde er sich dessen Vergangenheit bemächtigen, aber Henry hatte keine andere Wahl. Er musste herausfinden, warum sein Großvater und Luisas Großvater sich entzweit hatten, ansonsten würden sie ihre Liebe vielleicht nie leben können.

Also richtete Henry seinen Blick auf die erste Seite des Tagebuches und fing langsam an zu lesen.

August 1914
Wir werden in den Krieg ziehen. Diese Worte aufzuschreiben kommt mir vor wie ein ferner Traum. Ein Traum, den ich nie träumen wollte, und ein Leben, welches ich nie besitzen wollte. Und doch ist es die Wahrheit. Wir werden in den Krieg ziehen.
Bald sind wir nicht mehr zu Hause in unseren warmen Betten und können uns auf ein Frühstück am Morgen freuen.

Bald werden wir in Feldbetten liegen, frieren und Schüsse aus Pistolen abfeuern. Wir werden Menschen umbringen.
Ich müsste zu Tode betrübt sein, dass ich meine Heimat bald verlassen werde, aber ich bin es nicht. Das ist die einzige Wahrheit, die ich kenne. Ich bin nicht betrübt, nein, vielleicht bin ich ein wenig aufgeregt wegen diesem neuen Abenteuer, das mich im Krieg erwartet.
Mir ist bewusst, dass ich sterben könnte. Dass ich nie wieder nach Hause zurückkehren könnte und meine Familie nie wiedersehen könnte. Aber vielleicht wäre ich dann frei. Vielleicht würde dann die Last von mir abfallen, die schwer wie ein Felsbrocken auf meinen Schultern liegt. Diese Last, die Manufaktur zu übernehmen und Marzipan herzustellen.
Hans ist unendlich traurig und wütend darüber, dass wir in den Krieg ziehen werden. Ich habe ihn heute Nacht im Wald getroffen, und er hat seinen Zorn an einem alten Baum ausgelassen. Seine Fäuste waren aufgeschürft und die Rinde des Baumes zersplittert. Er will Greta nicht verlassen. Ich kann es ihm nicht verübeln, auch ich würde meine Verlobte nicht allein lassen wollen in dieser Welt voller Schmerz.
Aber Greta ist nicht meine Verlobte, und sie wird es auch nie sein. Sie gehört Hans, ihr Herz gehört Hans, und alles, was ich tun kann, ist, meinen besten Freund zu beschützen. Ihn nicht allein zu lassen in diesem Krieg, der uns alle zerstören könnte.
Ich habe es versprochen, und ich werde dieses Versprechen um jeden Preis halten. Hans wird aus diesem Krieg zurückkehren. Lebendig und unversehrt. Dafür werde ich sorgen, auch wenn ich dafür mein eigenes Leben geben muss.

Tränen waren in Henrys Augen getreten, als er den Eintrag zu Ende gelesen hatte, und er spürte, wie sie kalt über seine Wangen liefen. Er schmeckte Salz auf seinen Lippen und fuhr sich über die Augen.

Seine Hände zitterten leicht, als er das Büchlein auf die Fensterbank legte und die Finger ineinander verschränkte. Seine Gedanken überschlugen sich, und seine Kehle war staubtrocken, ein raues Husten entfuhr ihm.

Mein bester Freund Hans.

Die Worte stoben schmerzhaft durch seinen Kopf, und er konnte nicht wirklich begreifen, was er da gelesen hatte.

Sie hatten sich nicht nur gekannt, sie waren *beste Freunde* gewesen. Hans und Matthias. Und sein Großvater hatte Hans beschützen wollen, war bereit gewesen, sein Leben für ihn zu geben.

»Das verstehe ich nicht …«, murmelte Henry und strich mit den Fingern über die Seiten.

Sowohl Luisas als auch sein Großvater lebten. Sie waren aus dem Krieg zurückgekehrt. Keiner von ihnen war gestorben und …

Ein schrecklicher Gedanke durchzuckte Henry wie ein Blitz, und ein Zittern jagte durch seinen Körper.

»Das kann nicht sein …« Rasch griff er wieder nach dem Tagebuch und blätterte zum Ende der Aufzeichnungen, wollte wissen, welche Wahrheit hinter all diesen Worten verborgen war.

Aber als Henry die letzten Seiten erreicht hatte, entglitt ein herber Fluch seinen Lippen, und er starrte das Tagebuch voller Enttäuschung an.

»Verdammt«, murmelte er, und seine Finger glitten über das Buch, dessen letzte Seiten offensichtlich fehlten. Sie waren herausgerissen worden, nur noch ein paar kleine Fetzen Papier waren übrig.

Das konnte nicht wahr sein. Henry fühlte, wie eine Welle von Schmerz und Unverständnis über seinen Körper hinwegrollte.

Er musste dieses Buch unbedingt Luisa zeigen. Sie mussten diese Worte gemeinsam lesen, vielleicht würden sie so der Wahrheit ein Stück näher kommen, auch wenn die letzten Seiten fehlten.

Auch wenn sein Großvater vermutlich versucht hatte, seine Vergangenheit zu tilgen. Sie aus seinem Gedächtnis zu löschen.

»Ich werde nicht aufgeben«, schwor Henry sich und ballte die Hand zur Faust.

Wenn er die Augen schloss, dann konnte er immer noch Luisas Liebkosungen auf seinem Körper spüren. Ihr wunderschönes Lächeln, welches sein Herz erwärmte. Und der Geschmack ihrer Lippen – nach süßen Früchten und herben Gewürzen. Wie all die Wunder der Welt.

Das Geschirr klirrte leise, als Elise die Teller auf den Tisch stellte und das Besteck danebenlegte. Henry beobachtete das Hausmädchen im Stillen, während es mit tänzelnden Schritten zurück in die Küche ging und einen großen dampfenden Topf mit Kartoffeln auf den Tisch stellte.

Sie hob den Blick und lächelte Henry freundlich an. »Geht es Ihnen gut, junger Herr?«, fragte sie höflich.

Henry unterdrückte nur mit Mühe ein Seufzen, und der Duft von frischen Kartoffeln und Rinderbraten, der noch im Ofen brutzelte, stieg ihm in die Nase. Der saftige Geruch des mit Gewürzen garnierten Fleisches sorgte dafür, dass sein Magen leise zu knurren begann.

Henry sah, wie sich Elise nur mit Mühe ein Grinsen verkniff. »Erst jetzt merke ich, wie hungrig ich bin«, antwortete Henry und erhob sich von seinem Platz im Sessel, als er Schritte hinter sich hörte und seine Mutter Esmara das Esszimmer betrat.

Sie ließ den Blick kurz über den Tisch schweifen und schien zufrieden mit Elises Arbeit, dann drehte sie sich um und rief nach den Zwillingen.

»Maximilian, Maya – bitte kommt runter zum Essen!«

Zuerst blieb es still in der oberen Etage, und Henry sah, wie seine Mutter verärgert die Stirn runzelte, dann jedoch hörte er trampelnde Schritte.

»Wir kommen!« Maximilians Stimme schallte zu ihnen herüber, und es dauerte nicht lange, dann erschienen Henrys jüngere Geschwister im Esszimmer.

Esmara schüttelte mit einem leisen Seufzer den Kopf und setzte sich an den Tisch. Henry tat es ihr nach und schaute zum Fenster hinaus. Die Sonne verkroch sich langsam hinter dem Horizont und tauchte den Himmel in sanfte Rottöne.

»Wo bleibt Vater?«, fragte er seine Mutter, die nur mit den Schultern zuckte.

»Er hatte heute Abend noch einen Termin mit den Leitern der Lübecker Museen und …« Esmara brach ab und biss sich auf die Lippen. Ihr Gesichtsausdruck wirkte, als ob sie ein Wort zu viel gesagt hätte, das noch nicht für Henrys Ohren bestimmt war.

Henry öffnete den Mund zu einer Erwiderung, da vernahm er, wie die Haustür geöffnet wurde. Schwere Schritte drangen an sein Ohr, und es dauerte nur wenige Sekunden, bis sein Vater im Türrahmen erschien.

»Guten Abend, Vater«, begrüßte Maximilian Nikolas.

Dieser nickte nur abwesend und setzte sich ohne ein weiteres Wort an den Tisch. Henry vermied es, seinen Vater anzusehen, aber als Elise den Rinderbraten an den Tisch brachte und dazu noch frisches Gemüse hinstellte, hob er den Blick und zuckte erschrocken zusammen.

Das Gesicht seines Vaters war blass, er sah erschöpft aus. Seine Augen waren zusammengekniffen, und seine Haare standen wirr vom Kopf ab.

»Lasst uns essen«, sagte Nikolas nach einiger Zeit und trank einen Schluck Wasser.

»Isst Großvater nicht mit uns?« Maya sah ihren Vater irritiert an, doch dieser schaute nur zu Esmara.

»Großvater hat bereits gegessen, er war heute sehr müde. Und nun lasst uns essen, ehe es kalt wird.«

Ein dumpfes Gefühl machte sich in Henrys Magen breit, und er beobachtete seinen Vater, während dieser sich Fleisch und Kartoffeln auf den Teller füllte. Henry fuhr sich mit der Zunge über die Lippen, und die Familie begann schweigend zu essen. So viele Gedanken jagten ihm durch den Kopf, dass er sich nicht mehr zügeln konnte und seinem Vater eine Frage stellen musste.

»Hattest du einen anstrengenden Tag mit deinem Geschäftspartner, Vater?«

Mit einem Mal erstarben das Klirren des Geschirrs und das leise Gemurmel der Zwillinge, als Nikolas den Blick hob und seinem Sohn über den Tisch in die Augen sah. Mit einer langsamen Bewegung legte Nikolas das Besteck zur Seite und faltete die Hände zusammen.

»Nun … es freut mich, dass du dich für meinen Tag interessierst, Henry.«

Aus den Augenwinkeln nahm Henry wahr, dass seine Mutter ihm einen warnenden Blick zuwarf, aber es war ohnehin zu spät, denn er konnte seine Frage nicht zurücknehmen.

Schweigend betrachtete Nikolas seinen Sohn und hob dann sein Weinglas. »Ich habe heute ein Gespräch geführt, um das Grundstück neben der Marzipanmanufaktur zu erwerben.«

Henry hob die Augenbraue und verstand im ersten Augenblick nicht, was er mit dieser Information anfangen sollte. Wollte sein Vater die Manufaktur vergrößern?

»Was hast du mit diesem Grundstück vor?«, mischte sich Maximilian neugierig ein, und zum ersten Mal war Henry seinem kleinen Bruder für sein vorlautes Mundwerk dankbar.

Nikolas sah Maximilian mit einem kleinen Lächeln an und holte ein Stück Papier aus seiner Tasche neben dem Tisch hervor. Er strich das Schriftstück glatt, und Henry konnte erkennen, dass es ein Grundriss der Manufaktur war.

»Findest du die Herstellung von Marzipan interessant, Max?«

Dieser wiegte den Kopf kurz hin und her, und für einen winzigen Augenblick war es Henry, als könnte er eine Falle seines Vaters riechen. Aber in dessen Augen schien sich nur ehrliches Interesse zu spiegeln.

»Ja«, antwortete Max gedehnt. »Du hast uns ja auch einmal mit in die Manufaktur genommen, und es ist spannend zu erfahren, welche Mandeln für die Herstellung verwendet werden und wie die Masse geformt wird. Welche Geschmacksrichtungen sie hat und solche Dinge.« Max sah seinen Vater an und zuckte dann beinahe unbehaglich mit den Schultern, da Nikolas nicht antwortete.

Henry schob sich ein Stück Rinderbraten in den Mund, um ja nicht antworten zu müssen, wenn sein Vater ihn über die Herstellung von Marzipan befragte. Sein Magen zog sich krampfhaft zusammen, und eine finstere Ahnung überkam ihn.

»Siehst du, Max …« Nikolas neigte nachdenklich den Kopf zur Seite. »Es gibt bestimmt viele Menschen, die gerne mehr über die Herstellung von Marzipan erfahren würden. Vielleicht würden die Leute gerne ein paar Rezepturen probieren und mehr über die Geschichte des Marzipans lernen.«

»Also, wie ein Marzipanmuseum!«, rief Maya begeistert, und ein Lächeln streifte ihre Gesichtszüge.

Übelkeit stieg in Henry auf, als er die Worte seiner Schwester vernahm, und er hustete erschrocken auf. Er trank einen großen Schluck Wasser, die Flüssigkeit rann eiskalt seine Kehle hinab, und es war ihm, als könnte er den süßlichen Geschmack der Mandeln auf seiner Zunge spüren.

»Sehr richtig, Maya«, lobte Nikolas seine Tochter und beachtete Henry gar nicht. »Das ist mein Vorhaben. Ich möchte neben unserer Manufaktur ein Marzipanmuseum errichten. Ich will bei den Leuten Begeisterung wecken für die Herstellung dieser leckeren Süßigkeit.«

Henrys Kopf fühlte sich an wie leer gefegt, die Worte seines Vaters sickerten langsam in seinen Verstand, und es war, als könnte er das Surren und Stottern der Maschinen in der Manufaktur hören. Das Plätschern des heißen Wassers, mit dem die Mandeln gesäubert wurden, und das Ratschen, wenn sie mit den Gummiwalzen geschält wurden. Der Geruch von Zucker stieg ihm irrwitzigerweise in die Nase und der Geruch von Verbranntem, wie wenn die Mandeln abgeröstet wurden und daraus später die feine Marzipanmasse entstand.

»Ein … ein Marzipanmuseum?«, fragte Henry und konnte nicht verhindern, dass seine Stimme einen skeptischen Unterton annahm.

Nikolas drehte ganz langsam den Kopf zu Henry, und es fühlte sich an, als würden die grauen Augen seines Vaters ihn durchbohren. Wie die Augen eines Wolfes, der Henry als seine Beute betrachtete.

»Du wirkst nicht sehr begeistert von dieser Idee, Sohn.« Nikolas hob fragend die Augenbrauen, und seine Stimme schnitt durch die Stille wie ein Messer durch Butter.

Henry schüttelte den Kopf und stocherte einen Augenblick in seinem Essen herum, bevor er seinen Vater erneut ansah. »Nun … », begann er stockend und kaute nachdenklich auf seiner Unterlippe. »Steht es um die Manufaktur so gut, dass du dir das Grundstück daneben leisten kannst?«

Henry entging der alarmierte Blick seiner Mutter nicht, aber er hatte nicht die Absicht, vor seinem Vater zu kuschen. Dafür war er definitiv zu alt, und außerdem interessierte es ihn wirklich, ob sie sich dieses Grundstück leisten konnten.

Nikolas lachte leise auf und tippte mit dem Finger auf den Grundriss der Manufaktur. »Natürlich können wir es uns leisten, gerade jetzt, wo ich die Partnerschaft mit Herrn Dietrichs eingehe und seine Mandeln und Schokolade für unser Marzipan verarbeite. Aber da kommen wir zum Problem.«

Henry überhörte geflissentlich die Bemerkung über Herrn Dietrichs, denn er dachte nicht im Traum daran, Emilie Dietrichs noch mal zu treffen. Er sah, wie sein Vater sich zurücklehnte und die Arme vor der Brust verschränkte.

»Will die Person, der das Grundstück gehört, dir dieses nicht verkaufen?«, fragte Max so neugierig wie scharfsinnig.

Henry kam ein schrecklicher Gedanke, denn er bemerkte, wie ein Lächeln sich um die Lippen seines Vaters kräuselte und dieser mit dem Kopf in seine Richtung zeigte.

»Sehr richtig, Max. Das Grundstück gehört der Familie Linde.«

Erschrocken keuchte Henry auf, und seine Hände ballten sich zu Fäusten. Sein Atem ging stoßweise, und ein Zittern erschütterte seinen Körper. Er konnte seinen Vater nicht ansehen, musste seinem Blick ausweichen.

»Hast du nichts mehr zu sagen, Henry?«

Er konnte die Stimme seines Vaters kaum ertragen und biss die Zähne so fest aufeinander, dass seine Kiefer anfingen zu zittern.

»Wer ist denn die Familie Linde?« Mayas Stimme drang wie von ferne zu Henry durch, und er bemerkte, wie sie verständnislos zwischen ihm und seinem Vater hin und her schaute.

»Max, Maya … geht nach oben in eure Zimmer, wenn ihr fertig mit essen seid.« Esmara seufzte schwer und rief Elise mit einem Wink zu sich an den Tisch, um abzuräumen.

»Warum?«, fragte Max und verschränkte demonstrativ die Arme vor dem Körper.

»Weil ich es sage, Maximilian.«

Wäre die Situation nicht so schrecklich gewesen und hätten sich nicht all die Worte, die Henry gerne gesagt hätte, auf seiner Zunge verhakt, dann hätte er laut gelacht. Denn sein kleiner Bruder wusste, dass er besser gehorchen sollte, wenn Esmara ihn mit vollem Namen ansprach.

Mit einem unverständlichen Murmeln erhob sich Max und zog seine Schwester mit sich hinaus. Die Tür schloss sich mit einem dumpfen Knall, und es kam Henry vor, als wäre er gefangen in seinem eigenen Körper.

»Hat es dir die Sprache verschlagen, mein Sohn?«

Ganz langsam hob Henry den Blick und spürte, wie Tränen von heißer Wut in seinen Augen brannten. »Hast du mit Stephan Linde gesprochen?«, presste er zwischen zusammengebissenen Zähnen hervor.

»Nur mit seinem Verwalter, denn der feine Herr hat sich nicht dazu herabgelassen, mit mir zu sprechen.« Sein Vater spuckte die Worte förmlich aus, und Zornesröte brannte auf seinem Gesicht.

»Er will dir das Grundstück nicht verkaufen, oder?«, mutmaßte Henry und atmete geräuschvoll aus.

»Kannst du dir vorstellen, wie viel Geld ich diesem feinen Pinkel für dieses verwilderte Grundstück geben wollte? Er will es mir nicht verkaufen, und zudem hat er all meine Pläne bei den anderen Museumsdirektoren unterbunden. Er hat all meine Ideen schlechtgemacht, und ich musste heute Abend bei der Sitzung diese Demütigung über mich ergehen lassen.«

Henry schluckte schwer. Er hätte sich selbst belogen, wenn er so getan hätte, als würden die Wut und der Kummer seines Vaters ihn nicht berühren. Denn das taten sie. Seit Henry ganz klein gewesen war, hatte sein Vater davon geträumt, die Leute von Marzipan zu begeistern und ihnen seine Leidenschaft für diese Süßigkeit nahezubringen.

»Vielleicht hätte ich dir doch erlauben sollen, mit Luisa Linde anzubändeln«, sagte Nikolas leichthin.

Henry sah seinen Vater erschrocken an. Er öffnete den Mund, aber kein einziges Wort drang über seine Lippen.

»Dann hättest du sie verführen können, und ihr Vater hätte uns vielleicht das Grundstück gegeben.«

»Nikolas!«, rief Esmara und schüttelte wütend den Kopf.

Nikolas schenkte seiner Frau ein unschuldiges Lächeln und zuckte mit den Schultern. »Ich meine ja nur. Dieses Mädchen ist wahrscheinlich leicht zu beeindrucken und …«

»Sei still!« Henry erkannte seine eigene Stimme kaum wieder. So verzerrt und voller Wut. Ehe er sichs versah, schlug er mit der geballten Faust auf den Tisch und starrte seinen Vater voller Abscheu an.

»Wie redest du mit mir?«, knurrte Nikolas erbost.

»Sei still, Vater«, wiederholte Henry und erhob sich ganz langsam von seinem Stuhl. »Erwähne nie wieder Luisas Namen. Komm nie wieder auf die Idee, dass ich sie für deine Zwecke ausnutzen würde. Ich liebe Luisa, und du wirst ihre Familie nicht in den Dreck ziehen.«

Esmara keuchte leise auf und schlug sich die Hand vor den Mund.

»Du liebst sie?«, fragte sein Vater und stieß geräuschvoll die Luft aus. Verachtung schwang in seiner Stimme mit. »Was weißt du denn schon von Liebe, Henry?«, wiederholte sein Vater die Worte von vor einiger Zeit.

Henry lächelte seinen Vater an, hob sein Glas Wein und prostete ihm zu. »Ich weiß, dass ich noch jung bin. Und dass ich noch nicht so viel erlebt habe wie du. Ich weiß auch, dass du im Krieg alles getan hast, um die Manufaktur am Laufen zu halten. Dass du hier in der Heimat nicht weniger gegeben hast als die Männer an der Front. Aber ich weiß auch, dass ich Luisa liebe. Und ich werde nicht zulassen, dass du mit deinem Streit mit Stephan Linde unsere Liebe zerstörst. Und auch von Großvaters Vergangenheit soll meine Liebe nicht zerstört werden.«

Henry trank seinen Wein aus und warf seinem Vater einen letzten Blick zu. Wut und Enttäuschung vermischten sich in seinem Kopf miteinander, aber da war auch noch etwas anderes, ein merkwürdiges Kribbeln in seinen Fingern. Vielleicht, weil er sich das erste Mal wirklich gegen seinen Vater aufgelehnt hatte. Dieses Gefühl gefiel Henry.

Gerade als Henry die Tür zum Flur öffnen wollte, hörte er ein ersticktes Schluchzen hinter sich und drehte sich mit einem dumpfen Gefühl um. Es war seine Mutter Esmara, die nur mit Mühe ihre Tränen zurückhielt und den Kopf gesenkt hatte.

Nikolas erhob sich und warf seinem Sohn einen wütenden Blick zu. »Bist du nun zufrieden?« Er kniete sich vor seine Frau und zog sie sanft in seine Arme.

Henry stand wie vom Donner gerührt da und fragte sich, was an seinen Worten seine Mutter so verletzt hatte. Es musste mit seinem Großvater zu tun haben, anders konnte es nicht sein.

»Mutter … ich …«, setzte Henry an, aber sein Vater machte eine wedelnde Handbewegung.

»Geh, Henry, und wage es nie wieder mit mir über Luisa Linde zu sprechen. Ich werde auch so mein Museum erbauen, ohne dass ich die Fürsprache dieser Familie benötige.«

Henry presste die Lippen aufeinander und drehte sich ohne ein weiteres Wort um. Wütend lief er die Treppe hinauf in sein Zimmer und knallte die Tür hinter sich zu. Er ließ sich auf die gepolsterte Fensterbank fallen und stieß einen zornigen Seufzer aus.

Wie konnte sein Vater nur solche Worte in den Mund nehmen. Wie konnte er sagen, dass Henry Luisa manipulieren könne. Niemals würde er sich so gegenüber ihr verhalten. Er liebte Luisa, und es war ihm egal, ob sein Vater ein Marzipanmuseum eröffnen würde. Nur Luisa zählte.

Henry legte seine Hand an die kühle Fensterscheibe und schaute hinaus. Die Lichter der Stadt funkelten mit den Sternen am Himmel um die Wette, und ganz langsam flachte seine Wut ab. Trotzdem verschwand das ungute Gefühl in seinem Magen nicht.

Dieser Streit zwischen seinem und Luisas Vater würde alles nur noch viel schlimmer machen, und am Ende könnte Luisa denken, dass …

Nein! Henry verscheuchte diesen abscheulichen Gedanken aus seinem Kopf und schloss kurz die Augen. Er würde Luisa nichts von diesem Gespräch mit seinem Vater erzählen. Nichts von den Plänen, die er verfolgte, und vor allem nichts von diesem grässlichen Streit. Das würde Luisa nur beunruhigen, und Henry wollte mit ihr unbedingt die Manufaktur besuchen und ihr das Tagebuch seines Großvaters zeigen.

»Weil ich dich liebe …«, flüsterte er mit rauer Stimme und lehnte seine Stirn gegen die Fensterscheibe. »Das ist das Einzige, was ich von der Liebe weiß.«

KAPITEL 11

LUISA

Sie rückte ihren karmesinroten Hut zurecht und strich ihr Kleid glatt. Nervös tippelte Luisa von einem Fuß auf den anderen und stand wie fehl am Platz im Flur.

Ihre Mutter war mit ihr und Rowena einkaufen gewesen in einer neuen Boutique in der Stadt. Extra für diese Verabredung mit Sebastian Möller.

Ein dunkelroter Bleistiftrock, der ihrer Figur unglaublich schmeichelte. Eine weiße Bluse mit Rüschen und Blumenmustern. Zudem noch eine neue Kette mit einem kleinen Schmetterlingsanhänger und dazu passende Ohrringe.

Luisa fühlte sich wie verkleidet. Wie jemand, den man präsentieren musste. Leise seufzte sie und warf einen kläglichen Blick ins Wohnzimmer, in dem Rowena saß und in einem Buch blätterte.

Ihre jüngere Schwester schaute auf und lächelte verschwörerisch. Ihr Plan würde funktionieren. Sie würde Sebastian Möller von sich weisen. Es klingelte an der Haustür, und erschrocken schaute Luisa zum Eingang. Mit langsamen Schritten ging sie zur Tür und öffnete sie.

Da stand er. Sebastian Möller. Der perfekte Mann, wenn da nicht ihr Herz wäre.

»Guten Tag«, begrüßte er Luisa höflich, aber steif.

Sie kam nicht umhin, Sebastian als attraktiv zu bezeichnen. Er trug einen hellgrauen Anzug mit passender Krawatte und Hut.

Seine grünen Augen funkelten Luisa an, und seine Haare glänzten dunkelrot.

»Hallo«, erwiderte sie lahm und schaute über die Schulter zurück.

Ihr Vater war aus seinem Büro herausgekommen und ging auf die beiden zu.

»Sebastian!«, begrüßte er den jungen Mann und reichte ihm die Hand. »Ich freue mich sehr, dass du hier bist. Ich hoffe, deinem Vater geht es gut?«

»Herr Linde, vielen Dank für die Einladung. Ja, meinem Vater geht es gut, ich möchte ihm Luisa gerne gleich vorstellen. Und ich würde Ihre Tochter gerne ins Museum ausführen.«

In einem unbeobachteten Moment verdrehte Luisa die Augen und gab sich Mühe, nicht zu laut zu seufzen. Ein Museumsbesuch, wie unglaublich romantisch.

»Das freut mich«, sagte ihr Vater und legte eine Hand auf Luisas Schulter. Sanft schob er sie nach draußen. »Ich wünsche euch viel Spaß.«

Die Haustür schloss sich geräuschvoll hinter ihr. Als ob ihr Vater sie bloß schnell loswerden wollte. Wie angewurzelt stand sie neben Sebastian und schaute auf den Boden. Ein sanfter Wind wehte durch ihr offenes Haar.

»Darf … darf ich dir meinen Arm anbieten?«, fragte Sebastian scheu, und Luisa lächelte matt.

Er konnte ihr leidtun. Er bemühte sich wirklich sehr um ihre Gunst. Wie schade, dass er leider rein gar nichts erreichen würde. Da waren ihr doch fast die Halbstarken auf ihren stinkenden Mopeds lieber, die Mädchen hinterherpfiffen und sich nicht um Regeln scherten.

»Gerne«, erwiderte sie und wandte ihren Blick auf die Straße.

Sie wollte ihm nicht zu viel Aufmerksamkeit schenken. Aber sie konnte ihn auch jetzt vor der eigenen Haustür noch nicht von sich stoßen. Das wäre zu früh. Rowena hatte ihr alles über schlechtes Benehmen beigebracht. Ihre Worte mussten in die Situation passen.

Schweigend gingen sie nebeneinanderher. Zum St.-Annen-Museum war es von Luisas Zuhause nicht weit. Generell war alles auf der Lübecker Altstadtinsel fußläufig erreichbar.

Das Museum war ein ehemaliges Kloster, welches über die Jahre allerlei Kunstgegenstände angesammelt hatte.

Luisa wusste all diese Dinge, denn durch ihren Vater kannte sie alle Museen der Stadt und ihre Ausstellungen. Natürlich war sie unzählige Male im St.-Annen-Museum gewesen.

Ihr Vater hatte sie und Rowena immer mal wieder zu geschäftlichen Terminen dorthin mitgenommen. Nichts, was Luisa heute sehen würde, wäre eine Überraschung. Sie ließ ihren Blick über die alten Fachwerkhäuser schweifen. Die Stadt strahlte eine gemächliche Ruhe aus, während sie gemeinsam durch die Straße liefen. Automobile fuhren klackernd über die alten Pflastersteine an ihnen vorbei. Hin und wieder erhaschte man einen Blick auf die Bäume, die zwischen den Häusern die Straßen säumten.

»Freust du dich auf den Museumsbesuch?«, fragte Sebastian wie aus heiterem Himmel, und Luisa blieb überrascht stehen.

Sebastian sah Luisa skeptisch an, denn sie hatte seinen Arm losgelassen.

»Ich …«, setzte sie an und versuchte zu lächeln. »Ja, ich freue mich sehr.«

Sie hatte kein schlechtes Gewissen, ihm so ins Gesicht zu lügen. Jedenfalls nicht wirklich. Obwohl Sebastian nichts für diese Verabredung konnte. Allein ihr Vater war an dieser Scharade schuld.

»Wirklich?« Fragend sah Sebastian sie an und starrte auf seinen Arm.

Zerknirscht hakte Luisa sich bei ihm unter und lachte leise. »Ja, was denkst du denn? Ich meine, ich war zwar schon oft in dem Museum, aber mit einer neuen Person ist es auch immer ein neues Abenteuer.«

Luisa erschrak über sich selbst. Wie leicht ihr diese Lügen über die Lippen kamen. So war sie normalerweise nicht. Sie war eine grundehrliche Person. Sie konnte sonst gar nicht lügen. Es war, als ob all diese Geheimnisse auch sie verändert hätten.

Sie wollte sich nicht mehr verbieten lassen, wen sie liebte. Mit wem sie den Rest ihres Lebens zusammen sein wollte.

»Da hast du recht«, stimmte ihr Sebastian lächelnd zu und strich über ihren Arm, als sie in die St.-Annen-Straße einbogen.

Es war nicht dasselbe prickelnde Gefühl, wie wenn Henry sie berührte. Ihr Herz machte keinen Sprung. Ihre Kehle wurde nicht trocken. Sie empfand gar nichts.

Ob sich die Menschen früher so gefühlt hatten, wenn ihnen eine Hochzeit vorgeschrieben wurde und sie den Partner fürs Leben nicht einmal kannten? Ob Liebe sich mit der Zeit entwickeln konnte? Ob man lernen konnte, jemanden zu lieben?

Luisa wollte diesen Gedanken nicht so viel Platz einräumen. Sie schwirrten wild in ihrem Kopf umher, und die Sicht verschwamm vor ihren Augen.

»Luisa?« Sebastians Stimme drang nur dumpf durch das dichte Gewirr aus Worten und Gedanken.

Sie hielt sich kurz die kühle Hand an die Stirn und atmete tief durch.

»Entschuldige«, murmelte sie leise. Strich mit zitternden Händen über ihr Kleid. »Ich war in Gedanken versunken. Und ich bin wetterempfindlich.«

Sie deutete auf die helle, blendende Sonne und lächelte schief.

Du bist die größte Lügnerin der Welt, sagte eine bittere, belustigte Stimme in ihrem Kopf.

»Ich habe mir Sorgen gemacht«, sagte Sebastian vorsichtig und schaute auf die Fassade des Museums.

Luisa richtete ebenfalls ihren Blick auf die Fassade des ehemaligen Klosters. Sie mochte dieses Museum sehr.

Es trug so viel Vergangenheit in sich. Von Gemälden über Statuen bis hin zu Möbeln und Dekorationsgegenständen aus längst vergangenen Zeiten. Es gab sogar eine alte Spielzeugsammlung.

In diesem Museum konnte Luisa all ihre Sorgen für kurze Zeit vergessen. Als Kind war sie hier tief eingetaucht in die Vergangenheit.

Sebastian führte sie ins Innere und winkte der Dame am Eingang lächelnd zu. Sie erwiderte sein Lächeln, betrachtete aber Luisa mit einem merkwürdigen Blick, den sie nicht deuten konnte.

»Guten Tag, Sabine«, begrüßte Sebastian sie und blieb kurz stehen.

Die blondhaarige Dame trug eine hellblaue Bluse und nickte Sebastian zu. »Guten Tag, Herr Möller.« Ihre Stimme war höflich distanziert. Luisa legte überrascht die Stirn in Falten, sagte aber nichts.

»Darf ich vorstellen? Dies ist Luisa Linde, die Tochter des Direktors vom Museum im Holstentor. Wir schauen uns heute das Museum an.« Sebastians Stimme war so voller Freude, dass es Luisa das Herz zerrissen hätte, wenn sie in diesem Augenblick eines gehabt hätte.

»Es freut mich, Sie heute hier begrüßen zu können«, sagte Sabine – wie immer auch ihr Nachname war – mechanisch.

»Die Freude ist ganz meinerseits«, antwortete Luisa ebenso kühl und wandte sich ab.

Sie ließ Sebastian allein am Tresen stehen und begann sich im unteren Bereich des Museums umzusehen. Ihre Absätze klackerten leise auf dem gespiegelten Boden. Sie kannte die Bilder, die hier unten ausgestellt wurden, auswendig.

Es war nicht gerade höflich, ihre Verabredung einfach stehen zu lassen, aber das war es, was Luisa wollte.

Lektion 1: Du musst die Männer einfach stehen lassen, zeig ihnen die kalte Schulter. Aber tue es nicht zu auffällig. Du heuchelst Interesse für andere Dinge vor.

Rowenas Stimme hallte in ihrem Kopf wider, und ein Lächeln schlich sich auf Luisas Gesicht. Mit verschränkten Armen lief sie durch das Museum, als Sebastian hinter ihr auftauchte und ihren Arm ergriff.

Luisa erschrak ein wenig, aber sie konnte gerade noch einen Aufschrei unterdrücken.

»Da bist du ja«, rief sie überschwänglich und zeigte sogleich auf ein Gemälde.

»Ich wäre auch gerne in der Lage, solch schöne Kunst zu erschaffen«, sagte sie und lächelte kokett.

»Ich mag die Gemälde auch sehr gerne«, antwortete Sebastian verwirrt, und Luisa spürte, dass er viel lieber über andere Dinge geredet hätte. Über sich und Luisa. Über ihre Beziehung zueinander.

Das kannst du leider vergessen, dachte sie bösartig und schritt mit Sebastian weiter durch die Halle.

Das Museum war gut besucht, und hier konnte er sowieso nicht so zutraulich werden, wie er es gerne gewollt hätte.

»Du siehst übrigens wunderschön aus heute«, flüsterte er ihr ins Ohr, als sie sich auf eine kleine Bank in der Mitte des Museums setzten. Von hier konnte man alle Gemälde überblicken.

»Vielen … vielen Dank«, stammelte sie verlegen und strich über den weichen Stoff des Rocks.

Lektion 2: Sei verlegen. Sei ruhig. Gib dich kühl und distanziert, auch wenn er dir Komplimente macht. Er wird frustriert sein, dass du ihm kein Kompliment zurückgibst.

Was für ein Glück Luisa hatte, eine so gute Lehrerin wie Rowena zu haben. Ihre Schwester war immer aufgeweckter gewesen, was Männer anging. Sie bekam in der Schule oft Liebesbriefe und war trotzdem laut ihren Eltern nicht in der Lage, sich jemals für einen Jungen zu begeistern. Rowena war launenhaft und mit dem Kopf in den Wolken unterwegs. Sie schwärmte für viele junge Männer, aber niemand schien sie wirklich zu interessieren.

Sie schwiegen sich an, und Luisa konnte das Knistern in der Luft spüren. Sebastians Hand zuckte kurz, als wollte er die ihre ergreifen. Aber er schien nicht den Mut dazu zu finden und zögerte immer wieder.

Luisa konnte nicht behaupten, dass diese Situation sie glücklich machte, aber was sollte sie tun. Sie wollte mit Sebastian keine Beziehung eingehen. Das hatte sie nie gewollt, und deswegen musste diese Scharade jetzt sein.

Desinteressiert schaute sie sich in der Halle um und betrachtete die Kunstwerke. Sie versuchte sich abzulenken und Sebastian und diese verflixte Situation zu vergessen.

Dann jedoch räusperte sich Sebastian und schaute sie eindringlich an.

»Wollen wir nach oben gehen?« Er erhob sich und reichte Luisa die Hand.

Zögerlich ergriff sie diese und ließ sich von ihm die Treppe hinaufbegleiten. Sie bemerkte die Blicke einiger Leute in der Halle. Konnte das Tuscheln hinter ihrem Rücken hören.

Natürlich, weder Sebastian noch sie waren unbekannte Gesichter in der Stadt. Die Direktoren der Lübecker Museen genossen viel Aufmerksamkeit und so auch ihre Kinder.

Luisa ignorierte die Blicke gekonnt und konzentrierte sich auf ihre Schritte in den viel zu hohen roten Schuhen.

Als sie im oberen Bereich des Museums angekommen waren, seufzte sie leise.

Hier in der zweiten Etage konnte man sich die Lübecker Wohnkultur der vergangenen Jahrhunderte anschauen. Zudem gab es hier auch einige gut erhaltene Kleider von früher. Mit Ehrfurcht hatten Rowena und Luisa diese Kleider betrachtet. Hatten sich vorgestellt, auch einmal so wunderschön auszusehen.

In mehreren Räumen konnte man den Sammlungsgeschmack der Lübecker begutachten. Porzellan und alte Einrichtungsgegenstände.

Als sie in den Raum mit der alten Spielzeugsammlung kamen, war Luisa entzückt. Diesem Anblick konnte sie nicht widerstehen. Sie stellte sich manchmal vor, wie schön es wäre, wenn auch ihre Kinder solch schönes Spielzeug hätten.

Wie es wäre, als Familie in einem eigenen Haus zu leben.

»Schön, oder?«, riss Sebastian sie aus ihren Gedanken und zeigte auf eine alte Spielzeuglokomotive aus geschnitztem Holz.

Luisa starrte ihn überrascht an und nickte leicht. »Ja, es muss schön gewesen sein, so viele tolle Sachen zum Spielen zu haben.«

Ihr Blick blieb an einem alten Teddybären haften, und ein Lächeln umspielte ihre Züge.

»Könntest ... du dir auch vorstellen, irgendwann Kinder zu haben?«, fragte Sebastian zögerlich und kratzte sich verlegen am Kopf.

Luisa musste sich umdrehen, damit er nicht sehen konnte, wie ihre Miene entgleiste.

Ach du Schande. Der meint es richtig ernst, dachte sie fassungslos und kaute auf ihrer Unterlippe herum.

Lektion 3: Weiche allen vermeidbaren Fallen aus. Kinderplanung? Nein, zu jung. Familienleben? Kein Interesse. Eine Frau muss für sich selbst leben. Nicht für Kinder oder ihren Mann. Diese Zeiten sind vorbei!

Bei diesem Satz hatte Rowena schallend gelacht, und er entsprach auch eigentlich der Wahrheit. Die Zeiten hatten sich verändert. Frauen waren nicht mehr nur diejenigen, die sich um die Familie kümmerten. Sie konnten studieren und sich weitgehend selbst aussuchen, welchen Weg sie gehen wollten.

Nun, jedenfalls Frauen wie Luisa. Ärmeren Frauen ging es natürlich nicht so gut. Diese Freiheiten fehlten ihnen. Und wenn Luisa ehrlich zu sich selbst war, dann nahm ihr Vater ihr gerade ebenso die Freiheit, für die so viele Frauen so hart gekämpft hatten.

»Luisa?«, hakte Sebastian nach, und sie drehte sich langsam zu ihm um.

»Im Moment noch nicht«, erwiderte sie kaltherzig und reckte das Kinn ein wenig nach oben. »Ich möchte erst mal mein Leben genießen, bevor ich all diesen mütterlichen Pflichten nachgehe. Ich möchte gerne eine eigene Pralinenmanufaktur eröffnen, neue Rezepte kreieren … mit Marzipan oder Ähnlichem. Vielleicht werde ich auch niemals Kinder haben, sondern mich völlig meinen eigenen Leidenschaften widmen.«

Das hatte gesessen. Sebastians blasses Gesicht fiel in sich zusammen, und Traurigkeit spiegelte sich in seinen Augen wider. Wenn Luisa in diesem Moment einen kleinen Platz in ihrem Herzen für Mitleid frei gehabt hätte, dann hätte sie ihn in den Arm genommen.

Aber da war kein Mitleid. Da waren noch nicht einmal Schuldgefühle. Sie empfand rein gar nichts. Sie wollte das alles nur hinter sich bringen und diesen jungen Mann nie wiedersehen. Es war nicht das gewesen, was Sebastian hatte hören wollen, das spürte Luisa.

»Das …«, begann er schwach, fand jedoch keine weiteren Worte.

Luisa schüttelte matt den Kopf und wandte sich ab. Vielleicht hatte er jetzt verstanden, dass sie kein Interesse an ihm hatte. Dass er nicht der Richtige für sie war.

»Würdest du denn mit mir Kinder bekommen wollen?«, fragte er, und Luisa konnte hören, wie sehr seine Stimme bei diesen Worten zitterte.

Sie konnte nicht glauben, dass er diese aberwitzige Frage gerade gestellt hatte. Die Zeit stand still in diesem Augenblick. Luisa fühlte sich, als ob sie keine Luft mehr bekäme. Ihre Welt war aus den Fugen geraten und drehte sich vor ihren Augen. Sie stützte sich an einem Holzpfeiler ab und legte die Hand auf ihre Brust.

»Sebastian, ich …« Sie drehte sich ganz langsam zu ihm um und stockte, als sie in sein Gesicht sah.

»Also nicht«, murmelte er bitter und sah sie wütend an. »Niemals?«, fragte er ein wenig zu laut, sodass sich ein Ehepaar, das sich ebenfalls in diesem Raum umsah, zu ihnen umdrehte.

»Es ist nicht so, wie du denkst«, antwortete Luisa ausweichend und versuchte die Situation zu entschärfen, aber es war zu spät.

Sebastian wandte sich ab. Luisa sah seinen bebenden Rücken und seine zitternden Hände, die er wütend zu Fäusten ballte.

Na ja, das war nicht der schlechteste Ausgang, den dieses Dilemma hätte nehmen können. Immerhin wusste er jetzt, dass er auf verlorenem Posten kämpfte.

Und so standen sie schweigend da. Zu zweit und doch allein. Vorsichtig legte Luisa eine Hand auf Sebastians Schulter, und dieser schaute sie bedrückt an.

»Es gibt also jemand anderen.« Seine Stimme klang so hart wie geschliffenes Metall. Wie Scherben, die sich in ihr Herz bohrten.

Luisa schwieg. Sie wollte sich nicht für ihre Gefühle rechtfertigen. Sie wollte nicht bedauern, dass sie Henry liebte. Sebastian verstand ihr Schweigen, und ein müdes Lächeln zeigte sich auf seinem Gesicht. Er ergriff Luisas Hand und küsste diese sanft.

»Es war mir eine Freude, Sie wiederzusehen, Luisa Linde. Aber unsere Herzen schlagen nicht im gleichen Takt, und manchmal bedeutet das, Abschied zu nehmen. Ich wünsche Ihnen viel Glück auf Ihrem weiteren Weg.«

Mit diesen Worten verabschiedete sich Sebastian, deutete eine leichte Verbeugung an und ließ Luisa allein zurück.

Verdattert stand sie da und konnte nicht recht glauben, dass dieses Problem sich innerhalb weniger Minuten in Luft aufgelöst hatte.

Sie fuhr sich durch die Haare und musste sich auf eine Bank setzen. Leise seufzte sie und betrachtete ihre zitternden Hände. Sie hoffte, dass Sebastian niemandem von alldem erzählen würde. Dass er sagen würde, es hätte nicht gepasst zwischen ihnen.

Denn das war die Wahrheit. Sie schaute noch einige Zeit gedankenverloren die Exponate an und ging dann langsamen Schrittes nach unten. Am Eingang beäugte die Dame am Tresen sie misstrauisch, aber das kümmerte Luisa wenig. Sollte diese Sabine doch denken, was sie wollte. Sie gehörte nicht hierher. Ihr Herz gehörte nicht hierher.

Sie schaute auf die Straße, aber Sebastian war verschwunden. Er tat Luisa leid, aber was hätte sie sonst tun sollen? Sie konnte Sebastian nicht vorgaukeln, dass sie ihn mochte, wenn es am Ende doch nicht die Wahrheit war. Das wäre auch nicht fair ihm gegenüber, und Sebastian Möller war ein netter junger Mann.

»Aber er ist nicht du, Henry«, flüsterte Luisa und berührte die Kette, die Henry ihr geschenkt hatte. Sie konnte seine Lippen auf den ihren schmecken. Ja, Luisa wollte die Manufaktur besuchen und alles über die Herstellung von Marzipan erfahren. Zusammen mit Henry.

Gierig atmete sie die frische Luft ein und schaute in den strahlend blauen Himmel. Zum ersten Mal seit Tagen fühlte sie sich frei. Frei von all den Zwängen ihrer Gesellschaft. Frei von allem, was ihr Herz zugeschnürt hatte.

Luisa schloss die Haustür auf und lauschte kurz, bevor sie in den Flur trat. Stille legte sich über ihre Glieder, und ein Schauer rieselte ihren Rücken hinab.

»Luisa?« Die Stimme ihres Vaters erklang aus dem Büro, und Luisa zuckte erschrocken zusammen.

Sie bemühte sich, eine gelassene Miene aufzusetzen, und zwang sich zu einem freundlichen Lächeln. »Ich bin zurück!«, rief sie, und im nächsten Augenblick erschien ihr Vater in der Tür seines Büros.

Stephan lächelte sie freundlich an und winkte Luisa zu sich. »Und?«, fragte er und legte den Arm um ihre Schulter. »Wie war dein Tag mit Sebastian?«

»Sehr … sehr schön, Vater.« Luisa verschluckte sich an ihrer eigenen Lüge und senkte den Blick, denn sie hatte Angst, dass ihr Vater in ihren Augen die Wahrheit erkennen würde.

Stephan legte seine Finger unter Luisas Kinn und hob ihren Kopf. »Wirklich?«

Wie gerne hätte sie ihrem Vater gesagt, dass die Verabredung schrecklich gewesen war. Dass sie Sebastian Möller niemals lieben könnte und auch niemals lieben würde. Dass ihr Herz nur für Henry schlug. Für sein wunderschönes Lächeln und den süßlichen Geschmack seiner Lippen. »Ja«, antwortete sie jedoch stattdessen, und die Lüge lag ihr bleischwer im Magen.

»Das freut mich sehr, Luisa. Ich hoffe, du schlägst dir nun diesen Hawkins-Jungen aus dem Kopf und triffst dich bald wieder mit Sebastian.«

Luisa biss sich auf die Zunge, damit ihr auch ja kein falsches Wort über die Lippen kam, und nickte. »Ja, das tue ich, Vater, er wird sich bei mir melden.«

Ein Gähnen entschlüpfte Luisas Lippen, und ihr Vater neigte den Kopf zur Seite. »Ich weiß, dass die letzten Tage aufregend für dich waren. Lass uns demnächst gerne noch mal über Sebastian und deine Zukunft sprechen.«

Bei dem Wort *Zukunft* durchfuhr Luisa ein scharfer Schmerz, und Blitze tanzten in ihrem Sichtfeld umher. Aber sie nickte erneut, und ihr Vater entließ sie mit einem Wink.

Erleichtert lief Luisa die Treppe hinauf und steuerte sofort das Zimmer ihrer Schwester an.

»Du bist wieder da!« Rowena legte das Buch, in dem sie gelesen hatte, zur Seite und sprang sofort auf.

Sie zog Luisa in ihre Arme und schloss die Tür hinter sich. »Wie ist es gelaufen?«

Luisa stieß einen kläglichen Seufzer aus und ließ sich auf Rowenas Bett fallen. »Es war grausam!«, erklärte sie ihrer Schwester und schloss kurz die Augen. Luisa massierte sich mit den Fingern die Nasenwurzel und seufzte erneut. »Ich fühle mich so schlecht, Rowena …«, murmelte sie und öffnete wieder die Augen.

Rowena sah ihre Schwester fragend an. »Also hat alles nach Plan funktioniert?«

»Ja, es hat funktioniert. Aber ich fühle mich trotzdem so schlecht … Sebastian hätte beinahe geweint.«

»Ihh … wie eklig …«, sagte Rowena und kicherte leise.

»Rowena!« Luisa schlug ihrer kleinen Schwester auf die Hand und konnte ihre Empörung nicht verbergen. »Es ist nichts Schlechtes daran, wenn ein Mann traurig ist oder weint!«

Rowena verzog das Gesicht zu einer Grimasse und schüttelte den Kopf. »Wenn du das sagst.«

»Vater hat auch geweint, als du geboren wurdest«, eröffnete Luisa ihrer Schwester.

Rowena wirkte für einen Moment sprachlos und sah Luisa nachdenklich an. »Wirklich?«

Luisa zog ihre Schwester an sich und legte die Arme um sie. »Natürlich, was denkst du denn?«

Rowena antwortete zunächst nicht und verschränkte ihre Finger mit denen von Luisa. »Ich denke, dass du seine geliebte Tochter Nummer eins bist«, flüsterte sie mit heiserer Stimme, und Luisa zuckte erschrocken zusammen.

Sie richtete sich auf und schaute ihre Schwester eingehend an. Rowena kaute auf ihrer Unterlippe herum und konnte Luisa nicht in die Augen sehen.

»Rowena, sieh mich an«, forderte Luisa ihre Schwester auf und strich sanft über ihre Schultern.

Ganz langsam hob Rowena den Blick, und Luisa sah, dass Tränen in ihren Augen funkelten. Rowena zuckte hilflos mit den Schultern.

»Rowena … du bist doch nicht Tochter Nummer zwei …«, begann Luisa und zog Rowena in ihre Arme. »So darfst du nicht denken. Vater hat uns beide gleich lieb, hörst du?«

Rowena schien nicht überzeugt von ihren Worten, ihr Körper zitterte, und sie senkte den Blick.

»Aber … er sieht immer nur dich, er will dich verheiraten, und du sollst studieren oder bei Vater im Museum in die Lehre gehen und …«

Luisa legte ihren Finger auf Rowenas Lippen und schüttelte ganz sacht den Kopf. »Er sieht dich jeden Tag, Rowena. Du bist Vaters Goldschatz, du weißt es nur nicht. Aber im Moment hat Vater es sehr schwer mit mir, deswegen erscheint es dir so, als würde Vater dich nicht sehen.«

»Er sieht mich?«, krächzte Rowena und schaute Luisa ungläubig an.

»Natürlich, du kleines Dummerchen«, antwortete Luisa und stupste ihre Schwester an der Nase. »Denk nie wieder, dass du unwichtiger bist als ich.«

Rowena fuhr sich durch ihr kastanienbraunes Haar und nickte. »Danke«, wisperte sie und schloss Luisa erneut in die Arme.

Der Duft von Rowenas Rosenshampoo und den Gräsern des Frühlings stieg Luisa in die Nase. Ihre Finger krallten sich in den feinen Stoff von Rowenas Kleid, und sie wusste, dass ihre Schwester diese Nähe jetzt brauchte.

Erst nach einiger Zeit löste Luisa sich von ihr, strich Rowena eine lose Haarsträhne hinters Ohr und lächelte.

»Du bist meine Schwester, und ich liebe dich sehr, Rowena. Vater und Mutter auch, vergiss das nie.«

Rowena nickte, legte dann mit einem Mal die Stirn in Falten und erhob sich eilig.

»Ich habe ganz vergessen, dass ich einen Brief für dich habe!«

Luisa konnte ihre Überraschung darüber kaum verbergen, wie schnell Rowenas Stimmung sich verändert hatte.

Ihre Schwester holte ein zerknittertes Stück Papier aus einer kleinen Tasche hervor und reichte es Luisa.

»Ist … ist der von Henry?«, stammelte Luisa und spürte, wie Hitze in ihre Wangen stieg und ihr Herz mit einem Mal viel zu schnell pochte und ihr Atem sich beschleunigte. Insgeheim fragte sie sich, ob ihr Körper sich jemals an Henrys Nähe, allein an den Gedanken an ihn, gewöhnen würde.

Rowena nickte und setzte sich neben Luisa. Eilig wischte sie sich die Tränen von den Wangen und schaute über Luisas Schulter, als diese den Brief öffnete.

Meine liebste Luisa,
es gibt so viele Dinge, die ich dir gerne sagen würde, so viele unausgesprochene Worte, aber ich fasse mich kurz, denn bald können wir uns wiedersehen. Am 29. März ist mein Vater auf einem wichtigen Geschäftstermin und wird den ganzen Tag nicht in der Manufaktur zugegen sein. Nur mein Großvater Matthias ist da. Warte, wenn die Sonne aufgeht, am Holstentor auf mich, dann hole ich dich ab, und wir fahren gemeinsam in die Manufaktur.
Ich kann es kaum erwarten, dir zu zeigen, wie Marzipan

hergestellt wird, und gemeinsam mit dir ein bisschen von dieser wunderbaren Süßigkeit zu kosten.
Und ich muss dir etwas zeigen! Ich habe eine unglaubliche Entdeckung gemacht. Dazu aber mehr, wenn wir uns sehen.
In Liebe
dein Henry

»Was meint er bloß mit der unglaublichen Entdeckung?«, fragte Rowena und sah Luisa neugierig an.

Sie zuckte mit den Schultern. »Ich weiß es nicht.«

Rowena machte ein nachdenkliches Gesicht. »Der 29. März … das ist ein Freitag, oder nicht?«

Luisa rechnete kurz im Kopf nach und nickte dann.

»Und was willst du Mutter und Vater sagen, wenn sie fragen, wo du hingehst?«

Ein schelmisches Lächeln schlich sich auf Luisas Gesicht, und sie ergriff die Hände ihrer Schwester. »Ich werde Vater sagen, dass ich mich erneut mit Sebastian Möller treffe.«

Rowena kicherte leise. »Du wirst eine immer bessere Lügnerin, und außerdem ist Vater freitagnachmittags auch gar nicht hier, er wird vielleicht nicht mal bemerken, dass du weg bist.«

Luisa nickte, denn sie hatte sich auch gerade daran erinnert, dass ihr Vater freitags immer ein Treffen mit den Leitern der anderen Museen hatte.

Erneut musste Luisa gähnen, und sie erhob sich langsam. Ihre Glieder fühlten sich mit einem Mal schwer an, und ihre Gedanken verschwammen zu einem dunklen Nichts. Die vielen Lügen waren wie eine schwere Last auf ihren Schultern, die sie zu zerbrechen drohte.

»Ich glaube, ich ruhe mich ein wenig aus«, sagte sie zu Rowena.

Sie faltete den Brief sorgfältig zusammen und steckte ihn in die Tasche ihres Rocks. Dann schenkte sie Rowena noch ein letztes

Lächeln und ging zurück in ihr Zimmer. Ihre Gedanken kreisten um Henry und um die unglaubliche Entdeckung, die er gemacht hatte.

Und *Marzipan.*

Es war Luisa, als könnte sie den Duft von gerösteten Mandeln wahrnehmen. Die Süße der Marzipanmasse, den Geschmack von Henrys Lippen. Ein Lächeln huschte über ihr Gesicht, und sie spürte ein Kribbeln in ihren Fingern, sanfte Aufregung, dass sie Henry bald wiedersehen würde. Vielleicht könnte sie einige ihrer eigenen Rezeptideen zur Manufaktur mitnehmen, mit Henry über ihre Leidenschaft sprechen und selbst Marzipan herstellen …

Luisa drehte sich zum hundertsten Mal in ihrem Bett umher und erhob sich dann mit einem leisen Seufzer. Dunkelheit erfüllte ihr Zimmer mit einer merkwürdigen Ruhe. Mit langsamen Schritten ging sie zur Tür und schlich die Treppe hinunter. Kurz horchte sie in die Stille des Hauses hinein. Kälte legte sich auf ihre Glieder. Sie war nervös, denn in zwei Tagen würde sie Henry endlich wiedersehen. Sie würde die Manufaktur kennenlernen und ihm all ihre Fragen über die Herstellung von Marzipan stellen.

Luisa ging in Richtung Küche, denn sie glaubte, dass sie nach einer warmen Milch mit Honig vielleicht besser schlafen könnte. Gerade als sie die Küche betreten wollte, vernahm sie die verärgerte Stimme ihres Vaters und zuckte erschrocken zusammen. Die Tür zu seinem Büro war einen Spaltbreit geöffnet.

»Was?«, murmelte Luisa leise und neigte den Kopf zur Seite. Es war mitten in der Nacht, und ihr Vater war noch wach?

»Stephan! Du musst dich beruhigen.« Das war ihre Mutter Annabella, und Luisa konnte ihre Neugier kaum zügeln, sodass sie zur Tür schlich und ihr Ohr dagegenpresste, denn es war ungewöhnlich, dass ihre Mutter ebenso wach war und noch dazu im Büro ihres Vaters, welches sie selten betrat.

»Ich will mich nicht beruhigen! Dieser Mann ist verachtenswert, und seine Pläne zerstören das Bild unserer Stadt und der Lübecker Museen!«

Die Stimme ihres Vaters überschlug sich, und Luisa wich erschrocken einen Schritt von der Tür zurück. Sie konnte seinen flammenden Zorn spüren, und Hitze stieg ihre Glieder hinauf.

Annabella seufzte leise, und Luisa vernahm ihre Schritte auf dem Holzfußboden. Vermutlich legte sie ihrem Vater gerade eine Hand auf die Schulter, denn das tat sie immer, um ihn zu besänftigen.

»Ich weiß, dass du der Familie Hawkins nicht wohlgesinnt bist, Stephan, und ich kenne auch die Gründe dafür, aber denkst du nicht, dass Nikolas Hawkins anfangs gar keine Ahnung hatte, dass uns das Grundstück neben der Manufaktur gehört?«

Luisa keuchte erschrocken auf und presste die Hand auf den Mund, damit ihre Eltern sie nicht bemerkten. Ein Zittern huschte durch ihren Körper, und ihre Finger verkrampften sich unwillkürlich.

Sie konnte nicht glauben, was sie da gerade gehört hatte. Ihre Mutter kannte das Geheimnis ihrer Familie. Aber Luisa verstand nicht, was Annabella mit dem Grundstück neben der Manufaktur meinte. Sie dachte fieberhaft nach, und Kälte kroch ihre nackten Füße hinauf.

»Es ist mir herzlich egal, ob er es wusste, er hat mich die letzten Wochen immer und immer wieder bedrängt, dass ich ihm das Grundstück verkaufen soll!«, rief ihr Vater wütend, und Luisa sah sich erschrocken im dunklen Flur um.

Sie hoffte, dass nicht ihre Schwester oder ihr Großvater wach wurden und sie dann dieses Gespräch nicht mehr belauschen konnte.

»Würdest du deine Stimme ein bisschen senken? Es ist mitten in der Nacht!« Annabella klang resigniert und müde.

»Bitte entschuldige. Ich bin nur sehr wütend. Du hättest Nikolas Hawkins sehen sollen, als er mich gestern erneut bedrängt hat. Dieses arrogante Gesicht, als er vor den Direktoren der Museen gesprochen hat. Er hat mich in den Dreck gezogen, mein Museum als altmodisch bezeichnet. Und trotzdem glaubt er, dass er mir dieses Grundstück abkaufen könnte.«

»Ich verstehe dich ja, Stephan. Aber vielleicht ist dieser Mann ein Visionär.«

Luisa fuhr sich durch ihr offenes Haar und unterdrückte ein Stöhnen. Ihr Vater war mit Henrys Vater in Streit geraten. Diese Erkenntnis traf sie wie ein Schlag in die Magengrube, und Übelkeit überkam sie.

Nicht nur, dass ihre beiden Familien sich hassten, weil ihre Großväter ein Geheimnis mit sich trugen, nun gab es auch noch eine offene Feindschaft zwischen ihren Vätern.

»Er ist kein Visionär. Er ist ein arroganter Kerl, der glaubt, dass er mit seiner Manufaktur mehr erreicht hat als wir Direktoren mit unseren Museen!«

Luisa hörte ein rumpelndes Geräusch und mutmaßte, dass ihr Vater mit der Faust auf den Tisch geschlagen hatte.

»Stephan, du hast Nikolas' Pläne ebenso vor all den anderen Direktoren in den Dreck gezogen. Du hast ihn gedemütigt, so wie er dich.«

Luisa hatte das Gefühl, dass in diesem Augenblick die Zeit stillstand. Sie hörte ihren keuchenden Atem viel zu laut in ihren Ohren, und ihre Beine drohten unter ihr nachzugeben. Die Welt verschwamm vor ihren Augen, aber trotzdem presste sie ihr Ohr erneut an die Tür. Das Klopfen ihres Herzens erfüllte ihren ganzen Körper, Hitze und Kälte jagten in schrecklichen Schauern über ihre Glieder.

»Und das werde ich wieder tun! Ich werde diesem Kerl nicht unser Grundstück verkaufen. Wie kann er überhaupt denken, dass ich sein Geld annehmen würde?«

Annabella antwortete nicht, denn es blieb still im Büro. Luisa bemühte sich, ihren rasselnden Atem unter Kontrolle zu bekommen, dann ergriff ihr Vater erneut das Wort.

»Vielleicht …« Seine Stimme klang verzerrt, und Luisa konnte eine seltsame Traurigkeit aus seinen Worten heraushören. »Vielleicht hat er seinen Sohn vorgeschickt. Du weißt schon, den Burschen, den Luisa glaubt zu lieben. Nikolas hat seinem Sohn bestimmt gesagt, dass er Luisa verführen soll, um noch eine Chance auf dieses Grundstück zu haben.«

Dieser Satz sickerte ganz langsam in Luisas Verstand. Sie riss die Augen weit auf und unterdrückte ein Stöhnen, als sie begriff, was ihr Vater da gerade gesagt hatte.

Nikolas hat seinem Sohn bestimmt gesagt, dass er Luisa verführen soll, um noch eine Chance auf dieses Grundstück zu haben.

Der Satz hallte immer und immer wieder in Luisas Kopf nach wie eine defekte Schallplatte. Ihr Körper zitterte mit einem Mal unkontrolliert, und sie spürte, wie heiße Tränen sich in ihren Augen sammelten und sie die Hand erneut vor den Mund pressen musste, um ein Schluchzen zu unterdrücken.

Im Arbeitszimmer ihres Vaters blieb es einige Zeit still, dann hörte Luisa, wie ihre Mutter laut seufzte.

»Denkst du wirklich, dass Nikolas dazu bereit wäre?«

Luisa hörte Annabellas Worte kaum noch, ein dumpfes Dröhnen machte sich in ihren Ohren breit, und sie hatte das Gefühl, dass die Welt ihr langsam entglitt, dass sie in ein tiefes schwarzes Loch voller Finsternis fallen würde.

»Ich denke schon. Überleg doch nur, wie plötzlich Luisa seinen Sohn getroffen hat. Vielleicht will der Bursche lediglich seinem Vater einen Gefallen tun«, antwortete Stephan.

Luisa wollte dieses Gespräch nicht mehr hören, sie wandte sich ab, versuchte so leise zu sein, wie sie konnte, und rannte die Treppe hinauf. Sie stürmte in ihr Zimmer und ließ sich auf ihr Bett fallen.

Dann flossen die Tränen in Strömen über ihre Wangen. Anstatt Marzipan schmeckte sie auf ihren Lippen salzige Traurigkeit und schluchzte laut auf. Wie konnte ihr Vater so von Henry denken? Wie konnte er ihm nur vorwerfen, dass …

Der Gedanke durchfuhr Luisa wie ein gleißender Blitz, und sie richtete sich auf. All die Erinnerungen an Henry schwappten an die Oberfläche ihres Bewusstseins, und die Bilder ihres ersten Treffens erschienen vor ihrem inneren Auge. Schmerz flammte in ihrem Herzen auf, als sie sich an diesen Abend erinnerte.

An Henrys unzählige Fragen zu ihrer Person. Zu den Museen und ihrem Leben. An sein Lächeln, das zusammen mit dem Schmerz wie nasse Tinte zerfloss. Sie presste die Lippen fest aufeinander.

Nein! Das wollte sie nicht glauben, das konnte sie nicht glauben. Das würde alles zerstören, wovon sie gedacht hatte, dass es nun ihr Leben bedeuten würde.

»Das hast du nicht getan …«, wisperte sie mit heiserer Stimme und umklammerte die Kette von Henry mit ihren klammen Fingern.

Tränen tropften von Luisas Wangen und fielen zu Boden, als sie sich erhob und aus dem Fenster auf das nächtliche Lübeck schaute. Für sie waren diese fallenden Tränen das lauteste Geräusch der Welt.

Sosehr sie sich auch bemühte, diese furchtbaren Mutmaßungen ihres Vaters aus ihrem Kopf zu vertreiben, es gelang ihr nicht. Als wären sie mit kleinen Widerhaken versehen, hatten sich diese Worte in ihr Bewusstsein gegraben und ließen sie nicht mehr los.

Sie wollte nicht glauben, dass Henry dazu fähig wäre, aber sie konnte nicht verleugnen, dass er großes Interesse an ihr und ihrer Familie gezeigt hatte. So viel Interesse, dass es Luisa schier in den Wahnsinn trieb.

Sie legte sich wieder auf ihr Bett und schloss die Augen, versuchte mit aller Macht einzuschlafen, aber sie konnte diese Gedanken nicht mehr vertreiben. Und so schlief sie mit verweinten Augen und einem schrecklichen Schmerz im Herzen ein.

KAPITEL 12

LUISA

Luisa strich eine Falte in ihrem zitronengelben Kleid glatt und setzte sich auf eine der Bänke nahe dem Holstentor. Die Sonne kam schüchtern hinter dem Horizont hervor, aber schon jetzt durchflutete Wärme ihren Körper.

Luisa wandte ihr Gesicht gen Himmel, und ein scheues Lächeln huschte über ihre Lippen. Ein Lächeln, das sich in ihrem Innersten zerbrochen anfühlte. Das nicht mehr echt war, seit sie ihre Eltern belauscht hatte.

Sie wischte sich ihre feuchten Hände am Kleid ab und schloss kurz die Augen. Sie war aufgeregt und traurig zugleich, denn sie hatte es nicht geschafft, die schrecklichen Worte ihres Vaters zu vergessen.

Sie hatte die letzten zwei Tage über ihre Begegnung mit Henry nachgedacht, und dieses dumpfe Gefühl in ihrer Magengrube schien sie von innen heraus zu zerfressen.

Luisa hatte Rowena von ihren Zweifeln erzählt, aber ihre Schwester hatte den Worten ihres Vaters keinen Wert beigemessen. Doch Rowena hatte sie nicht beruhigen können. Mit Schrecken dachte Luisa daran, dass Henry auf dem Maskenball mit Emilie Dietrichs getanzt hatte. Sie wusste, dass er dieses Mädchen heiraten sollte, und auch wenn er ihr versichert hatte, dass dies lediglich der Plan seines Vaters war, nagte der Gedanke an ihr.

Luisas Herz war immer noch in Aufruhr, und sie hatte die halbe Nacht nicht geschlafen. Und nun war sie hier und wartete darauf, dass Henry mit ihr die Manufaktur besuchen würde.

Als ein Hupen sie aus ihren Gedanken aufschreckte, schaute Luisa sich suchend um und entdeckte Henrys altes Auto am Straßenrand. Ein leiser Seufzer verließ ihre Lippen, und sie zwang sich zu einem Lächeln, dann lief Luisa schneller, als sie in ihren hohen Schuhen laufen sollte, über die Wiese vor dem Holstentor zu Henry.

»Darf ich die junge Dame auf eine Spazierfahrt entführen?«, fragte Henry charmant, als er aus dem Auto stieg und seinen Hut vom Kopf hob.

Luisas Kehle wurde trocken, und sie fuhr sich mit der Zunge über die Lippen. Sie starrte kurz zu Boden und lächelte Henry dann an. Hoffte, dass er ihre Zweifel nicht bemerkte.

»Es wäre mir eine Freude«, erwiderte sie höflich und ergriff seine Hand.

Er führte sie um das Auto herum und öffnete ihr die Tür. Mit pochendem Herzen stieg Luisa ein, und sofort setzte sich der Duft von Marzipan in ihrer Nase fest. Sie lächelte versonnen, als Henry sich hinter das Lenkrad setzte.

»Wie geht es dir?«, fragte er und beugte sich zu ihr herüber.

Sanft küsste er sie und legte eine Hand auf ihre Wange. Am liebsten wäre sie sofort in diesem Kuss ertrunken. Hätte liebend gerne die Zeit angehalten und wäre für immer in diesem Auto geblieben, denn dieser Kuss ließ all die Zweifel für kurze Zeit verschwinden.

Henry löste sich sanft von ihr, und Luisa räusperte sich.

»Perfekt, jetzt geht es mir perfekt«, antwortete sie heiser.

»Dann können wir ja los«, sagte er liebevoll, bevor er den Blinker setzte und losfuhr.

Schweigend schaute Luisa nach draußen. Selbst die Stille zwischen ihnen genoss sie in vollen Zügen. Manchmal waren Worte zwischen Henry und ihr gar nicht nötig. Sie verstanden sich blind. Und lange Zeit hatte Luisa geglaubt, dass dies ein Zeichen ihrer großen Liebe zueinander war. Doch vielleicht hatte sie sich in Henry getäuscht.

»Wie ist es dir in den letzten Wochen ergangen?«, fragte Henry und warf ihr einen kurzen Blick zu.

Sie konnte sich gar nicht vorstellen, dass es wirklich Wochen waren, die sie einander nicht gesehen hatten.

Es kam ihr vor wie viele Jahre. Wie eine Ewigkeit. Es war seltsam, denn die Momente mit Henry erschienen ihr ebenfalls wie kleine Ewigkeiten, die sie in ihrem Herzen zu bewahren versuchte.

Aber auch die Zeit ohne ihn empfand sie wie eine Ewigkeit. Nur keine schöne, sondern eine schmerzhafte. Sie wollte ihn so sehr, sie sehnte sich so sehr nach ihm.

»Ich …«, begann Luisa unsicher und schaute gedankenverloren aus dem Fenster. Ein Ruck ging durch ihren Körper, dann drehte sie sich wieder zu Henry.

»Mein Vater wollte, dass ich mich mit dem Sohn eines befreundeten Museumsdirektors treffe, um …«

Ein trauriges Lächeln huschte über Henrys Gesicht, und Luisa sah ihn ernst an. Er bog auf die Landstraße ab und seufzte dann leise.

»Es steht so viel zwischen uns, Luisa …«, murmelte er abwesend. Trotzdem schaute er sie kurz an und grinste ein wenig. »Aber ich hoffe, du hast ihn von dir gestoßen. Sonst wäre ich in meiner Ehre verletzt.«

Bei diesen Worten musste sie auflachen.

»Das habe ich tatsächlich«, erzählte sie ihm bereitwillig. »Rowena hat mir beigebracht, wie man einen Mann von sich weist.«

Henry kaute nachdenklich auf seiner Unterlippe herum. »Dann hattest du eine gute Lehrerin.«

Luisa nickte. »Ja, aber es tut mir ein bisschen leid um Sebastian. Ich glaube, er mochte mich wirklich.«

Henry nahm eine Hand vom Steuer und legte sie auf Luisas Bein. Ein heftiges Kribbeln durchzuckte sie, und ihr Herz pochte mit aller Kraft in ihrem Körper. So viel löste seine Berührung in ihr aus. So viel Wärme und Liebe.

»Das mag sein«, erwiderte Henry, »aber ich bin froh, dass von diesem Mann keine Gefahr mehr droht.«

»Nichts und niemand wird mich je davon überzeugen, dass wir nicht zusammengehören«, sagte Luisa mit fester Stimme und ergriff Henrys Hand.

Lüg ihn nicht an, sagte eine bittere Stimme in ihrem Kopf, die Luisa an ihre schrecklichen Zweifel erinnerte. Sie wusste nicht einmal, warum sie diese Worte laut ausgesprochen hatte. Vor wenigen Wochen hätten sie der Wahrheit entsprochen, aber jetzt war Luisa sich da nicht mehr so sicher.

Henry schenkte ihr ein sanftes Lächeln und hob eine Hand, um Luisas Blick auf die Manufaktur zu lenken, die sich vor ihnen erhob. Fasziniert schaute Luisa aus dem Fenster, während das Auto auf den Vorhof der Manufaktur einbog und Henry es fachmännisch parkte. Er zog den Schlüssel aus dem Zündschloss und schaute Luisa an.

Vorsichtig lehnte er sich zu ihr hinüber und legte eine Hand an ihr Kinn.

»Auch mich wird niemand davon abhalten, dich zu lieben«, flüsterte er heiser und küsste sie stürmisch.

Luisa fühlte sich zuerst überrumpelt von diesem Kuss, aber ihr Körper gehorchte ihr nicht. Ihre Hände legten sich wie von selbst um Henrys Nacken, und sie versank in seinen begierigen Küssen.

Unwillig löste sie sich von Henry, und gemeinsam stiegen sie aus. Ihre Hände zitterten leicht, und sie fragte sich, warum ihr Körper so gegen ihren Kopf, gegen ihre Zweifel rebellierte.

Ein kühler Wind wehte Luisa entgegen, und sie musste ihren Hut festhalten. Erstaunt schaute sie zur Fabrik hoch.

»Beeindruckend …«, rief sie aus und blickte sich begeistert um.

Sie hatte sich die Manufaktur nicht so riesig vorgestellt. Nicht in all ihren Träumen.

Henry stellte sich neben sie und ergriff ihre Hand. »Darf ich vorstellen: Dies ist die Marzipanmanufaktur meiner Familie.«

Ein verschmitztes Lächeln zierte seine Züge, und Luisa stieß ihn in die Seite.

»Mach dich nicht über mich lustig«, warnte sie ihn spielerisch.

»Das würde ich nie wagen, Fräulein Linde«, erwiderte er und küsste sie auf die Stirn.

Zusammen gingen sie auf den Eingang der Manufaktur zu, und mit jedem Schritt wurde Luisa mulmiger zumute. Henry bemerkte ihre Unsicherheit und hielt kurz vor dem Eingang an.

»Alles ist gut«, hauchte er ihr ins Ohr und strich ihr eine lose Haarsträhne aus dem Gesicht. »Du musst dir keine Sorgen machen. Niemand außer meinem Großvater ist hier. Und dem müssen wir nicht erzählen, wer du bist.«

Sie nickte zaghaft und folgte Henry ins Innere der Fabrik. Er gab ihr die Kraft und die Stärke, die ihr manchmal fehlten. Er war ihr Anker auf stürmischer See. Ihre Hoffnung in der Welt.

Wenn dich dieser Anker nicht in die Tiefe reißt und du ertrinkst.

Luisa biss sich auf die Zunge, und ihre Hand ballte sich unwillkürlich zur Faust. Sie schob die Worte zur Seite und konzentrierte sich auf die Manufaktur, die vor ihr lag.

Im Inneren war es dämmerig, und Luisa musste sich zuerst an die matte Dunkelheit gewöhnen. Aber der Duft von Marzipan stieg ihr sofort in die Nase. Sie lächelte versonnen und sah sich um.

Überall waren Öfen und Walzen. Sie konnte hören, wie Mandeln in verschiedene Behältnisse gefüllt wurden. Neugierig ging Luisa weiter in die Manufaktur hinein.

»Möchtest du wissen, was hier gemacht wird?«, fragte Henry plötzlich hinter ihr, und sie erschrak. So versunken war sie in ihre Gedanken gewesen.

»Gerne.«

Er führte ihre Hand, die er immer noch hielt, in die Höhe und zeigte zum hinteren Teil der Manufaktur.

»Dort werden die Mandeln gewaschen und geschält. Dabei werden sie mit heißem Wasser überbrüht.«

»Deshalb der viele Dampf«, sagte Luisa lächelnd, als sie verstand, warum es so diesig in der Halle war.

»Stimmt, und dort …« Er führte ihre Hand weiter durch den Raum. »Dort werden die Mandeln gerieben, da, siehst du die Tonnen dort oben? Das ist Zucker, der zu den Mandeln gegeben wird. Zwischen den Walzen wird die Masse dann geglättet.«

Mit sanften Schritten führte er sie weiter durch die Räume, und Luisa musste sich beherrschen, um nicht mit offenem Mund durch die Manufaktur zu laufen.

Nie hätte sie gedacht, dass die Herstellung von Marzipan so faszinierend wäre. Der Duft von Mandeln und Schokolade vermischte sich zu einer wundervollen Geschmackssymphonie.

»Was passiert da?«, fragte sie und zeigte auf einige Kessel, die heftig dampften und das ganze Szenario in Nebel tauchten.

»Dort findet die Abröstung der Masse statt. Das ist der vorletzte Schritt, bevor die Masse abgekühlt und verpackt wird. Dann liefern wir sie an viele verschiedene Kunden aus. Manchmal wird sofort Schokolade um die Masse gegossen, oder wir liefern nur die Rohmasse des Marzipans.«

Luisa fand gar keine Worte, so sehr faszinierte sie die Arbeit in der Manufaktur. Am liebsten wollte sie alles über Marzipan wissen.

»Du kennst so viele Details über die Herstellung«, sagte sie, während Henry sie weiter durch die Gänge und Hallen führte. »Dabei hast du immer gesagt, dass du dich nicht für das Erbe deiner Familie interessierst.«

Henry stoppte abrupt und stierte auf den Boden. Er ließ Luisas Hand los und fuhr sich durch die Haare.

Dann seufzte er laut und schaute sie zerknirscht an. »Mein Großvater hat mir all das beigebracht. Er hat es mir spielerisch gezeigt. Ganz anders als mein Vater. Für ihn hatte ich immer nur diese eine Pflicht. Ich sollte nichts anderes tun. Nur diese Manufaktur war als meine Zukunft vorgesehen. Ich wünschte manchmal, ich könnte dieses Wissen vergessen. Ganz von vorn anfangen.«

Luisa schwieg und sah Henry mitleidsvoll an. Dann jedoch schüttelte sie kaum merklich den Kopf und ging langsam auf ihn zu. Sie stellte sich auf die Zehenspitzen und küsste seine raue Wange.

»Bitte vergiss auch dies hier nicht.« Sie machte eine ausladende Bewegung durch die ganze Fabrik. »Wenn du all das hier vergisst, dann bist du nicht mehr der Mann, der gerade vor mir steht. Auch dieses Wissen macht dich zu dem Menschen, den ich liebe.«

Die letzten Worte sprach sie ganz leise. Henry schaute Luisa mit großen Augen an. Dann schlich sich ein zaghaftes Lächeln auf sein Gesicht, und er nahm wieder ihre Hand.

Luisa lächelte ihn an, wusste aber nicht, ob dies ein echtes Lächeln war, und ließ ihren Blick über die dampfenden Kessel schweifen. Sog den Geruch von süßem Marzipan und Mandeln in ihre Nase sein.

»Ich danke dir, Luisa. Wollen wir auf die Empore?«, fragte Henry sie, und Luisa nickte.

Sie folgte ihm hinauf und beobachtete die Arbeiter in der Manufaktur, wie sie die Mandeln in große Bottiche schütteten. Sie bewegten sich mit geschmeidigen Bewegungen durch den Dampf, und Luisa bewunderte sie für ihre harte und schweißtreibende Arbeit. Gott, wie gerne würde sie noch viel mehr über Marzipan erfahren. Über die Lieferanten, die Pläne für eine Expansion, weitere Rezepturen, die man ausprobieren könnte, um das Marzipan noch besser zu verkaufen. All diese Gedanken gingen ihr durch den Kopf, und vor Aufregung umklammerte Luisa das Geländer der Brüstung.

»Du scheinst tief in Gedanken versunken zu sein«, raunte Henry ihr zu, und sie schaute ihn nachdenklich an.

Sah in seine tiefblauen Augen und fragte sich, ob ihr Herz nicht bemerkt hätte, wenn er sie nicht lieben würde. Wenn all das nur ein Spiel von ihm wäre, das er für seinen Vater mit ihrer Liebe spielte.

»Ich finde es nur so faszinierend hier …«, antwortete Luisa und ergriff Henrys Hand. »Können wir von dem Marzipan probieren? Ihr habt doch bestimmt einen Raum, in dem ihr die Qualität kontrolliert.«

Luisa seufzte leise. Eine merkwürdige Traurigkeit drohte sie zu erfassen, aber sie bemühte sich in der Liebe seiner Augen Zuflucht zu finden. Ihre Finger krallten sich in den Stoff seiner dunkelblauen Tweedjacke, und sie stieß hörbar Luft zwischen den Zähnen aus.

Henry jedoch schien ihre Zweifel nicht zu bemerken und zog sie in seine Arme. »Natürlich haben wir einen Raum, in dem wir die Qualität des Marzipans kontrollieren. Sehr gerne führe ich dich dorthin.«

Luisa grinste und legte eine Hand auf ihre Brust, sie konnte ihren pulsierenden Herzschlag unter ihren Händen spüren. Sie wollte alles über Marzipan wissen. Sie hatte immer ein besonderes Interesse an Süßigkeiten gehabt, hatte es immer geliebt zu backen, und Gewürze sowie Rezepturen interessierten sie sehr.

»Ich …«, setzte sie an, doch da hörte sie eine Stimme hinter sich und zuckte vor Schreck zusammen.

»Möchtest du mir diese junge Dame nicht vorstellen, Henry?«

Erschrocken drehte Henry sich um und ergriff Luisas Hand. Sie bemerkte, wie seine Haltung sich für einen kurzen Augenblick verkrampfte, und linste an Henry vorbei, um zu sehen, wer dort stand.

Sie zog scharf die Luft ein, als sie den Mann erkannte. Er sah aus wie auf dem alten Foto, das Luisa bei ihrem Großvater gesehen hatte. Durch die dunklen Haare des Mannes zogen sich silberne Strähnen, seine Augen waren dunkelblau, und kleine Fältchen zierten seine Haut. Doch sie hätte ihn überall wiedererkannt.

Denn vor ihr stand Matthias Hawkins, Henrys Großvater. Dieser wollte gerade zu einer Erwiderung ansetzen, da schob Luisa sich vor ihn und streckte die Hand aus.

»Guten Tag. Ich bin Cilia Horn, eine alte Schulfreundin von Henry. Es freut mich, Sie kennenzulernen.«

Zögerlich ergriff Matthias Luisas Hand und runzelte die Stirn. Da war etwas in seinen Augen, das Luisa an ihren Großvater erinnerte.

Er weiß, dass es eine Lüge ist, dachte Luisa bitter, als er ihre Hand schüttelte, den Blick aber nicht von ihr abwandte. Sie versuchte ihre Atmung zu beruhigen und lächelte unentwegt.

»Cilia Horn, es freut mich ebenso, dich kennenzulernen. Ich bin Matthias Hawkins, Henrys Großvater«, antwortete Matthias mit leiser Stimme.

Dann huschte ein geisterhaftes Grinsen über sein Gesicht, und er ließ Luisas Hand los und wandte sich an seinen Enkel.

»Es ist schön, dass du jemanden in der Manufaktur herumführst. Aber seid bitte vorsichtig«, sagte er zu Henry gewandt.

»Natürlich, Großvater«, beeilte sich Henry zu sagen und schaute Matthias hinterher, während sich dieser umdrehte und, die Hände hinter dem Rücken verschränkt, davonging.

Luisa sah dem alten, ein wenig traurig wirkenden Mann hinterher, bevor sie sich zu Henry umdrehte.

»Er weiß, dass es eine Lüge ist, oder nicht?«

Henry zuckte mit den Schultern. »Ich glaube schon, aber mein Großvater hat mich noch nie bei meinen Eltern verraten.«

Wenig überzeugt ging Luisa weiter durch die Fabrik und sah Henrys Großvater auf der Balustrade stehen. Er ließ seinen Blick über die Arbeiter in der Manufaktur schweifen. Luisa fiel auf, dass er Henry sehr ähnelte. Die gleichen sanften Gesichtszüge, diese ruhigen blauen Augen, ein nachdenklicher und zugleich trauriger Blick.

Alles am Anblick von Matthias Hawkins versetzte Luisas Herz in Aufruhr und machte sie unglaublich traurig, sodass Tränen in ihren Augen brannten und sie an ihren Großvater Hans denken musste.

»Luisa?« Henry legte seinen Kopf auf ihre Schulter und gab ihr einen raschen Kuss auf den Nacken.

Sie fuhr zusammen und drehte ihren Kopf zu ihm. »Ja?«

Henry zog die Stirn kraus. »Ist alles in Ordnung?«

Luisa schob die Gedanken an Matthias Hawkins zur Seite, denn sie wollte nun den Probierraum der Manufaktur kennenlernen. Matthias Hawkins würde hoffentlich nicht weglaufen, und sie hatte das dumpfe Gefühl, dass sie diesen Mann schon mit ihrer bloßen Anwesenheit in Aufruhr versetzt hatte.

»Magst du mir zeigen, wo ich euer wunderbares Marzipan probieren kann?« Sie zwang sich zu einem liebevollen Lächeln, auch wenn das dumpfe Röhren der Maschinen ihre Gedanken zu benebeln schien.

»Natürlich«, entgegnete Henry und hielt ihr seinen Arm hin.

Luisa ergriff diesen und ließ sich von Henry ein Stockwerk höher die Stufen hinaufführen. Ihre Absätze klackerten auf der Metalltreppe, aber sie merkte, dass der Dampf langsam weniger wurde, und kurz bevor sie eine Tür am Ende des Ganges ansteuerten, fiel Luisas Blick durch eines der Fenster nach draußen.

Er will mir das Grundstück neben der Manufaktur abkaufen.

Die Stimme ihres Vaters erschallte so urplötzlich in ihren Gedanken, dass Luisa nur mit Mühe ein Keuchen unterdrücken konnte. Durch das Fenster sah sie das brachliegende Grundstück. Es war umzäunt, und ein kleines Schild stand darauf.

»Kommst du?« Henrys Stimme riss sie aus ihrer Starre, und sie schaffte es nur mühsam, sich von dem Anblick des Grundstücks zu lösen.

»Ja …«, murmelte sie und folgte Henry in den Raum hinein.

Stille senkte sich über sie, als Henry die Tür hinter sich schloss. Das Rattern und Surren der Maschinen war verstummt, und Luisa schaute sich begeistert um. Der Geruch von frischem Marzipan stieg ihr in die Nase, als sie den Tisch in der Mitte des Raumes bemerkte. Darauf waren mehrere Blöcke Marzipanmasse auf Tüchern ausgebreitet. An der linken Seite des Raumes erstreckte sich ein langes Regal mit einigen Ordnern, und rechts vom Tisch entdeckte Luisa das fertig abgepackte Marzipan. Sie streifte mit den Fingern über die verschiedenen Sorten und studierte die Etiketten. Hauptsächlich war es Marzipan mit verschiedener Ummantelung von Schokolade: Zartbitter, Vollmilch und weiße Schokolade. Neugierig sah Luisa zu Henry und deutete auf die Sorte mit der weißen Schokolade.

»Ist das nicht unglaublich süß?«, fragte sie und verzog die Mundwinkel.

Henry grinste und nahm ein Stück Marzipan aus der Verpackung heraus. »Probier doch mal«, schlug er vor.

Das Papier knisterte leise, und dann hielt er Luisa die Süßigkeit hin. Sie ergriff das kleine Stück, und sofort stieg ihr der süßliche Geruch der Mandeln und der weißen Schokolade in die Nase. Mit einem kleinen Lächeln schob sie sich das Stückchen in den Mund.

Luisa kaute nachdenklich auf dem Stück Marzipan herum und bemerkte, dass sie richtiggelegen hatte. Es war unglaublich süß, eine Explosion von Zucker in ihrem Mund, aber es schmeckte auch so gut, ein bisschen erfrischend.

»Schmeckt es dir?«, fragte Henry und ging zu dem Tisch mit den Marzipanrohmassen, die noch nicht mit Schokolade oder Ähnlichem ummantelt waren.

Luisa schluckte das Marzipan hinunter und wischte noch einen Rest Schokolade von ihren Lippen. »Ja, ein bisschen süß, aber wirklich lecker.«

Henry lächelte und griff nach einem großen Messer. Mit geschickten Bewegungen schnitt er ein kleines Stück von der Rohmasse ab, welches er noch mal in kleine Würfel schnitt und einen davon dann Luisa reichte.

Luisa probierte auch die Rohmasse und hatte das Gefühl, dass die Süße des Marzipans sie einhüllte. Sie spürte ein Kribbeln auf der Zunge und nahm sich noch ein Stück.

»Marzipan ist eines der besten Dinge, die es gibt!«, rief sie.

»Ich freue mich, dass du so begeistert bist.« Henrys Stimme klang dumpf bei diesen Worten, und Luisa spürte, dass er sich, obwohl er mit ihr hier war, nicht wirklich wohlfühlte. Dies war nicht seine Welt, dies war die Welt seines Vaters.

Luisa kaute nachdenklich auf ihrer Unterlippe herum und fuhr sich mit der linken Hand durch ihre sanften Locken.

»Stellt ihr auch Marzipan mit besonderen Geschmacksrichtungen her?«, fragte Luisa.

Henry legte die Stirn in Falten und zeigte auf ein paar Marzipanpackungen. »Nur einige mit Früchten. Apfel- oder Himbeermarzipan zum Beispiel.«

Luisa sah sich diese Sorten an und dachte an die vielen Backrezepte, die sie ausprobiert hatte, an die feinen Zutaten, die sie verwendet hatte, und die Gewürze, die auf ihrer Zunge prickelten.

»Wie wäre es mit Pistazienmarzipan? Oder mit einem Kaffeelikör?«, schlug sie vor und konnte vor ihrem inneren Auge die Zusammensetzung der Zutaten sehen.

Den feinen Kaffeelikör, der sich mit Mandeln und Zucker vermischte. Eine herbe Note, gepaart mit einer feinen Süße. Im Abgang wie ein guter Espresso.

»Wie kommst du auf solche Ideen?« Henry ergriff ihre Hände und zog Luisa zu sich heran.

Sie konnte seinen heißen Atem spüren, den Blick seiner blauen Augen, der sie wie Wasser umschmeichelte. Ein Lächeln schlich sich auf ihre Lippen, und Luisa neigte den Kopf zur Seite.

»Ich liebe das Backen, das Ausprobieren von neuen Zutaten und ihre Zusammensetzung. Ich habe selbst einmal Pralinen hergestellt und …« Sie konnte nicht weitersprechen, denn Henrys liebevolles Lächeln nahm sie gefangen.

Seine Hand strich eine Haarsträhne hinter ihr Ohr, und sein Daumen fuhr sanft über ihre Wangen. Seine Berührung war zärtlich und sanft, aber sie durchfuhr Luisa wie ein Blitz. Und wie ein Donnergrollen, welches all ihre Gedanken betäubte.

»Du bist so außergewöhnlich, Luisa«, raunte Henry ihr mit heiserer Stimme zu und beugte sich zu ihr herunter.

Schüchtern legten sich seine Lippen auf die ihren, und Luisa fuhr mit ihren Händen durch Henrys stürmische Locken. Sie presste sich ihm entgegen, und ein Keuchen entfloh ihrer Kehle.

Sie schmeckte die Süße der Welt und schloss langsam die Augen. Henrys Hände, die auf ihren Hüften lagen, und seine Zunge, die gegen ihre Zähne stieß, vorsichtig und begierig zugleich ihren Mund erkundete.

Sie wollte ihn nie wieder loslassen und die Gedanken zerstören, in denen sie sich seit Tagen gefangen fühlte.

Das kann nicht falsch sein, dachte Luisa, und eine bleierne Traurigkeit erfasste ihren Körper wie ein Zittern, als sie sich von Henry löste. *Das hier ist echt, Henry interessiert sich nicht für mich wegen seiner Familie.*

Sie wollte noch das Kribbeln seiner Lippen fühlen, diesen sanften Kuss, seine Berührung an ihrer Wange. Doch sosehr sie sich bemühte, diese Gefühle festzuhalten, nicht zuzulassen, dass die Stimme ihres Vaters Oberhand gewann, es gelang ihr nicht.

»Du siehst traurig aus«, bemerkte Henry und schaute sie irritiert an.

Der Geruch von Marzipan hing wie ein Schleier in der Luft, und Luisa bemühte sich, ihm ein glückliches Lächeln zu schenken. Ein Lächeln voller Zuversicht.

»Gefallen dir meine Ideen nicht?«, fragte sie zur Ablenkung und griff das Thema neue Marzipansorten wieder auf.

Sie wollte diese Begeisterung um keinen Preis vergehen lassen. Tausend Ideen stoben ihr durch den Kopf, und sie hatte ein klares Bild von den verschiedenen Zutaten und Kompositionen vor Augen.

»Doch … doch natürlich«, antwortete Henry und hob entschuldigend die Hände. »Ich habe nur wegen meines Vaters eine leichte Abneigung gegen diese Manufaktur. Aber mit dir an meiner Seite kann ich mir vorstellen, viele neue Marzipansorten zu kreieren.«

Henry nahm ihre Hand und zog Luisa erneut in seine Arme. Sie strich mit ihren Fingern über seine Brust. »Wirklich?«

»Natürlich, wenn du magst, dann schreiben wir nachher all deine Ideen auf und schauen uns nach geeigneten Produzenten um, und ich stelle deine Vorschläge meinem Vater vor.«

Luisa war bewusst, dass Henry ihm nicht erzählen konnte, dass es ihre Ideen waren, aber das war fürs Erste in Ordnung. Sie fühlte sich von ihm ernst genommen. Er erstickte ihre Träume nicht im Keim, so wie ihr Vater es normalerweise tat, wenn sie von der Welt der Geschmackskreationen sprach.

Zweifel an den düsteren Worten ihres Vaters vermischten sich bei ihr mit der Angst, dass er am Ende doch recht haben könnte mit seiner Vermutung. Aber sie wollte nicht glauben, dass Henry sich nur wegen der Manufaktur mit ihr eingelassen hatte, die ihm selbst gar nicht viel bedeutete.

»Dann lass uns das in die Tat umsetzen, denn ich würde wirklich gerne diese Kreationen ausprobieren. Weißt du, Henry …« Zögerlich sah sie ihn an und biss sich auf die Unterlippe.

»Was ist los?«

»Wenn all das ein gutes Ende nimmt, wenn wir wirklich zusammen sein können … lässt du mich dann an all dem hier teilhaben? Lässt du mich hier arbeiten und Rezepte ausprobieren?«

Henry musste die Unsicherheit in ihrer Stimme bemerkt haben, denn er lächelte sie zaghaft an. »Natürlich, wenn es das ist, was du willst, dann bist du hier immer willkommen. Wie kommst du auf die Idee, dass ich das nicht wollen würde?«

Luisa seufzte schwer. »Weil ich Angst habe, dass ich am Ende genauso werde wie meine Mutter. Nur eine Ehefrau, mehr nicht. Das kann und will ich mir nicht vorstellen. Ich will dich lieben, und ich würde alles für dich tun, aber ich will meine Träume und mich selbst dabei nicht verlieren.«

»Oh, Luisa.« Henry kam auf sie zu und zog sie in seine Arme, strich sanft über ihren Rücken. »Das wirst du auch nicht tun müssen, du kannst immer deinen Träumen folgen, wenn du an meiner Seite bist.«

Sie erwiderte seine Umarmung, und ein kleines Lächeln schlich sich auf ihr Gesicht. Sie war Henry dankbar für seine Worte, denn wenn er ihre Träume nicht akzeptieren würde, wenn sie nicht selbst über ihr Leben entscheiden könnte, dann hätte diese Liebe niemals eine Zukunft für sie. Nachdenklich sah sie Henry an, als ihr urplötzlich ein Gedanke durch den Kopf schoss.

»Woran denkst du?«, fragte Henry sanft.

»Meinst du …?« Zögerlich sah sie erst Henry an und richtete dann wieder ihren Blick zur Tür, die in die Manufaktur führte. »Meinst du, ich kann mit deinem Großvater reden?«

»Luisa«, begann Henry und fuhr sich unbehaglich über sein mit kleinen Bartstoppeln bedecktes Kinn. Luisa bemerkte, wie sehr er mit sich haderte, und versuchte ihm ein aufmunterndes Lächeln zu schenken.

»In Ordnung, aber bitte …« Er wusste nicht, wie er es ausdrücken sollte, und Luisa ergriff erneut seine Hand.

»Vertrau mir«, flüsterte sie rau und ging an ihm vorbei. »Ich werde ihn nicht verletzen.«

Luisa nahm sich noch ein Stück Marzipan und drückte Henry dann einen Kuss auf die Wange. Mit leichtfüßigen Schritten verließ sie den Raum und versuchte mit aller Mühe, nicht aus dem Fenster zu dem Grundstück ihrer Familie zu schauen, denn sie wollte sich diesen Augenblick nicht zerstören lassen.

Ihre Schritte hallten gespenstisch auf der Metalltreppe wider, und sie musste aufpassen, keinen falschen Schritt in ihren hohen Schuhen zu machen. Es war unglaublich heiß in der Manufaktur, und sie bewunderte die vielen Arbeiter dafür, dass sie ihre Tätigkeiten unter diesen schweren Bedingungen verrichteten.

Und ihre Gedanken überschlugen sich, wenn sie überlegte, wie viele neue Sorten Marzipan man hier produzieren könnte. All die ausgefallenen Zutaten, mit denen man das Marzipan verfeinern konnte.

Luisa schaute sich um und erhaschte einen Blick auf Matthias Hawkins, als dieser gerade unten in der Nähe einiger Kessel den

Blick über die Arbeiter schweifen ließ. Unten angekommen, noch wenige Schritte von Matthias entfernt, hielt sie kurz inne und straffte die Schultern. Sie strich eine unsichtbare Falte in ihrem Kleid glatt und ging auf Matthias Hawkins zu.

»Herr Hawkins?«, sprach sie ihn vorsichtig an, doch er reagierte erst nach einiger Zeit.

»Cilia«, sagte er und drehte sich zu ihr.

Jetzt war Luisa sich gar nicht mehr so sicher, ob es eine gute Idee gewesen war, aber sie konnte auch nicht zurück.

»Ich … haben Sie Zeit, sich mit mir ein wenig zu unterhalten?«

Überrascht zog Matthias seine Augenbrauen in die Höhe. »Mit mir?«, fragte er ungläubig und lachte dumpf. »Ist dir Henry zu langweilig geworden?«

Sie errötete und musste den Blick kurz abwenden. »Nein, ich …«

Matthias winkte lächelnd ab. »Keine Sorge, Mädchen, das war nur ein Scherz. Ich weiß, dass niemand meinem Enkel widerstehen kann. Komm mit, wir unterhalten uns draußen.«

Erleichtert seufzte Luisa und legte sich eine Hand auf die Brust. Mit wankendem Herzen folgte sie Matthias nach draußen auf den Vorhof.

Gierig atmete sie die frische Luft ein und lauschte dem melodischen Zwitschern der Vögel.

»Wenn man hier draußen steht, kann man gar nicht glauben, dass da drinnen die Luft so stickig und voller schwerer Gerüche ist.«

Die Worte durchschnitten Luisas Gedanken, und irritiert sah sie Matthias an. »Was meinen Sie damit?«

Matthias setzte sich auf eine Bank und streckte die Beine ein kleines Stück aus. »Marzipan ist sehr lecker und wertvoll. Ein hohes Gut in dieser Region.«

Er redete nicht weiter, und Luisa setzte sich unschlüssig neben ihn. Sie wartete einige Zeit, aber es schien, als ob er nichts Weiteres zu sagen hätte.

»Herr Hawkins …«, setzte sie an, aber in dem Augenblick, als Matthias sie plötzlich mit seinen dunklen Augen anschaute, stockte sie.

»Dein Name ist nicht Cilia Horn«, stellte er nüchtern fest und lächelte matt.

Er sah aus wie Henry. Wie eine ältere, erwachsenere Version von Henry, die zu viel Leid in dieser Welt gesehen hatte. Zu viel Schmerz und zu viel Tod.

Sie schluckte hart und räusperte sich. »Das stimmt«, erwiderte Luisa mit leiser Stimme und zupfte gedankenverloren an einem Faden von ihrem Kleid.

»Du bist das Mädchen, das Henrys Herz verzaubert hat. Für das er sich eine heftige Ohrfeige von meinem Schwiegersohn eingefangen hat.«

Erschrocken keuchte Luisa auf und erinnerte sich an Henrys rot geschwollene Wange. Dieses schreckliche Bild hatte sie mit aller Mühe zu verdrängen versucht.

»Ich weiß«, murmelte sie leise und sah Henrys Großvater von der Seite an.

Matthias zuckte schweigend mit den Schultern und verschränkte die Arme hinter dem Kopf.

»Sie haben sich heftig gestritten, obwohl Henry nur deinen Namen erwähnt hat. Mein Schwiegersohn kann sehr … *stürmisch* reagieren.«

Luisa schnaubte freudlos und sehr undamenhaft, aber das kümmerte sie gerade herzlich wenig. »Stürmisch ist ein nettes Wort dafür«, murmelte sie und nahm den Hut von ihrem Kopf.

Sie musste ihre Hände irgendwie beschäftigen. Sie zitterten immer noch heftig, sodass sie Mühe hatte, ihre Gefühle zu verbergen.

»Nun, es ist alles meine Schuld, Nikolas will mich und meine Tochter damit nur schützen«, sagte Matthias und richtete den Kopf gen Himmel, um sich von den Sonnenstrahlen wärmen zu lassen.

In Luisas Kopf schossen all ihre Gedanken und Vermutungen durcheinander. Sie konnte sich kaum konzentrieren, aber sie spürte, dass sie auf dem richtigen Weg war. Dass es da etwas gab, was Matthias ihr erzählen wollte.

»Wieso ist es Ihre Schuld, Herr Hawkins?«

»Oh, bitte, nenn mich Matthias. Sonst fühle ich mich noch älter, als ich sowieso schon bin«, lachte dieser gutherzige, aber so traurige Mann auf.

»In Ordnung, Matthias. Aber ich verstehe das alles nicht. Und Henry ebenso wenig. Was ist an unserer Liebe so falsch?«

»An eurer Liebe ist nichts falsch, junge Dame. Nein, eure Liebe ist wahrscheinlich die reinste und wundervollste, die es gibt. Aber an unseren beiden Familien ist so viel falsch.«

Innerlich triumphierte Luisa. Sie hatte recht gehabt. Es hatte mit der Vergangenheit von ihrem Großvater Hans und Matthias zu tun.

Trotzdem weißt du rein gar nichts über das, was geschehen ist, erinnerte sie eine nervige Stimme in ihrem Kopf, und sie verdrehte die Augen. Versuchte, ihre Unsicherheit niederzukämpfen, und befeuchtete sich die trockenen Lippen mit der Zunge.

»Mein Großvater Hans und Sie waren zusammen im Ersten Weltkrieg als Fußsoldaten, richtig?«

Nach diesen Worten war Matthias wie erstarrt. Als ob die Welt angehalten hätte. Gefangen in einem Augenblick, in dem die Zeit nicht mehr existierte.

Sie bereute ihre Worte sofort und erhob sich langsam. Scham stieg in ihr auf, dass sie diesen armen alten Mann bedrängt hatte. Dass sie unbedingt die Wahrheit hatte erfahren wollen, aber nicht auf die Gefühle ihres Gegenübers geachtet hatte.

Sie sah die Tränen, die silbern in Matthias' Augen schimmerten, und ballte die Hand zur Faust, um das Zittern zu unterdrücken.

»Es … es tut mir leid«, stammelte sie und setzte sich ihren Hut auf. »Ich wollte Ihnen nicht zu nahe treten, Matthias. Ich werde jetzt gehen …«

Sie drehte sich um und wollte ihn allein lassen, als Matthias' Hand hervorschnellte. Seine kalten Finger legten sich um ihr Handgelenk. Luisa keuchte erschrocken auf und drehte sich wie in Zeitlupe zu Matthias um. Sein Händedruck war fest, beinahe schmerzhaft.

»Bitte, bleib«, sagte er leise und ließ ihre Hand sofort los, als er Luisas Gesichtsausdruck bemerkte. »Entschuldige, ich wollte dir nicht wehtun.«

Sie schüttelte schweigend den Kopf und blieb vor ihm stehen. »Ich will *Ihnen* auch nicht wehtun«, sagte sie.

»Das weiß ich. Wie könntest du auch. Weder du noch Henry können etwas dafür. Aber ich habe viele Fehler in meinem Leben gemacht. Ich kann meine Schuld nicht ungeschehen machen.«

Sie wagte nicht zu fragen, was er damit meinte. Luisa ahnte, dass Matthias' Schmerz viel tiefer saß, als sie sehen konnte. Dass die Narben, die sein Herz davongetragen hatte, viel schlimmer waren, als sie sich jemals vorstellen konnte.

»Aber ja, Hans und ich waren zusammen im Ersten Weltkrieg. Wir waren befreundet. Seit wir Kinder waren.«

Luisa legte die Stirn in Falten und dachte nach. Sie wusste, dass die Familie ihres Großvaters früher in einem der kleinen Dörfer nahe der Ostseeküste gelebt hatte. Aber sie war nie auf die Idee gekommen, dass es bei Henrys Familie ebenso gewesen sein könnte.

Auf ihrer Zunge brannten noch so viele Fragen. Sie wollte Antworten auf all die Fragen, die ihr Herz in der Nacht plagten. Die sie in ihren Träumen verfolgten. Trotzdem stellte sie keine einzige weitere Frage.

Stattdessen kniete sie sich vor Matthias hin und ergriff seine faltigen, vom Leben gezeichneten Hände.

»Es tut mir leid, Matthias. Wenn ich Ihren Schmerz ungeschehen machen könnte, dann würde ich es tun.« Sie spürte, wie sich eine verlorene Träne den Weg über ihre Wange bahnte. Aber sie wischte sie nicht weg. Dies war die Luisa, die sie sein wollte. Voller liebevoller Gefühle. Sie wollte nicht verstecken, wer sie wirklich war. »Ich werde Sie nicht weiter bedrängen. Ich wünsche Ihnen nur das Beste für Ihr Leben.«

Matthias lächelte sie an und hob langsam seine Hand. Er fuhr über ihre Wange und wischte ihre Träne ab.

»Du bist eine gute junge Frau. Ihr habt diese Liebe verdient«, flüsterte Matthias, »aber es ist nicht an mir, diese Geschichte zu erzählen. Dafür habe ich zu viel Schuld daran. Aber vielleicht findet ihr auf dem Land eure Antworten.«

»Auf dem Land?«, hakte Luisa vorsichtig nach, wurde aber von einer vertrauten Stimme hinter ihr unterbrochen.

»Luisa!« Es war Henry, und langsam richtete sie sich auf.

Für heute war es genug, bemerkte sie mit einem weiteren Blick auf Matthias. Sie strich ihr Kleid glatt und klopfte den Staub ab. Henry kam auf sie zugelaufen und musterte seinen Großvater sowie seine große Liebe eingehend. Luisa lächelte ihm scheu zu und richtete ihre Aufmerksamkeit auf Matthias.

»Ich danke Ihnen für dieses Gespräch, Matthias«, sagte sie höflich und reichte ihm die Hand.

Mit einem traurigen Gesichtsausdruck ergriff der alte Mann ihre Hand und nickte.

»Es hat mich sehr gefreut, junge Dame.« Langsam stand Matthias auf und legte im Vorbeigehen eine Hand auf die Schulter seines Enkels.

Es war nur eine kleine, sanfte Berührung, aber sie war so voller Liebe und Schuldgefühle. Dann ging Matthias langsam wieder in die Fabrik. Henry sah seinem Großvater lange nach und drehte sich dann zu Luisa um, die ihn unschuldig angrinste.

»Über was habt ihr geredet?«, fragte Henry skeptisch.

Luisa ging langsam auf ihn zu und umarmte ihn. »Das ist gar nicht so wichtig«, murmelte sie, »aber dein Großvater ist ein guter Mann. Ich glaube, er trägt die Last einer großen Schuld auf seinen Schultern.«

Henry strich ihr sanft über den Rücken und küsste sie auf den schwarzen Haarschopf.

»Du willst ihm helfen«, stellte Henry fest und führte sie zu der Bank.

Gemeinsam setzten sie sich. Sie lehnte sich an Henrys Schulter und schaute in den wunderschönen blauen Himmel.

»Das will ich«, antwortete sie nach einiger Zeit.

»Du bist ein wunderbarer Mensch«, sagte er und küsste sie stürmisch.

Sie war überrascht von seiner Zärtlichkeit und der gleichzeitigen Begierde, die sie durchströmte. Luisa erwiderte den Kuss und fuhr sanft über sein Gesicht.

Mit einem Grinsen lösten sie sich voneinander und saßen einige Zeit schweigend da. »Weißt du, wo deine Familie früher gelebt hat?«

Nachdenklich schaute Henry Luisa an, als sie ihm diese Frage stellte. Er neigte den Kopf zur Seite und überlegte einige Zeit.

»Irgendwo auf dem Land. An der Ostsee. In einem der Dörfer nahe den Erdbeerfeldern …«, antwortete er vage, und Luisa verdrehte in gespielter Verzweiflung die Augen.

»Damit bist du mir eine große Hilfe«, lachte sie auf und stieß ihm ihren Ellbogen in die Seite.

»Hey«, rief Henry und hielt ihren Arm fest, zog sie zu sich und erstickte sie beinahe in einer liebevollen Umarmung. »Nicht so frech, junge Dame«, sagte er grinsend.

»Frech? Ich?«, äffte Luisa ihn nach und begann herzlich zu lachen.

Sie stand auf und betrachtete die Manufaktur, die großen silbernen Türme, aus denen Dampf in den Himmel stieg und die die Wolken zu durchstoßen schienen.

Luisa drehte sich um die eigene Achse und konnte dieses Mal nicht verhindern, dass ihr Blick auf das verwitterte Grundstück neben der Manufaktur fiel. Sie kniff die Augen zusammen und schirmte die Augen mit den Händen vor der Sonne ab.

»Hat dir dein Vater von einem neuen Museum erzählt?«, fragte Henry mit einem Mal unvermittelt, und seine Worte bohrten sich in ihr Herz. Sie drehte sich um und starrte Henry entgeistert an.

Er hat Luisa bestimmt nur kennenlernen wollen, damit sie mich überredet, seinem Vater das Grundstück zu verkaufen.

Die Stimme ihres Vaters hallte wie ein Surren in ihrem Herzen wider, Luisa biss sich auf die Unterlippe, und unwillkürlich ballten sich ihre Hände zu Fäusten.

Warum zum Teufel fragte Henry das jetzt in diesem Augenblick? Wollte er vielleicht wirklich …?

»Nein«, antwortete Luisa und bemerkte, wie sehr ihre Stimme zitterte. »Was für ein Museum?«

Henry schaute ebenfalls zu dem Grundstück ihrer Familie und erhob sich langsam. »Mein Vater möchte ein Museum über die Herstellung von Marzipan eröffnen. Lebendige Geschichte. Die Leute lernen, wie Marzipan hergestellt wird, alles über die Geschichte dieser Süßigkeit und können danach selbst welches probieren, bei einigen Herstellungsverfahren zuschauen und zum Schluss Marzipan für ihre Familie mitnehmen.«

Henrys Augen leuchteten förmlich, als er Luisa von dieser Idee erzählte, und es zerbrach ihr das Herz auf jede erdenkliche Weise. Er wusste davon. Er kannte die Pläne seines Vaters, und er hatte sie in die Manufaktur eingeladen. Hatte ihr all das hier zeigen wollen, um … ja, um was zu tun? Um sie von dem Plan seines Vaters zu überzeugen? Um ihr zu zeigen, dass dies eine gute Idee war und ihr Vater bloß ein störrischer Mann?

»Und … und wo soll dieses Museum entstehen?«, fragte Luisa und senkte den Kopf.

Sie konnte Henry nicht ansehen, sie schaffte es nicht, in diese glücklichen blauen Augen zu blicken. Ihr Herz schlug laut und unbeugsam, und ein Dröhnen hallte in ihren Ohren wider.

»Dort«, antwortete Henry und zeigte auf das Grundstück.

Er nahm Luisas Hand und zog sie stürmisch mit dorthin. Tränen sammelten sich in ihren Augen, denn all die unguten Gefühle, all die Mutmaßungen, die ihr Vater angestellt hatte, ballten sich in ihrem Magen zu einem unangenehmen Knoten zusammen, und Übelkeit kroch ihre Kehle hinauf.

»Genau hier.« Henry hob die Arme und zeigte auf das verwitterte Grundstück, das in Luisas Augen friedlich und still dalag.

»Und wieso hat dein Vater noch nicht mit dem Bau des Museums begonnen?«

Luisa schloss die Augen und spürte, wie Dunkelheit über sie hinwegschwappte. Sie konnte ihre Wut und all die schmerzhaften Gefühle kaum zügeln. Sie wollte wegrennen, fliehen vor diesem schrecklichen Gespräch, welches all das, was sich zwischen ihnen entwickelt hatte, zerstören könnte.

Nachdenklich kratzte Henry sich am Kopf und seufzte tief. Er drehte sich zu Luisa und nahm ihre beiden Hände. »Weißt du, wem dieses Grundstück gehört?«, fragte er mit ruhiger Stimme.

Luisa stöhnte leise auf. »Ist das der Grund, warum du mich hierhergebracht hast?«, presste sie zwischen zusammengebissenen Zähnen hervor und entriss Henry ihre Hände.

»Was?«, fragte er und wirkte völlig verdattert, aber Luisa konnte ihren Zorn nicht mehr im Zaum halten und funkelte Henry wütend an.

»Ich habe dich gefragt, ob das der Grund ist, warum du mich hierhergebracht hast. Um mir das Grundstück meiner Familie zu zeigen, das dein Vater so gerne haben möchte?«, schrie sie aufgebracht.

Henry hob beschwichtigend die Hände und trat einen Schritt auf sie zu, aber Luisa schüttelte heftig den Kopf.

»Luisa … bitte beruhige dich, ich habe nicht …«, begann Henry, aber Luisa trat einige Schritte zurück und umschlang ihren Körper mit ihren eigenen Armen.

»Nein!«, rief sie wütend und deutete auf das Grundstück.

Ein paar Vögel pickten in der Erde, und die Gräser schaukelten sanft im Wind. »Sag mir, ob du es wusstest! Wusstest du von Anfang an, dass dies das Grundstück meiner Familie ist?«

Henry starrte Luisa irritiert und sichtlich verletzt an, seine Schultern bebten, und da war ein merkwürdiger Glanz in seinen blauen Augen, den Luisa noch nie zuvor gesehen hatte.

»Ist das dein Ernst?«, zischte Henry ihr zu und fuhr sich durch seine wilden Locken.

Er presste die Kiefer fest aufeinander, und seine Hände zitterten.

»Mein Ernst?«, wiederholte Luisa seine Frage und krallte ihre Finger in den Stoff ihres zitronengelben Kleides. »Du bringst mich hierher, du fragst mich aus heiterem Himmel, ob ich etwas über euer neues Museum weiß, und zu allem Übel gehört das so heiß begehrte Grundstück, das dein Vater haben will, meiner Familie!«

Ihre Stimme überschlug sich, und Luisa hatte das Gefühl, dass ihre Kehle wie Feuer brannte. Ihre Lippen waren trocken, und Tränen rannen ihre Wangen hinab. Da war nicht mehr der Geschmack von Marzipan auf ihren Lippen, sondern salzige Traurigkeit und rot glühende Wut.

»Luisa, ich habe nicht ... ich wollte dir doch nur von den Plänen meines Vaters erzählen, ich habe doch erst vor Kurzem erfahren, dass er sich mit deinem Vater gestritten hat ...« Es fiel Henry sichtlich schwer, seine Worte zu ordnen, und eine Zornesfalte zeigte sich auf seinem Gesicht.

Trotzdem versuchte er einen Schritt auf Luisa zuzugehen und seufzte leise. Seine Gesichtszüge wurden wieder weicher, und Luisa hätte ihm so gerne geglaubt. Wie gerne sie all diese schlechten Gedanken in Finsternis ertränkt hätte.

Aber sie konnte nicht. Die Zweifel nahmen sie schmerzhaft ein, und plötzlich sah sie alles, was bisher geschehen war, in einem ganz anderen Licht.

»Ich glaube dir nicht«, schluchzte Luisa leise und hob den Blick. »Alles, was wir erlebt haben, alles, was wir zusammen getan haben, ergibt plötzlich einen ganz anderen Sinn.«

Luisa schloss die Augen und fuhr sich mit der Zunge über ihre spröden Lippen. Als sie die Augen wieder öffnete, stand Henry vor ihr. Sein Gesicht war ganz nah an ihrem, seine Schritte hatten den Staub zu ihren Füßen aufgewirbelt, und Luisa hustete erstickt auf.

»Denkst du wirklich ...?« Henry räusperte sich und legte seine Hand auf ihre Schultern.

Seine Berührung durchfuhr sie wie ein Blitz, und sie zuckte erschrocken zusammen. Sie schaute in seine dunkelblauen Augen und wäre am liebsten davongerannt, wollte Henry nie wiedersehen.

»Glaubst du wirklich, dass ich dich so hintergehen würde?«

Nein, hauchte eine zarte Stimme in Luisas Gedanken, und sie wollte Henry anlächeln, aber da stob die harsche Stimme ihres Vaters wieder durch ihren Kopf, und ihr Körper verkrampfte sich.

Er hat alles gewusst, er hat mich nur kennenlernen wollen, um meine Familie zu überreden, seiner das Grundstück zu verkaufen, dachte Luisa verbittert und biss sich so hart auf die Unterlippe, dass der metallische Geschmack von Blut auf ihrer Zunge prickelte.

»Erinnerst du dich, wie wir uns kennengelernt haben? Wie zielstrebig du auf mich zugegangen bist? Du wolltest alles über mich wissen!«, zischte Luisa ihn an und schüttelte Henrys Hand von ihrer Schulter ab. »Und du wolltest alles über meine Familie und die Museen wissen, damit du es deinem Vater erzählen konntest!«

Enttäuschung zeigte sich auf Henrys Gesicht, und er starrte gedankenverloren auf seine Hand und dann zu Luisa. »Ich wollte dich kennenlernen. Ich wollte wissen, wer du bist, und ich habe mich in dich verliebt, Luisa. Du bist alles, was ich in meinem Leben haben will. Wie kannst du mir nur vorwerfen, dass ich so ein schlechter Mensch bin?«

Luisa wusste nicht, was sie dazu sagen sollte. Die Worte verhakten sich auf ihrer Zunge, und ihr Körper zitterte leicht, getrocknete Tränen prickelten auf ihren Wangen.

»Ich kann dir nicht glauben«, wisperte sie leise und wich seinem Blick aus. »Mein Vater hatte vielleicht wirklich recht, du hast mich wegen der Manufaktur kennenlernen wollen, du …« Luisas Stimme brach, und sie schlug sich die Hand vor den Mund.

Sie fühlte sich verletzt, ihr Herz war gebrochen und lag in Scherben vor ihren Füßen. Kälte sickerte in ihre Gedanken, und sie fragte sich, ob sie sich jemals wieder heil fühlen würde. All ihre Träume waren verloren in tausend Lügen.

»Wie kannst du so von mir denken?«, knurrte Henry erbost, und seine Hände ballten sich zu Fäusten. »Habe ich dir nicht gezeigt, wie sehr ich dich liebe? Dass ich alles für dich aufgeben würde und …«

»Hör auf!«, unterbrach Luisa ihn und schaute Henry ein letztes Mal an. »Ich will nichts mehr hören. Es hat sowieso keinen Sinn mit uns. So viele Dinge stehen zwischen uns, und ich kann verstehen, dass du zu deiner Familie hältst.«

Der Schmerz über diese Enttäuschung schien Luisa zu zerreißen, sie zu erdrücken wie ein Stein, der schwer auf ihren Schultern lastete. Ein letzter Schluchzer entfloh ihrer Kehle, dann straffte Luisa die Schultern.

»Ich werde jetzt gehen.« Sie wischte sich die Tränen von den Wangen und schaute Henry ein allerletztes Mal an.

Es war, als würde seine bloße Existenz tiefe Narben in ihre Haut ritzen, sie so sehr verletzen, dass es ihr den Atem raubte. Wie sollte sie ihm jetzt noch glauben, wo all diese Zweifel an ihrer Seele nagten? Sie hatte ihre Familie für ihn verlassen wollen, hatte sich danach gesehnt, mit Henry fortzugehen. Aber all diese Gedanken waren nun nur noch ein ferner Traum.

»Luisa, bitte warte …«, versuchte Henry es erneut, aber sie schüttelte den Kopf und drehte sich um.

Sie wollte seine Worte nicht mehr hören, weil sie sich nicht mehr sicher sein konnte, dass er nicht die ganze Zeit gelogen hatte, für seine Familie und dieses verdammte Grundstück, das sein Vater unbedingt haben wollte.

Luisa ging rasch fort und beschleunigte ihre Schritte noch, als sie hörte, dass Henry ihr folgte. Seine Stimme überschlug sich, als er erneut ihren Namen rief und dann plötzlich ihr Handgelenk packte.

Luisa wirbelte herum und sah Henry wütend an, ihre Augen brannten, und sie hatte das Gefühl, dass die Splitter ihres Herzens sie von innen heraus zerreißen würden.

»Lass mich los!«, zischte Luisa Henry zu und versuchte sich loszureißen, aber seine Finger bohrten sich schmerzhaft in ihre Haut.

»Luisa, lass mich es doch bitte erklären, ich will dir noch etwas zeigen und …«

»Nein!«, unterbrach sie ihn wütend. »Ich will nichts mehr hören. Ich kann deinen Worten keinen Glauben mehr schenken!«

Luisa sah Henry an und hatte das Gefühl, dass irgendetwas in ihm zerbrach. Tränen spiegelten sich in seinen Augen, und er presste die Kiefer aufeinander. Wie vom Donner gerührt ließ er ihre Hand los. Starrte sie ein letztes Mal an. Seine Haltung gekrümmt, ein Zittern huschte durch seinen Körper.

Luisa senkte den Blick und sah sich um. Zwei Arbeiter traten gerade mit gepackten Taschen aus der Manufaktur. Sie trugen keine Arbeitskleidung mehr und hatten anscheinend Feierabend.

Sie dachte einen Augenblick nach, zögerte dann aber nicht mehr lange. Sie lief auf die Männer zu und blieb keuchend vor ihnen stehen.

»Können wir Ihnen helfen, junges Fräulein?«, fragte einer der Männer und neigte den Kopf zur Seite.

Seine dunklen Locken wippten wild auf seinem Kopf hin und her, graublaue Augen musterten Luisa neugierig, aber auch irritiert, denn sie war eine fremde Frau, die hier auf dem Gelände der Manufaktur stand.

»Fahren … fahren Sie in die Stadt?«, murmelte Luisa und knetete ihre Finger.

Der Mann schaute kurz zu Henry, der ihnen den Rücken zugedreht hatte, und Luisa konnte erkennen, wie es in seinem Kopf brodelte und nur so von Fragen zu wimmeln schien. Aber der Mann riss sich zusammen und streckte Luisa die Hand aus.

»Mein Name ist Thorsten Mähling, ich kann Sie gerne in der Stadt in der Nähe des Holstentors absetzen, wenn das für Sie in Ordnung ist, junges Fräulein.«

Luisa neigte höflich den Kopf, während sie die dargebotene Hand ergriff. »Das wäre sehr freundlich von Ihnen, Herr Mähling. Ich stehe in Ihrer Schuld.«

Herr Mähling schüttelte freundlich den Kopf und schenkte Luisa ein Lächeln. »Nein, das tun Sie nicht, junges Fräulein. Es ist die Pflicht eines Mannes, eine junge Dame, die so traurig dreinschaut, nach Hause zu fahren.«

Luisa starrte Herrn Mähling überrascht an und biss sich auf die Unterlippe. Natürlich, ihre Augen waren gerötet, ihre Wangen mit Tränen benetzt, und sie musste unsagbar traurig aussehen. Verloren in dieser Welt, die sich für sie so zerbrochen und falsch anfühlte.

»Haben Sie vielen Dank«, murmelte Luisa, und ihre Finger verkrampften sich um den Henkel ihrer kleinen Handtasche.

Mit langsamen Schritten folgte sie Herrn Mähling zum Parkplatz, wagte nicht, zu Henry zurückzuschauen, denn sie wusste, dass es ihr das Herz brechen würde. Jeder Schritt war für sie eine schreckliche Anstrengung, Schweiß perlte ihren Nacken hinab. Die Sonne schien grell vom strahlend blauen Himmel, und Luisa seufzte leise, als Herr Mähling seinen schwarzen Volkswagen aufschloss und ihr die Tür aufhielt.

»Bitte schön, junges Fräulein«, sagte er mit einem kleinen Lächeln auf den Lippen.

»Vielen Dank.« Luisa stieg in den Wagen, und sofort umfing sie eine unangenehme Hitze.

Im Inneren des Wagens war es stickig, und es roch nach kaltem Zigarettenrauch. Auf der schwarzen Armatur des Wagens stand eine kleine Figur aus Kastanien, die mit Klebestreifen befestigt war.

»Die hat meine kleine Tochter gebastelt«, riss Herrn Mählings Stimme Luisa aus ihren Gedanken.

Sie wandte sich ihm zu, leicht erschrocken, da sie so in Gedanken versunken gewesen war, dass sie gar nicht bemerkt hatte, dass er eingestiegen war.

»Wie niedlich«, entgegnete sie und strich über die kleine Figur, die mit so viel Sorgfalt und kindlicher Liebe gebastelt war.

Luisa ließ ihren Blick durch den Wagen schweifen, der bis auf den ziemlich gefüllten Aschenbecher sehr sauber war. »Wie alt ist Ihre Tochter?«

Herr Mähling startete den Wagen. »Sie ist sieben Jahre alt und hat heute Geburtstag. Daher habe ich bereits Feierabend.« Ein zärtliches Lächeln huschte über Herrn Mählings blasses Gesicht, welches Luisas Herz erwärmte.

Als der Wagen in gemächlichem Tempo vom Parkplatz fuhr, ertappte Luisa sich dabei, wie sie sich wider Willen umdrehte und aus dem Fenster des Autos schaute. Sie unterdrückte ein Stöhnen, denn Henry stand immer noch da, wo sie ihn verlassen hatte. Seine Gestalt war in sich zusammengesunken, seine wilden Locken wogten im Wind umher, und Luisa schlug die Hand vors Gesicht. Erneut traten Tränen in ihre Augen, und sie schaute wieder nach vorn.

»Hat Herr Hawkins Ihr Herz gebrochen, junges Fräulein?« Die Frage kam so unvermittelt, dass Luisa heftig zusammenzuckte und den Arbeiter erschrocken ansah.

»Ich …«, setzte sich an, sprach jedoch nicht weiter. Sie wusste nicht, was sie sagen sollte. Wusste in diesem Augenblick nicht mal selbst, was sie wirklich fühlte.

Herr Mähling fuhr auf die Landstraße hinaus und schaute schweigend nach draußen. Er schien keine Antwort von Luisa zu erwarten.

Unruhig knetete Luisa ihre Finger und spürte, wie Trauer und Erschöpfung ihren Körper zu betäuben schienen. Am liebsten hätte sie sich hinweggeträumt und all die Dinge vergessen, die heute geschehen waren. Henrys Verrat schmerzte sie so sehr, und sie konnte kaum glauben, dass ihr Vater recht gehabt hatte mit seiner Vermutung.

Seufzend lehnte sie sich zurück und schloss die Augen. Die Sonne schien durch das Fenster hindurch und wärmte ihre kalten Glieder.

»Wir sind da, junges Fräulein«, sagte Herr Mähling nach einiger Zeit, und Luisa öffnete erschrocken die Augen.

Sie hatte gar nicht bemerkt, wie schnell die Fahrt vorübergegangen war und dass Herr Mähling sein Auto in der Nähe des prächtigen Holstentors abgestellt hatte.

»Haben Sie vielen Dank.« Luisa schenkte Herrn Mähling ein schwaches Lächeln und betrachtete diesen fleißigen Arbeiter der Manufaktur eingehend.

Er sah erschöpft aus, dunkle Schatten lagen unter seinen Augen, aber sein Lächeln, das strahlte mit der Sonne um die Wette.

»Dafür müssen Sie sich nicht bedanken. Eine Dame in Not sollte niemand allein auf einem Parkplatz stehen lassen.«

Luisas Herz stolperte, und sie nickte. »Ich wünsche Ihnen einen wunderbaren Tag mit Ihrer Familie und dass Ihre Tochter einen schönen Geburtstag feiern kann.«

»Vielen Dank.« Herr Mähling legte eine Hand an seine Schiebermütze, und Luisa stieg eilig aus dem Auto.

Sie schaute dem Wagen noch einige Zeit hinterher, wie er in die nächste Straße abbog und dann aus ihrem Sichtfeld verschwand. Dann blickte sie sich auf der Wiese vor dem Holstentor um, die bei dem wunderschönen Wetter sehr belebt war.

Kinder rannten kreischend über die grünen Wiesen und spielten Fangen. Eltern und einige junge Paare saßen auf Decken auf der Wiese. Sie hatten allerlei Köstlichkeiten vor sich aufgebaut.

Der Duft von frischem Brot und Obst stieg Luisa in die Nase, als sie den Sandweg zum Holstentor hinüberging und den Blick über all diese glücklichen Menschen schweifen ließ.

Sie fühlte sich nicht wohl bei diesem Anblick. Als wäre ihr Herz gestorben. Als wäre alles Gefühl aus ihrem Körper gewichen. Doch als sie am Holstentor angekommen war, stürmten zwei kleine Jungen an ihr vorbei, die sie fast umrannten.

»Mutter!«, rief einer der Knaben, und Luisa drehte sich um und sah, wie sie zu einer wunderschönen Frau liefen, die auf einer Decke ein Buch las und nun aufschaute.

»Dürfen wir Süßigkeiten haben?«, fragte der andere kleine Junge und grinste die Frau an.

Beide Jungen hatten rabenschwarzes Haar und glichen sich wie ein Ei dem anderen. Luisa mutmaßte, dass sie Zwillinge waren. Sie sahen wirklich herzallerliebst aus in ihren kurzen braunen Hosen und den dunkelblauen Hemden.

»Ihr habt doch beide schon genascht heute«, sagte die Frau und legte ihr Buch zur Seite. »Aber dennoch. Ich habe eine leckere Süßigkeit für euch.«

Die Frau nestelte an ihrer Tasche herum und holte eine kleine Pappschachtel heraus. Luisa sog scharf die Luft ein, als sie begriff, was die Frau den Jungen da gab, und Tränen traten ihr in die Augen.

»Marzipan!«, rief einer der Jungen und grinste seine Mutter an.

Luisa musste sich abwenden, denn nun strömten erneut Tränen ungehemmt über ihre Wangen. Nur mit Mühe unterdrückte sie ein Stöhnen und ging mit eiligen Schritten zum Holstentor. Sie nahm die rotbraune Backsteinfassade kaum wahr, auch nicht die Menschen, die gerade auf dem Weg ins Museum waren. Wie in Trance ging sie die Treppe zur Straßenkreuzung hinauf, Tränen verschleierten ihre Sicht.

Nur dumpf bemerkte sie das Hupen eines Autos, als sie blindlings über die Straße huschte, und das Klackern ihrer Absätze war wie eine drohende Warnung in ihren Ohren. Sie fühlte sich wie ein Geist, der die Holstenstraße hinauflief. Vorbei am Marktplatz, auf dem reges Treiben herrschte.

Der Geruch von frischem Fisch stieg ihr in die Nase und verursachte eine heftige Übelkeit in ihr. Händler priesen ihre Waren an, ihre Schreie hallten über den Platz hinweg. Dienstmädchen gingen an Luisa vorbei mit Einkaufsnetzen in den Händen.

Ihre Gedanken überschlugen sich, und der Schmerz krallte sich wie Fangzähne in ihr Fleisch. Wankend lief sie in die Königstraße hinein, auf der es mit einem Mal ruhiger wurde. Weniger Menschen waren hier unterwegs. Nur ein paar Damen schoben Kinderwagen über den Fußweg, und eine Gruppe Schuljungen lief lärmend umher.

Mit zittrigen Händen kramte Luisa ihren Schlüssel hervor und wollte gerade die Haustür aufsperren, als sie eine süffisante Stimme hinter sich hörte.

»Wurde das junge Fräulein Linde etwa von einem Mann versetzt?«

Die Stimme schabte wie Fingernägel über ihre Haut und verursachte einen Schauer, der eiskalt über ihren Rücken lief. Luisa biss sich auf die Unterlippe und wischte mit dem Ärmel ihres Kleides über ihr Gesicht. Hoffte, dass die Tränen nicht so sichtbar waren.

Dann drehte sie sich um und straffte die Schultern. »Guten Tag, Frau Reim«, sagte sie mit fester Stimme.

Sie verfluchte sich selbst für ihre Unachtsamkeit, denn ihre geschwätzige Nachbarin schien einen sechsten Sinn für Augenblicke zu haben, in denen sie andere Menschen in ihrem Leid begaffen konnte.

Frau Reim neigte den Kopf zur Seite und betrachtete Luisa eingehend. Sie trug einen dunkelblauen Hut, der mit glitzernden Steinen verziert war, und ein wallendes Kleid in derselben Farbe.

Ihre dunklen Haare waren im Nacken zu einem Knoten zusammengebunden, und sie blickte Luisa abschätzig an.

»Wie siehst du nur aus, Kind?«, fragte Frau Reim und trat einen Schritt näher zu ihr heran.

Luisa konnte nicht zurückweichen, denn direkt hinter ihr war die Haustür, und die Klinke bohrte sich schmerzhaft in ihre Hüfte.

»Ich …«, begann sie dümmlich und wich Frau Reims Blick aus.

Gott, sie verabscheute diese neugierige Person, die offenkundig der Meinung war, dass sie sich in alle Belange anderer Menschen einmischen musste.

»Nun … das passiert wohl, wenn man jungen Damen die Wahl ihres Ehemannes selbst überlassen will. Nur Schimpf und Schande bekommt man dann zurück!«, ereiferte sich Frau Reim und rümpfte die Nase.

Jedes ihrer Worte war wie ein Peitschenhieb, der auf Luisa niederknallte, und sie zuckte erschrocken zusammen. Wie sehr sie sich selbst in diesem Augenblick hasste, dass sie dem nichts entgegenzusetzen hatte.

»Das … das …«, begann sie stammelnd und suchte mit aller Mühe nach den richtigen Worten, was ihr jedoch nicht gelang.

Frau Reim lachte schallend auf und strich ihr Kleid glatt. »Und du willst studieren, Kind?«, fragte sie sarkastisch und schüttelte den Kopf. Sie schürzte die Lippen und legte Luisa eine Hand unters Kinn. Ihre Berührung brannte auf Luisas Haut wie Feuer, sie wollte zurückschrecken, aber Frau Reims Griff war fest wie ein Schraubstock. »Das solltest du dir besser noch mal überlegen. Wortgewandt bist du ja anscheinend nicht. Sei lieber ein gutes Kind und heirate, dann machst du deinen Eltern keinen Kummer.«

Luisa fand keine Worte mehr. Die Welt drehte sich vor ihren Augen, und Schwindel erfasste sie. Dann jedoch spürte sie, wie der Druck der Türklinke in ihrem Rücken nachließ, und die Stimme ihrer Schwester drang an ihr Ohr.

»Einen angenehmen Tag wünsche ich Ihnen, Frau Reim.« Rowena schlüpfte an ihrer Schwester vorbei, und Luisa konnte den fruchtigen Geruch ihres Parfums in ihrer Nase wahrnehmen.

»Rowena«, sagte Frau Reim wenig begeistert und runzelte die Stirn. Sie stemmte die Hände in die Hüften und trat einen Schritt zurück.

Luisa betrachtete ihre Schwester von hinten. Rowenas braune Haare waren im Nacken zu einem Zopf geflochten, den sie mit einigen Spangen festgesteckt hatte. Sie trug ein einfaches, aber adrettes Kleid in blassem Rosa, mit einem hellblauen Gürtel um die Hüften. Ein Stirnband war um ihren Kopf gebunden, und sie warf Luisa über die Schulter ein kleines Lächeln zu.

»Bitte entschuldigen Sie, Frau Reim, aber ich muss meine Schwester leider Ihrer Gesellschaft entziehen.« Rowena drehte sich um und ergriff Luisa am Arm.

Sanft zog sie diese mit hinein, drehte sich dann aber erneut zu ihrer Nachbarin um. »Ach und …« Rowena legte einen Finger ans Kinn und machte ein nachdenkliches Gesicht. »Das Recht einer Frau zu studieren ist ein Privileg, wofür viele gescheite Frauen lange gekämpft haben. Natürlich verstehen Sie das nicht, denn Ihr größtes Los im Leben ist es, für Ihren Ehemann zu kochen und Schlechtigkeiten über andere Menschen zu verbreiten. Deswegen kann ich Ihnen Ihre weltfremden Ansichten nicht verübeln, aber bitte lassen Sie meine Schwester und mich mit Ihrem Geschwätz über Ehemänner und die Tugenden einer Frau in Ruhe.«

Frau Reim stand da wie vom Donner gerührt und öffnete den Mund zu einer Erwiderung, aber Rowena knallte ihr die Tür vor der Nase zu. Luisa keuchte auf und legte eine Hand auf den Mund. Sie wusste, dass Frau Reim diese Frechheit ihrer Schwester nicht auf sich sitzen lassen würde und ihrem Vater davon berichten würde.

»Rowena, du …«, setzte Luisa an, aber Rowena drehte sich nur zu ihr um und zog sie in ihre Arme.

»Still jetzt«, flüsterte Rowena. »Alles ist gut, ich bin ja da.«

Luisa zuckte zusammen. Rowena hatte ihre mit Tränen befleckten Wangen gesehen, und sie wusste, dass etwas vorgefallen war. Sie hielt Luisa in ihren Armen, und Luisa ließ ihren Tränen ein allerletztes Mal freien Lauf. Und Rowena hielt sie und würde sie niemals loslassen, egal, was geschehen würde.

KAPITEL 13

HENRY

Er wusste nicht, wie lange er allein auf dem Parkplatz der Manufaktur gestanden hatte. Schweiß rann seinen Nacken hinab, und seine Kehle war staubtrocken, seine Gedanken waren ein wirres Knäuel aus tausend Gefühlen. Die Worte seines Vaters kreisten in seinem Kopf umher und zerrissen jedes Gefühl, das er empfand, in Stücke.

Vielleicht sollte ich dir erlauben, dieses Mädchen doch zu sehen. Vielleicht kannst du sie davon überzeugen, dass ihr Vater mir das Grundstück doch noch verkauft.

Henry biss sich auf die Unterlippe und ballte die Hände zu Fäusten. Wut zuckte wie ein Donnergrollen durch seinen Körper, und ein Schluchzen entrann seiner Kehle. Das hatte er nicht gewollt. Er hatte Luisa nicht verletzen und schon gar nicht ihr Vertrauen missbrauchen wollen. Nein, diesen schrecklichen Plan hatte sein Vater ihm durch seine Worte eingepflanzt. Henry war nur ehrlich neugierig gewesen, ob sie etwas über das Grundstück und den Streit ihrer Väter wusste. Nichts anderes. Niemals hatte er ihr Vertrauen missbraucht.

»Ich hab's versaut …«, murmelte Henry, und seine eigene Stimme klang in seinen Ohren brüchig und dumpf.

Henry unterdrückte die brennenden Tränen und blinzelte mehrmals, dann wischte er sich über das Gesicht. Sein Vater hatte ihm eingebläut, dass ein Mann nicht weinen durfte, dass er keine Schwäche zeigen durfte. Henry war sich bewusst, wie aberwitzig es war, dass er in diesem Augenblick versuchte, sich an die gefühlskalten Regeln seines Vaters zu halten, obwohl dieser auch schuld an all dem Übel war.

Er schaute sich auf dem leeren Parkplatz um und schlurfte mit langsamen Schritten zu seinem Auto zurück. Als er die Tür öffnete, fiel sein Blick auf den Rücksitz, und ein Fluch entglitt seinen Lippen. Dort lag immer noch das Tagebuch seines Großvaters Matthias, das er Luisa hatte zeigen wollen. Aber Luisa war fortgegangen, ohne dass er mit ihr über die Vergangenheit ihrer beiden Familien hatte sprechen können.

Henry stieg in den Wagen und schloss die Tür mit einem lauten Krachen. Die Luft im Inneren war heiß und stickig, fühlte sich verbraucht an. Er lehnte sich nach hinten und holte das Tagebuch hervor. Mit wankendem Herzen blätterte er durch die Seiten, fuhr mit den Fingern vorsichtig über die mit kobaltblauer Tinte geschriebenen Worte. Seine Augen huschten über die Zeilen seines Großvaters und blieben an einem Eintrag hängen, den Matthias im Krieg geschrieben hatte. Die Worte gruben sich schmerzhaft in Henrys Herz, und doch zwang er sich, sie zu lesen.

August 1914, Lüttich
Wie gerne würde ich sagen, dass alles nicht so bedrohlich ist. Dass meine Hände nicht so zittern und mit Blut befleckt sind. Dass dieser Krieg gar nicht so schlimm ist, dass wir gerne unser Leben für unser Vaterland geben.
Aber dieses Tagebuch ist nur für mich. Es sind meine Worte und Gedanken. Niemand wird sie jemals lesen, deswegen muss ich auch nicht lügen. Deswegen kann ich sagen, wie der Sturm auf die Festung von Lüttich wirklich war: schrecklich und voller Chaos.
Die halbe Nacht haben Hans und ich und unsere Kameraden inmitten von Dreck und Matsch in der reißenden Kälte einer

Sommernacht ausgeharrt. Es hat geregnet, und kein einziges Wort ist über die Lippen der Männer gedrungen. Ich konnte nichts sagen. Ich saß neben Hans und habe seine Hand genommen, habe versucht, ihm ein aufmunterndes Lächeln zu schenken, auch wenn mein eigenes Herz in Aufruhr war. Ich glaube, dass Hans und ich an dieselbe Person gedacht haben. Nein, ich glaube es nicht, ich weiß es. Wir haben beide an die wundervolle Greta gedacht. An diese Frau, die sowohl er als auch ich zurücklassen mussten.
Im Morgengrauen haben wir die Festung bis an die Zähne bewaffnet gestürmt. Kanonenschüsse hallten in meinen Ohren wider und zerrissen die Stille des Morgens. Der Himmel war mit Rauch bedeckt, und Schreie erfüllten die Luft.
Ich weiß nicht, wie viele Männer ich beim Sturm auf Lüttich getötet habe. Wie oft ich in verlorene Augen geschaut habe. Wie viele Kameraden wir verloren haben und wie hoch unsere Verluste sind. Ich weiß nur, dass die anderen Festungen nahe Lüttich die weiße Flagge gehisst haben, dass wir gewonnen haben. Die Schlacht, aber nicht den Krieg.
Jetzt sitze ich hier in unserem Zelt. Allein und verlassen. Die anderen Männer feiern unseren Sieg. Mit zu viel Bier und schiefen Gesängen. Aber das ist in Ordnung. Sie haben es verdient, diesen Sieg zu feiern. Ich jedoch kann mich nicht freuen. Ich fühle mich zerrissen in dieser Welt. Zwischen meinem besten Freund und der Frau, die ich liebe, die aber nie mir gehören wird. Nein, Greta ist Hans' Frau. Seine Verlobte. Und wenn er zurückkehrt in unsere Heimat, dann werden sie für immer zusammenbleiben.
Ich frage mich, welchen Platz ich dann noch in dieser Welt habe? Ob ich dann noch überhaupt dazugehöre, oder ob es in dieser Welt kein Zuhause mehr für mich gibt. Manchmal …

Henry schaute auf. Sein Herz zog sich vor Trauer schmerzhaft zusammen. Die weiteren Worte von Matthias' Tagebucheintrag waren verwischt, als ob Tränen die Tinte verschmiert hätten. Henry konnte sie nicht mehr entziffern, sosehr er sich auch bemühte.

Mit dem Daumen strich er über die Worte seines Großvaters, die ihn so tief berührten, dass ein Zittern durch seinen Körper jagte.

»Oh, Großvater ...«, murmelte er.

Henry seufzte tief und legte das Buch auf den hinteren Sitz. Seine Hände klammerten sich um das Lenkrad, und seine Knöchel traten weiß hervor. Wut und Zorn vermischten sich in seinem Geist zu einer zähflüssigen Masse, die er kaum kontrollieren konnte. So gerne hätte er Luisa das Tagebuch gezeigt. Hätte mit ihr zusammen über die Einträge seines Großvaters gesprochen. Warum die letzten Seiten fehlten und was wohl zwischen den Männern vorgefallen war. Welches Geheimnis sie wohl verbargen.

Aber alles war schiefgelaufen. Luisa hatte ihn nicht einmal zu Wort kommen lassen, was merkwürdig war, denn das war eigentlich gar nicht ihre Art. Natürlich war sie eine leidenschaftliche junge Frau, aber sie war nie jähzornig. Nie ließ sie ihrer Wut unkontrolliert freien Lauf, das war sehr untypisch für sie.

»Was ist bloß geschehen?«, flüsterte Henry und schüttelte unwillig den Kopf.

Er wusste nicht, was er tun sollte. Er konnte Luisa nicht zu Hause aufsuchen, konnte aber auch nicht bei ihr anrufen, denn die Gefahr, dass ihr Vater ans Telefon gehen würde, war viel zu groß.

Henry startete den Wagen und kurbelte das Fenster noch ein Stück herunter, dann fuhr er vom Parkplatz der Manufaktur hinunter und auf die Landstraße. Er fühlte sich genauso verloren wie sein Großvater in diesem Tagebucheintrag. Hatte keine Ahnung, wohin sein Weg ihn führen würde. Aber er wusste eine einzige Sache: Er würde für Luisa kämpfen, er würde unter keinen Umständen zulassen, sie zu verlieren. Auch wenn dies am Ende bedeuten würde, dass er vielleicht seine Familie verlieren würde. Sein Erbe. Die Manufaktur und all das, was ihm im Leben noch Sicherheit gab. Aber das war nicht mehr wichtig. Das Einzige, was wirklich in seinem Leben zählte, war Luisa.

Die Welt flog wie Schatten an Henry vorbei. Die blühenden Bäume und Wiesen, die sich seitlich an ihm entlangzogen. Als er in die Lübecker Altstadt hineinfuhr, wurde die Welt wieder laut. Er fuhr die Holstenstraße hinauf, die gefüllt war mit Familien, die gemeinsam einen Ausflug unternahmen. Alte Damen saßen in den Cafés zu beiden Seiten der Straße, tranken Kaffee und Likör, aßen saftigen Kuchen. Henry konnte ihr Lachen hören, wie ein Schnattern von Vögeln.

Manchmal verabscheute er diese oberflächliche Gesellschaft, die ihre Nachmittage im Café verbrachte und sich um nichts scherte als darum, welcher Mann seine Frau verlassen hatte oder welch schrecklicher Skandal sich in irgendeiner Familie ereignet hatte.

Mit einem letzten verzweifelten Seufzer stellte Henry den Wagen in der Straße vor dem Haus seiner Familie ab und blieb noch einige Sekunden im Auto sitzen. Dann steckte er das kleine Tagebuch in seine Manteltasche und stieg aus.

Sein Blick glitt die dunkelrote Fassade des Hauses hinauf, über die Ornamente hinweg, die sich um die großen Fenster im ersten Stock rankten. Im oberen Stockwerk war eines der Fenster geöffnet, und Henry konnte das Lachen seines Bruders Maximilian und die aufgeregte Stimme seiner Schwester Maya hören.

Die braune Haustür glänzte im Licht der Sonne, und Henry ließ seinen Blick ein letztes Mal über die Straße schweifen, dann sperrte er die Tür auf. Hitze empfing ihn im Inneren des Hauses, denn die Sonne schien strahlend hell durch die Fenster. Henry schaute sich um und horchte in die Stille hinein.

Links von ihm war die Tür zum Arbeitszimmer seines Vaters geschlossen, und aus dem Raum daneben – der Küche – konnte er leises Gemurmel und Geklapper vernehmen. Vermutlich bereitete die Köchin gerade das Abendessen vor. Die Schiebetür zum Wohnzimmer war geöffnet, und frischer Wind wehte Henry entgegen.

»Henry?«, hörte er die Stimme seiner Mutter und bemühte sich eilig, eine ausdruckslose Miene zu machen, als er das Klackern ihrer Absätze hörte und sie im Türrahmen erschien.

Esmara trug ihre goldenen Haare im Nacken zu einer kunstvollen Frisur hochgesteckt, ein sanftes Lächeln erschien auf ihren Lippen, als sie ihren Sohn sah. Sie trug ein beiges Kleid, das ihre Figur umschmeichelte.

»Guten Tag, Mutter«, sagte Henry steif und legte seine Autoschlüssel auf die braune Kommode, die neben dem Eingang stand, dann hängte er seinen Mantel auf und ließ den Blick die Treppe hinaufwandern.

Er konnte immer noch Max' und Mayas aufgeregte Stimmen vernehmen und warf seiner Mutter einen fragenden Blick zu.

Esmara zuckte lächelnd mit den Schultern. »Ihre Schule plant einen Wochenendausflug an die Ostsee, und die beiden diskutieren seit einer Ewigkeit, was sie alles mitnehmen wollen.«

Henry lachte leise und konnte sich bildlich vorstellen, wie seine beiden Geschwister die Vor- und Nachteile all jener Dinge abwägten, die sie gerne mit auf diesen Ausflug nehmen wollten.

»Du siehst müde aus«, bemerkte Esmara und ging auf Henry zu.

Vorsichtig legte sie ihre Hand an seine Wange, und ein eiskalter Schauer durchfuhr ihn. Unruhig wich Henry dem Blick seiner Mutter aus und unterdrückte einen tiefen Seufzer.

»Was ist geschehen?«, fragte Esmara, aber Henry konnte ihr nicht antworten.

Es gab niemanden, dem er von dieser Misere erzählen konnte. Nicht, ohne den Ärger seines Vaters auf sich zu ziehen oder seine Mutter traurig zu machen. Wobei … sein Vater schien immer noch von der Idee begeistert zu sein, dass er sich Luisa nähern sollte, damit er das Grundstück bekam. Aber Henry wollte sein Herz nicht verraten. Das hatte er nie tun wollen, und trotzdem hatte Luisa angenommen, dass er sich nur deswegen mit ihr getroffen hatte.

»Es ist nichts …«, murmelte er ausweichend und trat einen Schritt zurück.

Esmara zog eine Augenbraue in die Höhe und neigte den Kopf zur Seite. »Das hast du als kleiner Junge auch immer gesagt, wenn du in Schwierigkeiten warst. Du hast immer versucht, deinen Schmerz zu verstecken, und so getan, als wäre alles in Ordnung.«

Henry biss sich auf die Unterlippe, und seine Hand wanderte wie von selbst in die Tasche seiner Tweedjacke. Er konnte die alten Seiten des Tagebuches an seinen Fingern spüren, all die Gefühle, die sein Großvater niedergeschrieben hatte.

»Du hast dich mit diesem Mädchen getroffen, oder nicht?«

Die Frage war wie ein Fausthieb in Henrys Magen, und er stöhnte leise auf. »Mutter!«, begehrte er auf und wich eilig ihrem Blick aus.

Natürlich durchschaute sie ihn, das hatte sie immer getan. Manchmal hatte Henry das Gefühl, dass sie ihn besser kannte als er sich selbst.

»Nun sieh mich nicht so an wie ein kleiner Junge.« Esmara schüttelte freundlich den Kopf.

Henry seufzte leise und befühlte erneut die Seiten des Tagebuches. »Warum erzählst du mir nicht die Wahrheit, Mutter?«

Esmara strich mit ihren Fingern über ihr Kleid und sah ihren Sohn nachdenklich an. »Weißt du, Henry, manche Wahrheiten gehören nicht uns. Mancher Schmerz ist zu groß, um ihn jemals zu vergessen. Dies ist nicht nur meine Geschichte, sondern auch die deines Großvaters. Ich habe nicht das Recht dazu, dir zu erzählen, was damals passiert ist.«

»Aber das Recht, mir meine Liebe zu verweigern, schon?«, fragte Henry hitzig und spürte, wie Zorn in ihm aufflammte wie ein flackerndes Feuer.

Seine Mutter sah ihn traurig an und wollte seine Hand ergreifen, aber Henry trat kopfschüttelnd einen Schritt zurück. »Nein«, sagte er und ballte seine Hände zu Fäusten. »Ich liebe Luisa Linde. Und ich würde alles dafür tun, dass ich mit ihr zusammen sein kann. Aber ihr …«

»Wenn du sie so sehr liebst, dann bemüh dich lieber, dass ihr Vater mir das Grundstück verkauft«, ertönte eine süffisante Stimme hinter Henry, und er hörte, wie die Haustür klappernd ins Schloss fiel.

»Vater«, presste Henry hervor und drehte sich ganz langsam um.

Nur mit Mühe schaffte er es, seinen Zorn im Zaum zu halten, seine Fingernägel bohrten sich schmerzhaft in sein Fleisch, und seine Kiefer mahlten knirschend aufeinander.

Nikolas nahm seinen Hut vom Kopf und hängte ihn an einen Haken an der Garderobe. Er trug nur einen leichten braunen Mantel, und das Lächeln schien wie festgefroren auf seinem Gesicht. Nichtsdestotrotz bemerkte Henry die kleine Zornesfalte auf Nikolas' Stirn, die er nur zu gut bei seinem Vater kannte.

»Hat es dir etwa die Sprache verschlagen, mein Sohn?« Nikolas ging einen Schritt auf Henry zu und sah ihn nachdenklich an. »Wir können gerne noch mal darüber sprechen, wie man eine Frau am besten verführt.«

»Nikolas!«, rief Esmara entrüstet und stemmte die Hände in die Hüften, aber ihr Mann wischte ihre Bemerkung wie eine lästige Fliege mit einer wedelnden Handbewegung fort.

»Vielen Dank für dein Angebot, aber ich werde Luisa nicht für deine Pläne ausnutzen, Vater«, zischte Henry und wollte sich abwenden, aber Nikolas packte ihn am Handgelenk und zog seinen Sohn unsanft zurück.

»Meinst du wirklich?« Ein hämisches Grinsen huschte über Nikolas' Gesicht. »Vielleicht wäre ich bereit, dir diese … Liaison zu erlauben, wenn du nach meinen Spielregeln spielst.« Nikolas hob fragend eine Augenbraue, und seine Versprechungen hätten in Henrys Ohren verlockend geklungen, wenn Luisa sich nicht von ihm abgewandt hätte. Wenn sie ihm nicht vorgeworfen hätte, dass seine Familie ihm wichtiger war als sie.

»Ja, das tue ich.« Henry hatte gehofft, dass seine Worte hart und unnachgiebig klangen, aber seine Stimme zitterte wie ein flatterndes Band im Wind.

Unvermittelt ließ Nikolas sein Handgelenk los und zuckte mit den Schultern. »Nun … dann verspielst du eine wichtige Möglichkeit für unsere Manufaktur – ist das wirklich das, was du willst, Henry? Deine Familie und dieses Erbe im Stich lassen? Nur für ein dahergelaufenes Mädchen?«

»Luisa ist kein dahergelaufenes Mädchen!«, schrie Henry seinen Vater an und spürte, wie Hitze seine Glieder hinaufstieg und Tränen sich in seinen Augen sammelten.

Gott, er konnte seine Liebe für Luisa nicht einmal in Worte fassen. Allein der Gedanke an sie trieb ihn schier in den Wahnsinn. Und er hatte sie verloren, weil er sich doch auf irgendeine Art und Weise von seinem Vater hatte beeinflussen lassen.

Nikolas hob abwehrend die Hände, er versuchte sich an einem Lächeln, aber seine Gesichtszüge waren verkniffen und seine Hände zu Fäusten geballt.

»Vergiss eines nicht, Henry …« Mit bedrohlicher Miene trat Nikolas auf seinen Sohn zu und blieb ganz dicht vor ihm stehen. »Dies ist deine Familie, und wenn du sie hintergehst, dann wirst du alles verlieren.«

Henry schluckte schwer und starrte in die dunkelblauen Augen seines Vaters. Der schwere Geruch von Marzipan und Schokolade kitzelte in seiner Nase, die Süße von Mandeln hing in der Luft. Die stämmige Gestalt seines Vaters schien leicht zu zittern, und Henry konnte nicht nur Wut in seinen Augen erkennen, sondern … *Trauer.*

»Vater …«, setzte er an und biss sich auf die Unterlippe.

Nein, dies war der Augenblick, in dem er zu sich selbst stehen musste. Zu Luisa, bei der er sich auf jeden Fall entschuldigen würde und um deren Liebe er kämpfen würde.

»Ich werde mich nicht gegen Luisa entscheiden«, sagte Henry mit fester Stimme und straffte die Schultern. »Aber wenn meine Entscheidung für sie bedeutet, dass ich nicht mehr Teil dieser Familie bin, dann muss ich das akzeptieren.«

»Nein!« Esmara drängte sich eilig zwischen die beiden Männer und warf Nikolas einen zornigen Blick zu. »Du vertreibst unseren Sohn nicht aus seinem Zuhause. Das tust du nicht.«

»Aber Esmara …« Nikolas schien für einen Augenblick völlig die Fassung verloren zu haben. »Es ist doch dein …«

Esmara hob die Hand und unterbrach Nikolas, kaum merklich schüttelte sie den Kopf und ergriff die Hand ihres Mannes. »Nein«, wisperte sie leise, und Henry konnte kaum ihre Worte vernehmen.

Dann drehte sich seine Mutter zu ihm um und sah ihn aus traurigen braunen Augen an. »Sei so gut und geh nach oben. Sag deinem Großvater Bescheid, dass Elise das Essen vorbereitet und er herunterkommen soll.«

Henry öffnete den Mund, um seiner Mutter zu widersprechen, aber er sah das Flehen in ihren Augen und schloss ihn wieder, bevor auch nur ein Wort von seinen Lippen kam.

»In Ordnung«, antwortete er. Kurz bevor er die Treppe erreicht hatte, drehte er sich noch einmal zu seinen Eltern um.

Seine Mutter hatte die Stirn gegen die Brust seines Vaters gelehnt, und Nikolas zog sie in seine Arme. Sie schienen Henry gar nicht zu bemerken, wirkten so verloren in dem geräumigen Flur.

Henry seufzte tief und ging langsam die Treppe hinauf in die obere Etage, in der sein Großvater wohnte, der vor ihm zu Hause angekommen war, was Henry ein bisschen wunderte, aber er hatte auch jegliches Zeitgefühl auf dem Parkplatz der Manufaktur verloren.

Er klopfte an die Tür seines Großvaters und horchte auf, als ein »Herein« von drinnen erschallte. Dann öffnete er die Tür, die leise quietschte, und trat ein.

»Guten Abend, Großvater.« Henry sah sich in der Kammer um und entdeckte seinen Großvater nahe dem Fenster.

»Henry.« Matthias drehte sich zu seinem Enkel um und schenkte ihm ein sanftes Lächeln. »Was ist dort unten geschehen?«

Henry verdrehte die Augen und fuhr sich mit der Hand durch seine Locken, die durch die Hitze an seiner Stirn klebten. »Ich …«, setzte Henry an, aber er hatte keine Ahnung, wie er seinem Großvater erklären sollte, was sein Vater von ihm verlangte.

Matthias schnalzte missbilligend mit der Zunge. »Ich habe vielleicht alte Ohren, aber taub bin ich noch nicht. Und auch nicht blind, Henry.«

Mit langsamen Schritten ging Matthias auf seinen Enkel zu und legte ihm eine Hand auf die Schulter. »Ich habe gehört, dass dein Vater von dir verlangt, dein Herz zu verkaufen, damit er seine Wünsche in die Tat umsetzen kann. Das ist nicht richtig, aber dein Vater will nur das Beste für die Manufaktur.«

Um Henrys Lippen kräuselte sich ein erbostes Lächeln. »Das Beste für die Manufaktur?«, wiederholte Henry Matthias' Worte und schüttelte den Kopf. »Wenn das Beste für die Manufaktur mein Herz bricht, dann will ich dieses Ungetüm aus Mandeln und Zucker nicht mein Eigen nennen!«

Die Worte kamen ruckartig aus seinem Mund, und Henry bereute sie im selben Augenblick, als sie über seine Lippen drangen. Matthias schreckte zurück und fuhr sich mit der Hand über seinen kurzen, grauen Bart.

»Dein Vater hat im Zweiten Weltkrieg hart für die Manufaktur gekämpft, hat alles getan, damit sie nicht schließen musste. Das hat er für dich getan, Henry. Für deine Familie. Ich weiß, dass du ihm dafür in diesem Augenblick nicht dankbar sein kannst, aber das solltest du. Ich habe auch lange gedacht, dass ich diese Manufaktur nicht übernehmen will, mein Junge, aber manchmal geht das Leben andere Wege.«

»Du … du meinst …?« Henry stockte, und seine Hand wanderte erneut in seine Jackentasche.

Er wollte Gretas Namen in die Welt hinausbrüllen, aber er schaffte es nicht. Es war, als würde eine unsichtbare Macht ihn davon abhalten. Als wäre seine ganze Familie wie ein brüchiges Glas, und jedes weitere Wort von ihm könnte alles zerstören.

»Das Abendessen ist fertig, das wollte ich dir sagen«, informierte er seinen Großvater stattdessen und drehte sich um.

Eilig ging er in sein Zimmer. Henry holte das Tagebuch heraus und setzte sich damit auf sein Bett. Drehte die Worte seines Großvaters in seinen Händen hin und her.

»Was soll ich nur tun?«, flüsterte er mit erstickter Stimme, als ein Gedanke ihn durchzuckte und er das Tagebuch fallen ließ.

Die Idee setzte sich wie das Surren und Rattern der Maschinen in der Manufaktur in seinem Kopf fest. Er würde Luisa das Tagebuch zukommen lassen, er würde ihr die Worte seines Großvaters überlassen. Und er würde zu ihr stehen und nicht zu seiner Familie. Koste es, was es wolle.

KAPITEL 14

LUISA

Es klopfte leise, beinahe schüchtern an die Tür ihres Zimmers, und verschlafen öffnete Luisa ihre von Tränen verklebten Augen.

»Herein!« Ihre Stimme klang kratzig und heiser. Ihr Körper fühlte sich an, als hätte eine Dampfwalze sie überfahren.

Die Tür schwang auf, und ihre Schwester Rowena huschte ins Zimmer. Leise schloss sie die Tür hinter sich und blieb unschlüssig vor Luisa stehen.

»Guten Morgen«, murmelte sie dann und ließ sich auf den Stuhl, der vor Luisas Schreibtisch stand, fallen.

Luisa seufzte leise und schwang die Beine über das Bett. Kälte durchzuckte ihre nackten Füße, und sie fuhr sich durch ihre rabenschwarzen, zerzausten Haare.

»Morgen«, entgegnete sie abwesend und starrte auf ihre ineinander verschränkten Hände.

»Luisa!« In Rowenas Stimme schwang ein leichter Vorwurf mit, den Luisa aber gekonnt ignorierte und weiterhin den Kopf gesenkt hielt.

Sie wusste, dass sie sich gehen ließ. Seit einigen Tagen hatte sie das Haus nicht verlassen, hatte sich in ihrem Zimmer eingeschlossen und war nur zu den Mahlzeiten hinuntergekommen. Ihre Mutter hatte versucht mit ihr zu sprechen, aber Luisa hatte nur dagesessen und geschwiegen.

Auch mit ihrem Vater hatte sie kein einziges Wort gewechselt, aber Stephan tat Luisas Zurückgezogenheit als die Launen einer jungen Frau ab. Nur Rowena wusste, was mit ihr los war. Ihrer Schwester hatte sie von dem Streit mit Henry erzählt. Von den Vorwürfen, die sie ihm gemacht hatte. Davon, wie sehr sie sich mit ihm gestritten hatte und dass sie ihre Worte nun bereute.

»Luisa, du kannst nicht für immer nur in deinem Zimmer sitzen und nichts tun«, sagte Rowena und setzte sich neben Luisa auf das Bett.

Hilflos zuckte Luisa mit den Schultern, und heiße Tränen kullerten über ihre Wangen. Durchnässten den Stoff ihres weißen Nachtkleides, und sie schniefte leise.

Rowena legte einen Arm um sie und zog Luisa an sich. »Bitte nicht weinen«, flüsterte Rowena und hielt Luisa ganz fest.

»Aber ich … ich habe alles verloren …« Sie wusste, wie dramatisch ihre Worte klangen, aber Luisa fühlte sich genau so.

Leblos. So ganz ohne Henry und seine Leidenschaft. Ohne den Geschmack von Marzipan auf den Lippen und seine weichen Hände, die sanft über ihren Körper strichen.

»Du hast nicht alles verloren.« Rowena löste sich von ihr und verschränkte die Arme vor der Brust. »Außerdem bedeutet euer Streit doch nicht, dass ihr euch nie wiedersehen werdet.«

Luisa fuhr sich mit der Zunge über die spröden Lippen und wischte die Tränen von den Wangen.

»Aber was soll ich denn tun? Vielleicht hat Henry sich wirklich nur mit mir getroffen, damit sein Vater … damit er …« Sie konnte diese schrecklichen Worte nicht aussprechen, sie verhakten sich auf ihrer Zunge, und ihre Kehle fühlte sich an wie zugeschnürt.

»Denkst du wirklich, dass Henry dazu fähig wäre?«, fragte Rowena mit ruhiger Stimme.

Luisa starrte auf ihre Hände und legte eine auf ihre Brust. Unter ihren Fingerspitzen spürte sie ihren pulsierenden Herzschlag und schloss kurz die Augen.

Ja, was glaube ich wirklich?, dachte Luisa im Stillen und versuchte sich auf all die Dinge zu besinnen, die sie mit Henry erlebt hatte. Auf sein Lachen und all die Worte, die er an Luisa gerichtet hatte.

Ich liebe dich, Luisa Linde.

Seine Stimme hallte so laut und durchdringend in ihren Gedanken wider, dass Luisa ruckartig die Augen öffnete. Ein Kribbeln kroch ihre Glieder hinauf, sie schmeckte Salz auf ihren Lippen, aber die Süße von Marzipan auf ihrer Zunge.

»Nein«, sagte Luisa und umklammerte mit ihren Fingern die Kette, die Henry ihr geschenkt hatte. »Ich habe es nicht glauben wollen, aber Vaters Worte haben Zweifel in mein Herz gestreut. Und dann hat Henry nach dem Grundstück gefragt, und ich hatte Angst, dass er mich nicht wirklich liebt. Dass alles, was mich in den letzten Monaten glücklich gemacht hat, nicht echt war.«

Rowena lehnte ihre Schulter an die von Luisa und gab ihr einen kleinen Stoß. »Siehst du … du musst doch nur auf dein Herz hören, Schwesterchen.«

Luisa ergriff Rowenas Hand und drückte sie fest. »Das sagt sich so leicht. Manchmal ist mein Herz ein verworrenes Chaos, das ich nicht zu deuten vermag.«

Rowena schenkte ihrer Schwester ein kleines Lächeln und ließ sich nach hinten auf ihr Bett fallen. »Dazu kann ich mich gar nicht äußern, denn wie du weißt, war ich noch nie so richtig verliebt, aber ich glaube, dass Henry dich sehr gerne mag und du ihm äußerst wichtig bist.«

Luisa sah Rowena irritiert an. »Weißt du Dinge, die ich nicht weiß?«

Über Rowenas Gesicht huschte ein Schmunzeln, und sie erhob sich eilig. »Warte hier kurz auf mich.« Mit diesen Worten verschwand sie aus der Tür, und Luisa starrte ihr gedankenverloren hinterher.

Es dauerte nur eine kurze Zeit, da hörte sie erneut Schritte und Rowenas klackernde Absätze, dann schwang die Tür wieder auf. Luisa erkannte ein kleines Päckchen in Rowenas Hand, das in braunes Papier eingewickelt war.

»Was ist das?« Luisa erhob sich langsam, und eine merkwürdige Aufregung überkam sie, auch wenn sie nicht die geringste Ahnung hatte, was sich in dem Päckchen verbarg.

»Setz dich«, wies Rowena sie an, und Luisa tat wie geheißen, obwohl sie ihrer Schwester das Päckchen am liebsten aus der Hand gerissen hätte.

»Rowena! Was ist das?«, fragte Luisa eindringlich.

Rowena entfernte vorsichtig das Papier, es raschelte leise, und dann sah sie Luisa mit einem schelmischen Grinsen an. »Das, Luisa, ist von deinem Liebsten.«

Luisa keuchte auf, und ihr Herz pochte mit einem Mal wild und schmerzhaft gegen ihre Rippen. »Von Henry?« Ihre Stimme zitterte wie ein Blatt im Wind.

Rowena nickte und hielt Luisa ein kleines Büchlein hin, das sie sofort wiedererkannte. Es war die alte Ausgabe von Goethes *Faust*, in welcher der Brief von Henrys Großvater Matthias gesteckt hatte.

»Woher … woher hast du das?«, stammelte Luisa.

Ihre Schwester verschränkte die Arme hinter dem Rücken und zuckte unschuldig mit den Schultern. »Vielleicht bin ich die beste Schwester der Welt?« Keck grinste sie Luisa an, die das Buch nachdenklich in den Händen drehte. Dann fiel plötzlich ein weißes Blatt Papier aus dem Buch, und rasch hob Luisa es auf.

»Rowena«, fragte Luisa erneut, dieses Mal jedoch eindringlicher. »Wie kommst du an das Buch von Henrys Großvater?«

Mit zitternden Händen öffnete Luisa den Brief, der hinuntergefallen war, und sah ihre Schwester erneut an.

»Er hat nach Schulschluss auf mich gewartet«, eröffnete Rowena ihr. »War schon ein bisschen gruselig, vor allem denken jetzt alle Jungs an meiner Schule, dass ich einen Freund habe.« Ein spöttisches Grinsen kräuselte sich um Rowenas Lippen, und sie ließ sich vor Luisas Bett auf dem Boden nieder.

»Was hat er gesagt?« Luisa starrte gedankenverloren auf den Brief, die Worte waren mit dunkelblauer Tinte geschrieben, Henrys schön geschwungene Schrift. Aber Tränen ließen ihre Sicht verschwimmen, und sie wischte sich schnell über die Augen.

»Er hat gesagt, dass ich dir das Buch und diesen Brief geben soll. Und dass er dich gerne selbst um Verzeihung bitten würde, aber das möchte er von Angesicht zu Angesicht tun.«

Luisa nickte schweigend und fuhr mit dem Daumen über Henrys Worte. Nur ganz langsam begann sie diese zu lesen, und ihr Herz war mit einem Mal erfüllt von seiner Liebe. Von all den Erinnerungen an ihn.

Meine liebste Luisa,
diese Worte zu schreiben, fällt mir so schwer, weil ich jede Sekunde an dich denke, aber mein Herz auf die schrecklichste Weise zerbrochen ist. Ich kann deine Tränen nicht vergessen an diesem Nachmittag auf dem Parkplatz der Manufaktur. Deine Wut und deine Enttäuschung über meine Worte.
Ich habe einen Fehler gemacht, Luisa. Ja, ich wusste, dass mein Vater deinem das Grundstück neben der Manufaktur abkaufen wollte. Ich wusste von seinen Plänen, ein Marzipanmuseum zu errichten. Und er wollte, dass ich dich doch kennenlerne, dass ich mit dir anbändle, damit du deinen Vater dazu überredest, uns das Grundstück zu verkaufen.

Aber ich habe abgelehnt. Ich habe meinem Vater gesagt, dass ich das nicht tun kann. Immer und immer wieder. Aber ich wollte dich nicht beunruhigen. Ich wollte nicht, dass du schlecht von mir denkst, aber am Ende hast du es doch getan. Ich habe dich verletzt, dich betrogen und verraten, obwohl ich das nicht wollte.

Es tut mir so unendlich leid, Luisa. Ich liebe dich von ganzem Herzen. Ich will dich niemals verlieren, und ich werde mein ganzes Leben lang um dich kämpfen. Auch wenn das bedeutet, dass ich die Manufaktur nicht erben werde. Dass mein Vater mich vielleicht auf die Straße setzt und ich mittellos und arm bin. Selbst wenn das passieren sollte, werde ich noch an deiner Seite stehen wollen.

Deswegen schicke ich dir dieses Buch meines Großvaters. Denn es handelt sich hierbei um sein Tagebuch. Er hat es geschrieben, als er im Krieg war. Ich wollte es dir an dem Tag zeigen, als wir die Manufaktur besucht haben. Aber ich habe es nicht mehr geschafft. Ich hoffe, dass diese Worte dich erreichen und dass du mir verzeihst.

Ich liebe dich von ganzem Herzen, Luisa.

Dein Henry

Luisa ließ den Brief sinken und schlug die Hand vor den Mund, um ein Schluchzen zu unterdrücken. Rowena sah ihre Schwester mit großen Augen an.

»Was hat er geschrieben?«, fragte sie.

Luisa schaute erneut auf den Brief und blinzelte ihre Tränen weg.

»Das Buch … es ist ein Tagebuch«, erklärte sie und hob die Ausgabe von Goethes *Faust* hoch.

Gedankenverloren blätterte sie darin und bemerkte, dass die letzte Hälfte der Seiten mit Farbe bestrichen war. Eine schwarze, kleine Schrift zierte die Seiten, und Luisa konnte fein säuberliche Datumsangaben erkennen.

»Wessen Tagebuch?«, riss Rowenas Stimme Luisa aus ihren Gedanken, und sie zuckte erschrocken zusammen.

»Von Henrys Großvater Matthias.« Luisa konnte ihre eigenen Worte kaum glauben, aber es war unverkennbar.

Ihr Blick streifte Wörter wie *Hans* und *Greta* und *Krieg*. Wörter, die so schmerzhaft waren, dass sie Luisa erneut Tränen in die Augen trieben.

»Henry wollte mir dieses Tagebuch an dem Tag zeigen, als wir in der Manufaktur waren. Bevor wir uns gestritten haben …«

Rowena musterte Luisa eingehend und nahm ihr das Buch vorsichtig aus den Händen. Kurz machte sie ein fragendes Gesicht, als bitte sie um Erlaubnis, in dem Tagebuch zu lesen, aber das musste sie gar nicht.

Rowena hatte immer zu ihr gestanden. Sie war der einzige Mensch, dem Luisa alles erzählen konnte. Ihre quirlige, gewitzte Schwester, ohne die Luisa sich schon lange in ihrer Trauer verloren hätte.

Ihre Schwester blätterte ehrfürchtig durch das Buch, stoppte bei einigen Seiten und formte die Worte stumm mit ihren Lippen. »Henry hat es dir gegeben …«, murmelte sie und sah Luisa an.

Diese nickte gedankenverloren und knetete ihre Hände. Sie wusste, dass dies ein Beweis von Henrys bedingungsloser Liebe war. Wie all seine Worte, die er in dem Brief geschrieben hatte. Die Tatsache, dass er sein Erbe für sie ablehnen würde, stimmte Luisa traurig und glücklich zugleich. Für sie würde Henry alles aufgeben, und es gab keinen größeren Liebesbeweis. Aber Luisa wollte das nicht.

In ihren kühnsten Träumen, da hatte sie sich ausgemalt, mit Henry zusammen die Manufaktur zu leiten. Gemeinsam mit ihm ausgefallene Marzipanrezepturen herzustellen. Geschmackssensationen zu kreieren, die alte Damen wie Frau Reim lieben würden, genauso wie die feinen Herren der Gesellschaft. Herbes Marzipan mit einer süßlichen Note.

Aber Luisa wusste nicht, ob dieser Traum jemals in Erfüllung gehen würde. Nicht, wenn sie nicht herausfanden, was ihre Familien verheimlichten.

»Willst du mit Henry sprechen?«

Luisa warf einen Blick aus dem Fenster. Der Wind fegte durch die Bäume, und die Sonne versteckte sich schüchtern hinter einer dicken Wolkendecke. Sie wollte Henry sehen, ihr Herz sehnte sich so sehr nach seiner Berührung. Sie wollte Henry glauben. Sie glaubte ihm, aber zwischen ihnen war so viel falsch, so viel verworren.

»Ich … ich weiß es nicht …«, murmelte Luisa und nahm Rowena das Tagebuch wieder aus der Hand.

Sie streifte mit den Fingern über die Seiten, fühlte sich nicht bereit, all diese Worte zu lesen. Sie wusste, dass der Erste Weltkrieg schmerzhaft und entbehrungsreich gewesen sein musste. Voller Leid und Chaos. Sie hatte dieses Leid ja selbst im Zweiten Weltkrieg erlebt, natürlich nicht an der Front, so wie ihr Vater, aber hier zu Hause. In den Luftschutzbunkern. In Angst vor den nächsten Bomben. Aber sie wusste auch, dass Henry ihr dieses Tagebuch gegeben hatte, damit sie der Wahrheit auf die Spur kam. Dieser Wahrheit, die in der Finsternis lag.

»Du musst mit ihm sprechen!«, drängte Rowena und ergriff Luisas Hände.

»Rowena!« Luisa warf ihrer Schwester einen vorwurfsvollen Blick zu.

»Du liebst Henry!« Rowena legte den Kopf schräg und lächelte ihre Schwester vorsichtig an. »Du glaubst nicht, dass er dich wirklich hintergangen hat, und er hat sich bei dir entschuldigt, oder nicht?«

»Manchmal ist eine Entschuldigung nicht genug, Rowena.« Luisa hustete auf und band sich ihre schwarzen Haare zu einem Knoten zusammen. »Vielleicht ist unsere Liebe nicht richtig … vielleicht können wir nicht zusammen sein, weil …«

»Hör auf!«, rief Rowena verärgert und stand auf. Ihr schönes Gesicht färbte sich rot vor Zorn, und sie kniff ihre Augen zusammen. »Hör auf, zu sagen, dass du das alles nicht verdient hast. Dass deine Träume nichts wert sind und du nicht glücklich sein darfst. Du bemitleidest dich nur selbst!«

Rowenas Worte gruben sich schmerzhaft in Luisas Kopf, drangen tief in ihr Herz und zerrissen ihr Inneres. Sie öffnete den Mund, um sich zu rechtfertigen, aber kein einziges Wort drang über ihre Lippen. Luisa schlang ihre Arme um den Körper, eine plötzliche Kälte erfasste sie.

Mit einem dumpfen Gefühl im Magen musste Luisa begreifen, dass ihre Schwester recht hatte. Dass jedes Wort von Rowena der Wahrheit entsprach.

»Rowena, ich …«, setzte Luisa an, aber wütend schüttelte Rowena den Kopf und trat einige Schritte zurück.

»Nein.« Ihre Stimme war fest und klar, Luisa erkannte ihre Schwester nicht mehr wieder. »Ich will keine Entschuldigung von dir hören. Die brauche ich nicht, habe ich noch nie gebraucht. Aber hör auf, zu glauben, dass das Leben nur zu dir ungerecht ist. Dass du die Einzige bist, die leidet, denn das ist nicht die Wahrheit. Du könntest alles haben, was du willst, wenn du nur dafür kämpfen würdest.«

Luisa krallte ihre Finger schmerzhaft in ihre Oberarme. Sie wollte diese Worte nicht hören, aber sie musste sich dieser Tatsache stellen. Rowena war wie ein Spiegel, der Luisa ihre eigene Unfähigkeit vor Augen führte. Sie hatte so viele Träume gehabt, so viele Wünsche, aber sie hatte nie wirklich dafür gekämpft.

Die Leidenschaft für Pralinen und das Backen. Verschiedene Rezepturen, die sie mit viel Liebe ausprobierte. Geschmackskompositionen und tausend Ideen.

Aber noch nie hatte sie ihre Wünsche geäußert. Nein, sie hatte gelächelt und war immer stumm geblieben. Bis sie auf Henry getroffen war. Mit seinem Feuer hatte er ihre Leidenschaft entfacht. Seine Liebe war die treibende Kraft für alles gewesen.

»Du … du hast recht …«, flüsterte Luisa mit tränenerstickter Stimme und sah, wie die Haltung ihrer Schwester sich entspannte.

Henrys Liebe reicht aber nicht aus, erinnerte Luisa eine bittere Stimme an diese zerbrechliche Wahrheit. Es stimmt, sie musste für sich selbst einstehen. Für ihre Träume und Ideen, sonst war sie nicht mehr als ein schweigender Schatten an seiner Seite. Eine unsichtbare Frau, und das wollte sie nicht sein.

»Ich liebe Henry, und ich will ihn unter keinen Umständen verlieren, aber ich will auch meine Träume leben. Ich bin nicht so schwach, wie ich denke, ich …« Luisa stockte, denn auf Rowenas Gesicht hatte sich ein spitzfindiges Grinsen geschlichen.

»Du …« Luisa ging einen Schritt auf ihre Schwester zu. »Du hast das absichtlich gesagt!«, ereiferte sie sich, doch ihre Schwester blickte vollkommen unschuldig drein.

Rowena zuckte mit den Schultern und nahm ihre Hände. »Weißt du … manchmal, da bist du ein schrecklicher Mensch, der glaubt, dass die Welt immer gegen dich ist. Aber das stimmt nicht. Du bist die beste Schwester, die man sich vorstellen kann. Doch deine Entschlossenheit muss man ein bisschen hervorkitzeln.«

Luisa öffnete den Mund, aber es gelang ihr nicht, auch nur ein einziges Wort zu sagen. Sie konnte ihre kleine Schwester nur anstarren.

»Nun sag doch etwas!«, forderte Rowena sie auf.

Luisa räusperte sich und zog ihre Schwester in ihre Arme. Drückte Rowena ganz fest an sich, und ein Lächeln schlich sich auf ihr Gesicht. »Ich danke dir, meine wunderbare und weise Schwester.«

Der Stoff von Rowenas Kleid raschelte leise, und auch sie legte ihre Arme um ihre Schwester. »Dafür nicht, Luisa.«

Noch einige Sekunden verharrten sie in dieser Umarmung, dann löste Luisa sich von ihrer Schwester. »Meinst du, du könntest Henry mitteilen, dass ich mich mit ihm treffen möchte?«

Rowena nickte sofort. »Das mache ich gerne. Er wollte sowieso am Montag erneut bei meiner Schule vorbeikommen.«

Luisa konnte nicht anders, als erleichtert zu lächeln. Sie berührte kurz den Anhänger von Henry und war dankbar, dass er sie nicht aufgegeben hatte. Dass er sie immer noch von Herzen liebte.

»Du bist die beste Schwester, die ich mir wünschen kann, Rowena.«

»Ich weiß!« Rowena drehte sich um und ließ ihren Blick über Luisa schweifen. »Vielleicht solltest du dich zurechtmachen, damit Vater und Mutter nicht noch Verdacht schöpfen. Lies in dem Tagebuch. Und wenn du schon dabei bist, könntest du auch mal wieder etwas backen, oder wolltest du nicht mit Henry diese Manufaktur führen?«

Luisa hob das Tagebuch auf und drückte es an ihre Brust. »Du hast recht, kleine Schwester. Vielleicht tut es mir gut, mich mit etwas anderem zu beschäftigen. Und ich werde das Tagebuch lesen.«

Rowena hob die Hand zum Abschied und schlüpfte aus dem Zimmer, klappernd fiel die Tür ins Schloss, und Luisa blieb allein zurück. Aber da war keine Kälte mehr, die sich über ihre Glieder legte. Keine so schwere Last mehr auf ihren Schultern. Nein, Luisa fühlte sich befreit.

Sie setzte sich auf ihr Bett und schlug das Tagebuch von Henrys Großvater Matthias erneut auf. Dann kuschelte sie sich in ihre warme, weiche Bettdecke und begann ganz langsam damit, all seine Einträge zu lesen.

Auch wenn diese Worte schmerzhaft waren, das war sie diesem alten Mann schuldig. Und ihrem Großvater Hans, der im Krieg so gelitten hatte.

Sie würde für diese Wahrheit kämpfen. Für ihre Liebe zu Henry und vor allem für ihre eigenen Träume.

KAPITEL 15

LUISA

Der Himmel färbte sich blutrot, und die Sonne versteckte sich schüchtern hinter dem Horizont, als Luisa zum beinahe tausendsten Mal über ihr dunkelrotes Kleid strich und ihre kunstvoll geflochtene Frisur im Spiegel betrachtete. Ihr Herz schlug ihr bis zum Hals, und Aufregung kribbelte in ihren Fingern. Seit einer ganzen Woche, die so zäh vergangen war wie hart gewordene Marmelade, wartete sie auf diesen Abend, an dem sie Henry wiedersehen würde. An dem er beim Holstentor auf sie warten würde.

Rowena hatte ihr erzählt, wie dankbar Henry gewirkt hatte, als sie ihm gesagt hatte, dass Luisa sich mit ihm treffen würde. Wie froh er gewesen war. Diese Tatsache hatte Luisas Hoffnung von Neuem entfacht, und sie war bereit, mit Henry zusammen für die Wahrheit zu kämpfen.

Es klopfte leise an ihrer Tür, und Rowena trat ein, ohne auf eine Erwiderung von Luisa zu warten.

»Du siehst wunderhübsch aus«, sagte Rowena und betrachtete Luisa von allen Seiten.

Ein scheues Lächeln zeigte sich auf Luisas Lippen, aber sie knetete nervös ihre Hände. Rowena setzte sich in den Sessel in Luisas Zimmer und griff nach dem Tagebuch, das auf dem kleinen Beistelltisch aus dunklem Holz lag.

»Hast du alles gelesen?«

Luisa nickte. »Jedes einzelne Wort. Jede Station des Krieges. Lüttich. Ypern. Die Schlacht von Verdun … ich habe all seine

Worte gelesen, und es war schrecklich. Grausam und voller Leid, aber … « Luisa stockte und biss sich auf die Unterlippe.

»Was aber?« Rowena blätterte vorsichtig durch das Buch und sah Luisa dann eindringlich an.

»Es ist nicht vollständig. Die letzten Seiten in dem Tagebuch fehlen. Nach der Schlacht von Verdun hört es auf. Einfach so. Aber Matthias ist ohne unseren Großvater aus dieser Schlacht zurückgekehrt.«

Rowena hob überrascht die Augenbrauen und sah ihre Schwester verständnislos an. »Aber Großvater ist hier. Er hat diese Schlacht überlebt, sonst wäre er nicht bei uns und wir nicht am Leben.«

Luisa verdrehte die Augen und seufzte schwer. »Das ist mir bewusst.« Sie setzte sich auf ihr Bett und strich erneut über ihr seidiges Kleid. »Ich habe auch keine Ahnung, warum die letzten Seiten herausgerissen wurden, aber wenn Matthias ohne Großvater nach Hause zurückgekehrt ist, meinst du, dass Greta dann …?« Luisa ließ die letzten Worte unausgesprochen, und sie verweilten schwer in der warmen Luft zwischen den Schwestern.

Rowena keuchte erschrocken auf, als sie begriff, was Luisa hatte sagen wollen. Sie schaute erneut auf das Buch in ihren Händen und verzog dann das Gesicht zu einer Grimasse.

»Das kann natürlich sein, oder? Ich meine, sie alle kannten sich, und wenn Großvater mutmaßlich verstorben war, dann … «

»Aber man würde doch nach seinem besten Freund suchen, oder nicht? Man würde so lange suchen, bis man Gewissheit hat, oder?« Luisa hasste das Flehen in ihrer Stimme, aber all diese Mutmaßungen keimten in purer Verzweiflung in ihr auf.

Rowena zuckte schweigend mit den Schultern und klappte das Buch mit einem dumpfen Knall zu. Sie schaute aus dem Fenster in den leuchtend roten Himmel und flüsterte: »Aber wenn du die

Frau deines besten Freundes liebst, vielleicht würdest du deine Chance ergreifen, wenn … wenn …«

Luisa starrte ihre Schwester mit offenem Mund an, die es nicht übers Herz brachte, diese schreckliche Ahnung laut auszusprechen. Aber das Furchtbarste daran war, dass es Sinn ergab. Offenkundig hatte Matthias Greta genauso geliebt, wie Hans es getan hatte. Aber Greta war Hans' Verlobte gewesen. Matthias' Liebe wäre unerreichbar für ihn gewesen, es sei denn, ihr Großvater Hans wäre tot.

»Das glaube ich nicht«, sagte Luisa mit fester Stimme und erhob sich. Sie schüttelte hastig den Kopf und wollte ihre Schwester für deren Worte rügen, aber das wäre nicht gerecht gewesen. »Vielleicht hat Henry eine andere Idee. Ich muss mit ihm darüber sprechen.«

Rowena nickte abwesend und erhob sich ebenfalls, doch dann fiel Rowenas Blick auf mehrere Keksdosen, die sich auf Luisas Schreibtisch stapelten. »Was ist das?«

»Du hast gesagt, dass ich backen soll«, antwortete Luisa grinsend. »Willst du probieren?«

»Was für eine dumme Frage.« Rowena öffnete die erste Dose und holte eine der Marzipanpralinen heraus, die Luisa kreiert hatte. Das Einkaufen der Zutaten, das Backen und das Wälzen der alten Rezeptbücher ihrer Mutter hatten sie zumindest abgelenkt von ihrer Sehnsucht nach Henry, und so konnte sie ihrem Berufswunsch ein Stück näher kommen.

Rowena grinste ihre Schwester an und schob sich die Praline in den Mund. Sie kaute nachdenklich darauf herum und nahm sogleich eine zweite, als sie die erste hinuntergeschluckt hatte. »Das schmeckt nach Kaffee«, rief Rowena aus. »Wie lecker … aber da ist noch etwas anderes drin …«

Luisa nickte. »Das sind Marzipanpralinen mit Kaffeelikör und Vanille im Inneren, den Schokoladenüberzug habe ich mit Karamell verfeinert. Schmeckt es dir?«

Rowena wollte sogleich noch eine Praline haben, doch Luisa nahm ihr die Dose eilig weg und lachte auf. »Anscheinend schon, aber du sollst nicht alles aufessen, du gefräßige Schwester.«

Rowena zog einen Schmollmund. »Wieso nicht? Willst du die Pralinen etwa Henry schenken?«

Ertappt senkte Luisa den Blick und schaute in die Dose hinein. Sie hatte sich an vier verschiedenen Geschmacksrichtungen probiert. Kaffeelikör und Vanille mit Karamell-Schokoladen-Überzug. Pistazienmarzipan mit weißer Schokolade – eine gewagte, aber trotzdem, wie Luisa fand, vorzügliche Kombination, denn die herben Pistazien glichen die Süße der weißen Schokolade perfekt aus. Dann noch eine Praline mit Honigmarzipanfüllung und zu guter Letzt eine mit verschiedenen Waldfrüchten. Sie wollte Henry all diese Pralinen probieren lassen, ihm zeigen, dass er immer auf sie zählen konnte, wenn sie eines Tages gemeinsam die Manufaktur führen würden.

»In Ordnung, dann lass deinen Liebsten probieren. Aber du könntest mir wenigstens ein paar Pralinen dalassen«, sagte Rowena und hakte sich bei Luisa unter. »Ich begleite dich ein Stück zum Holstentor.«

Luisa nickte und lächelte ihre Schwester an. »Du kannst die Pralinen in der untersten Dose essen, die sind nicht so schön geworden, aber trotzdem lecker.«

Rowena schnaubte belustigt. »Damit gebe ich mich zufrieden.« Sie hatte ihren Eltern gesagt, dass sie es noch einmal mit Sebastian Möller versuchen wollte, und ihnen vorgegaukelt, dass sie sich mit ihm treffen würde. Ihr Vater hatte Luisa zwar einen skeptischen Blick zugeworfen, aber er schien ihr zu glauben. Außerdem war er sowieso bei einer Besprechung mit den Museumsleitern und würde erst zu später Stunde zurückkehren. Ihre Mutter Annabella war zu ihrer Schwester nach Hamburg gefahren und hatte ihre Töchter guten Gewissens sich selbst überlassen. Auch sie würde heute erst spät zurückkehren.

Trotzdem hatte Luisa nicht das Risiko eingehen wollen, dass ihre Eltern sie und Henry zusammen entdeckten. Sie hatte Angst vor der Reaktion ihres Vaters, auch wenn sie wusste, dass sie sich dieser bald stellen musste.

Gemeinsam mit Rowena ging sie die Treppe hinunter und zog sich im Flur ihren leichten braunen Mantel über. Aus der Küche hörte man leises Klappern. Vermutlich räumte ihr Dienstmädchen Hilde noch auf. Sie hatte den beiden eine deftige Hühnersuppe und frisch gebackenes Brot zum Abendessen serviert, und Luisa konnte den Duft der Suppe immer noch wahrnehmen.

»Bist du bereit?«, fragte Rowena und legte ihre Hand auf die Türklinke.

Luisa lächelte ihre Schwester an und nickte. »Ja, das bin ich.«

Sie konnte es kaum erwarten, Henry zu sehen. Gott, wie hatte sie nur jemals so wütend auf ihn sein können, wenn ihr Herz sich doch so sehr nach ihm verzehrte?

Gemeinsam verließen sie das Haus, und Luisa zog ihren Mantel enger um ihren Körper. Die Dämmerung hatte eingesetzt und tauchte die Stadt in Schatten. Sie gingen die Fleischhauerstraße hinauf und bogen gleich darauf in die Holstenstraße ab, die noch recht belebt war. Einige Familien machten noch einen abendlichen Spaziergang. Kinder rannten vorneweg, ein paar kleine Jungen spielten in der Nähe des Rathausplatzes mit einem alten Fußball.

Manchmal wünschte sie sich, so frei und unbeschwert zu sein wie diese kleinen Jungen, die nie die düsteren Kriegszeiten kennengelernt hatten.

Sie hakte sich bei Rowena ein und ließ den Blick die Holstentorstraße hinunterschweifen, die schräg nach unten zum Holstentor führte. Ein paar letzte Sonnenstrahlen erhellten das Monument der Stadt. Die Mauern aus Backstein leuchteten dunkelrot im Licht der untergehenden Sonne, und die goldenen Spitzen der beiden Türme glänzten sanft.

»Bist du nervös?«, fragte Rowena leise und knuffte Luisa in die Seite, als sie nahe dem Holstentor stehen blieben und Luisa leise seufzte.

»Ein wenig …«, antwortete Luisa, und ihre Hand wanderte in die Tasche ihres Mantels.

Sie fühlte die alten Seiten des Tagebuches, und ein Lächeln schlich sich auf ihr Gesicht. Sie zog Rowena in eine kurze Umarmung und ging dann mit schnellen Schritten über die Straße. Vorsichtig lief sie die Treppe zum Holstentor hinunter und sah sich suchend um. Ihre Hände klammerten sich um die Dose mit den Pralinen, die sie nun eilig in die Tasche ihres Mantels steckte. Kurz flammte Angst in ihr auf, dass Henry doch nicht da wäre. Dass er sie versetzt hätte, weil er immer noch wütend auf sie war.

Aber dann sah sie ihn im Schatten des Holstentors. Er lehnte an der roten Backsteinmauer, die Hände in den Hosentaschen seiner blauen Stoffhose verborgen. Er trug die dunkelbraune, weiche Tweedjacke, die er an dem Tag getragen hatte, als sie zusammen in der Manufaktur gewesen waren. Seine Haare rankten sich wild um seinen Kopf, golden im schimmernden Licht der Sonne.

»Henry …«, hauchte Luisa und schlug die Hand vor den Mund.

Er stieß sich von der Mauer ab und neigte den Kopf zur Seite. Mit langsamen Schritten trat er ins dämmrige Licht. Luisa erkannte Schatten unten seinen Augen, und Müdigkeit lag auf seinen Zügen.

»Hallo, Luisa.« In seiner Stimme lag so viel Traurigkeit, dass es Luisa das Herz zerbrach.

Sie streckte ihre Hände nach ihm aus und stolperte auf ihn zu, ehe sie sich in seinen starken Armen wiederfand.

»Henry …«, wisperte Luisa an seiner Brust, und ihre Finger krallten sich krampfhaft in seine Tweedjacke. »Ich … es tut mir so leid …«

Henry legte seine Arme um sie und küsste sie sanft auf den Scheitel. Luisa konnte sein schlagendes Herz hören und schloss kurz die Augen. Sie fühlte sich in Henrys Armen geborgen, und ihre Herzen schlugen im gleichen Takt.

So verweilten sie eine Weile, während die Sonne langsam unterging und die Welt in Dunkelheit tauchte. Die Lichter in den Häusern brannten wie kleine Sterne in der Nacht.

Vorsichtig löste Luisa sich aus dieser Umarmung und sah zu Henry hoch. Einen Kopf größer war er als sie und lächelte sanft auf sie herab. Henry hob vorsichtig seine Hand und wischte die Tränen fort, die auf Luisas Wangen klebten.

»Dir muss nichts leidtun«, erwiderte Henry und nahm Luisas Gesicht in seine Hände. »Du bist nicht schuld an all diesem Drama, es ist meine Schuld, denn ich war nicht ehrlich zu dir, Luisa.«

Sie sah ihn lange an und schüttelte stumm den Kopf. »Nein, Henry. Ich habe überreagiert, ich war überfordert mit all diesen Dingen. Mit den Worten meines Vaters und seinen Mutmaßungen, dass du … dass du mich nur wegen meiner Familie kennenlernen wolltest.«

Die Worte schmeckten schal und verbrannten in Luisas Mund, und sie hustete trocken auf. Ihre Hände zitterten leicht, und sie warf Henry einen entschuldigenden Blick zu. Innerlich fühlte Luisa sich zerbrochen und schuldig.

»Oh, Luisa …« Henry beugte sich zu ihr hinunter und küsste sie leidenschaftlich.

Luisa war so überrascht von diesem Kuss, dass ihr Körper zuerst ganz steif wurde. Dann spürte sie das vertraute Kribbeln in ihren Gliedern, und ihre Finger wanderten in Henrys krause Locken, verschränkten sich in seinem Nacken. Ein heiseres Stöhnen entrann ihren Lippen, als sie den Mund öffnete und Henrys Zunge sanft ihren Mund erkundete.

Gott, wie sehr hatte sie diese Berührungen von ihm vermisst. Seinen wundervollen Geruch nach Marzipan und Mandeln. Feiner Schokolade und der Hitze eines lauen Sommerabends.

Nur schwerlich löste sie sich von Henry und schaute ihn mit Tränen in den Augen an. Eine sanfte Woge aus Erleichterung und Glück schwappte über Luisa, und sie strich mit ihrer Hand über seine Wange. Die kurzen Bartstoppeln waren verschwunden, und seine Haut fühlte sich weich an.

»Ich habe das alles nicht gewollt«, erklärte Henry ihr und ergriff ihre Hand.

Sein Lächeln traf Luisa tief in ihrem Herzen, und sie rückte noch ein Stück dichter an ihn heran. Wollte seine Wärme spüren, musste dieses Verlangen, das sie nach ihm hatte, stillen.

»Ich habe das auch nicht gewollt, Henry«, erklärte Luisa ihm und fröstelte leicht.

Henry neigte den Kopf zur Seite und zog Luisa sanft in eine windgeschützte Ecke. Einige Automobile fuhren mit leisem Rumpeln links und rechts an ihnen vorbei. Die Straßenlaternen flackerten in milchig gelbem Licht, und Luisa seufzte leise.

Das erste Mal seit einiger Zeit fühlte sie sich wieder frei, konnte ruhig durchatmen, mit Henry an ihrer Seite.

»Luisa.« Plötzlich machte Henry einen ernsten Gesichtsausdruck und sah sie unschlüssig an. Dann ergriff er Luisas Hände. »Ich habe von den Plänen meines Vaters erst erfahren, nachdem ich dich kennengelernt hatte. Ich schwöre es dir, Luisa. Und ich habe ihm gesagt, dass ich bei diesen Plänen nicht mitmachen werde, dass ich …«

Luisa legte Henry rasch einen Finger auf die Lippen und schüttelte sanft den Kopf. »Du musst nichts sagen, Henry. Ich habe überreagiert, und ich kann dir nicht erklären, wie ich glauben konnte, dass du mich nur ausgenutzt hast.«

Henry seufzte leise und fuhr sich durch seine krausen Locken. Er sah wirklich sehr erschöpft und müde aus. Luisa konnte so viel Schmerz in seinen Augen erkennen, dass es ihr das Herz brach.

»Ich … wollte dir auf keinen Fall wehtun … ich will dich nicht verlieren, Luisa. Und ich würde alles für dich aufgeben.«

Henrys Gesichtsausdruck wurde ernst, während er ihre Hände ergriff und sie erneut zu sich zog. Sie fühlte ihr Herz schmerzhaft in ihrer Brust pulsieren. Henrys Worte bedeuteten ihr so viel, aber sie wollte nicht, dass er alles verlieren würde, und das nur wegen ihr.

»Aber Henry …« Luisa ließ den Blick über die Wiese vor dem Holstentor schweifen, hörte zwitschernde Vögel in den Bäumen und die dröhnenden Motoren der Automobile. »Ich will nicht, dass du für mich deine Familie im Stich lässt. Sie bedeuten dir doch ebenso viel wie ich.«

Sanft schüttelte Henry den Kopf und hauchte Luisa einen Kuss auf die Stirn. Seine Hände legten sich um ihren schlanken Körper, und sie lehnte ihren Kopf an seine Brust.

»Du bist mir das Wichtigste im Leben, Luisa. Die einzige Person, mit der ich immer zusammen sein will. Nur du und niemand anders. Und wenn unsere Familien nicht über das sprechen wollen, was in der Vergangenheit geschehen ist, dann habe ich keine andere Wahl.«

Aufmerksam hatte Luisa seinen Worten gelauscht und hob den Kopf. Sie sah in Henrys blaue Augen, und es war, als könnte sie das Rauschen des Meeres in ihren Ohren hören.

»Dann … dann lass es uns ein letztes Mal versuchen«, sagte Luisa.

»Was meinst du?« Überrascht hob Henry seine Augenbraue in die Höhe.

Luisa nestelte an der Tasche ihres Mantels herum, holte Matthias' Tagebuch hervor und schlug es vorsichtig auf.

»Ich habe jede einzelne Seite gelesen«, erklärte Luisa Henry und lief gedankenverloren zu einer der Bänke.

Sie ließ sich darauf nieder, und Henry setzte sich zu ihr. Vorsichtig legte er den Arm um ihre Schulter, und ein wohliges Gefühl durchströmte Luisa.

»Dein Großvater und meiner haben gemeinsam in der Hölle von Verdun gekämpft. In diesem Gewirr aus Schützengräben, Dreck und Regen. Das hat dein Großvater geschrieben …« Sie stockte kurz, denn die Worte blieben schmerzhaft in ihrer Kehle stecken.

Die Erinnerungen an Matthias' Worte drohten sie zu übermannen. All der Schmerz, den sie in diesen Zeilen gefühlt hatte. Sie konnte sich nicht vorstellen, wie schrecklich der Krieg gewesen sein musste.

Henry legte sein Kinn auf ihre Schulter und strich sanft über ihren Arm. »Ich bin hier«, flüsterte er ihr ins Ohr, sein warmer Atem wie ein leichtes Kitzeln. »Sprich weiter.« Seine Stimme war weich und liebevoll, sodass Luisa sich räusperte und ihm kurz in die Augen schaute.

»Dein Großvater ist aus dem Krieg zurückgekehrt und meiner nicht.« Luisa tippte mit dem Finger auf den letzten Eintrag im Tagebuch und seufzte leise. »Aber mein Großvater ist am Leben. Er ist nicht im Krieg gestorben. Also ist in dieser Zeit etwas Schreckliches passiert, und ich habe gedacht …«

Ihre Stimme versiegte erneut, und sie fuhr sich mit der Zunge über die Lippen. Sie wusste nicht, ob sie diese Worte aussprechen sollte, diese schreckliche Ahnung, die sich wie scharfe Fangzähne in ihre Gedanken gegraben hatte.

»Du denkst, er hat ihn zurückgelassen«, murmelte Henry an ihr Ohr.

Luisa zuckte betroffen zusammen und drehte sich zu Henry um. Tränen schimmerten in seinen Augen, und seine Kiefer waren aufeinandergepresst, so sehr, dass sein ganzes Gesicht zu zittern schien.

»Henry, ich …« Luisa legte ihm eine Hand auf die Wange und küsste ihn sanft auf die Lippen. »Ich weiß nicht, was ich glauben soll«, flüsterte sie heiser. »Aber ich weiß … dass dein Großvater allein nach Hause zurückgekehrt sein muss.«

Henry nickte zaghaft und stöhnte leise auf. »Ich habe Angst, dass meine Familie einen schrecklichen Fehler begangen hat. Dass sie schlechte Menschen sind und ich …«

»Nein!« Luisa unterbrach Henry jäh und schüttelte vehement den Kopf. »Du bist kein schlechter Mensch. Das warst du nie. Bitte denk das nie wieder. Ich war verwirrt und habe den Worten meines Vaters mehr Glauben geschenkt als deinen.«

»Ich bin dir nicht böse, Luisa, aber vielleicht ist das mit uns wirklich falsch. Vielleicht sollte unsere Liebe nicht sein, weil unsere Familien nicht zueinanderpassen.«

Heiße Tränen sammelten sich in Luisas Augen, und die Welt war verwischt wie zerflossene Tinte. Sie schniefte leise, und ihre Hände verkrampften sich um die Seiten des Tagebuches. Es war nicht so, dass sie Henrys Worte nicht verstehen konnte, aber sie wollte es nicht glauben.

»Henry.« Luisa schaute auf und rutschte auf Henrys Schoß.

Für einen Augenblick wirkte er überrumpelt, denn auch wenn sie sich liebten, wenn sie sich in der flüsternden Dunkelheit geküsst und miteinander geschlafen hatten, sie waren immer vorsichtig mit allem gewesen. Hatten nie wieder über diese eine Nacht in Henrys Zimmer miteinander gesprochen. Aber Luisa brauchte diese Nähe zu ihm in diesem Augenblick. In diesem Augenblick, in dem auch sie alles verlieren könnte. Für die große Liebe ihres Lebens. Sie nahm Henrys Gesicht in ihre Hände und lehnte ihre Stirn an die seine.

»Ich finde, wir passen perfekt zusammen«, wisperte sie. »Nur du und ich. Gemeinsam, egal, was diese Welt noch für uns bereithält.«

Auf Henrys Gesicht schlich sich ein Lächeln, und er legte seine Hände auf Luisas Hüfte.

»Ich werde es nicht vergessen, Luisa Linde«, versprach er und besiegelte dieses Versprechen mit einem leidenschaftlichen Kuss.

Luisa genoss seine Nähe, dieses Gefühl von Freiheit und den Geschmack von Marzipan auf Henrys Lippen. Doch nach einigen Sekunden löste sie sich vorsichtig von ihm.

»Ich möchte dir noch etwas zeigen.« Sie zog die Dose aus ihrer Manteltasche und öffnete sie vorsichtig.

Henrys Stirn legte sich in Falten. »Marzipan?«, fragte er leise.

»Probier«, forderte Luisa ihn mit einem Lächeln auf.

Henry nahm sich eine Praline und schob sie sich in den Mund. Es war die mit der Pistazienfüllung, und Luisa wurde beinahe zerrissen von der Spannung, wie ihm diese Praline wohl schmecken würde.

»Hm …«, machte Henry, nachdem er sie gegessen hatte.

»Wie bitte?« Luisas Hände begannen zu zittern, Angst stob durch ihren Kopf, dass die Praline grausig schmecken könnte, doch da griff Henry schon nach einer zweiten.

»Die sind unglaublich lecker, Luisa. Süß und herb zugleich, du musst mir dieses Rezept verraten.«

Erleichtert atmete Luisa aus und sah Henry an. »Ich möchte diese Pralinen mit dir zusammen kreieren, ich will sie in deiner Manufaktur herstellen. Und gemeinsam, Henry, schaffen wir es auch, die Wahrheit herauszufinden.«

»Ja, das werden wird«, wisperte Henry und küsste Luisa auf die Stirn.

Schweigend saßen sie da und genossen ihre Pralinen, als ein Gedanke wie ein Blitz durch Luisas Kopf zuckte.

»Lass uns zu mir nach Hause gehen!«, rief sie und zog Henry stürmisch auf die Beine.

»Aber Luisa …« Henry ließ sich zwar hochziehen, aber es lag Skepsis in seinem Blick. »Deine Eltern …«

Luisa wischte seine Zweifel mit einer Handbewegung fort. »Mein Vater ist geschäftlich unterwegs, und meine Mutter besucht ihre Schwester. Vor heute Nacht ist keiner von ihnen wieder zu Hause. Das ist unsere Chance, mit meinem Großvater zu sprechen!«

Luisa spürte, wie sie von Euphorie erfasst wurde und sich ein Lächeln auf ihr Gesicht schlich. Henry sah sie nachdenklich an und zog sie dann erneut in seine Arme.

»Ich will nicht, dass deine Eltern dir noch mehr zürnen.« Seine Stimme war belegt und jagte Luisa einen Schauer über den Rücken.

»Das ist mir egal …«, murmelte Luisa an Henrys Brust. »Nur du bist mir wichtig. Unsere Liebe und dieses Geheimnis, das alles zerstören könnte. Ich will endlich die Wahrheit wissen.«

Henry antwortete nicht sofort. Er bettete sein Kinn auf Luisas Schopf, verschränkte seine Hände mit den ihren und seufzte leise. »In Ordnung, dann lass uns schnell zu dir nach Hause gehen.«

Begeistert schaute Luisa auf, stellte sich auf Zehenspitzen und drückte Henry einen Kuss auf den Mund. »Ich danke dir!«

Gemeinsam gingen sie unter dem Torbogen des Holstentors hindurch. Ein Zittern jagte durch Luisas Körper. Aufregung sickerte in ihre Gedanken. Sie winkte eifrig, als sie Rowena an der Straßenecke erblickte, die Arme vor der Brust verschränkt. In ihren Gesichtszügen lag ebenso viel Skepsis wie bei Henry.

»Das kann nicht dein Ernst sein«, sagte Rowena und verdrehte vorwurfsvoll die Augen, als Luisa und Henry vor ihr standen.

»Rowena …«, setzte Luisa an und warf rasch einen Blick auf Henry. »Bitte hör mir zu.«

Rowena seufzte tief und fuhr sich durch ihre geöffneten braunen Haare. »In Ordnung.« Ihre Stimme klang wenig begeistert, und sie wippte mit dem Fuß auf und ab, wartete jedoch auf Luisas Antwort.

»Mutter und Vater sind noch nicht zurück, und wir wollen mit Großvater sprechen. Ich habe dir doch erzählt, was im Tagebuch von Henrys Großvater stand …«

Gebieterisch hob Rowena die Hand und unterbrach Luisa jäh. Sie schaute über Luisas Schulter hinweg zu Henry. Sie musterte ihn streng und ging dann ein paar Schritte auf ihn zu, ließ ihren Blick über sein Antlitz schweifen.

»Du liebst meine Schwester wirklich?«, fragte Rowena und stemmte die Hände in die Hüften.

»Rowena!«, rief Luisa entsetzt, aber ihre Schwester ließ sich nicht aus dem Konzept bringen.

Henry starrte auf Luisas Schwester hinab, die noch ein wenig kleiner als sie war. Doch anscheinend nahm er Rowena sehr ernst, denn seine Miene war wie versteinert.

»Natürlich liebe ich deine Schwester«, antwortete er ernst.

Rowena beäugte Henry ein wenig skeptisch. »Ich denke, dass ich dir glaube, Henry Hawkins, aber …« Sie tippte mit dem Finger gegen Henrys Brust. »Wenn du Luisa jemals wehtust, dann bekommst du es mit mir zu tun.«

Wider Willen musste Luisa grinsen und hielt sich eilig die Hand vor den Mund. Auch um Henrys Lippen kräuselte sich ein Schmunzeln. Aber er legte eine Hand auf die Brust und nickte feierlich.

»Das werde ich mir merken, Fräulein Rowena.«

Rowena nickte zufrieden und trat einen Schritt zurück. »In Ordnung, dann können wir jetzt nach Hause gehen. Aber bitte beeilt euch, ich möchte das Donnerwetter nicht erleben, wenn Vater nach Hause kommt und dich, Henry, dort entdeckt.«

Luisa nickte und verschränkte ihre Hände wie von selbst mit denen von Henry. Gemeinsam gingen sie die Holstenstraße hinauf. Ein scharfer Wind fegte die Straße hinab, und Luisa fröstelte leicht. Es wurde merklich stiller, während sie durch die Stadt und an der Marienkirche vorbeiliefen, die immer noch hell erleuchtet war. Auf den Straßen waren kaum noch Familien unterwegs, aber nun sah Luisa mehrere kleine Gruppen von jungen Männern, die vor den Bars und Kneipen saßen und rauchten.

Ihr Lachen klang rau, und derbe Sprüche flogen durch die Luft, die Luisa am liebsten nicht gehört hätte. Sie spürte, wie Hitze in ihre Wangen stieg, und klammerte ihre Hand noch fester um die von Henry.

»Alles in Ordnung?«, fragte er liebevoll und sah Luisa mit einem ruhigen Gesichtsausdruck an.

Luisa nickte schweigend und presste die Lippen fest aufeinander. Sie konnte gar nicht erklären, wovor sie Angst hatte. Schließlich war Henry an ihrer Seite, aber sie konnte nicht verhindern, dass sie zu den jungen Männern vor den Bars schaute und tausend gierige Blicke in ihrem Rücken spürte.

»Luisa …« Henry führte ihre Hand zu seinem Mund und hauchte einen zarten Kuss darauf. »Hab keine Angst, ich bin doch an deiner Seite.«

Tapfer nickte Luisa und lächelte Henry an. Ja, er war an ihrer Seite, und er würde immer an ihrer Seite bleiben.

Ihre Schritte hallten in den leeren Seitenstraßen wider, und langsam kamen die drei vor der Haustür von Luisas Familie an. Nun war sie doch aufgeregt.

»Ihr wollt das wirklich?«, fragte Rowena und drehte sich nachdenklich zu den beiden um.

Luisa tauschte einen kurzen Blick mit ihrem Liebsten und nickte dann. »Ja, das wollen wir.«

Rowena fischte ihren Haustürschlüssel aus ihrer kleinen Handtasche und seufzte leise, als sie die Haustür aufschloss. Schweigend betraten sie gemeinsam den Flur, und Rowena knipste das Licht an, das Luisa mit einem Mal grell blendete, sodass sie ihre Augen mit der Hand abschirmte.

»In Ordnung, lasst uns …«, setzte sie an, doch als Luisa die Hand von den Augen nahm, stockte sie.

Ihr Atem beschleunigte sich, und ihr Herz pochte schmerzhaft gegen ihre Rippen. Sie drückte Henrys Hand so fest, und wünschte sich, dass es nicht wahr war, aber dieser Traum zerplatzte wie eine Seifenblase.

»Nein …«, wisperte Luisa.

Ihr Vater stand am Treppenabsatz, die eine Hand auf den Stock gestützt, die andere zur Faust geballt. Sein Blick war wütend, sein Gesicht hochrot, als er mit drohenden Schritten auf seine Tochter zuging. Erneut setzte sich das *Klack, Klack* seines Gehstocks wie ein drohendes Donnergrollen in ihren Gedanken fest.

»Vater, ich …«, setzte Luisa an und schaute panisch zu Henry, aber dieser schüttelte kaum merklich den Kopf und ließ ihre Hand los.

Erbost funkelte ihr Vater sie an und scheuchte Rowena mit einer Geste davon. »Wie kannst du nur?«, schrie Stephan wütend. »Ich weiß alles. Du hast Sebastian Möller bewusst von dir gestoßen. Du hast dich völlig danebenbenommen. Er wollte erst nicht mit der Sprache herausrücken, aber dann hat er es seinem Vater und mir erzählt. Gut, dass ich heute noch ein Treffen mit den anderen Direktoren der Lübecker Museen hatte. Und dann bringst du auch noch diesen Tölpel mit in unser Haus?«

Verdammt, Sebastian Möller ist so ein Volltrottel, dachte Luisa erbost, und trotzdem schwebte ein Funken Mitleid in ihrem Herzen für diesen jungen Mann. Er konnte ja nichts dafür, dass er zum Spielball für die Wünsche ihres Vaters geworden war.

»Henry ist kein Tölpel«, presste Luisa zwischen zusammengebissenen Zähnen hervor und stellte sich neben ihn. Sie wollte Henry jetzt nicht gehen lassen. Sie konnte ihn nicht gehen lassen. Sie liebte ihn viel mehr, als sie es in Worte fassen konnte.

»Du hast uns belogen und hintergangen. Das wird ein Nachspiel haben, Luisa«, sagte Stephan mit drohender Stimme und ging noch einen Schritt auf Henry zu.

»Nein! Nein, Vater, bitte ...«, rief Luisa, aber ihr Vater hatte sich blitzschnell zu ihr umgedreht, und im nächsten Augenblick fegte ein grässlicher Schmerz durch ihren ganzen Körper.

Ihre Wange brannte wie Feuer, Tränen traten ihr in die Augen, und sie ließ kraftlos den Kopf hängen. Sie wagte es nicht, die schmerzende Wange zu berühren, und unterdrückte ein Schluchzen.

Noch nie. Ihr Vater hatte sie noch nie zuvor geschlagen. Doch jetzt war es geschehen, und tief in ihrem Inneren spürte Luisa, dass dieser Schmerz, den alle zu verbergen versuchten, noch viel tiefer saß, als sie geglaubt hatte.

Die Dose mit den übrigen Pralinen, die sie und Henry nicht gegessen hatten, glitt ihr aus den klammen Fingern, fiel mit einem ohrenbetäubenden Krachen zu Boden, und die kleinen Köstlichkeiten kullerten traurig davon. Es war Luisa, als würden all ihre Träume, all ihre Wünsche nun am Boden zerschellt vor ihren Füßen liegen.

»Schweig«, knurrte ihr Vater, und sie erkannte in seinen Augen grausames Leid, das so tief saß, dass Luisa es nicht zu begreifen vermochte. Dieses Leid war nicht durch den Krieg ausgelöst, nein, es schien viel tiefer zu gehen. Bis zurück in die Kindheit ihres Vaters, in die Vergangenheit ihres Großvaters. Nachdenklich starrte Stephan auf seine Hand, die unschlüssig in der Luft verweilte.

Wie in Trance stand er da. Als ob er nicht wirklich realisiert hätte, was er da gerade getan hatte.

Doch im nächsten Moment drehte er sich von seiner Tochter weg und packte Henry am Kragen. »Du wirst dieses Haus nie wieder betreten!«, zischte er ihm zu, der sich vergebens bemühte, sich aus der Umklammerung zu lösen. »Nie wieder!«

Luisa wollte etwas sagen, aber ihre Kehle war wie zugeschnürt. Sie konnte nur in Henrys blaue Augen sehen, während ihr Vater ihn packte und zur Haustür schleifte.

»Luisa!«, schrie Henry, und plötzlich ging ein Ruck durch ihren Körper, und sie rannte zur Haustür, die ihr Vater jedoch zugeschlagen hatte. Grob ergriff Stephan Luisas Handgelenk und hob erneut die Hand. Luisa kniff instinktiv die Augen zu, da hörte sie ein lautes Rufen.

»Stephan!« Es war die Stimme ihrer Mutter, und Luisa linste vorsichtig hoch. Ihre Mutter kam eilig die Treppe heruntergelaufen. Sie trug noch ihr dunkelblaues Ausgehkleid. Der dicht gewebte Stoff bewegte sich wie Wasser um ihre schlanke Gestalt. Sie musste früher aus Hamburg zurückgekommen sein, gerade so, als ob sie geahnt hätte, dass heute etwas Schreckliches geschehen würde.

Annabella starrte ihren Mann entsetzt an und griff nach seiner Hand. »Das reicht«, sagte sie und legte ihre Finger unter das Kinn ihrer Tochter.

Luisa wollte zurückzucken, aber ihr fehlte die Kraft. Sie begann am ganzen Körper zu zittern, und Tränen rannen unkontrolliert über ihre Wangen. Annabella begutachtete kritisch die hochrote Wange ihrer Tochter und schenkte ihr dann ein schwaches Lächeln.

»Du solltest nach oben in dein Zimmer gehen und die Wange kühlen«, sagte ihre Mutter und schob ihre Tochter sachte in Richtung Treppe.

»Diese Sache ist noch nicht erledigt«, mischte sich ihr Vater ein, aber die Wut war aus seiner Stimme verschwunden.

»Nein!« Luisa drehte sich um. Ihre Wut war noch da. Ihre Enttäuschung noch spürbar. Sie wollte diese Ungerechtigkeit nicht über sich ergehen lassen. »Du willst mein Glück zerstören. Du willst mich brechen. Ich hasse dich, Vater, ich hasse dich.«

Mit diesen Worten stürmte sie die Treppe hinauf, stolperte über eine Stufe und schloss dann krachend die Tür hinter sich. Sofort drehte sie den Schlüssel im Schloss und ließ sich dann an der Tür hinunterrutschen.

Erst saß sie schweigend da. Dann begann Luisa stumm zu weinen. Die Tränen sickerten in den Stoff ihres Kleides, der völlig zerknittert und verdreckt war. Ihre Augen brannten, ihre Wange ebenso. Sie bettete den Kopf auf die Knie und weinte. Sie wusste nicht, wie lange. Sie wusste nicht mal, dass ein Mensch so viele Tränen haben konnte. Dass Menschen so viel Traurigkeit empfinden konnten. Luisa bemerkte, wie ihre Stimme heiser wurde, und sie versuchte mit aller Mühe sich zu beruhigen.

»Ich will ihn doch nur lieben«, murmelte sie mit tränenerstickter Stimme und hievte sich schwerfällig hoch.

Sie starrte auf ihr Spiegelbild und erkannte die junge Frau, die sie sah, nicht wieder. Ihre Haare waren zerzaust, die Frisur völlig ruiniert.

Vorsichtig berührte sie ihre Wange und zuckte zusammen, als der Schmerz erneut durch ihren Körper fuhr.

Nur langsam ebbte die Welle der Traurigkeit ab, und sie ließ sich wieder auf den Boden sinken. Sie wollte dieses schreckliche Leben nicht mehr. Sie wollte nur glücklich sein. Sie hatte sich doch gerade erst wieder mit Henry versöhnt, hatte ihm gerade erst verzeihen können, und jetzt …

Ihr Vater gönnte ihr dieses Glück nicht. Er zerstörte es willentlich. Trotzdem hatte sie gelogen. Sie hasste ihn nicht. Das konnte sie gar nicht. So schnell konnte man niemanden hassen. Vor allem nicht die eigenen Eltern.

Mit letzter Kraft schleppte Luisa sich zum Bett und ließ sich darauf fallen. Sie kuschelte sich in ihre Decke und schloss die Augen. Ließ sich von der Dunkelheit gefangen nehmen.

Am liebsten wäre sie nie wieder aufgewacht, hätte diese Welt nie wieder gesehen und wäre in einen ewigen Schlaf gefallen.

Ein dumpfes Klopfen weckte Luisa aus einem traumlosen Schlaf, und sie schreckte hoch. Mit einer fahrigen Bewegung wischte sie sich die Haare aus dem Gesicht und erhob sich schwerfällig.

Es klopfte erneut, gefolgt von einem rauen Flüstern. »Luisa, lässt du mich rein?« Es war die Stimme ihrer Mutter, und am liebsten wäre sie sitzen geblieben. Sie wollte niemanden sehen. Mit niemandem reden.

Aber sie konnte ihre Mutter dort draußen nicht stehen lassen, und außerdem drang der Geruch einer Hühnerbrühe unter der Türritze hindurch, und wie auf Kommando begann ihr Magen zu knurren.

Erschrocken schaute Luisa auf die Wanduhr in ihrem Zimmer und sog scharf die Luft ein. Sie hatte zwei Stunden geschlafen, und der Himmel war bereits dunkel. Tausend Sterne funkelten daran, und sie fragte sich unwillkürlich, was Henry wohl gerade tat.

Seufzend stand sie auf und schloss die Tür auf. Ihre Mutter hielt ein Tablett mit Suppe, frischem Brot, ein bisschen Käse und Butter sowie Joghurt mit Früchten in den Händen und lächelte ihr aufmunternd zu.

Luisa machte ihr Platz, und Annabella stellte das Tablett auf den kleinen Beistelltisch im Zimmer. Rasch ging Luisa zur Tür und schloss wie in Trance wieder ab. Sie starrte einen Augenblick auf das Tablett und stürzte sich dann gierig auf das Essen. Sie setzte sich auf den Boden, und das kümmerte sie herzlich wenig. Ihr Aussehen war sowieso ruiniert, und ihr Herz war müde von all den Geheimnissen.

Annabella ließ ihrer Tochter die Zeit, die sie brauchte. Sie setzte sich schweigend auf Luisas Bett und beobachtete sie aufmerksam.

Aus den Augenwinkeln sah Luisa den Blick ihrer Mutter und fragte sich, ob diese vielleicht schon viel früher bemerkt hatte, dass sie sich verliebt hatte. Als sie aufgegessen hatte, richtete Luisa sich mühsam auf und schaute ihre Mutter unschlüssig an.

»Vielen Dank für das Essen«, murmelte sie verlegen, wandte den Blick dann ab und nestelte am Saum ihres Kleides herum.

»Luisa, komm her«, forderte ihre Mutter sie auf und klopfte auf das Bett.

Luisa verzog das Gesicht zu einer gequälten Grimasse. Sie wollte nicht hören, dass sie ihren Vater verstehen müsse. Dass er nur das Beste für sie wolle. Denn sie wusste, dass dies nicht der Wahrheit entsprach. Welcher Vater zerstörte willentlich das Glück seines Kindes? Doch sie konnte dem Blick ihrer Mutter nicht standhalten und setzte sich traurig neben sie.

»Mein Schatz«, sagte ihre Mutter liebevoll und zog sie in eine innige Umarmung.

Es war die Umarmung einer Mutter. Die Liebe einer Mutter. Es war, als ob die Zeit stehen blieb, Luisa konnte plötzlich nicht mehr gegen ihre Traurigkeit ankämpfen. Sie konnte nicht mehr stark sein. Sie *wollte* nicht mehr stark sein.

Ein erschöpftes Schluchzen entrann ihrer Kehle, und ihre Finger krallten sich in die Schultern ihrer Mutter. Sie weinte stumm und schloss die Augen.

Ihre Mutter streichelte beruhigend ihren Rücken und ließ ihre Tochter nicht los.

»Ich weiß, dass es wehtut«, flüsterte sie.

Luisa spürte das klopfende Herz ihrer Mutter, und nach einiger Zeit rückte sie ein Stück von ihr ab.

»Das ist nicht wahr«, erwiderte Luisa schnippisch, aber ihre Mutter stoppte sie sofort und hob die Hand.

»Ich meine nicht *das.*« Annabella zeigte auf die immer noch rote Wange ihrer Tochter. »Ich meine *das* hier.« Sie legte ihre Hand auf Luisas Brust. Dorthin, wo ihr Herz war.

Luisa zuckte unwillkürlich zusammen, und ihr wurde schmerzlich bewusst, dass ihre Mutter recht hatte. Die Wange kümmerte sie wenig. Das war ein Schmerz, der vergehen würde. Aber ihr gebrochenes Herz würde vielleicht nie wieder heilen. Vielleicht würde ihre Welt für immer in Scherben liegen.

»Ich liebe ihn, Mutter«, wisperte Luisa, und ihre Hände verkrampften sich.

»Ich weiß, mein Kind.« Annabella lächelte sie freundlich an und strich ihr einige Haarsträhnen aus dem Gesicht. »Das weiß ich schon viel länger als dein Vater.«

Überrascht sah Luisa ihre Mutter an. »Hat Rowena dir etwa …?«, fragte sie vage, doch ihre Mutter schüttelte den Kopf.

»Deine Schwester muss mir gar nichts erzählen, Luisa. Ich werde wohl noch in der Lage sein zu erkennen, wenn sich in den Augen meiner Tochter die Liebe widerspiegelt.«

Schüchtern schaute Luisa zu Boden und spürte, dass sie rot wurde. Ihre Mutter wusste es seit langer Zeit. Aber sie hatte ihre Tochter gewähren lassen. Hatte ihr vertraut.

»Warum darf ich ihn nicht lieben?« In ihrer Stimme schwang so viel Traurigkeit mit, und Luisa sah, wie ihre Mutter sie mit derselben Traurigkeit anblickte.

»Es gibt Dinge, die liegen tief im Verborgenen. Dinge, über die man nicht mehr sprechen möchte, weil sie so schrecklich sind, dass sie einen immer und immer wieder zerstören würden«, führte ihre Mutter mit einem leisen Seufzer aus.

»Ich weiß, dass es mit Großvater zu tun hat«, unterbrach Luisa sie, biss sich dann aber auf die Zunge.

Annabella betrachtete ihre Tochter lange und strich ihr sanft übers Haar. »Wie groß und erwachsen du geworden bist«, sagte sie und lächelte matt. »Du bist eine intelligente junge Frau, und natürlich weiß ich, dass du dir deine eigenen Gedanken machst und Fragen stellst, liebste Luisa.«

Ihre Mutter stand auf und hob das Tablett hoch. »Die Antwort auf die Frage, warum die Familien Linde und Hawkins sich nicht mögen, hängt tatsächlich mit der Vergangenheit deines Großvaters zusammen. Aber weder dein Vater noch ich werden über diese Dinge sprechen. Das wäre deinem Großvater gegenüber nicht gerecht.«

»Aber ist es gerecht, mir mein Leben und meine Liebe kaputt zu machen?«, fragte Luisa und stand wütend auf. Sie wischte sich die Tränen aus den Augen und funkelte ihre Mutter enttäuscht an.

»Nein …«, erwiderte ihre Mutter und schüttelte traurig den Kopf, »ich werde mit deinem Vater und auch deinem Großvater reden, aber ich bitte dich um ein wenig Geduld. Dein Vater hat dir Hausarrest auferlegt.« Ihre Mutter verdrehte die Augen, und ein schelmisches Grinsen schlich sich in ihr Gesicht.

»Ich weiß sehr gut, dass dies dich nicht lange aufhalten wird, sobald wir aus dem Haus sind, aber ich bitte dich, sei geduldig.«

Damit war das Gespräch für ihre Mutter beendet, und sie schloss die Tür auf und ließ Luisa allein zurück. Luisa ließ sich wieder auf ihr Bett fallen und dachte über die Worte ihrer Mutter nach. Sie hatte eine Vermutung, was mit ihrem Großvater geschehen war, aber noch wagte sie nicht, diese Worte laut auszusprechen.

Luisa schniefte leise und stand auf. Mühsam schälte sie sich aus ihrem Kleid heraus und band sich die Haare im Nacken zu einem unordentlichen Knoten zusammen. Dann schlüpfte sie in ihr Nachtkleid und kuschelte sich unter die Decke. Sie holte ihr altes Notizbuch hervor, in welchem sie die Briefe versteckt hatte, die Rowena und sie auf dem Dachboden gefunden hatten. Und in welchem auch der Brief von Matthias war. Das Tagebuch von ihm verstaute sie unter ihrem Kissen. Beinahe andächtig strich sie über die Fotografie ihres Großvaters zusammen mit Matthias.

»Welches Geheimnis verbergt ihr?«, flüsterte Luisa, als ein Klopfen an der Tür sie aufschreckte.

»Herein«, sagte sie mit fester Stimme und schob die Briefe schnell unter ihr Kissen.

Sie hatte die Schritte auf der Treppe gehört, sie aber geflissentlich ignoriert. Es waren die schweren, dumpfen Schritte ihres Vaters. Der unverkennbare Klang seines linken Fußes, mit dem er nicht richtig auftreten konnte, gepaart mit dem Klackern des Gehstocks. Diese alte Kriegsverletzung, die ihren Vater streng und hart gemacht hatte.

Stephan trat ins Zimmer seiner Tochter und schloss sorgsam die Tür. Unschlüssig blieb er stehen und schaute sich um. Sein Blick haftete an nichts Bestimmtem, nur seine Tochter wollte er nicht ansehen.

»Kann ich noch etwas tun für dich, Vater?«, fragte Luisa mit harter Stimme und öffnete ein Buch, welches auf ihrem Nachttisch lag.

Sie konnte sich nicht auf die Geschichte konzentrieren. Die Buchstaben verschwammen vor ihren Augen. Aber sie wollte ihren Vater auch nicht ansehen.

»Luisa«, setzte Stephan an und stoppte dann wieder. Sein Blick fiel auf eine alte eingerahmte Fotografie auf Luisas Schreibtisch. Er ging vorsichtig dorthin und schaute das Bild an.

Es zeigte Luisa und ihn. Im Museum des Holstentors. Sie stand stolz vor einem Ausstellungsstück, das sie vorher mit ihrem Vater zusammen für die neue Themenausstellung vorbereitet, gesäubert und drapiert hatte.

Ein sanftes Lächeln zierte Stephans Züge, und er versuchte sich unbemerkt eine Träne aus den Augen zu wischen. Luisa hatte die Träne gesehen, die er hatte verschwinden lassen wollen, und ihre Hände fingen an zu zittern. Sie presste die Lippen fest aufeinander und bemühte sich, ihre eigenen Tränen zurückzuhalten. Sie wollte nicht nachgeben. Aber dieses Schweigen war ohrenbetäubend, und es zerstörte ihr Herz.

»Ich hasse dich nicht, Vater«, murmelte sie tonlos.

Stephan zuckte unwillkürlich zusammen und stellte den Bilderrahmen wieder auf den Schreibtisch.

»Oh, Luisa …«, erwiderte er mit tränenerstickter Stimme, und Luisa konnte nicht anders, als sich aus der Decke zu schälen und auf ihren Vater zuzugehen. »Ich hätte dich nicht ohrfeigen dürfen, das war falsch von mir, und es tut mir sehr leid.«

Sie schloss Stephan in eine schnelle Umarmung und wandte sich dann ab. Sie wusste, dass es ihm leidtat, aber sie konnte nicht einfach so weitermachen. »Trotzdem werde ich dir nicht verzeihen, wenn du meine Liebe zerstörst.« Es kostete sie viel Kraft, diese Worte auszusprechen.

»Das weiß ich, Luisa. Nichtsdestotrotz wirst du für die nächsten zwei Wochen dieses Haus nicht verlassen. Ich erwarte von dir, dass du dich an diese Regel hältst und dir Gedanken darüber machst, welchen Weg du in Zukunft einschlagen willst. Es steht dir frei, bei mir im Museum zu arbeiten oder ein Studium zu beginnen. Aber ich möchte nichts mehr über diesen Hawkins-Burschen hören.«

»Henry, sein Name ist Henry!«, fauchte Luisa und verengte die Augen zu Schlitzen. »Und ich liebe ihn. Weißt du, was das bedeutet, Vater? Was würdest du tun, wenn dir jemand deine Liebe nehmen wollte?«

Die Luft zwischen ihnen knisterte gefährlich, und Stephan straffte die Schultern. Mit kalten Augen sah er seine Tochter an und drehte sich dann in Richtung Tür.

»Ich würde für diese Liebe kämpfen«, antwortete er mit dumpfer Stimme, die Luisa weit entfernt vorkam. »Aber dieser Kampf ist nicht deiner, Luisa.«

Er öffnete die Tür und schloss sie geräuschvoll hinter sich. Verwirrt stand Luisa in ihrem Zimmer und verstand die Welt nicht mehr. Wieso zur Hölle sagte ihr Vater, dass er an ihrer Stelle kämpfen würde, obwohl es nicht ihr Kampf war? Es war ihre Liebe.

»Wessen Kampf soll es denn sonst sein?«, fragte sie sich.

Großvaters Kampf ist lange vorbei, dachte sie bitter und erinnerte sich an Hans' trauriges Gesicht. An diese blauen Augen, die viel zu viel von der Welt gesehen hatten. Aber vielleicht war Hans' Kampf nie vorbei gewesen. Immerhin lebte Matthias noch. Und die beiden Männer liefen jeden Tag Gefahr, sich irgendwo in der Stadt zu begegnen.

»Luisa«, drang es plötzlich von der anderen Tür zu ihr herein. Es war Rowenas Stimme, und Luisa lächelte versonnen. Sie stand auf, öffnete ihrer Schwester die Tür, und Rowena schlüpfte ins Zimmer. Rowena schaute Luisa traurig an und umarmte sie stürmisch. »Es tut mir so leid«, flüsterte sie leise.

»Das muss es dir nicht, Rowena, es ist nicht deine Schuld«, erwiderte Luisa und schluckte den Kloß in ihrem Hals hinunter. Sie löste sich von Rowena und setzte sich zusammen mit ihr auf das Bett.

»Trotzdem …« Rowena ergriff die Hand ihrer Schwester und neigte den Kopf zur Seite. »Ich hätte nicht zulassen dürfen, dass ihr gemeinsam zu uns nach Hause geht. Oder ich hätte vorher nachschauen sollen, ob Vater zurück ist, aber …«

»Rowena«, unterbrach Luisa ihre Schwester zaghaft, lehnte sich zu ihr hinüber und küsste sie auf die Stirn.

»Es ist alles in Ordnung.« Das war eine Lüge, aber sie wollte ihre Schwester nicht weiter mit dieser Sache belasten. Es war nicht Rowenas Problem.

Rowena zog die Augenbrauen in die Höhe und musterte ihre Schwester lange. Dann seufzte sie leise und holte aus der kleinen Tasche ihres Kleides ein Stück Papier heraus.

»Schau.« Sie hielt Luisa mehrere zerknitterte Zettel hin und lächelte verschwörerisch. »Ich war heute Morgen noch einmal auf dem Dachboden. Dieses Mal habe ich wirklich etwas gesucht. Ein paar von Mutters alten Kleidern für die Schule. Und ich habe unter einer kaputten Diele diese Briefe gefunden.«

Vorsichtig ergriff Luisa die Briefe und drehte sie nachdenklich in der Hand hin und her. »Unter einer Diele, sagst du?«

Rowena nickte bestätigend, und Luisa öffnete einen der Briefe. »Das bedeutet, jemand hat sie dort versteckt.«

»Meinst du, es war Großvater?«, fragte Rowena aufgeregt, und Luisa musste grinsen wegen ihrer Freude.

»Kann sein. Ich bin mir nicht sicher. Hast du die Briefe gelesen?«

Rowena schüttelte den Kopf.

»Na dann.« Luisa kuschelte sich unter die Decke und klopfte neben sich.

Rowena lächelte und schlüpfte ebenfalls unter die weiche Decke. Zusammen saßen die beiden Schwestern da. Wie früher. Als ein Herz und eine Seele. Luisa legte die anderen Briefe vorsichtig zur Seite und erhob die Stimme. Sanft begann sie vorzulesen, was in diesem Brief voller Liebe stand.

»*Meine liebste Greta, ich hoffe, es geht dir gut. Ich kann nicht in Worte fassen, wie sehr ich dich vermisse. Wie gerne ich bei dir wäre. Ich denke jeden Tag und jede Nacht an dich. Wir sind jetzt über einen Monat getrennt, und mein Herz schmerzt jedes Mal, je weiter ich mich von dir fortbewege. Wir sind in Belgien eingefallen. Werden bald einige belgische Dörfer stürmen, um dann die Festung von Lüttich zu erobern. Vermutlich sagen dir all diese Dinge wenig, aber mir ebenso. Matthias ist der von uns, der so viel über den Krieg weiß. Der unsere militärischen Schachzüge versteht.*«

Abrupt stoppte Luisa und runzelte die Stirn. Die weiteren Worte in dem Brief waren verwischt, als ob Tränen oder Wasser die Tinte angegriffen hätten.

»Er muss Greta wirklich sehr geliebt haben …«, sagte Rowena und zeigte auf den Namen am Anfang. »Aber wenn sie seine Versprochene war, was ist dann bloß mit ihr geschehen?«

Luisa nickte zustimmend und versuchte noch weitere Wörter in dem Brief zu entziffern. Aber sie musste ans Ende des Briefes gehen, nur da konnte sie einige wenige Zeilen lesen.

»*Matthias lässt dich grüßen. Auch er vermisst unsere Heimat, auch wenn es manchmal so ist, als wäre er hierfür geboren. Bei ihm sehe ich keine Angst. Ich wünschte, ich könnte so sein wie er. Ich liebe dich, Greta. Ich vermisse dich. Aber ich werde zu dir zurückkehren, das verspreche ich dir. In Liebe, Hans*«, beendete Luisa den letzten Satz und ließ die Worte in ihr Herz sickern.

»Also …«, fasste sie zusammen und hielt den Brief in die Höhe. »Großvater war zusammen mit Matthias, Henrys Großvater, im Krieg, und sie beide kannten Greta, richtig?«

»Richtig«, Rowena nickte bestätigend und zeigte auf das verschwommene Datum am oberen Rand des Briefes. »Schau, das war zu Beginn des Krieges, August 1914. Großvater hat also immer versucht ihr zu schreiben.«

Luisa dachte über die Worte ihrer Schwester nach und strich andächtig über den Brief. Dann holte sie Matthias' Tagebuch hervor. Ruhelos blätterte sie durch die Seiten, dann wieder zurück zum Anfang, bis sie fand, wonach sie so lange gesucht hatte.

»Hier!«, rief Luisa und erntete einen verwirrten Blick von Rowena.

Schnell zog sie ihre Schwester zu sich und tippte auf ein Wort, das leicht verschwommen, aber immer noch gut zu lesen war.

Warnsdorf.

»Ich hab doch gewusst, dass ich irgendwo gelesen habe, wo Großvater und Matthias gewohnt haben!«, rief Luisa aus.

Rowena nahm ihr das Buch aus den Händen und fuhr mit dem Finger über das Wort. »Und jetzt?«

Luisa dachte einen Augenblick nach und grinste ihre Schwester dann an. »Meinst du, du könntest mir einen Gefallen tun?«

Rowena wollte den Kopf schütteln, denn sie schien zu ahnen, was Luisa von ihr wollte, dann aber nickte sie kaum merklich. »Was soll ich tun?«, fragte sie ergeben.

Luisa lächelte ihre Schwester freudig an und vergaß für einen Augenblick den Streit mit ihrem Vater und den Rauswurf von Henry. »Bitte nimm Kontakt zu Henry auf, ich werde zusammen mit ihm nach Warnsdorf fahren!«

»Was?«, rief Rowena aus und schlug sich die Hand vor den Mund. »Aber Luisa, du hast Hausarrest.«

Luisa verdrehte die Augen und seufzte leise. »Das weiß ich doch. Aber ich werde mir meine Liebe zu Henry nicht nehmen lassen. Sag ihm …«, nachdenklich schaute Luisa auf den Kalender, der an der Wand bei ihrem Schreibtisch hing. »Sag ihm, dass wir uns am Freitag in einer Woche treffen und gemeinsam nach Warnsdorf fahren.«

Rowena wirkte immer noch wenig begeistert von der Idee, nickte aber schließlich. »Willst du ihm denn nicht wenigstens einen Brief schreiben oder so?«

»Du hast die besten Ideen der Welt, Rowena!« Eilig erhob Luisa sich und zog einen Briefbogen aus ihrer Schreibtischschublade. »Ich danke dir.«

Rowena winkte lächelnd ab und erhob sich. »Ich weiß, was würdest du nur ohne mich machen?«

Luisa schloss ihre kleine Schwester in die Arme. »Ich wäre verloren«, flüsterte sie in Rowenas Ohr.

Rowena betrachtete Luisa noch kurz und schlüpfte dann mit einem letzten Lächeln aus dem Zimmer. Voller Euphorie begann

Luisa die Worte an Henry zu verfassen. Sie wusste, dass sie sich auf dünnem Eis bewegte. Dass ihr Vater sie womöglich fortschicken würde, wenn er sie wieder mit Henry erwischte.

Aber das musste Luisa riskieren. Für Henry und für ihre Liebe, für ihren Traum, raffiniertes Marzipan zu kreieren.

Für all jene Dinge, die ihr so viel bedeuteten.

KAPITEL 16

HENRY

»Henry!« Der Angesprochene zuckte zusammen, als sein Vater nach ihm rief. Seufzend legte er die Zeitung zur Seite und ballte seine zitternden Hände zu Fäusten. Drei Tage war es her, dass Luisas Vater ihn aus ihrem Haus hinausgeworfen hatte. Drei Tage, in denen Henry nur an sie gedacht hatte. Zu keinem anderen klaren Gedanken war er in der Lage gewesen, und er vermisste sie schrecklich.

Es war, als wäre seine Welt in tausend Scherben zersprungen. Er konnte den Anblick von Luisas Vater nicht vergessen, diesen Hass, der in seinen dunklen Augen loderte.

Langsam erhob Henry sich aus dem Sessel und ging hinüber ins Büro seines Vaters. Er klopfte kurz an die Tür, welche geöffnet war, und Nikolas schaute auf.

»Da bist du ja.« Um die Lippen seines Vaters kräuselte sich ein süffisantes Lächeln, und er winkte Henry zu sich.

»Was kann ich für dich tun, Vater?«, fragte Henry desinteressiert und vergrub seine Hände in den Hosentaschen seiner leichten braunen Stoffhose.

»Schließ bitte die Tür.« Nikolas' Stimme klang mit einem Mal sehr ernst, und ein mulmiges Gefühl beschlich Henry.

Trotzdem tat er wie geheißen und setzte sich auf den Stuhl gegenüber seinem Vater. Nikolas faltete die Hände zusammen und sah Henry ruhig an.

»Ich sage es dir zum letzten Mal, Henry.«

Henry schluckte schwer, und seine Hände verkrampften sich unter dem Tisch. Er wich dem Blick seines Vaters aus und biss sich auf die Unterlippe.

Als sein Vater nicht weitersprach, schaute er ihm wohl oder übel ins Gesicht. »Worum geht es?«

»Du weißt, worum es geht, Henry.«

Ja, Henry konnte sich denken, was sein Vater von ihm wollte. Und er wollte nicht mit ihm darüber sprechen.

»Ich werde nicht tun, was du von mir verlangst«, sagte er, schlug die Beine übereinander und verschränkte die Arme vor der Brust.

Nikolas lachte leise auf. Er lehnte sich ein kleines Stück nach vorn und funkelte seinen Sohn höhnisch an.

»Dann weißt du ja, wo die Tür ist.« Nikolas' Worte waren hart und kalt wie geschliffener Stahl. Es war, als würde jemand Henry einen Dolch ins Herz bohren, und seine Miene entgleiste jäh.

»Du …« Er musste sich räuspern, bevor er weitersprechen konnte, denn seine Kehle war staubtrocken, und die Worte kamen ihm nur schwer über die Lippen. »Du meinst das wirklich ernst, Vater.«

Es war keine Frage, die Henry stellte, denn er wusste, dass sein Vater keine Dinge sagte, die er nicht auch so meinte.

Nikolas nickte bedächtig und seufzte tief. »Wenn du nicht bereit bist, deinen Teil für diese Familie, diese Manufaktur und alles, was uns ausmacht, beizutragen, dann geh, Henry.«

Nur mit Mühe unterdrückte Henry die Tränen und ballte die Hände zu Fäusten. Der Schmerz war allgegenwärtig, und er biss sich so fest auf die Unterlippe, dass er Blut schmeckte.

Es gab so viele Dinge, die er seinem Vater gerne gesagt hätte, so vieles, was er ihm gerne an den Kopf geworfen hätte, aber Henry wusste, dass es keinen Sinn hatte. Sein Körper verkrampfte sich, und mühsam stand er auf. Sah seinen Vater ein letztes Mal an.

»Wieso kannst du nicht verstehen, dass ich Luisa liebe? Was ist daran so unbegreiflich für dich?«, presste er zwischen zusammengebissenen Zähnen hervor.

Nikolas zuckte mit den Schultern. »Weißt du, mein Sohn. Manchmal ist die Liebe nicht gut. Manchmal kann die Liebe nicht alle Wunden heilen und zerstört uns mehr, als wir es jemals erwarten würden.«

»Hättest du nicht um Mutter gekämpft, wenn sie dir verwehrt worden wäre?«, fauchte Henry wütend, und seine Stimme wurde lauter, ein unangenehmes Dröhnen hallte in seinen Ohren wider.

»Das hätte ich, aber das ist eine andere Geschichte.«

»Ist es nicht!« Henry knallte seine Hände auf die Tischplatte, und die Kaffeetasse seines Vaters fiel mit einem Klirren um.

Die schwarzbraune Flüssigkeit ergoss sich über den Tisch und tropfte zu Boden. Die Stille war ohrenbetäubend, und sein ganzer Körper schien zu zittern.

»Was ist hier los?«, erklang mit einem Mal eine skeptische Stimme hinter ihnen, und Henry musste sich nicht umdrehen, um zu realisieren, dass es seine Mutter war.

Esmara ging mit langsamen Schritten in das Büro ihres Mannes hinein. Ihr Blick huschte von Vater zu Sohn, und Henry erkannte eine ihm wohlbekannte Traurigkeit in ihren Augen.

»Ich werde dieses Haus verlassen«, informierte Henry seine Mutter und bemühte sich um einen neutralen Ton.

Esmara sah ihren Sohn entgeistert an und starrte dann auf ihren Mann, der immer noch schweigend auf seinem Stuhl saß.

»Das kann nicht dein Ernst sein, Nikolas.«

Henry hatte noch nie erlebt, dass seine Mutter die Stimme erhob, aber in diesem Augenblick schien ihre ungezügelte Wut seinen Vater ungehindert zu treffen.

»Es ist mein Ernst, Esmara«, entgegnete Nikolas ruhig und erhob sich ganz langsam. »Henry hat die Wahl. Entweder er überzeugt dieses Linde-Mädchen, dass ihr Vater mir das Grundstück verkauft, oder er geht. Ich brauche keinen Sohn, der nicht zu unserer Familie hält, für die ich im Übrigen alles getan habe.«

Esmara stieß geräuschvoll Luft aus ihren Lungen und verschränkte ihre Hände vor der Brust. Zornig sah sie ihren Mann an. »Mir ist sehr wohl bewusst, dass du sehr viel für unsere Familie, für mich und meinen Vater getan hast. Dass du deinen Nachnamen für unseren aufgegeben hast, damit der Name *Hawkins' bestes Marzipan* erhalten bleibt. Dass du während des Krieges die Manufaktur mit größter Mühe geführt hast und alles dafür getan hast, dass wir sie nicht verlieren, auch wenn du dafür deinen Stolz über Bord werfen musstest. Ich bin dankbar für alles, was du getan hast, aber du wirst unseren Sohn nicht vor die Tür setzen.«

»Mutter …«, mischte Henry sich ein und hob beschwichtigend die Hände. »Es ist in Ordnung, ich werde gehen.«

Esmaras Kopf zuckte herum, und sie sah ihren Sohn an. Tränen wanderten ihre Wangen hinab und versickerten im roten Stoff ihres Kleides.

»Nein, Henry, du …«

Henry ging ein paar Schritte auf seine Mutter zu und schloss sie in die Arme. Ihr Körper zitterte unkontrolliert, und es brach ihm das Herz, sie so in Tränen aufgelöst zu sehen. Das wollte er nicht. Aber er war ein erwachsener Mann, und dieses eine Mal würde er nicht nachgeben. Dieses eine Mal würde er sich gegen die Wünsche seines Vaters stellen.

»Bitte weine nicht, Mutter«, flüsterte Henry. »Du hast mir doch beigebracht, für die Dinge einzustehen, die mir wichtig sind. Und ich liebe Luisa. Es tut mir leid, wenn ich damit alte Wunden in deiner und Großvaters Vergangenheit aufreiße, aber lass mich gehen.«

Esmara legte ihre Hände um Henrys Körper und hob den Kopf. Mit Tränen in den Augen sah sie ihn an. »Aber …« Sie stockte und legte eine Hand an Henrys Wange. Ein zartes Lächeln erschien auf ihren Lippen, dann nickte seine Mutter. »Geh … aber bitte, melde dich bei uns.«

Henry ergriff ihre Hand und hauchte seiner Mutter einen Kuss auf die Wange. »Das werde ich«, versprach er.

Dann sah er seinen Vater ruhig an, straffte die Schultern und verließ dessen Büro. Mit aller Mühe versuchte Henry seine Gefühle unter Kontrolle zu bringen, die wie ein Sturm in seinem Inneren tobten. Er ging nach oben in sein Zimmer und warf achtlos ein paar Kleidungsstücke in seine Reisetasche. Dann noch seine Geldbörse und einige alte Erinnerungsstücke.

Mit einem Ziehen in der Magengrube ging er die Treppe wieder hinunter und sah sich ein letztes Mal in diesem Haus um. Die Sonne fiel durch die Fenster, Staub tanzte im Licht, denn ihr Dienstmädchen Elise war gerade dabei, die Kommode und den Boden zu reinigen.

Sie schaute überrascht auf, sagte aber kein einziges Wort, als Henrys Vater noch einmal aus seinem Büro heraustrat und Henry eingehend musterte. »Bist du dir wirklich sicher, mein Sohn?«

Henry verstand zunächst nicht, was sein Vater mit dieser Frage bezwecken wollte. Er hatte sich entschieden. Er würde Luisa über seine Familie und sein Erbe stellen. Er würde herausfinden, was damals geschehen war, und niemand würde ihn mehr aufhalten.

»Das bin ich, Vater. Auf Wiedersehen, und Gott möge dich schützen.« Henrys Finger umklammerten den Gurt der Reisetasche so fest, dass seine Knöchel weiß hervortraten, als er die Haustür öffnete und hinaus in die Freiheit trat. Die Tür knallte dumpf hinter ihm zu, und ein frischer Wind wehte Henry um die Nase.

Das Zittern seiner Hände hatte aufgehört, und zum ersten Mal in seinem Leben fühlte Henry sich, als könnte er frei atmen. Er ließ den Blick über die Straßen schweifen, die so kurz vor der Mittagszeit langsam leerer wurden. Die Kinder waren noch in der Schule, die Frauen standen am Herd, und die Väter arbeiteten, um ihre Familien zu ernähren. Obwohl diese Welt, diese Zeit, schon viel moderner hätte sein können, hingen die meisten Erwachsenen noch an Traditionen und alten Denkmustern fest. So wie seine und Luisas Familie.

Henry straffte die Schultern und schaute nicht zurück, während er sich von seinem Heim entfernte und alles hinter sich ließ.

Henry stand vor der Haustür von Heinrich Storchert, der immer noch derselbe junge Mann war, den er damals in der Oberstufe kennengelernt hatte, nachdem Heinrichs Familie von Hamburg nach Lübeck umgezogen war.

»Henry! Was verschafft mir die Ehre, mein alter Freund?«, fragte Heinrich und schlug Henry gegen die Schulter.

Henry konnte sich ein Schmunzeln nicht verkneifen. Heinrich war immer noch laut, witzig und ein Sonnenschein in allen Lebenslagen. Henry deutete mit dem Kopf auf seinen Reisebeutel und grinste Heinrich schief an.

Über dessen Gesicht huschte ein Lächeln, und er fuhr sich durch seine rotblonden, krausen Locken. Sein Gesicht war weiß wie Kalk, mit hohen Wangenknochen, und seine dunkelgrauen Augen musterten Henry neugierig.

»Was hast du ausgefressen?«

Henry seufzte schwer und schaute sich um. Die Holstenstraße lag ruhig da, aber trotzdem fiel es ihm schwer, über das zu reden, was vorgefallen war.

Heinrich bemerkte dies sofort und öffnete die Tür noch ein Stück weiter. »Komm erst mal rein«, forderte er Henry auf, und dankbar betrat dieser die Wohnung.

Als Heinrich die Tür schloss, war es, als fiele eine bleischwere Last von Henrys Schultern. Natürlich hatte er sich gesorgt, ob er

Zuflucht bei seinem alten Freund finden würde, der im letzten Jahr geheiratet hatte und dessen Frau, wenn Henry dem Lübecker Tratsch richtig gelauscht hatte, schwanger war.

»Mina!«, rief Heinrich und schaute die Treppe hinauf. »Wir haben Besuch.«

Kurz war es still im Flur, dann hörte Henry zaghafte Schritte auf der Treppe, und eine junge Frau kam langsam auf sie zu. Eine deutliche Wölbung war unter ihrem karmesinroten Kleid zu erkennen, welches perfekt mit ihren blonden Haaren harmonierte, die sich offen über ihre Schultern ergossen. Die Frau lächelte Henry höflich an, und ihre blauen Augen musterten ihn mit einem neugierigen Funkeln.

»Es freut mich, Ihre Bekanntschaft zu machen, Henry«, begrüßte sie Henry und streckte die Hand aus.

Henry ergriff diese eilig und schenkte ihr ebenfalls ein freundliches Lächeln. »Mich ebenso, … Mina?«

Sie lachte auf und schüttelte den Kopf. »Eigentlich Wilhelmina … ein schrecklicher Name, wenn Sie mich fragen. Als ob meine Eltern so enttäuscht gewesen wären, dass es nur ein Mädchen ist, dass sie mir unbedingt diesen Namen geben mussten. Daher nennen mich alle nur Mina.«

Die junge Frau war Henry auf Anhieb sympathisch, und er stimmte in ihr herzliches Lachen ein. »Es freut mich, Sie kennenzulernen, Mina.«

Mina nickte und musterte Henry kurz von oben bis unten. »Ich nehme an, dass Sie nicht nur auf der Durchreise sind?« Sie sah auf Henrys Reisebeutel, und dieser senkte peinlich berührt den Kopf.

»Nein, das bin ich nicht, aber die Geschichte ist ein wenig kompliziert.«

Mina schien auf Anhieb zu verstehen. »Geht nur gemeinsam in den Salon, ich lasse Sybille das Gästezimmer herrichten.«

Heinrich lächelte glückselig und hauchte seiner Frau einen sanften Kuss auf die Stirn. »Ich danke dir, mein Liebling.«

Mina nickte schweigend und strich kurz mit der Hand über Heinrichs Arm. Dann verschwand sie in einen Nebenraum, der vermutlich zu dem Zimmer des Dienstmädchens oder der Küche führte.

Henry drehte sich um die eigene Achse und pfiff leise. »Du hast dir wahrlich ein schönes Leben aufgebaut.«

Heinrich machte eine wegwerfende Handbewegung. »Minas Vater hat es sich nicht nehmen lassen, dass seine Tochter den gleichen Luxus genießt, wie sie es von zu Hause kennt.«

Henry nickte wissend und folgte seinem alten Freund ins Wohnzimmer. Er erinnerte sich daran, dass Mina ebenfalls aus Hamburg stammte und sie und Heinrich sich kannten, seit sie kleine Kinder waren. Sie hatten einander immer geliebt, und Heinrich war beinahe daran zerbrochen, sich von ihr zu trennen, als sein Vater für seine Geschäfte nach Lübeck ziehen musste.

»Whiskey?«, fragte Heinrich und hob eine Flasche mit einer dunkelbraunen Flüssigkeit in die Höhe.

Henry konnte nicht anders, als leise aufzulachen. »Es ist noch nicht mal Nachmittag, Heinrich.«

Heinrich warf Henry einen schrägen Blick zu. »Du siehst aus, als ob du es gebrauchen könntest.«

Henry zuckte mit den Schultern und ließ sich auf einem Sessel am Fenster nieder. »Wenn du das sagst.«

Heinrich nickte, füllte zwei Gläser mit reichlich Whiskey und stellte diese auf den Tisch, dann setzte er sich ebenfalls in den Sessel. »Und nun … erzähl mir, was du getan hast, um aus deinem Elternhaus rausgeschmissen zu werden.«

Henry hob das Glas und ließ den Whiskey darin ein bisschen kreisen, dann trank er einen Schluck. Ein scharfer, salziger Geschmack prickelte auf seiner Zunge, und die rauchige Note flammte in seiner Kehle auf.

»Ich habe mich verliebt«, begann er und trank noch einen großen Schluck, bevor er Heinrich die Ereignisse der letzten Monate erzählte.

Es klopfte an der Tür des Gästezimmers, und Henry schaute überrascht auf. »Herein«, rief er und erhob sich vom Bett, auf dem er es sich gemütlich gemacht hatte.

Die Tür schwang auf, und Mina stand im Türrahmen und lächelte Henry an. »Es wurde ein Brief für dich abgegeben«, informierte Mina ihn und hielt Henry ein Schriftstück hin. Sie hatte ihm beim Abendessen das *Du* angeboten, und Henry hatte es erfreut angenommen.

Überrascht ergriff Henry den Umschlag und starrte auf die Schrift, die ihm sehr bekannt vorkam und sein Herz sofort aus dem Takt brachte.

»Luisa«, flüsterte er mit rauer Stimme, während die wenigen Worte in seine Gedanken sickerten.

Komm zum Holstentor. Heute Abend gegen 20 Uhr. Wir passen perfekt zusammen.

»Ist alles in Ordnung?«, fragte Mina, und Henry hob eilig den Blick.

»Ja, alles in Ordnung, ich werde noch mal losmüssen.«

Mina betrachtete Henry mit einem kleinen Grinsen und nickte dann. »Ich finde es wichtig, dass du für deine Liebe kämpfst«, sagte sie und strich sich über den Bauch.

Henry sah die Frau seines guten Freundes nachdenklich an. Sie hatten beim Abendessen kaum über Luisa oder seine Eltern gesprochen, aber Mina schien eine überaus gescheite Frau zu sein, die auch ohne Worte verstand, was die Menschen betrübte.

»Vielen Dank, Mina.« Henry nickte ihr zu und nahm seinen Mantel vom Haken an der Tür. »Seid ihr nachher noch zugegen oder …?«

Henry brauchte nicht weiterzusprechen; Mina hielt ihm einen silbernen Schlüssel entgegen, der im matten Licht der Deckenlampe funkelte. »Für dich.«

Mit einem Lächeln ergriff Henry den Schlüssel. »Vielen Dank!« Er zog sich rasch seinen Mantel über und lief eilig die Treppenstufen hinunter. Obwohl Henry sich nicht vorstellen konnte, wie Luisa es geschafft hatte, ihren Eltern zu entkommen, durchzuckte ihn eine freudige Aufregung.

Er schaute die Holstenstraße hinunter und erblickte das Holstentor, das in Dunkelheit getaucht vor ihm lag. Mit schnellen Schritten ging er die Straße hinunter und schlug den Kragen seines Mantels hoch, denn ein herber Wind sauste heulend durch die Straßen. Während Henry die Straße hinunterlief, fing es an zu regnen, und obwohl an jeder Ecke der Stadt die Bäume in ihrer ganzen Pracht blühten, war heute ein schrecklicher, nasskalter Abend. Die Dunkelheit und die Kälte harmonierten perfekt mit Henrys gebrochenem Herzen, und ein bitteres Lachen entrann seiner Kehle, als er die Treppenstufen zum Holstentor hinunterging.

Zuerst sah er niemanden in der Dunkelheit, und Sorge erfasste ihn, dass Luisa doch nicht gekommen war, dann aber hörte Henry eine leise Stimme in seinem Rücken.

»Ich bin hier.« Eine kleine, schmale Gestalt trat aus dem Schatten und schüttelte einige Regentropfen von ihrem Mantel. Dann nahm sie die Kapuze ab.

Henry starrte irritiert auf die Person, die nicht Luisa, sondern ihre Schwester Rowena war.

»Was …? Aber ich habe gedacht, dass Luisa …«

Rowena schenkte ihm ein kleines Lächeln und schaute auf den roten Torbogen des Holstentors. Sie sah traurig aus, als sie erneut den Blick auf Henry richtete. »Sie hat Hausarrest und wird vermutlich in den nächsten Tagen nicht das Haus verlassen können …«

Henry nickte betroffen. Er war selbst dabei gewesen, hatte den Zorn von Luisas Vater gespürt. »Aber was tust du dann hier, und wie zur Hölle wusstest du, wo ich bin?«

Rowena fuhr sich durch ihr braunes Haar, und erneut fiel Henry die verblüffende Ähnlichkeit der Schwestern auf. Ihr Lächeln und ihre Gesichtszüge ähnelten einander sehr. Nur war Luisas Haar rabenschwarz im Gegensatz zu dem von Rowena.

»Ich habe meine Quellen.« Ein geisterhaftes Grinsen huschte über Rowenas Gesicht. »Aber das tut nichts zur Sache. Ich muss dir eine Menge erklären, aber zuerst solltest du den hier lesen.« Sie reichte ihm einen leicht zerknitterten Brief, auf dem in wundervoll geschwungener Schrift sein Name stand.

»Von Luisa?«, fragte er leise, und Rowena nickte. Mit zitternden Händen ergriff Henry den Brief und öffnete ihn. Er zog scharf die Luft ein, als seine Augen über die Worte huschten und ihn erneut eine tiefe Dunkelheit überkam.

Liebster Henry,
es tut mir leid, dass ich nicht selbst zu dir kommen kann. Bitte verzeih mir. Nachdem mein Vater dich vor die Tür gesetzt hat, habe ich Hausarrest bekommen, und meine Eltern halten Wache über mich, als wäre ich eine Verbrecherin.
Ich hoffe, du kannst mir meinen Übermut verzeihen. Ich habe das alles so nicht gewollt. Und zu allem Überfluss hat mein Vater auch noch herausgefunden, dass ich den jungen Mann, mit dem er mich verkuppeln wollte, abgewiesen habe. Und das ganz bewusst. Wenn ich könnte, Henry, würde ich aus dem Fenster springen und sofort zu dir laufen. Aber ich

würde mir alle Knochen brechen – ein Tollpatsch war ich schon immer.
Aber ich will unsere Liebe nicht aufgeben. Ich kann unsere Liebe nicht aufgeben. Daher habe ich Rowena gebeten, dir diesen Brief zu bringen. Denn ich habe mir noch mal das ganze Tagebuch von Matthias durchgelesen. Unsere beiden Familien scheinen früher in Warnsdorf gelebt zu haben. Ich möchte mit dir dorthin fahren. Bitte, Henry, lass uns gemeinsam an die Ostsee fahren. Lass uns dieses Geheimnis lüften. Nur wir zwei. Wir werden den Spuren der Vergangenheit folgen. Ich werde aus diesem Hausarrest fliehen. Ich habe heimlich in den Terminplan meines Vaters geschaut. Im Mai, Henry, am Dritten des Monats, ist er fort, zusammen mit meiner Mutter. Ich werde einen Weg finden, meinen Großvater zu überlisten. Lass uns uns frühmorgens am Bahnhof treffen und den ersten Zug nehmen. Ich liebe dich, Henry, und meine Gedanken sind immer bei dir.
In Liebe
Luisa

Er brauchte einige Zeit, um die Worte zu verstehen und sacken zu lassen. Henry fuhr sich durch seine wilden Locken und schaute Rowena an.

»Unsere Großväter haben in Warnsdorf gelebt … diesem Erdbeerdorf?« Die Worte kamen Henry nur schwer über die Lippen, denn das hatte er nicht gewusst.

Denn er wusste, das war ihm in den letzten Monaten klar geworden, rein gar nichts über seine Familie.

»Damals wurden dort noch nicht so viele Erdbeeren angebaut. Sondern eher Grundnahrungsmittel wie Weizen und Kartoffeln«, antwortete Rowena und zuckte mit den Schultern. Sie zog sich die Kapuze wieder über den Kopf und lehnte sich gegen die Steinmauer.

»Glaubst du, Luisa schafft das?« Henry sah ihre kleinere Schwester eingehend an, und sie wich seinem Blick nach ein paar Sekunden schüchtern aus.

»Meine Schwester ist eigensinnig, aber gleichzeitig sehr friedliebend. Sie hasst Streit und versuchte als Kind immer jedem Konflikt aus dem Weg zu gehen. Normalerweise war ich es, die Ärger mit unseren Eltern hatte. Nie Luisa. Aber dieses Mal … ich habe sie noch nie so wütend gesehen. Sie will für ihre Liebe zu dir kämpfen. Und ja, ich glaube, dass meine Schwester das schaffen kann.«

Henry seufzte leise und legte Rowena sanft eine Hand auf die Schulter. Sie zuckte irritiert zusammen und starrte auf ihre Schuhe.

»Rowena, kannst du Luisa sagen, dass ich sie sehr liebe und dass ich mich auf das Treffen freue?«

Rowena neigte den Kopf zur Seite und linste ihn durch einige lose Haarsträhnen hindurch an. »Das mache ich«, versprach sie ihm.

Dann hob sie die Hand und legte sie auf seine Brust. »Wenn du dich nützlich machen willst, dann versuch irgendwie herauszufinden, wer diese Frau namens Greta war. Und vor allem …« Sie sah ihn ernst an und erhob die Stimme. »Pass auf meine Schwester auf. Das musst du mir versprechen. Luisa hat ein glückliches Leben verdient.«

Henry war überrascht über diese klaren und trotzdem so liebevollen Worte. Sie war zwar Luisas kleine Schwester, benahm sich aber eher wie die Ältere.

Er lächelte matt und nickte. »Ich verspreche dir, dass ich Luisa beschützen werde.«

Rowena lächelte zufrieden und reichte Henry die Hand. »In Ordnung. Ich werde Luisa alles berichten, und ich werde euch auch weiterhin decken.«

Sie richtete ihre Kapuze und strich ihr Kleid glatt, dann drehte sie sich um und winkte ihm nur kurz zu. Bald war ihre Silhouette in der Dunkelheit verschwunden. Henry blieb noch eine Weile im Schutz des Holstentors stehen und sah ihr noch lange nach.

Die Hand zur Faust geballt, schaute er in den dunklen Nachthimmel. Wie gut, dass er nicht mehr zu Hause lebte und somit niemand aus seiner Familie seine Abwesenheit bemerken würde. Mit langsamen Schritten ging er zurück zu Heinrichs Wohnung und schaute, kurz bevor er sie betrat, noch einmal auf die leeren und verregneten Straßen Lübecks, die in tiefer Dunkelheit lagen. Ja, er würde mit Luisa dieses Dorf besuchen, und er würde um jeden Preis die Wahrheit herausfinden. Für diese eine Liebe, die ihm alles bedeutete.

KAPITEL 17

LUISA

Luisa hatte die halbe Nacht wach gelegen und an Henry gedacht. So lange hatte sie nicht mit ihm geredet. Nur Rowena hatte mit ihm gesprochen und ihr versichert, dass zumindest sie ihnen ihren Segen geben würde. Das war zwar nur ein schwacher Trost, aber mit Rowena an ihrer Seite fühlte sich Luisa immerhin ein Stück geborgen. Sie hatte sich mit Backen abgelenkt, weitere Pralinen kreiert und hing ihren eigenen Träumen immer noch nach, auch wenn dieser Streit mit ihrem Vater schwer auf ihrem Herzen lastete.

Sie hatte am frühen Morgen ihre große Handtasche mit ihrer Geldbörse, einer wärmeren Jacke und Essen gepackt sowie eine weitere Dose mit neuen Pralinen eingesteckt. Wenigstens Henry wollte sie an ihrer Leidenschaft teilhaben lassen.

Sie war bereit für diesen Tag an der Ostsee mit Henry und freute sich schon so lange darauf. Rowena war am Morgen in ihr Zimmer geschlüpft und hatte zusammen mit ihr darauf gewartet, dass ihre Eltern das Haus verließen.

Sie hatten sich nicht von Luisa verabschiedet, aber es war ihr völlig klar, dass sie immer noch Stubenarrest hatte. Jetzt war die letzte Hürde ihr Großvater. Luisa schlich die Treppe hinunter und lauschte. Sie hörte Rowenas liebliche Stimme im Wohngemach, wie sie mit Hans redete.

Luisa atmete erleichtert auf und zog sich ihre Schuhe so leise wie möglich an. Dann griff sie nach den Schlüsseln und trat nach draußen. Warme Sommerluft empfing sie, und erfreut schaute Luisa in den blauen Himmel, der mit sanften weißen Wolkentupfern besetzt war.

In den letzten Wochen war es noch recht kalt gewesen, doch nun hatte der Frühling Einzug in der Stadt gehalten. Die Vögel zwitscherten eine wunderschöne Melodie, und leichtfüßig lief sie durch die Straßen von Lübeck. Als sie unten am Holstentor angekommen war, blieb sie für einen Augenblick vor diesem Monument der Stadt stehen. Sie faltete die Hände zusammen und erhob den Blick erneut gen Himmel. Auch wenn Luisa nicht wirklich daran glaubte, dass Gott alle Probleme lösen könnte, wollte sie an der Hoffnung in ihrem Herzen festhalten. Daran, dass dort oben im Himmel jemand über sie wachte. Ob es der Gott war, zu dem die Menschen in der Kirche beteten, vermochte sie nicht zu sagen.

Bitte, pass auf mich auf. Wer immer du da oben im Himmel bist. Lass mich diese Liebe für immer spüren, dachte sie.

Dann schulterte sie ihre Tasche und ging am Holstentor vorbei. Sie überquerte die Straße und lief mit leichtfüßigen Schritten in Richtung Bahnhof. Einige Schulkinder fuhren auf Fahrrädern an ihr vorbei, ein paar kleine Jungen spielten zwischen den Bäumen mit einem alten Fußball, und feine Damen schoben Kinderwagen durch die Straßen. Luisa genoss die wunderbare Wärme und die Sonne, die ihr Herz in Aufruhr versetzte. Kurz blieb sie vor dem imposanten Bahnhofsgebäude stehen und schaute auf die Fassade aus rotem Stein. Drei Eingänge führten ins Innere des Bahnhofs, und große Torbögen erstreckten sich darüber. Rechts von Luisa waren noch allerlei kleine Geschäfte, die ihre Waren an die Reisenden verkauften.

Mit einem Lächeln auf den Lippen betrat Luisa die Bahnhofshalle, und sofort umfing sie wilder Lärm. Kinder rannten durch die Gegend, Herren diskutierten in Cafés lautstark mit Zeitungen in der Hand über die neuesten Entwicklungen in der Welt. Kleine Gruppen von Frauen liefen gemeinsam durch die Halle.

Luisa straffte die Schultern und ging nach rechts zur Fahrkartenausgabe. Sie holte ein paar Münzen aus ihrer Geldbörse und kaufte sich ein Ticket an die Ostsee. Dann ging sie die Treppen hinunter zu ihrem Gleis und schaute sich suchend um.

Sie blickte auf ihre Armbanduhr und dann auf die Anzeige des Gleises. Der Zug würde in zehn Minuten losfahren, und Luisa bemerkte, wie sie nervös wurde.

Ob Henry kommen würde? Vielleicht war ihm irgendetwas dazwischengekommen. Sie biss sich auf die Unterlippe und versuchte, die trüben Gedanken zu verscheuchen.

Rauch stieg auf, als der Zug in den Bahnhof einfuhr, und tauchte das Szenario in weißen Nebel. Plötzlich spürte Luisa, wie jemand seine kalten Hände auf ihre Augen legte und die Welt dunkel wurde.

»Wer bin ich?«, fragte eine galante Stimme, und sie berührte vorsichtig die Hände, welche ihr Sichtfeld verdeckten.

In ihrem Körper machte sich ein wohliges, vertrautes Kribbeln breit, und sie drehte sich lächelnd um.

»Die Liebe meines Lebens«, murmelte sie an Henrys Brust, stellte sich auf Zehenspitzen und küsste ihn stürmisch.

Henry erwiderte ihren Kuss begierig, und erst als Luisas Herz langsamer klopfte, lösten sie sich voneinander.

»Hast du dir Sorgen gemacht, dass ich nicht komme?« Er legte seine Finger unter ihr Kinn und musterte sie eingehend.

Luisa neigte den Kopf zur Seite und ergriff Henrys Hand. Er konnte in ihrem Gesicht lesen wie in einem offenen Buch.

»Ein bisschen«, log sie und lächelte ihn an.

»Ich würde immer kommen, das weißt du doch«, sagte er.

Gemeinsam betraten sie den Zug und suchten sich eine ruhige Ecke, in der sie ungestört miteinander sprechen konnten. Luisa setzte sich auf den Fensterplatz und lehnte ihren Kopf an Henrys Schulter. Er strich ihr sanft übers Haar und küsste sie auf den Kopf.

»Ich habe dich so sehr vermisst«, flüsterte sie mit belegter Stimme und sah Henry aus den Augenwinkeln an.

Er lächelte zaghaft und presste die Lippen aufeinander. Sie konnte sofort erkennen, dass nicht alles gut war bei ihm, und rückte ein Stück von ihm ab.

»Alles in Ordnung?«

Henry seufzte leise und verschränkte seine Finger mit ihren. »Ich wohne nicht mehr zu Hause«, eröffnete er ihr dann, und sie unterdrückte einen spitzen Schrei, als der Zug mit einem Ruckeln losfuhr.

»Aber wieso?«, fragte Luisa bestürzt und senkte die Stimme.

Henry zuckte unbehaglich mit den Schultern. »Mein Vater wollte erneut, dass ich dich dazu bringe, mit deinem Vater wegen des Grundstücks zu sprechen. Ich habe abgelehnt. Aber er behauptet, wenn ich nicht alles für die Manufaktur tue, dann richtet sich das auch gegen ihn und meine Familie.«

Luisa sog scharf die Luft ein und sah Henry traurig an. »Das tut mir leid, Henry. Das habe ich nicht gewollt.«

Henry antwortete nicht sofort und starrte stattdessen aus dem Fenster des Zuges. »Es ist nicht deine Schuld, aber ich habe Angst.«

»Wovor?«, fragte sie zaghaft und legte ihre Hand auf sein Bein.

Er zitterte ein bisschen, und sie erschrak, wie verletzlich er plötzlich wirkte. Als Henry nicht antwortete, schüttelte Luisa kaum merklich den Kopf und lehnte sich vorsichtig zu ihm hinüber.

»Wir werden nicht getrennt voneinander sein, Henry. *Niemals.* Das verspreche ich dir.«

Ihre Stimme war so liebevoll, so voller Zuversicht, dass sie bemerkte, wie Henry vorsichtig lächelte.

»Was würde ich nur ohne dich tun?« Schmunzelnd zog er Luisa in seine Arme.

»Das weiß ich auch nicht«, erwiderte sie grinsend und war froh darüber, dass er wieder lächeln konnte.

Auch sie belastete diese Situation sehr, aber sie wollte sich diesen Tag nicht kaputt machen lassen. Sie wollte mit Henry zusammen Nachforschungen anstellen, aber auch einen unvergesslichen Tag am Strand mit ihm verbringen.

Luisa linste auf die Tasche zu seinen Füßen und zeigte darauf. »Hast du deinen ganzen Hausstaat mitgenommen?«

Henry sah sie überrascht an und lachte leise. »Nein, meine Dame«, antwortete er kokett, »nur Proviant und den besten Sekt, den ich bekommen konnte, sowie ein wenig Marzipan. Und eine Decke, damit wir nicht auf dem bloßen Sand sitzen müssen, wenn wir ein Picknick machen. Und …« Verschwörerisch sah er sie an und lehnte sich zu ihr herüber. »Eine Badehose«, hauchte er ihr ins Ohr, und Luisa zuckte zusammen.

»Eine Badehose?« In ihrem Kopf entstand unmittelbar ein Bild von Henry mit freiem Oberkörper am Strand. Luisa spürte, wie ihre Hände feucht wurden, und sie wischte sie hastig an ihrem hellblauen Kleid ab. Dann schluckte sie ihr klopfendes Herz hinunter.

»Du bist verrückt. Dafür ist es viel zu kalt«, sagte sie und versuchte ebenfalls zu lachen, aber dieses Bild seines Körpers ließ sie nicht los.

»Würdest du denn nicht mit mir ins Wasser springen?«, fragte Henry mit rauer Stimme.

Jetzt war es Luisa, die lachte und sich an Henry schmiegte. »Vielleicht«, antwortete sie vage.

Sie saßen einige Zeit schweigend da, als der Zug in Timmendorfer Strand hielt. Dies war ein kleiner, aber feiner und im Sommer sehr voller Kurort an der Ostseeküste.

Gemeinsam mit Henry stieg Luisa aus, er reichte ihr galant die Hand, da er bemerkte, dass sie auf ihren Schuhen ein bisschen wackelig unterwegs war.

Dass es nicht an den Schuhen, sondern an diesem Bild von Henry mit freiem Oberkörper lag, wollte sie ihm nicht sagen.

Luisa hielt ihren Hut fest, als ein starker Wind über sie hinwegfegte, und gierig atmete sie die frische, salzige Luft ein.

»Wollen wir erst nach Warnsdorf?«, fragte Henry und deutete auf eines der Taxis, die auf der gegenüberliegenden Straßenseite standen.

Luisa überlegte kurz und nickte dann. »Erst die Arbeit, dann das Vergnügen«, antwortete sie verschmitzt, und Henry ergriff ihre Hand.

Er öffnete ihr die Tür des Taxis, und Luisa stieg ein.

»Guten Tag, die Herrschaften«, begrüßte der Taxifahrer sie und hob seine Schiebermütze kurz an.

»Guten Tag«, antwortete Henry, »wir würden gerne nach Warnsdorf.«

Der Taxifahrer schaute ihn kurz überrascht an und runzelte die Stirn. »Was wollen denn zwei junge Menschen in Warnsdorf? Normalerweise wollen all diese verliebten Leute an den Strand und dort ein romantisches Picknick machen.«

Luisa spürte, wie sie rot wurde, und wandte den Blick ab. Sie hatte nicht gedacht, dass es für alle so sichtbar war, wie verliebt sie in Henry war. Auch Henry räusperte sich verlegen und suchte nach den richtigen Worten.

Der Taxifahrer schüttelte den Kopf und lachte. »Ich mache nur einen Scherz, ich fahre die Herrschaften, wohin sie möchten«, sagte er und schaute Luisa im Rückspiegel mit einem leichten Grinsen an.

»Vielen Dank«, erwiderte Henry.

Gedankenverloren blickte Luisa nach draußen, sah, wie die Landschaft an ihr vorbeizog. Wie die Bäume und Häuser miteinander verschmolzen. Sie stützte den Kopf auf die Hände und ließ sich von der Schönheit der Welt gefangen nehmen.

Dieses Gefühl von Freiheit schwang in ihrem Herzen mit. So fühlte sie sich immer, wenn sie mit Henry zusammen war.

Wie ein Vogel, der endlich gelernt hatte, seine Flügel auszubreiten, und der Sonne entgegenfliegen konnte. Frei von allen Zwängen der Welt.

Das Taxi bog nach einiger Zeit rechts ab, und anstatt der Ostsee, die Luisa vorher hinter den Bäumen erspähen konnte, zeigten sich ihr nun weite Felder und Wiesen. Sie fuhren noch ein kleines Stück durch ein winziges Dorf, das nur eine Hauptstraße hatte, dann sah Luisa das Ortsschild von Warnsdorf. Henry drehte sie zu ihr um und lächelte sie verschmitzt an.

»Wo soll ich die Herrschaften absetzen?«, fragte der Taxifahrer freundlich.

»Hier ist es in Ordnung.« Henry zeigte auf den Dorfplatz, und das Taxi hielt an.

Während Henry seine Geldbörse herausholte, stieg Luisa aus und sah sich um. Der süßliche Geruch von Erdbeeren stieg ihr in die Nase, und ihr Magen knurrte leise.

»Hast du Hunger?«, fragte Henry grinsend.

»Nein«, antwortete sie und hob abwehrend die Hände. »Es riecht hier nur so gut.«

Henry nahm sie in die Arme und ließ seine Tasche sinken. Er küsste sie ungeniert und strich ihr eine lose Haarsträhne hinters Ohr.

»Müssen wir denn wirklich Nachforschungen anstellen?«, fragte er zwischen all den stürmischen Küssen. Seine Stimme klang rau.

Luisa löste sich von Henry und sah ihn eindringlich an. »Henry!«, sagte sie vorwurfsvoll, aber er schüttelte lächelnd den Kopf.

»Ich weiß«, beruhigte er sie und hob seine Tasche wieder hoch. Er kramte darin herum und holte einige zerknitterte Papiere heraus.

»Was ist das?«

»Schau.« Henry faltete eines der Blätter auseinander und zeigte auf ein paar leicht verwischte Buchstaben und Zahlen. »Ich wohne zwar nicht mehr zu Hause, aber meine kleinen Geschwister scheinen mich sehr zu vermissen. Also habe ich sie gebeten, ein paar Nachforschungen für mich anzustellen. Sie haben herausgefunden, dass meine Familie hier früher einen Bauernhof hatte.« Er zeigte nach links zu einem alten, verwitterten Haus, das in Stille dalag.

»Da soll deine Familie gewohnt haben?«, fragte sie skeptisch.

»Früher«, murmelte Henry. »Der Bauernhof wurde verkauft, als die Marzipanmanufaktur guten Absatz zu machen begann. Ein paar Jahre nach Ende des Ersten Weltkrieges. Was danach damit geschah, weiß ich nicht. Aber vielleicht finden wir dort Hinweise.«

Luisa nickte und ergriff wie von selbst Henrys Hand. Mit ihm fühlte sie sich geborgen. Nichts konnte ihre Welt erschüttern, wenn er bei ihr war.

Vor dem Haus, das bei genauerem Betrachten nicht nur verwittert, sondern abbruchreif war, spielten ein paar Kinder mit einem Ball. Sie schauten auf, als die zwei Erwachsenen auf sie zukamen. Ein kleiner Junge hob den Ball hoch und musterte sie.

»Können wir Ihnen helfen?«, fragte er höflich, während die anderen drei sich hinter ihm scharten.

Luisa musste kurz schmunzeln. Er schien der Anführer dieser kleinen Truppe zu sein. Und dann auch noch so ein höflicher Junge. Sie kniete sich hin, um auf der gleichen Höhe mit den Kindern zu sein, und lächelte.

»Wohnt ihr hier im Dorf?«, fragte sie und sah den Jungen an.

Seine Augen waren haselnussbraun, so wie seine Haare. Seine Kleidung war mit Staub und einigen Flicken bedeckt. Aber er schien glücklich und wohlgenährt. Hinter ihm stand ein Mädchen, das die gleichen Gesichtszüge hatte wie er. Seine kleinere Schwester, mutmaßte Luisa.

»Ja«, antwortete der Junge und streckte Luisa die Hand hin, »ich heiße Timo, das sind meine Schwester Clara und meine zwei Freunde Max und Tobias.« Er zeigte auf das Mädchen und die beiden Jungen.

»Es freut mich sehr, dich und deine Freunde kennenzulernen«, erwiderte Luisa und ergriff die kleine Hand des Jungen.

Sie zeigte auf das Haus hinter den Kindern. »Wisst ihr, wer hier früher gewohnt hat?«

Timo schaute sich um und verzog das Gesicht zu einer zerknirschten Grimasse. Er lehnte sich zu Luisa herüber und flüsterte ihr ins Ohr.

»Das ist ein Gespensterhaus«, sagte er, und Luisa ließ ihr Grinsen hinter ihrer Hand verschwinden.

Sie machte große Augen, als Timo ein Stück von ihr abrückte. »Oh, ein Gespensterhaus«, rief sie und schaute zu Henry hoch, der mit den Schultern zuckte und sie verschwörerisch angrinste.

»Aber ich weiß trotzdem, wer dort gewohnt hat«, informierte Timo sie und lächelte stolz. »Hier hat vor ganz vielen Jahren die Familie gewohnt, die jetzt Marzipan in Stockelsdorf macht«, erklärte ihr Timo grinsend.

Die junge Frau sog scharf die Luft ein und erhob sich schwankend. Henry hatte also recht gehabt.

»Du meinst die Familie Hawkins?«, mischte sich Henry ein.

Der Junge musterte ihn skeptisch, aber als Luisa ihm ein aufmunterndes Lächeln schenkte, nickte er.

»Ja, die meine ich!«, antwortete er, als ein Rufen ertönte.

»Timo! Clara!« Die Kinder schauten sich suchend um, und eine Frau erschien einige Häuser weiter an der Straßenecke.

Sie trug ein grobes, beiges Kleid mit einem schmucklosen Gürtel um die Taille, und ihre Haare waren im Nacken zu einem unordentlichen Knoten gebunden.

Die Frau musterte Luisa und Henry misstrauisch mit ihren graublauen Augen, während sie näher kam und sich dann schützend hinter ihre Kinder stellte.

»Mutter«, sagte Timo vorwurfsvoll und erntete sofort einen erbosten Blick der Frau, der ihn zum Schweigen brachte.

»Entschuldigen Sie«, versuchte Luisa die Situation zu erklären, doch Henry schob sich vor sie und räusperte sich.

»Wir haben Ihren Kindern nichts Böses gewollt. Wir haben sie nur gefragt, wem dieses Haus früher gehörte.«

Auch wenn ihr Blick immer noch von Misstrauen geprägt war, wurde die Haltung der Frau nun sanfter. Sie legte eine Hand auf Timos Schulter und bückte sich zu ihm hinunter.

»Timo, geh mit deiner Schwester nach Hause. Deckt den Tisch fürs späte Frühstück, in Ordnung?«

»Aber Mutter …«, fing der Junge an, schwieg aber sofort, als sich die Hände seiner Mutter in seine Schultern bohrten.

»In Ordnung«, ergab er sich und streckte die Hand nach seiner kleinen Schwester aus.

»Auf Wiedersehen, Frau …« Er schaute Luisa auffordernd an, und sie musste ein Kichern unterdrücken.

»Du kannst mich Luisa nennen. Und das ist Henry.«

»Dann auf Wiedersehen, Luisa und Henry.« Er winkte ihnen noch kurz zu und stob dann mit seiner Schwester davon. Auch die anderen beiden Kinder verschwanden die Straße hinunter.

Nachdenklich sah Luisa ihnen nach und richtete dann ihre Aufmerksamkeit auf die Frau.

»Mein Name ist Nina Harms. Warum sind Sie hier?«, fragte die Mutter der Kinder und schaute Luisa und Henry unschlüssig an.

»Wir, also ...«, stammelte Luisa verlegen und spürte, wie Hitze in ihre Wangen kroch. Sie hatten sich keinerlei Ausrede ausgedacht und benahmen sich auffällig.

»Mein Name ist Henry Hawkins«, stellte sich Henry vor und streckte Frau Harms die Hand entgegen, »ich möchte mir anschauen, wie meine Familie früher gelebt hat, bevor ich den Bund der Ehe mit Luisa Linde hier eingehe.«

Was?, dachte Luisa und spürte, wie ihr Herz bis zum Hals schlug. Die Gedanken überschlugen sich in ihrem Kopf, und sie hatte das Gefühl, sie würde gleich das Bewusstsein verlieren. Er hatte Ehe gesagt. Mit ihr. Henry musste verrückt geworden sein.

Luisa biss sich auf die Zunge, um kein falsches Wort zu sagen, und starrte Henry an. Ein feines Lächeln glitt über seine Züge, als Frau Harms seine Hand ergriff.

»Welche eine Freude. Mein Großvater muss noch zusammen mit Ihren Eltern hier gelebt und gearbeitet haben. Und Ihre Familie ebenso ...« Jetzt warf sie Luisa einen freundlichen Blick zu, doch diese zuckte erschrocken zusammen.

»Meine ... Familie?« Ihre Stimme versagte, und die Worte entglitten ihr.

»Ja«, beteuerte Nina Harms und zeigte auf ein weiteres Haus, das ein Stück entfernt lag und auch nicht mehr bewohnt war, aber immerhin noch intakt aussah. »Dort wohnte die Familie Linde.«

Luisa spürte ein sanftes Kribbeln, das sich von ihren Fingern aus in ihrem ganzen Körper ausbreitete. Sie waren auf der richtigen Fährte. Sie lächelte Nina Harms an und trat einen Schritt vor. Dann verschränkte Luisa ihre Hände mit Henrys und sah zu ihm auf.

»Wissen Sie, ob es hier jemanden gibt, der unsere Vorfahren noch gekannt hat? Von dem wir etwas über sie erfahren können?« Sie deutete auf die Häuser, und Frau Harms legte die Stirn in Falten.

»Hat Ihre Familie Ihnen denn nichts darüber erzählt?«, fragte sie skeptisch, und ihre Augen funkelten wieder misstrauisch.

»Unsere Familien reden nicht gerne über diese Zeit … die Kriegsjahre haben tiefe Spuren bei ihnen hinterlassen …«, antwortete Henry schnell und zuckte betrübt mit den Schultern.

Die Falten auf Frau Harms' Stirn glätteten sich, und sie lächelte versöhnlich. »Das kann ich verstehen, mein Großvater hat auch nicht gerne über seine Kriegserlebnisse gesprochen. Man möchte sich auch gar nicht vorstellen, was damals so alles passiert ist.«

Sie zeigte auf die andere Straßenseite, eine Strähne löste sich aus ihren dunklen Haaren und umrahmte ihr blasses, knochiges Gesicht.

»Die Familie, die dort wohnt, heißt Haubner, sie leben schon ewig hier. Vielleicht finden Sie dort die Antworten, die Sie suchen.«

»Vielen Dank«, sagte Henry und hob seine Tasche hoch, »das ist sehr freundlich von Ihnen.«

Frau Harms schenkte ihnen ein scheues Lächeln und wandte sich dann ab. Traurig schaute Luisa ihr hinterher. Sie hatte keine Vorstellung davon gehabt, dass das Leben hier auf dem Dorf immer noch von Entbehrungen und harter Arbeit geprägt war. Aber das hatte sie jetzt an Frau Harms' müdem Gesichtsausdruck gesehen.

»Alles in Ordnung?«, riss Henry sie aus ihren Gedanken, und Luisa schaute ihn überrascht an.

»Ja, ich …«, fing sie an und schüttelte dann den Kopf, »ich frage mich nur, wie hart das Leben unserer Großeltern hier gewesen sein muss.«

Henry hob die Augenbrauen in die Höhe und sah Luisa überrascht an. Dann legte er den Arm um sie und zog sie zu sich. Liebevoll küsste er sie auf den schwarzen Haarschopf.

»Du machst dir viel zu viele Gedanken um Dinge, die lange zurückliegen«, murmelte er und hielt sie fest.

Luisa lächelte matt und löste sich von Henry. »Vielleicht hast du recht«, gab sie zu, »aber ich kann manchmal nicht anders.«

»Deswegen liebe ich dich.« Henry streckte die Hand nach ihr aus, und sie gingen zusammen über die Straße.

Ein rauer Wind fegte heulend über die Felder hinweg. Plötzlich rieselte Luisa ein Schauer über den Rücken, und sie zuckte unwillkürlich zusammen.

»Sag mal, Henry, hast du das eben ernst gemeint?«, fragte sie, kurz bevor sie vor dem Haus der Haubners angekommen waren. Sie starrte auf ihre Füße und traute sich nicht, Henry anzusehen.

Trotzdem schien er sofort zu verstehen, was sie meinte, und legte seine Hand unter ihr Kinn. »Glaubst du, ich sage solche Dinge einfach nur so?«

Sie schaute auf und verlor sich im Strudel seiner blauen Augen. Geborgenheit und Liebe. Da waren sie wieder. Diese großen Gefühle, die sie nur bei Henry empfand.

Luisa schüttelte lächelnd den Kopf und küsste Henry auf die Wange. Dann gingen sie zusammen zum Haus.

Unschlüssig blieben sie davor stehen und sahen einander an. Dann fasste sich Henry ein Herz und trat an die Haustür. Er klopfte mehrmals und stellte sich dann neben Luisa. Sie tippelte ungeduldig von einem auf den anderen Fuß.

Als die Haustür sich öffnete, stand sie sofort stocksteif da. Eine ältere Frau sah sie beide misstrauisch an und neigte den Kopf fragend zur Seite.

Luisa betrachtete die Frau eingehend. Ihre dunklen Haare waren von einigen grauen Strähnen durchzogen. Ihre Haut war blass wie Papier und leicht zerknittert. Dunkle, aufmerksame Augen musterten sie und Henry.

»Was wollt ihr hier?«, fragte die Frau ruppig und blieb reglos an der Haustür stehen.

Henry räusperte sich. »Guten Tag, Frau …?«

»Svenja Haubner«, antwortete die Frau schroff und fuhr sich durch ihr dickes Haar, das im Nacken zu einem Zopf geflochten war.

»Frau Haubner«, sagte Henry und streckte seine Hand aus, »mein Name ist Henry Hawkins, und dies ist Luisa Linde, wir …«

Weiter kam Henry nicht. Die Haltung von Svenja Haubner hatte sich von einem auf den anderen Moment verändert.

Hatte sie eben noch mit stolzer Haltung dagestanden, krümmte sich ihr Rücken plötzlich. Tränen traten ihr in die Augen, und sie legte ihre Hände vor den Mund. Ein erschrockener Laut entfloh ihren Lippen, und sie wich einige Schritte zurück.

Verwirrt sah Luisa Henry an. »Frau Haubner?«, fragte sie vorsichtig. »Ist alles in Ordnung?«

Die Frau schüttelte den Kopf und wollte die Tür wieder schließen, aber Henry war schneller. In einer geschmeidigen Bewegung war er vorgetreten und hatte den Fuß in die Tür gestellt.

»Frau Haubner«, sagte er eindringlich, »bitte, wir suchen nach Antworten.«

Doch Frau Haubner sagte kein Wort. Sie machte aber auch keine Anstalten, die Tür zu schließen. Sie starrte die beiden nur unentwegt an.

Schweigen trat ein, bis Svenja Haubner das Wort ergriff. »Ihr seid die Enkel von Hans und Matthias«, flüsterte sie mit tränenerstickter Stimme, und ihre Hände zitterten unkontrolliert. Luisa ging ganz langsam auf die Frau zu und nahm ihre Hände. Das Zittern flachte langsam ab.

»Frau Haubner … in welcher Verbindung standen Sie zu unseren Großvätern? Bitte erzählen Sie uns, was Sie wissen …« Ihre Stimme war ein Flehen voller Angst und Unsicherheit.

Svenja Haubner schluckte hart und sah Luisa direkt in die Augen. Dann hob sie die Hand und berührte die junge Frau vorsichtig an der Wange. Luisa ließ es geschehen. Sie spürte, dass Svenja diese Berührung brauchte.

»Nicht ich …«, flüsterte sie gedankenverloren und schaute auf einen Punkt ganz weit entfernt hinter Luisa.

»Nicht ich hatte diese Verbindung zu Hans und Matthias …« Sie brach ab und wischte sich die Tränen aus den Augen. Svenja presste die Lippen aufeinander und atmete tief aus. »Sondern meine Schwester Greta.«

Es war, als würde die Welt explodieren. Als ob all die Antworten, die sie gesucht hatten, plötzlich vor ihnen stünden.

Luisa sah Henry an, und er nickte leicht. *Greta*. Das war der Name, den sie nie hatten zuordnen können. Dieser eine Name, der ihre Antwort enthielt.

»Frau Haubner, welche Bedeutung hatte Greta für Hans und Matthias?«, fragte Luisa leise, doch die Antwort ging in einem leisen Schluchzen unter.

Da waren sie nun. Zwei Liebende auf der Suche nach Antworten und eine alte gebrochene Frau, die ihr ganzes Leben lang mit einer erdrückenden Last auf den Schultern gelebt haben musste, die jetzt, nach so vielen Jahren, von ihr abfiel. Sie war so schwer gewesen, diese Last. So schwer, dass man förmlich hören konnte, wie sie auf den Boden krachte und zerschellte. Dieser Augenblick war auch eine Befreiung für Svenja Haubner.

KAPITEL 18

LUISA

Sie saßen in diesem stickigen, kleinen, alt eingerichteten Wohnzimmer, und Luisa hatte Henrys Hand nicht losgelassen. Sie konnte nicht. Sie musste das Zittern ihres Körpers verbergen.

Svenja Haubner hatte sie ins Haus gelassen. Widerwillig, aber mit einem kleinen Funken Vertrauen, der in ihren Augen geleuchtet hatte. Sie hatte geweint und minutenlang schweigend dagesessen, erst dann hatte sie sich langsam beruhigt und Luisa und Henry eine Tasse Tee angeboten.

Jetzt saßen sie da, und Luisa konnte das Knistern der Luft förmlich spüren.

»Greta war meine Schwester«, begann Svenja Haubner gedehnt und schaute zu Boden. »Meine ältere Schwester. Wir haben unser ganzes Leben lang in diesem Dorf gewohnt. Während des Krieges war das Leben hart und voller Entbehrungen. Damals haben wir auch unsere Mutter verloren. Aber Greta war immer für mich da.«

Sie ließen Svenja Haubner erst einmal reden. Es waren nicht die Antworten, nach denen sie suchten. Aber Luisa spürte, dass die alte Frau diese Geschichte von Anfang an erzählen musste. All diese Worte drangen aus ihr heraus, und sie lächelte versonnen.

»Eure beiden Familien haben ebenfalls hier gelebt. Hans und Matthias waren die besten Freunde. Und Greta war immer bei ihnen. Ihr müsst wissen, hier auf dem Dorf war das Leben nicht so streng.«

Sie schaute Luisa und Henry lange an und trank einen kleinen Schluck Tee. Schweigen erfüllte kurz den Raum, und Luisa rutschte unbehaglich auf dem Sessel hin und her. Sie wollte die Wahrheit erfahren, aber sie hatte auch Angst davor. Vielleicht war Svenja Haubner aber auch gar nicht dazu imstande, ihnen die Wahrheit zu erzählen.

»Frau Haubner ...«, setzte Luisa vorsichtig an und lehnte sich zu der älteren Frau hinüber. »Wir wollen Sie nicht bedrängen. Wenn Sie uns diese Geschichte erzählen wollen, dann sind wir sehr froh darüber. Aber wenn Sie es nicht können, ist dies auch in Ordnung.«

Aus den Augenwinkeln sah Luisa, dass Henry ihr einen irritierten Blick zuwarf. Aber Luisa spürte, dass sie Svenja Haubner nicht unter Druck setzen sollten. Sosehr sie sich auch wünschte zu erfahren, was geschehen war, diese alte Frau hatte nicht noch mehr Leid verdient.

»Ich denke nicht, dass ich in der Lage bin, euch alles zu erzählen. Ich habe es ja noch nicht mal wirklich mitbekommen. Hans und Matthias sind in den Krieg gezogen. Im Sommer 1914. Sie waren immer zusammen. Die besten Freunde.«

»War ...?« Unschlüssig sah Henry die Frau an und krallte seine Finger in den Stoff seiner Hose. »War Ihre Schwester Greta mit Hans verlobt?«

Svenja nickte, und ein trauriges Lächeln huschte über ihr Gesicht. »Ja«, antwortete sie und strich sich durchs Haar. »Diese Verbindung zwischen Hans und Greta hatten unsere Familien schon vor langer Zeit beschlossen. Damals waren sie noch Kinder gewesen. Deine Familie hingegen ist erst, als Greta ungefähr acht Jahre alt war, hier aufs Dorf gezogen.«

Henry seufzte leise und fuhr sich durch die Haare. »Damals haben sie begonnen die Manufaktur aufzubauen?«

»Erst ein paar Jahre später, aber ja, deine Familie war nicht für die Landarbeit geschaffen, sie wollten immer mehr. Trotzdem waren sie im Dorf geachtet und beliebt.«

»Sind Hans und Matthias zusammen aus dem Krieg heimgekehrt?«, fragte Luisa, trank einen Schluck Tee und sah sich in der Wohnung um.

Sie entdeckte einige alte, eingerahmte Fotos und erhob sich langsam. Mit fließenden, sanften Bewegungen ging sie auf das Regal zu, auf dem die Fotos standen.

Sie hob einen der Bilderrahmen hoch und legte die Stirn in Falten. »Das sind sie, oder nicht?«, fragte Luisa weiter, da Svenja immer noch nicht geantwortet hatte.

Auf dem Foto waren zwei Männer und eine Frau zu sehen. Sie grinsten in die Kamera und schienen die glücklichsten Menschen der Welt zu sein.

Svenja nickte gedankenverloren und streckte die Hand nach dem Foto aus. »Ja, Hans, Matthias und Greta. Das war kurz bevor die Jungs in den Krieg gezogen sind. Greta erhielt hin und wieder Briefe von Hans. Nicht viele, aber sie waren ihre kleine Hoffnung. Die letzte Hoffnung, die sie noch hatte.«

Luisa schluckte hart und versuchte die Bitterkeit in Svenjas Stimme zu ignorieren. Diese Frau war mehr gezeichnet von den Dingen, die geschehen waren, als man mit bloßem Auge sehen konnte.

Sie setzte sich neben Henry und ergriff seine Hand. Sie hatte noch so viele Fragen, aber sie spürte, dass es nicht Svenja Haubners Aufgabe war, ihnen die Wahrheit zu erzählen.

»Sie sind nicht zusammen zurückgekehrt, richtig?« Luisa sah Svenja eingehend an, und die alte Frau zuckte unwillkürlich zusammen.

»Woher weißt du das?«, fragte sie mit zittriger Stimme, die hin und her flatterte wie ein Band im Wind.

Luisa zuckte mit den Schultern und senkte den Kopf. »Mein Großvater hat mir als Kind viele Geschichten erzählt. Ich kann mich gar nicht an alle erinnern, aber ich glaube, er hat immer versucht die Schrecken des Krieges in Geschichten zu verpacken, die uns berührten.«

Svenja Haubner lauschte ihren Worten, und unbemerkt rannen Tränen von ihren Wangen. In diesem Augenblick wurde Luisa klar, dass sie dieser Frau nicht die Wahrheit abverlangen konnte. Sie wollte nicht, dass Svenja Haubner noch weiter leiden musste.

»Ich erinnere mich an eine Geschichte über einen jungen Mann, der den Wirren des Krieges entflohen war. Er war dem Tod entkommen und lebte einige Zeit bei einer französischen Familie irgendwo in der Nähe von Verdun. Sie hatten ihn akzeptiert, obwohl er ein feindlicher Soldat gewesen war. Ich habe als Kind nicht begriffen, was mein Großvater uns mit dieser Geschichte vermitteln wollte, aber ich glaube, ich verstehe es jetzt. Dieser Mann war mein Großvater Hans. Er ist nicht zusammen mit Matthias aus dem Krieg zurückgekehrt.«

»Du meinst …?«, setzte Henry verwirrt an, aber Luisa hob die Hand und unterbrach ihn.

Langsam stand sie auf und strich ihr Kleid glatt. Sie schaute Henry auffordernd an. »Bitte entschuldigen Sie, dass wir Ihnen mit unseren Fragen Kummer bereitet haben. Das wollten wir nicht. Sie müssen uns diese Geschichte nicht erzählen. Nur …« Luisa suchte nach den richtigen Worten, alles, was sie noch sagen wollte – sagen *konnte* –, fühlte sich falsch in ihrem Mund an.

»Können wir dieses Foto mitnehmen?« Sie zeigte auf den Bilderrahmen in Svenjas Hand, und die alte Frau lächelte traurig. Mit geschickten Fingern öffnete sie den Rahmen und überreichte Luisa das Foto. Bevor sie es jedoch nehmen konnte, schloss Svenja Haubner sie in die Arme.

»Du bist ein kluges Kind. Ich sehe, dass du Antworten auf deine Fragen gefunden hast. Aber bitte, denkt nicht schlecht von Matthias. Er war gebrochen, wie wir alle. Er hat Hans und Greta von ganzem Herzen geliebt.«

Luisa nickte unter Tränen und erwiderte die innige Umarmung. Dann löste sie sich von Svenja Haubner und ging mit Henry, der sie nur irritiert anschauen konnte, zur Tür. Sie waren hier gewesen, um die Wahrheit zu erfahren, und jetzt gingen sie. Luisa wusste, dass er sie vermutlich nicht verstand. Aber sie schenkte ihm nur ein bezauberndes Lächeln und verließ Frau Haubners Haus.

»Vielen Dank«, sagte Luisa und winkte der alten Frau noch kurz zu. Sie sagte kein einziges Wort, während sie langsam die Straße hinuntergingen.

»Luisa!«, rief Henry wütend und lief ihr hinterher. Er griff nach ihrem Handgelenk und drehte sie zu sich um. »Was soll das? Wieso gehen wir einfach? Sie hätte uns erzählen können, was damals zwischen Hans und Matthias passiert ist!«

Luisa schüttelte matt den Kopf und riss sich los. Henry starrte sie verständnislos an.

»Das hätte sie nicht«, antwortete Luisa und schluchzte leise. »Hast du nicht gesehen, wie gebrochen sie ist?«

»Aber …«, setzte Henry an, dann jedoch wurde der Blick aus seinen blauen Augen dunkel. So voller Finsternis.

Luisa neigte den Kopf zur Seite und betrachtete ihren Liebsten. Sah, wie die Erkenntnis ihn schmerzhaft übermannte und ein Beben durch seinen Körper ging.

Alles ergab nun Sinn. All die Briefe. All die unbeantworteten Fragen. Das Verhalten ihres Großvaters. Matthias' Gesicht an dem Tag, als sie in der Manufaktur waren. Diese unfassbare Traurigkeit.

»Du meinst …?« Henry konnte es nicht aussprechen, und Luisa zürnte ihm nicht. Sie war selbst nicht in der Lage, das Offensichtliche beim Namen zu nennen.

Matthias und Hans lebten. Aber von Greta gab es keine Erinnerungen. Keine einzige Spur. Ihre Schwester lebte allein in deren altem Haus. Sie war eine einsame Frau ohne Familie. Es musste etwas Schreckliches geschehen sein, etwas, das den Streit der Männer entfacht, ihre Wut ins Unermessliche gesteigert hatte …

Luisa nickte unter Tränen und ergriff Henrys Hände. Sie schmiegte sich an ihn und weinte stumm. Vorsichtig strich er über ihren Rücken und verweilte in dieser Umarmung. Keiner von beiden wollte darüber reden. Sie hatten nur eine ungefähre Ahnung, was passiert sein musste. Nicht wie und ob der Krieg noch weitere Opfer gefordert hatte, aber sie waren sich sicher, dass sie recht hatten.

»Dann war am Ende niemand von ihnen glücklich?«, fragte Henry nach einer Zeit leise und löste sich von Luisa.

Luisa schaute zu ihm hoch und kaute nachdenklich auf ihrer Unterlippe herum. »Ich weiß es nicht. Aber ich glaube, es muss so gewesen sein, dass nur dein Großvater aus dem Krieg zurückgekehrt ist. Aber meiner nicht.«

Sie nahm Henrys Hand, und gemeinsam spazierten sie aus dem Dorf hinaus. Sie mussten nur dem Rauschen des Meeres folgen. Dem Duft von Salz in der Luft. Und dem Gekreische der Möwen.

»Das bedeutet vermutlich, dass mein Großvater zu Greta zurückkehrte, richtig?«

»Stimmt …«

Einen Moment hingen beide ihren eigenen Gedanken nach, als die Stille vom leisen Knurren von Luisas Magen durchbrochen wurde. Peinlich berührt legte sie eine Hand auf ihren Bauch und starrte zu Boden, weil sie nicht wollte, dass Henry sah, wie sie rot wurde.

Er lachte jedoch nur herzlich und drückte ihr einen Kuss auf die Stirn. »Da scheint aber jemand hungrig zu sein«, murmelte er grinsend und hielt seine Tasche hoch. »Gut, dass ich genug Essen dabeihabe. Sogar für deinen hungrigen Magen.«

»Was?«, fragte Luisa gespielt beleidigt und stieß Henry in die Seite. »Wie kannst du so etwas sagen?«

Henry hörte nicht auf zu grinsen und ließ seine Tasche fallen. Er umfasste Luisa von hinten, hob sie hoch und wirbelte sie lachend durch die Luft.

Luisa schrie auf, konnte aber ihr Lachen auch nicht unterdrücken. Sie wirbelten hin und her, und ihr wurde langsam schwindelig, als Henry auf dem Feldweg das Gleichgewicht verlor und sie gemeinsam ins Rapsfeld fielen.

Da lagen sie nun. Henry auf dem Rücken und Luisa über ihm. Bedeckt und versteckt vom goldgelben Raps. Die Strahlen der Sonne spiegelten sich in Henrys blauen Augen, und Luisa nahm sein Gesicht in ihre Hände. Verliebt schaute sie ihn an und küsste ihn lächelnd. Der Geschmack von Marzipan, von den Wundern der Welt und der ganz großen Liebe.

Hier fühlte sie sich am Ende ihrer Reise. Hier würde sie für immer bleiben wollen. Die Welt könnte untergehen, aber sie war in Henrys Armen. Eng umschlungen lagen sie da. Sie spürte seine Wärme, und ihre Hände rutschten unter sein Hemd. Strichen mit sanften Bewegungen über seine Haut. Ein leises Stöhnen entglitt Henrys Lippen, und er fuhr durch ihr langes Haar. Entwirrte ihren Zopf und lächelte sie an, als sie sich voneinander lösten.

»Ich könnte ewig mit dir hierbleiben«, wisperte Henry und fuhr mit seinen Fingern über Luisas blutrote Lippen.

»Dann lass uns das tun«, erwiderte Luisa verschmitzt und bettete ihren Kopf auf seine Brust.

»Aber du hast Hunger«, bemerkte Henry und streichelte sanft über ihre nackten Schultern, denn der Ärmel ihres Kleides war bei ihrem Sturz verrutscht.

Seine Berührung jagte ihr heftige Schauer über den Körper, und ihr Herz schlug in einem viel zu schnellen Takt.

»Mit dir würde ich jeden Hunger vergessen«, sagte Luisa, als in diesem Augenblick ihr Magen wieder zu knurren begann.

»Ich glaube, dein Körper verrät dich.« Henry stützte sich auf die Unterarme und berührte ihre Wange. »Wir können hier essen oder am Strand.«

Luisa dachte einige Sekunden darüber nach und erhob sich dann schwankend. Die Wärme des Tages war ihr zu Kopf gestiegen. Sie glühte förmlich. »Am Strand«, entschied sie und reichte Henry die Hand.

Er nahm diese mit einem Lächeln und erhob sich. Luisa klopfte sich den Staub von ihrem Kleid und fuhr sich durch ihr schwarzes Haar, in dem sich der Raps verfangen hatte.

»Du solltest sie offen lassen«, sagte Henry, während er seine Tasche hochhob. »Dann siehst du aus wie eine Prinzessin.«

Erneut wurde Luisa rot und drehte eine Haarsträhne um ihren Finger. Jedes Wort von ihm berührte sie so tief. Wärmte ihr das Herz und vertrieb jede Finsternis, die jemals existiert hatte.

»Danke«, stammelte Luisa und ging vorsichtig aus dem Rapsfeld hinaus.

Ein Fahrradfahrer fuhr an ihnen vorbei und schenkte ihnen ein wissendes Grinsen sowie einen freundlichen Gruß. Es schien keine Seltenheit, dass junge Verliebte sich in die Felder zurückzogen.

Trotzdem war es Luisa ein bisschen peinlich, und sie senkte den Blick. Henry sah sie mit einem Lächeln an und zog sie in seine Arme.

»Ich liebe dich«, flüsterte er, und schweigend gingen sie den Weg durch weitere kleine Dörfer.

Luisa konnte nach einiger Zeit das Rauschen des Meeres deutlich hören. Die Wellen, wie sie am Strand brachen. Die Möwen, die mit ihrem Gekreische die Stille durchdrangen.

»Wie schön«, murmelte Luisa, als sie an der Promenade angekommen waren und der Blick auf die Ostsee frei war.

Die Sonne spiegelte sich im Wasser, das tiefblau strahlte. Der Sand war weich und hell. Es war wie ein schöner Traum.

»Junge Dame«, sagte Henry galant und reichte ihr die Hand.

Gemeinsam schlüpften sie aus ihren Schuhen und Socken und betraten den feinen Sand. Die Wärme unter ihren Füßen kribbelte, und Luisa raffte ihr Kleid und zog Henry mit sich zum Wasser.

»Nicht so schnell«, keuchte er, als sie mit den Füßen im Wasser stand und zusammenzuckte.

Es war kühl und erfrischend, eine sanfte Brise fegte um sie herum. Luisa richtete den Blick gen Himmel und schloss die Augen. Mit Henry hier zu sein hatte sie sich so sehr gewünscht. Die salzige Luft legte sich auf ihre Haut, und sie spürte, wie er seine Hände um ihre Hüften legte und seinen Kopf auf ihre Schulter bettete.

»Wollen wir essen?«, flüsterte Henry und küsste ihren Nacken.

Luisa drehte ihren Kopf und erwiderte seinen Kuss begierig. »Gerne«, antwortete sie und ergriff seine Hand.

Gemeinsam breiteten sie die Decke in der Nähe des Wassers aus, und Henry holte allerlei aus seiner Tasche. Frischen Saft und Sekt. Zwei Gläser, Teller und Besteck. Frisches Brot, dessen herrlicher Duft Luisa sofort in die Nase stieg. Käse, Wurst und Weintrauben, Kräcker und Erdbeeren.

»Lecker«, murmelte Luisa versonnen und sah Henry dabei zu, wie er Saft in die Gläser goss und ihr eines reichte.

»Auf unsere Liebe«, sagte Henry lächelnd und hob das Glas in die Höhe.

Schweigend stieß Luisa mit ihm an und nahm sich ein paar Weintrauben, während er begann das Brot in Scheiben zu schneiden.

»Du hast wirklich an alles gedacht«, bemerkte Luisa grinsend und schaute genüsslich auf das Wasser. »Aber ich auch, ich habe weitere Pralinen kreiert.« Sie holte die Dose hervor und öffnete sie.

»Natürlich, dies soll ein unvergesslicher Tag werden«, sagte Henry und griff nach einer Praline. »Du musst wirklich in die Manufaktur einsteigen, es wäre so viel verschenktes Talent, wenn du es nicht tun würdest.«

»Danke, dass du das sagst, dass du an mich glaubst, Henry«, erwiderte Luisa lächelnd.

»Natürlich glaube ich an dich, an all deine Träume und an unsere Liebe.«

Luisa konnte ihr Glück gar nicht fassen. Manchmal kam es ihr vor, als ob das alles nicht real wäre. Ein weit entfernter Traum, aus dem sie jederzeit aufwachen könnte. Und dann wäre ihr Leben wieder so wie vorher. Öde und leer war es gewesen, bevor sie Henry kennengelernt hatte. Sie war wie ein Stück Treibholz im Meer gewesen. Ohne Ziel. Aber jetzt wusste sie, was sie in ihrem Leben wollte.

»Woran denkst du?«, fragte Henry und biss in sein Brot.

Luisa schaute ihn irritiert an. Sie war so tief in ihre Gedanken versunken gewesen, dass seine Stimme nur dumpf zu ihr durchgedrungen war. »Ich denke über uns nach«, sagte sie und fuhr sich durch die Haare.

Sie ließ sich auf die Decke fallen und rollte ein Stück zu Henry hinüber. Dann fischte sie eine Erdbeere aus dem kleinen Korb und aß sie genüsslich. Sie hatte die Süße dieser Frucht immer geliebt.

»Naschkatze«, neckte Henry sie und stupste ihr auf die Nase.

Sie grinste und reichte ihm ebenfalls eine Erdbeere.

»Luisa …«, sagte Henry nach einiger Zeit und ergriff ihre Hand. »Was wollen wir als Nächstes tun?«

Sie hatte gewusst, dass diese Frage kommen würde. Dass dieses Geheimnis sich nicht in Luft auflösen würde.

»Ich denke, wir sollten mit meinem Großvater reden. Heute noch.«

»Heute?« Henry zog skeptisch die Augenbrauen zusammen und biss sich nachdenklich auf die Unterlippe. »Meinst du nicht …?«

Er redete nicht weiter. Sie begriff, was er meinte. Es würde zu einer Katastrophe kommen, wenn sie Henry mit zu sich nach Hause bringen würde.

Aber sie wollte ihre Liebe nicht mehr verstecken. Von jetzt an nie wieder.

»Ich weiß«, erwiderte Luisa gedehnt und nahm sich ebenfalls eine Scheibe Brot.

Großzügig legte sie Käse darauf und biss davon ab. Wenn sie aß, musste sie nicht antworten. Dann konnte sie sich ihre Gedanken zurechtlegen. Sie schluckte den letzten Bissen hinunter und räusperte sich.

»Ich werde mich nicht mehr von meinem Vater maßregeln lassen. Nie wieder. Ich nehme dich mit zu mir nach Hause, dieses Mal sollte mein Vater wirklich nicht da sein. Aber, selbst wenn. Ich stehe zu dir. Bis ans Ende der Welt«, antwortete sie mit leiser Stimme und sah ihm direkt in die Augen.

Henry legte den Kopf zur Seite und betrachtete Luisa lange. Sie konnte seinen Blick nicht deuten und rutschte unruhig auf der Decke hin und her.

»Bitte sprich mit mir«, murmelte sie verlegen, als Henry nach einiger Zeit immer noch nicht geantwortet hatte.

Stattdessen stand er auf und zog Luisa auf die Beine. Sie bohrte ihre Zehen in den weichen Sand vor Aufregung. Kein einziges Wort war über seine Lippen gekommen, aber er schaute sie immer noch ernst an.

»Luisa.« Als er das Wort ergriff, fegte ein Schauer über ihren Körper, und der Wind wehte mit einer wundervollen Melodie der Stille durch ihre Haare. Sie nickte kaum merklich.

»Ich liebe dich auch«, erklärte Henry ihr und räusperte sich. Dann griff er mit der einen Hand in seine Hosentasche, während er plötzlich vor ihr auf die Knie sank.

Luisa sog scharf die Luft ein und keuchte auf. Das konnte nicht sein Ernst sein. Tat er das gerade wirklich? Ihr ganzer Körper begann zu zittern, und das Szenario verschwamm vor ihren Augen. Ihre Knie fühlten sich an wie Butter, und sie hatte Angst, im nächsten Moment umzukippen.

Dann sah sie das kleine Kästchen in Henrys Händen. Er, kniend vor ihr im Sand, mit Tränen in den Augen.

»Luisa Linde«, begann er feierlich und öffnete das Kästchen. Es war ein dünner, silberner Ring, der zum Vorschein kam. Ein kleiner Diamant zierte das Schmuckstück und glänzte weiß im strahlenden Licht der Sonne.

»Willst du mich heiraten?«

Es war diese eine Frage, die wahrscheinlich viele Frauen in ihrem Leben gerne hören wollten. Diese eine Frage, welche die ganze Welt ins Wanken bringen konnte und alles bedeutete. Als Luisa den Mund öffnete, entfloh nur ein heiseres Krächzen ihren Lippen, und sie schlug die Hände vor den Mund. Unter Tränen nickte sie und zog Henry sanft wieder auf die Füße.

»Ja …«, flüsterte sie mit zitternder Stimme, »ja, ich will.«

Es war, als würde all die Aufregung von Henry abfallen, ein überglückliches Lächeln zierte sein Gesicht, und er nahm sie stürmisch in den Arm. Wirbelte sie durch die Luft und küsste sie begierig. Sie ließ sich ganz in seine Arme fallen, in seine zärtlichen Berührungen, und strich sanft über sein Gesicht.

»Du bist verrückt«, murmelte sie in seine Halsbeuge und küsste seinen Nacken.

Henry lachte rau auf und zog Luisa wieder auf die Decke. Er nahm ihre Hand und steckte den Ring an den Finger ihrer linken Hand.

»Ich wollte das schon so lange tun«, führte er aus und kratzte sich am Kopf. »Aber ich habe nie den richtigen Augenblick gefunden.«

Sie schaute ihn lange an. Da war nur noch Liebe in ihren Augen. So viel Liebe, dass Luisas Herz zu explodieren drohte.

»Aber mir ist klar geworden, dass es keinen besseren Ort gibt als hier. Wo alles mit unseren beiden Familien begann.«

Sie rückte näher an ihn heran und verschränkte ihre Finger mit den seinen. Versonnen schaute sie auf den Ring, der im glänzenden Licht funkelte.

»Er ist wunderschön. Ich danke dir …«

»Es war der Verlobungsring meiner Mutter«, erklärte Henry ihr. »Sie hat ihn mir geschenkt. Sie hat gesagt, ich soll ihn der Frau geben, die mein Herz berührt wie keine andere. Die mich liebt, so wie ich bin, und immer lieben wird.«

Gerührt wischte Luisa sich die Tränen aus den Augen. Es war die Wahrheit. Ihr Herz würde immer für Henry schlagen. Sie wollte niemanden außer ihn. Niemand würde ihr Herz jemals so berühren wie Henry. Schweigend saßen sie da. Genossen ihr kleines Picknick, und Henry öffnete den Sekt mit einem lauten Ploppen.

»Auf unsere Zukunft«, sagte er dieses Mal und reichte Luisa ihr Glas.

Lächelnd ergriff sie es und stieß mit Henry an. Dann trank sie vorsichtig einen Schluck Sekt, der in ihrer Kehle prickelte. Wie eine Sternschnuppe.

Das Rauschen des Wassers um sie herum. Der weiche, warme Sand. Die Sonne, die das Kobaltblau des Wassers reflektierte. Sie würde diesen Augenblick für immer in ihrem Herzen einschließen.

Wie ein Moment in einer Schneekugel. Gefangen in ihrem Herzen. Für immer und ewig. Dies war ihr Leben, und sie würde nicht zulassen, dass irgendjemand es zerstörte. Denn jetzt war sie mit Henry durch ein Versprechen, einen Schwur für die Zukunft verbunden. Er war ihre große Liebe. Und für die Liebe lohnte sich jeder Kampf.

KAPITEL 19

LUISA

Der Zug hielt quietschend im Bahnhof, und Luisa schreckte auf. Sie hatte an Henrys Schulter gedöst und schaute sich verwirrt um.

»Eingeschlafen?«, feixte Henry und grinste.

Sie stieß ihn in die Seite und erhob sich schwankend. »Es war ein anstrengender Tag«, wich sie ihm aus und stieg langsam aus dem Zug.

Das war nicht die Wahrheit. Sie hatte Angst. Sie hatte nicht gewollt, dass dieser Tag endete. Sie hätte am liebsten die Zeit angehalten und wäre für immer in diesen Moment eingetaucht. Mit Henry am Strand. Das sanfte Tosen der Wellen im Hintergrund. Die Sonne, die auf dem blauen Wasser funkelte.

Henry runzelte die Stirn und ergriff Luisas Hand.

»Bist du dir wirklich sicher, dass ich mit zu euch kommen soll?«, fragte er, und Luisa verdrehte die Augen.

Diese Frage hatte er mehrmals gestellt, und sie seufzte leise.

»Ja, bin ich«, antwortete sie mit fester Stimme und straffte die Schultern.

Sie schaute zur Bahnhofsuhr und nickte Henry zu. »Bis meine Eltern nach Hause kommen, haben wir noch Zeit. Das heißt, nur mein Großvater ist da. Und wir werden ihn nach der Wahrheit fragen.«

»Meinst du nicht, dass ihm diese Wahrheit wehtun wird?« Skeptisch sah Henry sie an, und sie blieb stehen.

Starrte gedankenverloren auf ihre Fußspitzen und hob dann den Kopf. »Natürlich wird sie das. Aber mir tut es auch weh, wenn ich nicht mit dir zusammen sein kann. Mein Herz blutet, und meine Seele weint. Ich will das nicht zulassen.«

Ein kleines Lächeln schlich sich auf Henrys Gesicht, und er zog Luisa an sich. Gab ihr einen flinken Kuss und grinste. »In Ordnung. Aber wenn das schiefgeht, bin ich nicht schuld.«

»Wenn das schiefgeht, dann laufen wir gemeinsam weg«, antwortete Luisa mit fester Stimme und ballte die Hand zur Faust.

Aus den Augenwinkeln sah sie, wie ein Schatten über Henrys Gesicht huschte, sie spürte, dass er sich mit diesen Worten nicht wohlfühlte. Aber hatten sie denn noch eine Wahl? Wenn niemand ihnen die Wahrheit erzählen würde, niemand ihnen erlauben würde, zusammen zu sein, dann mussten sie gemeinsam weglaufen. Denn Luisa konnte sich schon lange kein Leben ohne Henry mehr vorstellen.

Schweigend gingen sie durch die Straßen Lübecks. Vorbei am Holstentor, doch da hörte Luisa Lärm und Kinderlachen und runzelte die Stirn. »Was ist das?«, fragte sie und schaute nach rechts, die Geräusche kamen anscheinend vom Buniamshof, einem Sportgelände, auf dem manchmal Fußballspiele und andere Veranstaltungen stattfanden.

Henry schenkte ihr ein Lächeln und ergriff ihre Hand. »Meinst du, wir haben noch ein paar Minuten Zeit, damit ich dir etwas zeigen kann?«

Verwirrt sah sie ihn an, nickte dann aber. Henry zog sie mit sich die Possehlstraße hinunter, über die Brücke hinweg zum Buniamshof, auf dem reges Treiben herrschte.

»Was …?«, setzte Luisa an und ließ den Blick über das Gelände schweifen. Es dauerte ein wenig, bis sie realisierte, was dort auf dem Gelände aufgebaut war. »Ein Seifenkistenrennen?«

Henry schüttelte grinsend den Kopf und führte sie durch die Menschenmenge über die Wiese hinweg zu der kleinen Startbahn, die an einem oberen Ende der Tribünen begann und sich über das Gelände schlängelte.

»Das, meine Dame«, sagte Henry feierlich und stellte sich mit Luisa an die Startbahn, »ist ein Marzipankistenrennen.«

Luisa betrachtete die Kisten genauer. Henry hatte recht, es waren tatsächlich umgebaute Kisten, auf denen der Schriftzug »Lübecks feinstes Marzipan« prangte. Die Kisten waren umgebaut worden, Räder an zwei Seiten und ein Lenkrad waren angebaut. Jedes Kind hatte eine Startnummer und eine Kiste und bereitete sich mit einer Ernsthaftigkeit auf diesen Wettkampf vor, die ein Lächeln über Luisas Gesicht huschen ließ, auch wenn ihr Herz in Aufruhr war.

»Spendet ihr eure Kisten?«, fragte sie und hörte einen durchdringenden Pfiff, als sich am oberen Ende der Startbahn einige Kinder bereit machten für den Wettkampf.

»Das tun wir. Genau wie viele andere Firmen. Wir spenden auch kleinere Preise für die Kinder und bieten unser Marzipan zum Verkauf an. Schau, dort ist unser Stand.«

Luisa blickte über die Startbahn zur Grünfläche in der Mitte des Buniamshofes, wo mehrere kleine Buden mit Verkaufsständen aufgebaut waren.

»Wie schön …«, murmelte Luisa, als ein weiterer Pfiff ertönte und die Marzipankisten in atemberaubendem Tempo die Startbahn hinunterrollten.

Kinder kreischten, Eltern feuerten ihre Schützlinge an, und die kleinen Räder der Kisten donnerten über die Startbahn. Euphorie erfasste Luisa, und sie schaute gespannt dabei zu, wie die schnittigen Kisten an ihr vorbeisausten. Es saßen viele Jungen in den Gefährten, aber sie konnte auch ein paar Mädchen entdecken, und dann machte ihr Herz einen Hüpfer, als die erste Kiste schlitternd über die Ziellinie fuhr, zum Stehen kam und ein kleines Mädchen aus ihr heraussprang. Ihre Wangen glühten, und in ihren Augen glänzte der Schalk.

»Ich habe gewonnen!«, rief sie grinsend und warf den Knaben, die hinter ihr einfuhren, einen triumphierenden Blick zu. »Hast du das gesehen, Papa?«

»Das habe ich, mein Engel.«

Luisa wandte sich um, denn sie kannte die Stimme in ihrem Rücken ganz genau.

»Herr Mähling?« Es war der Mann, der sie nach ihrem Streit mit Henry nach Hause gefahren hatte. Dieser freundliche und zuvorkommende Mann, der den Geburtstag seiner kleinen Tochter gefeiert hatte, und das kleine Mädchen musste nun ebendiese Tochter sein.

»Guten Tag, Herr Hawkins, Fräulein Linde …« Herr Mähling ließ seinen Blick über sie beide schweifen, und ein Lächeln zupfte an seinen Lippen. »Ich sehe, Sie konnten Ihr gebrochenes Herz heilen.«

Luisa spürte, wie Hitze in ihre Wangen stieg. »Das konnten wir«, antwortete sie hastig.

»Papa! Papa, hast du auch gut zugeschaut?« Das Mädchen lief zu Herrn Mähling und sprang ihm erfreut in die Arme.

»Natürlich, Rebekka! Du warst großartig.«

Rebekka grinste ihren Vater verschmitzt an, und Luisa spürte, wie sie von der Freude des Kindes angesteckt wurde.

»Die Herrschaften … ich wünsche Ihnen noch einen schönen Tag, ich habe Rebekka versprochen, wenn sie ein Rennen gewinnt, dann schlemmen wir uns durch all die Leckereien hier.« Herr Mähling lupfte seinen Hut und ging mit seiner strahlenden Tochter davon.

Nachdenklich betrachtete Luisa das kleine Mädchen mit seinem Vater, ihre braunen Zöpfe wippten wild hin und her, und ihr

Kleid wehte im lauen Frühlingswind. »Wenn ihr diese Kisten spendet und euer Marzipan hier verkauft, ist dein Vater dann nicht hier?«

Henry schüttelte den Kopf und führte Luisas Hand zu seinem Mund, er hauchte einen Kuss darauf und lächelte sie an. »Nein, mein Vater hält nichts von solchen Ereignissen, deswegen wollte ich dir das hier zeigen. Du willst Pralinen kreieren, du liebst Marzipan beinahe mehr als ich. Wenn wir all die Geheimnisse gelüftet haben, dann will ich eines Tages gemeinsam mit dir hier stehen. Ich will, dass wir deine Pralinen verkaufen und die Menschen damit begeistern. Weil du eine wunderbare Geschäftsfrau sein wirst und ich dieses Leben, dieses Geschäft nur mit dir gemeinsam führen will.«

Luisa presste die Lippen aufeinander und blinzelte die Tränen fort. Sie war gerührt von Henrys Worten, davon, dass er sie niemals nur als stummer Schatten an seiner Seite haben wollte.

»Ich danke dir«, flüsterte sie und umarmte ihn.

Sie wäre gerne noch hiergeblieben. Bei dem Duft von Süßigkeiten und anderen Köstlichkeiten, dem Lachen von Kindern in der flirrenden Wärme, aber Luisa wusste, dass sie eine Aufgabe hatte.

»Dann lass uns nun in die Höhle des Löwen gehen«, murmelte Henry, und schweren Herzens verließen sie den Buniamshof und gingen durch die Straßen Lübecks.

Die Welt wirkte blass und verschwommen in ihren Augen. Diffuses Licht legte sich über die Stadt, und ihr Magen rumorte leise.

Die Angst fraß sich in ihr Herz, und ihre Hände fingen an zu zittern, als sie vor ihrem Haus standen. Aber die junge Frau schluckte all ihre Zweifel hinunter und trat mit festen Schritten auf die Haustür zu.

»Ich liebe dich, Henry«, murmelte sie und stellte sich auf die Zehenspitzen.

Ihr Kuss war weich und voller Liebe. Sie schmeckte nach der Süße von Erdbeeren und Marzipan. Henry lächelte versonnen, als sie sich von ihm löste und die Haustür aufsperrte.

Doch keine Ruhe empfing sie, sondern ohrenbetäubender Lärm, aufgebrachte Stimmen, und Luisa sog scharf die Luft ein, als sie zusammen mit Henry in den Flur trat.

»Vater?«, flüsterte Henry hinter ihr, und ein Stöhnen entglitt seinen Lippen.

Luisa stand stocksteif da, sah ihren eigenen Vater. Neben ihm Henrys Vater Nikolas, der seine Hand um Stephans Kragen gelegt hatte. Der Gehstock ihres Vaters war zu Boden gefallen, er stand gekrümmt da, sein eines Bein angewinkelt, Schmerz flackerte in seinen Augen. Wut zuckte über das Gesicht von Henrys Vater. Seine Worte waren wie ein Peitschenknall in der Luft.

»Wieso wollen Sie mir das Grundstück nicht verkaufen? Ich biete Ihnen mehr Geld, als jeder andere es jemals tun würde!«, schrie Nikolas wutentbrannt, dann jedoch glitt sein Blick zu Luisa und Henry, und wie betäubt ließ er Stephan los und funkelte seinen Sohn wütend an.

»Du?«, rief er und ging mit drohenden Schritten auf Henry zu. »Wie kannst du es wagen, immer noch mit diesem Mädchen zusammen zu sein?«

Luisa zuckte bei seinen Worten zusammen, aber Henry stellte sich schützend vor sie. »Du hast mich aus deinem Haus geworfen, Vater. Du triffst keine Entscheidungen mehr über mich. Und ich liebe Luisa.«

Jedes Wort war wie ein kleines Licht in Luisas Herzen, das die Dunkelheit vertrieb. Ein winziges Lächeln streifte ihre Züge, und sie ergriff Henrys Hand. War bereit, für diese Liebe jeden Weg zu gehen.

»Luisa …« Stephan sah seine Tochter lange an, eine Mischung aus Enttäuschung und Wut zeigte sich auf seinem kantigen Gesicht, aber Luisa würde nicht aufgeben. Dieses Mal nicht.

»Wieso seid ihr überhaupt hier?«, fragte sie stattdessen und sah zwischen den Männern hin und her.

»Weil meine Versammlung ausgefallen ist«, antwortete ihr Vater barsch. »Und dann komme ich nach Hause, und dieser Mann steht vor meiner Haustür. Will mich angreifen und mir vorschreiben, wem ich mein Grundstück zu verkaufen habe!«

»Ich habe Sie nicht …«, setzte Nikolas erbost an, doch in diesem Augenblick zerschnitt eine dunkle, alte Stimme die zornigen Worte.

»Hört auf! Alle!«

Schockiert sah Luisa zum Treppenabsatz und erblickte ihren Großvater Hans. Er umklammerte seinen Gehstock so fest, dass seine Knöchel weiß hervortraten. Trauer spiegelte sich in seinen dunklen Augen, und sein Gesicht wirkte eingefallen und erschöpft.

»Großvater«, flüsterte Luisa und schlug sich die Hand vor den Mund.

Ihre Beine fingen an zu zittern, und sie fühlte sich mit einem Mal so schwach. Mit langsamen Schritten ging Hans die Treppe herunter und blieb vor den Männern stehen. Sein Blick streifte Henry, und ein schwerer Seufzer entglitt seiner Kehle.

»Nein …«, murmelte Hans, und Luisa sah, wie sich Tränen in seinen Augen sammelten. »Matthias …«

Überrascht schauten die beiden Verliebten sich an, und Luisa ließ vorsichtig Henrys Hand los.

»Großvater …«, begann sie langsam, »dass …«

»Er sieht aus wie Matthias«, unterbrach Hans sie mit brüchiger Stimme und konnte den Blick nicht von Henry abwenden.

»Vater, du …«, setzte Stephan an, aber Hans hob die Hand, um seinen Sohn zu unterbrechen.

»Nein, Stephan. Dafür ist es nun zu spät. Dieses Geheimnis zerstört unsere Familie. Es zerstört Luisas Glück.«

Henry räusperte sich und trat einen Schritt vor. »Herr Linde. Ich möchte mich dafür entschuldigen, dass ich hier bin und Ihnen damit wehtue. Aber ich liebe Luisa. Ich liebe sie von ganzem Herzen. Es kann nicht richtig sein, diese Liebe zu zerstören, oder?«

Ein trauriges Lächeln glitt über Hans' Gesicht. »Nein, das kann es nicht sein, mein Junge.«

»Großvater …« Besorgt ging Luisa auf Hans zu und ergriff seine Hand. »Es tut mir so leid.«

»Nein, mein Kind. Dir muss nichts leidtun, ich denke, dass es Zeit für die Wahrheit ist.«

»Vater!«, rief Stephan wütend und trat auf Luisa zu, aber Hans schüttelte erneut den Kopf.

»Es ist zu spät, Stephan! Ich will nicht schuld daran sein, dass eine Liebe zerstört wird. Kommt mit ins Wohnzimmer, ihr beiden.« Auffordernd sah Hans Luisa und Henry an und ging mit langsamen Schritten ins Wohngemach, ließ sich erschöpft auf dem Sofa nieder und bettete den Kopf in die Hände.

Zögerlich sah Luisa zu Henry, dann zu den beiden Vätern. Sie konnte die Wut geradezu spüren, die in der Luft gefährlich knisterte. Dann jedoch setzten sich Luisas Beine wie von selbst in Bewegung, und sie ging mit Henry ins Wohnzimmer, der leise die Tür hinter ihnen schloss.

Luisa setzte sich ebenfalls und betrachtete ihren Großvater. »Großvater, du musst nicht … es ist unsere Schuld, dass …«

Hans hob die Hand und berührte ihre Wange. Strich ihr zärtlich eine Haarsträhne hinters Ohr und lächelte traurig.

»Es ist nicht eure Schuld. Und dein Geliebter hat recht. Ich kann eure Liebe nicht zerstören.«

Luisa hatte das Gefühl, die Welt würde aufhören, sich zu drehen. Die Zeit hielt an, und alles wurde dumpf, wie in Watte gepackt.

Hans musterte sie lange und fuhr sich durchs schüttere Haar. »Ihr scheint am Strand gewesen zu sein«, bemerkte er mit einem düsteren Lächeln.

Luisa schaute an sich herunter und bemerkte den Sand, der immer noch an ihrem Kleid haftete. Sie klopfte die Spuren ihres Ausflugs von ihrer Kleidung und lächelte zerknirscht.

»Wir haben mit Svenja Haubner gesprochen«, sagte sie tonlos, und ein Ruck ging durch den Körper ihres Großvaters.

Stumme Tränen liefen über seine Wangen.

»Svenja«, sagte Hans gerührt und schaute seine Enkelin an. »Sie muss sehr einsam sein.«

Luisa nickte schweigend und griff nach Henrys Hand. Hier, jetzt in diesem Augenblick, könnte sie ohne ihn nicht existieren. Sie wollte es wissen. Sie wollte Henry lieben dürfen, ohne die Last der Vergangenheit zu tragen.

»Wisst ihr«, begann Hans sanft und neigte den Kopf zur Seite. »Ich glaube, vieles hätte anders verlaufen können, wenn wir alle ehrlicher zueinander gewesen wären.«

»Damit meinen Sie meinen Großvater Matthias, Greta und sich selbst?«, fragte Henry zaghaft.

Stille zog sich durch den Raum, die knisternd zwischen den Anwesenden hin und her sprang. Luisa wagte es nicht, auch nur ein Wort zu sagen. Sie wollte ihrem Großvater die Zeit geben, die er brauchte. Sie konnte sich seinen Schmerz nicht vorstellen. Wie sehr er all die Jahre gelitten haben musste.

»Ja, wir waren im Herzen noch gar nicht bereit für den Weg, den wir gehen mussten. Es war viel zu viel. Wir haben alle zusammen auf dem Land gelebt. Ich kannte Greta mein ganzes Leben, und unsere Eltern waren der Meinung, dass eine Verbindung zwischen unseren Familien für alle von Vorteil wäre. Ich habe mir über diese Sache nie Gedanken gemacht. Ich habe Greta immer gemocht, und im Laufe der Jahre habe ich sie lieben gelernt …«

»… und dann kam mein Großvater«, beendete Henry Hans' Erzählung und schaute ihn mit düsterem Blick an.

Hans hob mit einem gutmütigen Lächeln die Hände und schüttelte den Kopf. »So einfach war es nicht. Matthias tauchte mit seiner Familie auf. Sie waren zwar nie wirklich Bauern, aber sie gehörten zur Gemeinschaft. Matthias' Vater war vor allem mit dem Aufbau der Manufaktur beschäftigt, aber das war in Ordnung. Matthias wurde mein bester Freund. Mein Verbündeter in allen Lebenslagen.« Ein leises Lachen entrann Hans' Kehle.

»Aber …«, setzte Henry an, doch Luisa unterbrach ihn mit einem strengen Blick.

Sie schüttelte kaum merklich den Kopf und zeigte Henry damit, dass er zuhören sollte. Sie hatte Angst, dass Hans nicht weiterreden wollte. Dass durch all die Unterbrechungen sein Mut schwanken würde.

Henry verstand sofort und presste die Lippen aufeinander. Sein Blick glitt nach draußen, und Luisa vermochte nicht zu ahnen, was in seinem Kopf vorging. Vielleicht dachte er an seinen Großvater Matthias. Vielleicht fürchtete er sich, dass seine Familie an all dem Unheil schuld war.

»Gräm dich nicht, junger Mann«, versuchte Hans ihn aufzumuntern und berührte Henry sanft am Knie. »Ich sehe deinen Blick, wenn du meine Enkelin anschaust. Ich mag zwar alt sein, aber ich erkenne die Liebe.«

Henry öffnete den Mund, aber kein Wort kam von seinen Lippen. Zuversichtlich drückte Luisa seine Hand und lächelte ihn an.

»Ohne Matthias wäre ich wahrscheinlich schon ganz am Anfang des Ersten Weltkrieges gestorben. Dein Großvater war ein wunderbarer Mann, er war mein bester Freund. Ohne ihn hätte ich den Krieg nicht ausgehalten.«

Ein vorsichtiges Lächeln glitt über Henrys Gesicht. Hans suchte für einen Augenblick nach den richtigen Worten und stand dann auf. Er ging zu der alten Kommode am Ende des Raumes und kniete sich davor hin.

Die beiden Verliebten schauten sich verwirrt an, warteten aber geduldig ab.

Hans holte einige Papiere und Fotos aus dem Schrank und setzte sich wieder zu Luisa und Henry.

»Das seid ihr«, murmelte Luisa, als sie ein Bild von jungen Soldaten sah, die zusammen für das Foto posierten.

»Ja, ich weiß, dass du mit Rowena auf unserem Dachboden ebenfalls Fotos und Briefe gefunden hast. Dein Vater hat diese Dinge vor mir versteckt. Er hat es nicht über sich gebracht, sie zu vernichten.« Hans schüttelte belustigt den Kopf und schob die Fotos zu Luisa hinüber. »Natürlich habe ich das bemerkt, und einige alte Erinnerungen habe ich behalten.«

Sie hob die Fotos hoch und reichte Henry ebenfalls eines. Sie erkannte ihren Großvater sofort. Sein Blick war noch voller Hoffnung. Sein Lächeln war echt, und seinen Arm hatte er um einen anderen Mann gelegt, das war Matthias.

»Ihr wart glücklich, obwohl der Krieg schrecklich gewesen sein muss«, flüsterte Luisa dumpf und versuchte ihre Tränen zu unterdrücken.

»Was hätten wir tun sollen? Es war ein Dienst für das eigene Land. Eine Ehre.« Er spuckte diese Worte mit so viel Hass und Wut aus, dass Luisa wie vom Schlag getroffen zusammenzuckte.

»Oh, Großvater …«

Hans seufzte und strich einen Brief glatt, der auf dem Tisch lag. »Ich will euch nicht erzählen, was wir dort alles gesehen haben. Es war die Hölle. Jeder Krieg auf dieser Welt ist die Hölle. Es sterben meist diejenigen, die am wenigsten dafür verantwortlich sind. Du kannst dir nicht vorstellen, wie schlecht und trotzdem dankbar ich mich gefühlt habe, dass ich im Zweiten Weltkrieg ein Offizier war und kein Fußsoldat wie im Ersten Weltkrieg mit Matthias. Ich selbst musste seltener kämpfen, aber ich schickte junge Männer in den Tod …«

Luisa schluckte hart, und sie hatte einen bitteren Geschmack im Mund. Sie konnte sich nicht vorstellen, wie schlimm diese Kriege gewesen sein mussten.

»Du hast Greta immer Briefe geschrieben, oder?«

Hans nickte wie in Trance und lächelte versonnen. »Ja, so oft, wie ich konnte. Es war natürlich nicht einfach, und die Ungewissheit, ob es ihr gut geht, nagte an mir. Aber ihre Briefe gaben mir Hoffnung.«

»Wie schön«, murmelte Luisa und warf einen Blick zu Henry.

Auch er gab ihr Hoffnung. Wie sie sich wohl gefühlt hätte, wenn sie so lange von ihm getrennt gewesen wäre?

»Wir waren in Belgien und in Frankreich. Ich habe andere Länder gesehen, aber nur im Krieg. Ich habe Männer sterben sehen, und jeder Schrei hat sich in mein Gedächtnis gebrannt.«

Hans' Finger zitterten, er wirkte verletzt und gebrochen. Nicht mehr richtig da, sondern ganz weit weg, versunken in seine eigenen Erinnerungen.

»Ihr seid nicht zusammen aus dem Krieg zurückgekehrt, richtig?«, fragte Luisa mit zitternder Stimme.

Hans seufzte leise und stellte die Tasse wieder ab. »Nein, Matthias ist ohne mich nach Hause zurückgekehrt.«

Luisa sog scharf die Luft ein und sah Henry an. Sie hatte recht gehabt. Die beiden Freunde waren getrennt worden. Matthias war der, der zurückkehrte. Ohne Hans. Vielleicht an seiner Stelle.

»Wie konnte das passieren?« Henry biss sich nachdenklich auf die Unterlippe und lehnte sich ein Stück nach vorn.

»Verdun«, antwortete Hans schlicht und legte die Fingerkuppen seiner Hände aneinander.

»Verdun?«, wiederholte Luisa und sah ihren Großvater ernst an.

»Die Hölle von Verdun. Diese Schlacht war wahrscheinlich eine der schlimmsten im Ersten Weltkrieg. Wir harrten monatelang in Schützengräben aus. Schossen auf Soldaten. Wurden vom Regen durchweicht. Manchmal wünschte ich mir zu sterben.«

Sie wollte diese Worte nicht mehr hören. Ihr Herz drohte zu zerspringen. Die Vergangenheit war grausam.

»Das Fort Douaumont wird euch vielleicht noch ein Begriff sein«, bemerkte Hans und schaute Luisa auffordernd an.

Sie räusperte sich und dachte nach. Irgendeine Erinnerung war da tief in ihrem Inneren vergraben. Aber sie schaffte es nicht, sie hervorzulocken.

»Es ist explodiert.« Sie erschrak, als sie Henrys Stimme hörte. Er sprach ganz leise.

»Richtig«, stimmte Hans ihm zu. »Das ist es. Durch eine Verkettung unglücklicher Umstände ist dieses Fort explodiert. Es war ein Unfall, bei dem über sechshundert Soldaten in wenigen Minuten starben.«

»Wart … wart ihr in diesem Fort?«, wagte Luisa nach einiger Zeit zu fragen und schloss kurz die Augen.

Nie hätte sie gedacht, dass diese Wahrheit so schmerzhaft wäre.

»Ja, ich …«, setzte Hans an und stockte abrupt.

Erneut waren laute Stimmen aus dem Flur zu hören, dann vernahm Luisa die schrille Stimme ihrer Schwester, und plötzlich kehrte Ruhe ein.

Ein Grinsen kräuselte sich um Luisas Lippen.

»Deine Schwester scheint die beiden Männer gut im Griff zu haben«, sagte Hans lächelnd und seufzte schwer.

Dann wandte er sich Luisa und Henry zu. »Ich werde euch diese Geschichte erzählen. Aber vorher sollt ihr euch einer Sache klar sein. Liebe kann alle Grenzen überwinden, aber manchmal ist Liebe nicht genug, um ein Menschenleben zu retten.«

Hans' Stimme erfüllte den Raum mit einer düsteren Wolke der Vergangenheit. Dennoch lauschten Luisa und Henry gebannt seinen Worten.

Für ihre Liebe und die Wahrheit.

KAPITEL 20

HANS

Nahe Verdun, Juni 1916

In der Hölle von Verdun starben so viele Soldaten. Es gab so viele Tote. So viele zerstörte Leben in nur einem Krieg. Aber nicht alle Toten fand man nach dieser Explosion.

Nicht jeder Soldat konnte sicher für tot erklärt werden. Viele waren unter Schutt und Asche, Holz und Metallsplittern begraben.

Der Regen, der die folgenden Tage andauerte, wischte die Spuren des Geschehens weg. Blut und Sand vermischten sich miteinander zu einer zähflüssigen Masse.

Die Hölle von Verdun hatte neun Dörfer um die Stadt herum ausgelöscht. Dem Erdboden gleichgemacht. Diese verlorenen Dörfer sollten für immer in die Geschichte eingehen.

Sie waren verschwunden und wurden nie wieder aufgebaut.

Einige Dörfer weiter entfernt von Verdun überstanden diese Schlacht. Und die Maas wusch all das Elend weg, spülte den Tod davon und auch die Menschen.

Als das Fort explodierte, da hatten Hans und Matthias sich für den Sprung in die Tiefe entschieden. Sie waren sehr tief gefallen, inmitten von Staub und Asche versunken. Und Hans hatte diesen Sprung überlebt, aber Matthias hatte nur seinen leblosen Körper gesehen und keinen weiteren Blick gewagt, er hatte nicht nach ihm geschaut.

Doch Hans war noch am Leben gewesen. Und der Regen und

die Maas hatten ihn davongetrieben. Man könnte es als Wunder bezeichnen, dass er den Sturz, die Explosion des Forts überlebt hatte. Aber daran erinnerte er sich nicht. Er trieb im Fluss. Stapfte durch verlassene Dörfer. Verlor immer und immer wieder das Bewusstsein. Keine Erinnerung daran, wie lange er sich in dieser Trance befunden hatte. Kein Zeitgefühl mehr. Nichts. Nur Leere und unendliche Schmerzen.

Irgendwann lief ein kleines Mädchen über die Felder und Wiesen des Dorfes Ancemont. Dieses Dorf lag am linken Ufer der Maas. Es war verschont geblieben von der Hölle von Verdun. Nun, was man verschont nennen kann.

Natürlich wussten die Dorfbewohner, was einige Kilometer von ihnen entfernt geschah. Sie hörten die Schreie und die Explosionen. Aber sie waren am Leben. Nur das zählte.

Das Mädchen hieß Valérie. Sie hatte strohblonde Haare, die sich offen über ihre Schultern ergossen. Sie trug ein hellblaues Kleid mit einer Schleife um die Hüfte.

Valérie summte ein Lied vor sich hin und sammelte Blumen auf einer Wiese. Sie war ein glückliches kleines Mädchen von sechs Jahren. Sie spazierte am Ufer der Maas entlang, als sie jemanden im hohen Gras liegen sah.

Jeder normale Mensch hätte Vorsicht walten lassen. Es herrschte immer noch Krieg. Und jeder Mensch konnte gefährlich sein. Aber Valérie war ein Kind. Ein neugieriges noch dazu.

Sie lief auf den Schatten zu, der im Gras lag, und bemerkte, dass es ein Mann war. Mit skeptischem Blick betrachtete sie ihn.

Er trug fast nichts mehr am Körper. Zerschlissene Fetzen von Kleidung, mehr nicht. Er war übersät mit Wunden und einer dicken Blutkruste am Kopf. Langsam bemerkte Valérie, dass etwas nicht stimmte. Angst kroch ihre Glieder empor, und sie zuckte unwillkürlich zusammen. Plötzlich war ihr eiskalt, obwohl die Sonne vom strahlend blauen Himmel schien.

Trotzdem bückte sie sich und stupste den Mann vorsichtig an. Ein leises Stöhnen entfloh seinen Lippen, und erschrocken wich das Mädchen zurück.

»Wer bist du?«, flüsterte sie und hatte natürlich keine Ahnung, ob der Fremde Französisch verstand.

»Valérie?«, ertönte eine Stimme hinter ihr, und sie drehte sich um.

Es war ihr Vater Bernard, der auf sie zugelaufen kam, die Situation sofort verstand und seine Tochter von dem Mann wegzog.

»Papa? Wer ist das?«, fragte das Mädchen leise und entwand sich seinem Griff.

Bernard schüttelte unwillig den Kopf und bedeutete seiner Tochter, hinter ihm zu bleiben. Er ging vorsichtig an den Mann heran und stieß ihn mit der Schuhspitze an. Erneut ein gequältes Stöhnen. Dann öffnete der Fremde plötzlich die Augen und sah sich verwirrt um.

»Er ist wach!«, rief Valérie und klatschte in die Hände.

Sie war ein Kind. Wie hätte sie wissen sollen, dass dieser Mann ein Feind war. Ein Soldat der deutschen Armee.

»Wer bist du?«, fragte Bernard und sah den Mann eingehend an.

Bernard verabscheute den Krieg. Aber natürlich hatte er sofort erkannt, dass der Mann ein Soldat gewesen war. Ein deutscher Soldat.

Er hätte ihn hier an Ort und Stelle sterben lassen sollen. Aber Bernard hatte ein großes und weiches Herz.

Niemand verdiente den Tod. Und dieser Mann hier war mehr tot als lebendig.

Der Mann schaute ihn verwirrt an. Er schien die Frage zu verstehen, aber er konnte nicht antworten. Dieser Mann, der da im Gras lag – übersät mit Verletzungen und einer tiefen Wunde am Kopf –, war Hans.

Jedoch war er nicht mehr der Hans Linde, der in den Krieg gezogen war. Er war niemand mehr. Nach einer gefühlten Ewigkeit antwortete der Mann mit rauer Stimme und fasste sich vorsichtig an die Stirn. Er starrte das Blut an seinen Fingern an und schüttelte matt den Kopf.

»Ich weiß es nicht …«, krächzte er verwirrt und blickte sein Gegenüber erschöpft an. »Wer bin ich?«

Dies ist das Drama der Geschichte. Dieser tiefe Fall. Hans war so tief gefallen, aber den Aufprall hatte er nicht gespürt. Er war durch den Fluss gewatet, fort von dem Krieg und dem Blut und der Asche.

Aber Hans Linde wusste nicht mehr, wer er war. Hans Linde hatte sein Gedächtnis verloren, und er hatte keine Ahnung, dass er einen besten Freund namens Matthias und eine große Liebe namens Greta hatte.

Hans war verschwunden. Zurückgeblieben war eine leere Hülle ohne Erinnerung und Namen.

Ancemont, April 1917

Die Wärme war immer noch spürbar in der Luft, die nach Rosen und Lilien und frisch gebackenem Brot roch.

Der Mann saß auf der Veranda des kleinen Hauses im Dorf Ancemont und starrte in den Himmel, der sich langsam blutrot färbte.

»Da bist du ja!«, schreckte eine Stimme hinter ihm ihn aus seinen Gedanken auf, und er drehte sich um.

»Valérie«, sagte er langsam, und das kleine Mädchen setzte sich mit einem Grinsen neben ihn.

Sie trug ein Tablett in den Händen, das sie nun auf ihrem Schoß absetzte. »Ich habe dir zu essen mitgebracht«, sagte sie und reichte ihm den Teller von dem Tablett.

Mit einem sanften Nicken nahm er den Teller an und auch ein Glas mit frischem Saft. Es war ein Kartoffelgratin mit Gurkensalat, und als der Geruch in seine Nase drang, begann er gierig zu essen. Er hatte gar nicht bemerkt, wie groß sein Hunger gewesen war nach dem langen Tag auf dem Feld.

»Kannst du dich wieder erinnern?«, fragte das Mädchen zaghaft und begann seine dunklen Haare zu einem dicken Zopf zu flechten.

Die Frage kam so unvorbereitet, dass er sich verschluckte und erst einmal einige Zeit hustete und nach Luft rang. Als sein Husten langsam abgeebbt war, schüttelte er traurig den Kopf.

»Nein«, sagte er leise und richtete den Blick in die Ferne.

Er wusste nicht mehr, wer er war. An dem Nachmittag, als Valérie ihn auf dem Feld gefunden hatte, da war sein Gedächtnis wie ausgelöscht gewesen. Bernard war ein guter Mann; obwohl er die Überreste der deutschen Uniform erkannt hatte, nahm er diesen verwirrten Mann mit sich, der nicht mal mehr seinen eigenen Namen wusste.

Gemeinsam mit seiner Frau Cecile pflegte er ihn gesund, gab ihm zu essen, und als Dank half dieser bei der Arbeit auf dem Feld. Er wusste nicht mal, warum er Französisch verstand. Dieses Wissen war ihm erhalten geblieben.

Sonst jedoch war sein Verstand wie leer gefegt. Ohne Vergangenheit und ohne Zukunft.

Valérie senkte den Kopf und scharrte mit den Füßen im Sand. »Das tut mir leid, Martin«, murmelte sie leise.

Er schüttelte lächelnd den Kopf und legte einen Arm um das kleine Mädchen. Sie war es, die ihm den Namen Martin gegeben hatte. Weil er am Ufer der Maas gefunden worden war.

»Dir muss gar nichts leidtun, Valérie«, sagte er und hielt ihr die kleine Schüssel mit Brombeeren hin, die ebenfalls auf dem Tablett gestanden hatte. Er wusste, wie sehr sie diese Früchte liebte, und lächelte, als sie eine Handvoll mit einem Grinsen ergriff.

»Danke schön«, sagte sie fröhlich.

Das Leben hier war beschwerlich, aber glücklich. Valéries Familie hatte nicht viel, aber genug zum Leben. Sie besaßen einige Felder, auf denen sie Kartoffeln, Weizen und Gemüse anbauten. Ein paar Tiere, die sie im Notfall schlachten konnten, die ihnen aber sonst frische Milch einbrachten, die Valéries Mutter zu Käse und Quark verarbeitete.

Er hatte Gefallen an diesem Leben gefunden. Irgendwo ganz tief in seinem Inneren spürte Martin, dass dieses Leben wie eine Erinnerung war. An seine Vergangenheit. Manchmal träumte er von einem Ort, den er nicht richtig erkennen konnte. Aber es war ein Hof, wie hier in Ancemont. Doch er konnte nicht sagen, woher diese Erinnerung stammte.

»Valérie!«, rief Cecile aus dem Inneren des Hauses, und das Mädchen stand schnell auf und ließ sich von Martin das Tablett geben. »Es ist Zeit für dich, ins Bett zu gehen.«

Valérie verdrehte die Augen und lächelte Martin an. Sie bückte sich noch mal zu ihm hinunter und hauchte ihm einen kleinen Kuss auf die Wange. Dann schlüpfte sie ins Haus.

Versonnen berührte er seine Wange und konnte die Wärme dieses Kusses, dieses Beweises der Liebe eines Kindes noch spüren.

»Du scheinst wieder völlig in Gedanken versunken zu sein«, bemerkte eine süffisante Stimme hinter ihm, und Martin schreckte auf und drehte sich um. Es war Bernard, der an der Tür lehnte und einen Becher Wein in der Hand hielt.

»Entschuldige«, murmelte Martin und wusste selbst gar nicht, warum er sich entschuldigte.

Bernard schüttelte lächelnd den Kopf und setzte sich neben ihn. Der Himmel begann sich rabenschwarz zu färben, und schweigend saßen diese beiden ungleichen Männer nebeneinander.

»Willst du in deine Heimat zurück?«, fragte Bernard gedehnt und reichte Martin ebenfalls einen Becher Wein.

Sie hatten Mutmaßungen darüber angestellt, wo er herkommen könnte. Die Überreste der Uniform ließen auf einen deutschen Soldaten schließen, und auch sein Deutsch war klar und nicht gebrochen. Aber das war auch schon alles, was er wusste.

Mehr existierte nicht mehr in seinem Kopf. Keine Erinnerungen, nur Fetzen der Vergangenheit wie Stücke eines verbrannten Papiers.

»Ich weiß ja nicht mal, wo ich hinsoll«, antwortete er traurig und seufzte leise.

»Wenn du diesen Weg nie beschreitest, kannst du auch dein Ziel nie sehen«, sagte Bernard, und wieder war Martin überrascht von der Weisheit dieses Mannes.

Er war nur ein ganz gewöhnlicher Bauer, aber er schien viel mehr über das Leben zu wissen als die meisten Menschen.

Bernard holte ein Päckchen aus seiner Tasche heraus und reichte es Martin. Mit gerunzelter Stirn griff dieser danach und erkannte, dass es Zigaretten waren. Plötzlich lief ein Schauer über seinen Rücken, und seine Hände begannen zu zittern. Er hatte keine Ahnung, was los war, aber diese Zigaretten waren wie eine weit entfernte Erinnerung. Eines der vielen verbrannten Stücke Papier in seinem Herzen. Martin keuchte auf und nahm ehrfürchtig eine Zigarette aus der Packung.

»Du erinnerst dich an etwas«, murmelte Bernard und lächelte matt, als Martin ihm die Packung zurückgab und sich eine Zigarette anzündete. Er legte einen Finger an die Lippen, und ein Grinsen huschte über seine Lippen. »Aber erzähl es nicht meiner Frau, sie mag es nicht, wenn ich rauche.«

Martin hörte seine Stimme nur von sehr weit entfernt. Irgendwie dumpf. Als ob er in diesem Augenblick aus der Zeit gefallen wäre.

»Wir haben auch geraucht«, flüsterte Martin, als ein heftiger Schmerz durch seinen Kopf zuckte und ein leiser Schrei seiner Kehle entwich. Er hielt sich den schmerzenden Kopf und biss die Zähne fest aufeinander.

»Martin?«, fragte Bernard besorgt und legte eine Hand auf seinen Rücken.

Wärme durchflutete ihn. Plötzlich hatte er den Geschmack von Asche und Staub auf der Zunge. Stimmen hallten in seinem Kopf wider, und Feuer loderte in seiner Seele. Die Erinnerungen zogen in viel zu schnellen Bildern an ihm vorbei, und er schloss die Augen. Wartete, bis die Bilder sich langsam in Luft auflösten.

Dann schaute er Bernard erschöpft an. »Da waren Erinnerungen. So viele …« Seine Stimme versagte, und seine weiteren Worte gingen in einem Schluchzen unter.

Bernard ließ ihn gewähren und reichte ihm schweigend die Streichhölzer. Mit zitternden Händen steckte er die Zigarette an und zog den Rauch ein. Für einen kurzen Augenblick brannten seine Lungen. Dann stieß er den Rauch genussvoll aus und lächelte in den rabenschwarzen Himmel.

»Schreib deine Gedanken auf«, riet Bernard ihm, als sie gemeinsam diese Zigarette geraucht hatten und die Nacht sich mit sanften Schwingen über die Welt legte.

»Meine Gedanken?«, fragte Martin und schaute ihn verwirrt an.

»Vielleicht hilft es dir, deine Vergangenheit wiederzufinden. Vielleicht wirst du so eines Tages erfahren, wer du bist.«

»Ich war ein Soldat«, sagte Martin mit rauer Stimme und starrte auf seine Hände.

In seinen Träumen klebte Blut an diesen Händen. Asche und Rauch. In seinen Träumen hielt er ein Gewehr und hockte in einem Schützengraben. Aber er war immer allein in seinen Träumen. Alle anderen waren verschwommene Schemen, und Martin schaffte es nicht, sich an die Namen dieser gestaltlosen Personen zu erinnern.

»Das warst du«, erwiderte Bernard und erhob sich langsam. »Ein deutscher Soldat, der in der Hölle von Verdun gekämpft hat. Sonst wärst du nicht über die Maas hierhergelangt.«

Martin schaute zu ihm hoch und versuchte die aufkeimenden Tränen zu unterdrücken.

Er blinzelte mehrmals und wandte den Kopf ab. »Warum bin ich hier? Warum hast du mich nicht schon lange getötet?«

Bernard schien ehrlich überrascht von der Frage und kniete sich neben Martin. Er legte ihm eine Hand auf die Schulter und lächelte.

»Weil du mir nichts getan hast. Weder mir noch meiner Familie. Weil du meine kleine Valérie glücklich machst. Und weil du dich an nichts erinnern kannst. Du weißt nicht, wer du bist. Ich kann niemanden für etwas verurteilen, woran er sich nicht mehr erinnern kann.«

Diese Worte rührten ihn zutiefst. Sie gruben sich in sein Herz und ließen ein Licht in diese Finsternis, die seine Seele seit Monaten erdrückte.

»Danke schön«, murmelte Martin heiser und nickte matt.

Bernard klopfte ihm auf die Schulter und ging langsamen Schrittes ins Haus.

Er blieb noch einige Zeit allein vor dem Haus sitzen und dachte über sein Leben nach. Es war schrecklich, keine Erinnerungen an seine eigene Vergangenheit zu haben. Er wusste nicht, wer er war. Wusste nicht, ob irgendjemand zu Hause auf ihn wartete. Ob er Freunde hatte. Oder eine Geliebte. Ob er den Rest seines Lebens ohne Erinnerungen bleiben würde?

Vielleicht hatte Bernard recht. Er sollte seine Gedanken niederschreiben und sich nach Deutschland begeben. Ganz tief in seinem Herzen konnte er fühlen, dass er aus Deutschland kam.

Dass dort seine Heimat war. Aber wo genau sich diese befand, das musste er erst noch herausfinden. Vielleicht war das sein neues Ziel im Leben. Vielleicht gab es jemanden, der dort auf ihn wartete.

Valérie klammerte sich an ihn und schluchzte leise. Martin lächelte gutmütig und kniete sich vor ihr hin.

»Bitte, hör auf zu weinen«, sagte er leise und strich ihr über die Wange.

Sie wischte sich über die Augen und schniefte traurig. »Aber warum musst du denn gehen?«, fragte sie mit tränenerstickter Stimme, und die Worte purzelten ungeordnet aus ihrem Mund. Martin neigte den Kopf zur Seite und zeigte in den hellblauen Himmel, der mit sanften Wolken bedeckt war.

»Ich bin hier nicht zu Hause«, antwortete er traurig und ließ seinen Blick schweifen. »Ich weiß nicht, woher ich komme. Aber mein Zuhause ist woanders.«

»Aber ich kann dein Zuhause sein«, ereiferte sich das Mädchen und schlang seine kleinen, dünnen Arme um seinen Hals. Martin verlor das Gleichgewicht und lachte leise. Er strich über Valéries Rücken und räusperte sich.

»Das ist sehr lieb von dir, Valérie«, hauchte er ihr ins Ohr und löste sich vorsichtig von ihr. »Aber du bist hier zu Hause. Und es gibt noch so viele andere Menschen, die dich glücklich machen werden.«

Unwillig schüttelte sie den Kopf, und einige braune Haarsträhnen lösten sich aus ihrem geflochtenen Zopf. Sie zog einen Schmollmund und legte die Stirn in Falten.

»Ach, Valérie«, murmelte Martin und erhob sich langsam. Er zog sie erneut in seine Arme und sog ihren kindlichen Duft ein. Nach Himbeeren und Rosen.

Auch ihm fiel der Abschied unglaublich schwer. Wenn er nicht immer wieder von diesen Erinnerungen geplagt worden wäre, vielleicht wäre Ancemont dann seine Heimat geworden. Einige junge Frauen aus dem Dorf hatten bereits ein Auge auf ihn geworfen und lächelten ihm zu, wann immer er mit Valérie auf dem Markt war. Ja, Martin fühlte sich hier wohl. Ein Teil von ihm wollte hierbleiben. Glücklich werden.

Aber er konnte nicht. Da gab es eine Vergangenheit, an die er sich erinnern musste. Erinnerungen, die tief in seiner Seele verschüttet waren.

»Ich werde dir schreiben«, versprach er dem kleinen Mädchen und küsste es auf die Stirn.

Sie wirkte nicht zufrieden mit dieser Antwort, aber als ihr Vater Bernard vortrat, da fügte sie sich und nickte zaghaft.

»Und ich werde dich wieder besuchen. Dann bist du eine wunderschöne junge Frau, der die Burschen in Scharen hinterherlaufen.«

Valérie kicherte leise, und Bernard verdrehte in gespielter Verzweiflung die Augen. »Sag ihr das nicht, nachher passiert das noch wirklich.«

Martin lächelte und reichte Bernard die Hand. Dieser schüttelte jedoch den Kopf und zog ihn in eine innige Umarmung. »Gib gut auf dich acht. Und schreib uns wirklich. Ich glaube daran, dass du dich erinnern wirst.«

Martin erwiderte die Umarmung und blinzelte die Tränen weg, als er sich von Bernard löste. Cecile trat vor und reichte ihm ein Päckchen und eine Tasche.

»Hier ist alles drin, was du brauchst. Genug zu essen für ein paar Tage. Eine Fahrkarte für den Bus und Geld.«

Martin hob abwehrend die Hände, aber die Frau drückte ihm die Sachen in die Hand.

»Du wirst das annehmen«, sagte sie, und ihre funkelnden Augen ließen keinen Widerspruch zu. »Das ist das Mindeste, was wir für dich tun können. Du hast uns so viel auf dem Hof geholfen und dich um Valérie gekümmert.«

Er nickte gerührt und schulterte den Rucksack. Er würde mit Bussen und Zügen Frankreich über Belgien verlassen. Einige

Routen waren nicht mehr so gefährlich für Zivilisten, und da er so gut Französisch sprach, würde ihn kein Mensch für einen deutschen Soldaten halten.

»Ich danke euch allen«, sagte er und hob die Hand zum Abschied.

Ein letztes Mal schloss er Valérie in die Arme und zauberte eine kleine Blume aus seiner Hand hervor. Ein Vergissmeinnicht.

»Pass gut auf diese Blume auf«, flüsterte er und reichte sie ihr. »Dies ist meine Erinnerung für dich.«

Valérie nickte eifrig und sah ihre Eltern an. Beide lächelten ebenfalls und hoben die Hand.

Martin wandte sich ab und ging hinein ins Unbekannte. Er schaute nicht zurück. Der Schmerz wäre zu heftig gewesen. Sein Herz würde zerbrechen. Das wollte und konnte er nicht.

Er richtete den Blick nach vorn. In eine neue Welt, die vielleicht Teil seiner Erinnerungen war.

Im Laufe der Zeit, daran glaubte er ganz fest, würde er sein Zuhause wiederfinden und ein Gefühl von Liebe empfinden, das irgendwo in seinem Herzen widerhallte.

KAPITEL 21

LUISA

Hans verstummte und presste die Lippen fest aufeinander. Luisa atmete aus und schlug die Hände vors Gesicht. Die Geschichte war noch nicht zu Ende erzählt, aber sie waren der Wahrheit so nah.

»Du … du hast dein Gedächtnis verloren?«, stammelte sie entsetzt und wischte sich die Tränen aus den Augen.

Hans nickte schweigend und bettete seinen Kopf auf die aufgestützten Arme. »Ja, drei Jahre meines Lebens war ich Martin. Der Mann ohne Erinnerungen, der am Ufer der Maas gefunden wurde.«

»Oh, Großvater …« Luisa stand auf und kniete sich vor Hans hin. Sie umarmte ihn innig und hielt sich an ihm fest.

Nur das sanfte Rascheln ihres Kleides war zu hören. Niemand sagte ein Wort. Luisas Blick huschte zu Henry, der wahrlich betroffen wirkte, er war in sich zusammengesunken und sein Gesicht leichenblass.

Hans streichelte seiner Enkelin sanft über den Rücken und lächelte matt. »Du musst kein Mitleid mit mir haben, mein Kind«, hauchte er in Luisas Ohr. »Der Krieg hat viel schlimmere Opfer gefordert als meines.«

Luisa rückte ein Stück von ihm ab und fuhr sich durch ihr dunkles Haar. »Aber trotzdem … es tut mir so leid, dass ich dich dazu gezwungen habe, diese Geschichte zu erzählen.«

Hans schüttelte den Kopf und ergriff Luisas Hände. »Dir muss gar nichts leidtun. Weder dir noch Henry. Ich bin euch diese Wahrheit schuldig.«

Henry hatte die ganze Zeit geschwiegen und räusperte sich nun vorsichtig. »Es ist alles die Schuld meines Großvaters, oder?«, fragte er traurig und senkte den Kopf.

Schwerfällig erhob sich Hans und setzte sich zu dem jungen Mann, der wie ein Häufchen Elend dort im Sofa versunken saß.

»Nein, mein Junge, ich glaube, niemand trägt wirklich die Schuld an dem, was passiert ist. Manchmal geht das Leben Wege, die für uns unbegreiflich sind.«

»Aber …«, setzte Henry an, brach jedoch sogleich ab, als Hans ihn eindringlich anschaute.

»Noch ist die Geschichte nicht beendet, danach kannst du dir eine Meinung über Matthias bilden. Ich konnte ihm nie verzeihen, obwohl es meinem Herzen wahrscheinlich besser getan hätte.«

Henry nickte schweigend, aber seine Hände zitterten leicht. Luisa sah ihn an und erhob sich langsam, verschränkte ihre Hand mit der seinen. Dann hauchte sie ihm einen Kuss auf die Wange und lächelte ihn an.

»Ich werde uns einen neuen Tee machen und etwas zu essen besorgen«, sagte sie und drehte sich um.

Sie sah, dass Henry zu einer Antwort ansetzen wollte, aber sie schüttelte nur leicht den Kopf. Sie stieß die Tür auf und trat hinaus, sah in das Gesicht ihres Vaters, der ruhelos durch den Flur humpelte, die Hand auf den Stock geschützt, den er so fest umklammert hielt, dass seine Hände schon weiß angelaufen waren. Henrys Vater saß auf der kleinen Bank nahe der Treppe und sah irritiert auf.

»Luisa …« Stephan sah seine Tochter an, aber sie seufzte nur leise.

»Großvater hat seine Geschichte noch nicht fertig erzählt, ich wollte uns nur gerne einen Tee kochen.«

Die Stille, die darauf folgte, erdrückte Luisa. Sie sah ihren Vater an und bemerkte nur aus den Augenwinkeln, wie Nikolas sich erhob, ein Päckchen Zigaretten aus seinem Mantel herausnahm und das Haus verließ. Dann ging ein Ruck durch Luisas Körper. Der Stoff ihres Kleides raschelte leise, als sie sich stürmisch in die Arme ihres Vaters warf.

Den Kopf an seine Brust gedrückt, weinte Luisa leise. Stephan betrachtete seine Tochter überrascht und legte vorsichtig die Arme um sie. Ein schwaches Lächeln zierte seine Züge, und er seufzte leise.

»Es tut mir leid«, murmelte Luisa mit tränenerstickter Stimme, und ihre Finger klammerten sich in den Stoff seines Jacketts.

Sanft strich Stephan seiner Tochter über den Kopf und legte seine Finger unter ihr Kinn. »Ist schon gut«, flüsterte er und küsste sie auf die Stirn.

Überrascht sah Luisa ihren Vater an, die Tränen brannten wie Feuer auf ihren Wangen, und ihr Herz schmerzte mehr als jemals zuvor.

»Ich … ich habe dich nicht anlügen wollen. Aber ich liebe Henry, und ich …«

»Shh …« Stephan zog seine Tochter erneut in seine Arme und hielt ihren zitternden Körper ganz fest. »Ich habe dir unrecht getan, mein Kind. Ich hätte dir diese Liebe nicht verbieten dürfen. Das war falsch … ich habe so viel Hass mit mir herumgetragen, den ich nicht auf dich hätte abwälzen sollen. Ich habe dich schrecklich behandelt und Dinge getan, die ich mir geschworen habe, niemals zu tun. Ich habe dein Leben eingeschränkt und war viel zu streng mit dir.«

»Aber, wenn ich nicht …«, setzte Luisa an, doch Stephan schüttelte den Kopf und bedeutete seiner Tochter still zu sein.

»Es ist nicht deine Schuld. Du hast dich verliebt, und dafür darf dich niemand verurteilen. Ich war zu hart zu dir. Ich habe auf deinen Gefühlen herumgetrampelt und mich nicht darum geschert, wie es dir geht.«

Luisa schluckte ihre Tränen hinunter. Ihre Lippen schmeckten nach Salz und Dankbarkeit. Sanft wischte Stephan ihre Tränenspuren fort und lächelte sie an.

»Vater …«, murmelte Luisa leise und legte ihren Kopf erneut an seine Brust.

Luisa brauchte diesen Augenblick zwischen ihnen. Sie brauchte die starke Schulter ihres Vaters. Sie brauchte seine Liebe. Sie war so lange zerrissen gewesen, gefangen in der Entscheidung zwischen Familie und der großen Liebe.

»Komm, wir machen uns einen Tee und schauen, ob deine Mutter uns etwas Leckeres zu essen zaubern kann.« Ein Grinsen huschte über Stephans Gesicht, und wie auf Kommando begann Luisas Magen leise zu grummeln. Sofort wurde sie rot und senkte den Blick. Ihr Vater lachte herzhaft und bugsierte sie sanft in Richtung Küche.

Als er die Tür aufschob, schauten Rowena und Annabella gleichzeitig auf. Sie hatten auf Luisa und ihren Vater gewartet. Kurz musterte Annabella ihren Mann und ihre Tochter. Dann seufzte sie leise und verdrehte die Augen.

»Sie haben sich wieder lieb«, bemerkte sie mit einem spöttischen Unterton und berührte kurz die Wange ihrer Tochter.

»Na endlich«, sagte Rowena und grinste ihre Schwester an, »das wurde ja auch Zeit.«

Luisa wollte zu einer Erwiderung ansetzen, aber sie öffnete den Mund und schloss ihn wieder, ohne dass ein Ton über ihre Lippen kam. Während Rowena heißes Wasser aufsetzte und eine Kanne herausholte, machte Annabella sich daran, ein paar Schnittchen und frisches Gemüse sowie Obst vorzubereiten.

»Wir haben den Haussegen mächtig ins Wanken gebracht, oder?«, fragte Stephan zerknirscht und setzte sich an den Tisch.

»Nein, gar nicht«, erwiderte Rowena spöttisch und erntete einen bösen Blick von ihrem Vater.

Abwehrend hob sie die Hände. »Ich habe nur Schwesternhilfe geleistet. So wie du es uns beigebracht hast. *Ihr Mädchen müsst immer zusammenhalten.*«

Luisa verschluckte sich an ihrem Glas Wasser, als Rowena den Tonfall ihres Vaters imitierte, und lachte auf. »Da hat sie recht, Vater«, sagte sie und ergriff Rowenas Hand. Stumm formte sie mit den Lippen das Wort *Danke* und lächelte ihre Schwester an.

Rowena zuckte nur mit den Schultern und goss das Wasser für den Tee auf. Für sie war es eine Selbstverständlichkeit gewesen.

»Aber ich mache mir Sorgen um Henry und seinen Vater«, sagte Luisa und sah durch die geöffnete Tür zum Wohnzimmer.

Stephan seufzte tief und ergriff die Hand seiner Tochter. »Ich werde mit ihm reden, das verspreche ich dir, mein Kind. Und wenn ihr es möchtet, dann verkaufe ich auch das Grundstück.«

»Vater …« Mehr konnte Luisa nicht sagen, denn all die anderen Worte, die Dankbarkeit, blieben ihr im Hals stecken.

»Ihr solltet euch beide angewöhnen, eher miteinander zu reden«, bemerkte Annabella und stellte das Tablett vor Stephan auf den Tisch. »Das kann auch schiefgehen, mein Schatz. Und über das Grundstück und alles Weitere sprechen wir später. Jetzt geh, Luisa, und hör dir die Geschichte deines Großvaters gemeinsam mit deinem Liebsten an.«

Annabella gab ihrem Mann einen schnellen, aber liebevollen Kuss und berührte sanft seine Wange.

Luisa und Rowena tauschten einen verwirrten Blick und kicherten leise. So viel Liebe sahen sie zwischen ihren Eltern selten.

»Lacht ihr nur«, sagte Annabella und zog Luisa kurz in ihre Arme. »Aber du kennst diese Gefühle wohl nur zu gut.«

Luisa nickte schweigend und hob die Teekanne hoch. »Kommt ihr mit?«, fragte sie.

Ihre Mutter schüttelte den Kopf. »Nein, diese Geschichte sollte er nur euch erzählen. Es ist eure Liebe. Und ich glaube, es ist für Hans sowieso hart genug.«

Luisa konnte verstehen, was ihre Mutter meinte. Sie nahm das Tablett und ging zusammen mit ihrem Vater zurück ins Wohngemach, sie wollte ihn jetzt an ihrer Seite haben, denn es war auch seine Geschichte.

Als sie die Tür öffnete und eintrat, sah sie, dass Henry sich über die alten Fotos und Briefe gebeugt hatte, die Hans ihnen gezeigt hatte. Er wirkte weniger verkrampft, aber immer noch sehr angespannt.

»Du bist an all diesen Dingen nicht schuld«, murmelte Hans, als Luisa sich wieder neben Henry setzte und das Tablett auf den kleinen Tisch stellte.

Während sie den Tee eingoss, schaute sie zwischen Hans und Henry hin und her und gab dann Henry einen flinken Kuss auf die Wange. Ihr Großvater sah müde aus, aber irgendetwas an ihm hatte sich verändert. Er wirkte erleichtert, dass er ihnen die Wahrheit erzählen konnte.

»Ich liebe dich«, flüsterte Luisa Henry zu und ergriff seine Hand.

Henry schenkte ihr ein Lächeln und sah dann an Luisa vorbei zu ihrem Vater. »Herr Linde …«, sagte er vorsichtig und knetete unruhig seine Hände.

Stephan sah ihn überrascht an, und auch Luisa legte die Stirn in Falten.

»Was kann ich für dich tun, junger Mann?«, fragte Stephan freundlich, und Luisa spürte, wie ihr das Herz vor Liebe überquoll, als Henry mit zitternden Beinen aufstand und die Schultern straffte.

»Ich kenne den Ausgang dieser Geschichte nicht. Ich weiß nicht, was mein Großvater getan hat. Aber ich liebe Ihre Tochter

Luisa von ganzem Herzen. Deswegen …« Seine Stimme versiegte für einen Augenblick, und er sah Luisa an.

Sie schenkte ihm ein Lächeln und erhob sich ebenfalls. Gott, sie liebte ihn so sehr. Sie würde immer an seiner Seite sein. Henry hatte ihr die Wunder der Welt gezeigt, er hatte ihr Herz geöffnet. Luisa stellte sich neben Henry und schob ihre Hand in seine.

»Ich will Sie um die Hand Ihrer Tochter bitten. Ich kann Luisa ein gutes Leben ermöglichen, und ich werde sie lieben und ehren, bis …«

Luisa zuckte erschrocken zusammen, als Stephan leise zu lachen begann. Wie von einem Peitschenknall getroffen, stand sie da und bewegte sich keinen Millimeter.

»Vater!«, rief Luisa. Unkontrollierbare Wut erfasste sie, aber ihr Vater hob entschuldigend die Hände.

»Nein …«, setzte er vorsichtig an, »es tut mir leid. Das war dir gegenüber nicht fair, Henry.«

Er ging gemächlich auf Henry zu und legte eine Hand auf seine Schulter. »Es ehrt dich, dass du um ihre Hand anhältst, aber das musst du nicht tun. Ich habe den Ring an Luisas Hand gesehen, und außerdem werde ich euch diese Liebe sowieso nicht verwehren. Meinen Segen habt ihr.«

Luisa stieß einen kleinen Jubelschrei aus, drehte sich zu Henry und küsste ihn voller Liebe und Hingabe. Dann umarmte sie ihren Vater stürmisch.

»Ich danke dir«, wisperte sie in sein Ohr und küsste ihn auf die raue Wange.

»Nur das Glück dieser Erde für dich, mein Engel«, murmelte Stephan und strich ihr über den Rücken.

Luisa konnte ihr Glück kaum in Worte fassen, als ihr Vater Henry die Hand gab und ihn kurz in seine Arme schloss. Es fühlte sich an, als wäre das Eis zwischen ihnen allen gebrochen, auch wenn Hans seine Geschichte noch nicht zu Ende erzählt und

Henrys Vater das Weite gesucht hatte. Aber es war ein Anfang, es war, als würden all diese Geheimnisse nicht mehr so schwer wiegen.

Gemeinsam mit Henry setzte sich Luisa wieder ihrem Großvater gegenüber und sah ihn an.

»Bist … bist du bereit, Großvater?«, fragte sie sanft.

Hans nickte und lächelte seine Enkelin an, dann fing er zäh, geradezu ängstlich an die letzten Worte der Geschichte zu erzählen.

KAPITEL 22

Hamburger Hafen, September 1918

»Martin!« Es fühlte sich immer noch komisch an, diesen Namen zu hören und zu wissen, dass er damit gemeint war.

Dieser Name gehörte nicht wirklich zu ihm. Er war wie eine Sagengestalt, es war wie im Märchen. Jedenfalls nicht die Wahrheit. Trotzdem drehte er sich um und winkte dem Mann zu, der langsam auf ihn zukam und die graue Schiebermütze vom Kopf nahm.

»Siegfried«, begrüßte Martin den Mann und musterte ihn kurz.

Siegfried war ein Hüne. Ein Mann von zwei Metern Größe. Breite Schultern und rabenschwarzes Haar. Seine Hände waren wettergegerbt und gezeichnet von der harten Arbeit auf den Schiffen. Er hatte während des Krieges bei der Marine gekämpft, aber wegen einer Armverletzung wurde er nach Hause geschickt und arbeitete jetzt wieder am Hamburger Hafen.

»Ich habe uns Mittagessen besorgt«, sagte Siegfried und setzte sich auf eine alte Kiste.

Martin nickte gedankenverloren und setzte sich neben seinen … nun, Freund war auch nicht das richtige Wort für Siegfried.

Martin war über Frankreich nach Belgien gereist, hatte einige kleine Zwischenstopps eingelegt und war schlussendlich im Hamburger Hafen gelandet. Hier hatte er Siegfried kennengelernt, der zusammen mit seiner Frau Martha in der Nähe der Docks lebte und auf den Schiffen arbeitete. Es war eine harte, anstrengende Arbeit, aber sie brachte ihm genug Geld ein, um zu überleben.

Siegfried hatte ihm sofort angeboten, in einer kleinen Kammer in seinem Haus zu wohnen, und Martin hatte dieses Angebot dankend angenommen.

Er war zwar nicht gänzlich ohne Geld hier angekommen, aber es wäre nie im Leben genug gewesen, um eine ordentliche Bleibe zu finden. Deswegen war er Siegfried immer noch sehr dankbar, aber es gab nichts, was sie einte. Sie waren gute Kollegen und sprachen über dies und das, aber es war keine Freundschaft.

Zudem hatte Martin Siegfried nicht erzählt, dass er in Wirklichkeit nicht einmal wusste, wer er war. Er wollte nicht über diese Erinnerungen reden, die ihn immer wieder heimsuchten und seine Träume mit Finsternis erfüllten.

Während Siegfried Brot und Käse sowie Obst und ein paar Pasteten aus einem dünnen Leinensack hervorholte, ließ Martin den Blick schweifen. Er fühlte sich hier wohl inmitten der Schiffe und Dampfer.

Die Luft roch nach Benzin und Salz. Rauch und Kohle. Es waren Gerüche, die ihm seltsam vertraut vorkamen. Ob vom Krieg oder aus seiner Heimat vermochte er nicht zu sagen.

»Hier.« Siegfried reichte ihm eine Pastete, und Martin ergriff sie mit einem Nicken.

Genüsslich biss er hinein und blinzelte in die Sonne. Es war ein schöner, warmer Tag, und das Wasser glitzerte sanft im hellen Licht.

»Sag mal …«, setzte Siegfried gedehnt an, und Martin schaute ihn überrascht an. Normalerweise redeten sie beim Essen kaum. Jeder war in seine eigenen Gedanken versunken, was Martin normalerweise ganz recht war.

»Ja?«, fragte er, als Siegfried nicht weiterredete.

»Wie lange willst du noch hierbleiben?«

Diese Frage überraschte ihn ehrlicherweise, und er zog die Augenbrauen zusammen. Kritisch musterte er Siegfried, antwortete aber nicht sofort.

Stattdessen biss er von dem Apfel ab, den sein Kollege ihm gegeben hatte, und schloss kurz die Augen. »Ich weiß es nicht«, sagte er dann sehr leise und schaute Siegfried an. »Wieso fragst du?«

Er hatte die Vermutung, dass Siegfried ihn loswerden wollte. Seit einigen Monaten lebte er bei ihm und seiner Frau, und auch wenn er regelmäßig eine kleine Miete zahlte und auch bei allem half, was im Haushalt so anfiel, glaubte er, dass er die beiden störte.

»Ich …«, setzte Siegfried an, als ein großer Dampfer in den Hafen einfuhr und sie mit lautem Hupen aufschreckte.

»Störe ich euch?«, fragte Martin in die Stille nach dem Hupen und stand unbehaglich auf.

Siegfrieds Miene entgleiste, und er schaute Martin verwirrt an. Dann fing er lauthals an zu lachen und schlug Martin mit der flachen Hand auf den Rücken.

»Ist dir die Seeluft zu Kopf gestiegen?«, fragte er belustigt und konnte nicht aufhören zu grinsen, als sich sein Gegenüber an seinem Apfel verschluckte und heftig zu husten begann. »Wie kommst du auf so eine merkwürdige Idee, dass wir dich loswerden wollen? Martha kann sich ein Leben ohne deine Gesellschaft gar nicht mehr vorstellen, und das nehme ich ihr auch nicht übel – du bist ein feiner Kerl, Martin.«

Diese Worte rührten ihn zutiefst, und er schluckte den Rest seines Apfels schweigend hinunter, nachdem sich sein Husten beruhigt hatte. Martin blinzelte die Tränen weg und starrte auf seine Schuhspitzen.

»Ich dachte eben …«, begann er unschlüssig und seufzte leise. »Ich störe euch vielleicht.«

Siegfried schüttelte den Kopf und setzte sich wieder auf eine der Kisten. »Das habe ich mit meiner Frage gar nicht gemeint, nur du hast damals, als du hier angekommen bist, gesagt, dass du nur auf der Durchreise bist.«

Martin setzte sich ebenfalls und räusperte sich. Das hatte er zu Siegfried gesagt, das stimmte. Aber er hatte ihm nie erzählt, warum er auf der Durchreise war.

»Wollen wir heute Abend vielleicht ein Bier zusammen trinken?« Martin erkannte seine eigene Stimme kaum wieder, so zaghaft, schüchtern war diese Frage gewesen. Aber plötzlich hatte er das starke Bedürfnis, irgendjemandem seine Geschichte zu erzählen. Er wollte nicht mehr schweigen, und auf eine merkwürdige Art und Weise hatte er die ganze Zeit versucht vor der Wahrheit zu fliehen.

Siegfried legte den Kopf in den Nacken und blinzelte in die Sonne. »Das hast du mich noch nie gefragt. Aber natürlich, sehr gerne, mein Freund.«

Da war es wieder. Dieses Wort, das er gar nicht in Bezug auf Siegfried benutzen wollte. Dieses Wort, das eine Verbindung zwischen zwei Menschen ausdrückte, die über belanglose Gespräche hinausging.

Aber vielleicht war Siegfried das. Sein Freund. Eine vorsichtige, zerbrechliche Freundschaft, an die er sich möglicherweise gar nicht mehr erinnern würde, wenn er sein Gedächtnis wiedererlangen würde.

»Du weißt nicht, wer du wirklich bist?« Siegfrieds Stimme überschlug sich, und er verschüttete vor Aufregung einen Schwall Bier.

Martin verdrehte die Augen und richtete seinen Blick gen Wasser. Sie saßen an der Kaimauer des Hafens, hatten sich ein paar Bier besorgt. Schauten in den Sonnenuntergang und redeten über Martins Leben.

»Das habe ich gerade gesagt«, bestätigte Martin seine Worte und trank einen Schluck Bier. Es schmeckte bitter, und er verabscheute eigentlich dieses Getränk, aber Siegfried hatte ihn dazu eingeladen.

»Aber wie kann das sein?«, fragte Siegfried weiter und stellte die Flasche Bier zur Seite.

Martin schüttelte den Kopf und dachte an Frankreich. An das Dorf Ancemont. An Valérie und ihre Eltern. Dieses wunderbare, unbeschwerte Leben dort.

»Ich weiß es nicht. Ich war vermutlich ein deutscher Soldat im Krieg. Ich habe in Verdun gekämpft. Selbst das sind nur Vermutungen, ich kann mich an rein gar nichts erinnern …«

Martin presste die Lippen aufeinander, um ein Seufzen zu unterdrücken. Der Krieg war nun vorbei und das deutsche Heer am Ende.

Siegfried machte ein betrübtes Gesicht und wusste nicht recht, was er sagen sollte. Dieses Gefühl, das Martin empfinden musste, konnte er sich nicht vorstellen.

»Deswegen bist du also hier.« Siegfried lehnte sich ein Stück zurück und griff nach einem der belegten Brote, die sie beim Bäcker gekauft hatten.

»Ich weiß nicht mal, ob es stimmt, aber ich habe das Gefühl, dass ich irgendeine Verbindung zum Norden habe. Selbst all das hier …« Er deutete mit der Hand auf den Hafen, das Wasser, die Schiffe. »Es erinnert mich an meine Vergangenheit.«

Siegfried schwieg und fuhr sich durch sein schwarzes Haar. »Das muss sich schrecklich anfühlen«, murmelte er mit dumpfer Stimme.

»Es ist so, als ob jemand dein Herz herausgerissen hätte. Als ob dir jemand alles genommen hätte, was dich erst zu einem Menschen macht«, versuchte Martin seine Gefühle zu erklären. Unwillkürlich ballte er die Hand zur Faust und griff nach der Bierflasche.

»Du kannst so lange bei uns bleiben, wie du möchtest«, sagte Siegfried plötzlich und reichte ihm die Hand.

Überraschung zeichnete sich auf Martins Gesicht ab, und zögerlich ergriff er Siegfrieds Hand. »Ist das wirklich dein Ernst?«

Siegfried grinste leicht und nickte. »Natürlich ist es das. Wenn dich dieser Ort näher an deine Vergangenheit bringt, kannst du so lange bleiben, wie du willst. Ich werde alles tun, was ich kann, um dir zu helfen.«

Martin schluckte schwer und wandte den Kopf ab. Er hatte in der letzten Zeit so viel Liebe und Geborgenheit erfahren, dass sein Herz kaum wusste, wie er damit umgehen sollte.

»Danke«, murmelte er verlegen und schaute aufs Wasser.

Die Wellen brachen sanft am Kai, und irgendwo kreischte eine verlorene Möwe. Irgendwo hier, vielleicht auch weiter nördlich, lag seine Vergangenheit. Das konnte er spüren. Er würde sie finden. Er würde herausfinden, wer er wirklich war. Daran glaubte er mit ganzem Herzen.

Hamburger Hafen, März 1919

Ein raues Lachen entrann seiner Kehle, und er prostete Siegfried grinsend zu.

»Auf dich und die Geburt deines dritten Kindes«, grölte er in dem Lärm der Schenke, und Siegfried lächelte ihn an.

»Auf den wenigen Schlaf, mit dem ich wohl auskommen muss«, erwiderte Siegfried lachend.

Martin verdrehte die Augen und setzte den Krug Bier ab. Entgegen allen Erwartungen war er geblieben. Hatte Hamburg als ein Stück Heimat in sein Herz geschlossen. Die raue Seeluft und die manchmal etwas kühl wirkende Art der Menschen. Fremde hielten sie oft für abweisend, aber Martin hatte gelernt, dass sie das keineswegs waren.

Sie waren nur eher schweigsam und brauchten ihre Zeit, um aufzutauen. Er vermutete immer noch, dass das am Wetter lag, denn es kam selten vor, dass in Hamburg einen ganzen Tag lang die Sonne schien.

»Freu dich, Kinder machen das Leben bunter«, murmelte Martin und lächelte matt.

»Woher willst du das wissen?«, lallte Siegfried und lehnte sich zurück.

Martin bemerkte, dass sein Freund ein paar Bier zu viel getrunken hatte, und entschied im Stillen, dass dies ihre letzte Runde war.

»Ich weiß es nicht«, antwortete er vage, »es ist nur so ein Gedanke. Ich glaube, Kinder können die Welt verändern.«

Siegfried sah ihn irritiert an, grinste dann aber wieder und trank einen weiteren Schluck Bier. »Ich freue mich«, sagte er rührselig.

Und Martin freute sich für seinen Freund. Er hatte Siegfried und seine Familie im Laufe der Zeit schätzen und lieben gelernt.

Martha war wie eine Schwester für ihn, und auch die beiden Kinder Hanna und Katharina hatte er in sein Herz geschlossen. Als es draußen langsam zu dämmern begann, hievte Martin seinen Freund vorsichtig hoch und bezahlte die Rechnung am Tresen.

»Wollen wir etwa los?«, fragte Siegfried leicht verwirrt, und Martin konnte sich ein Grinsen nicht verkneifen.

»Deine liebe Frau wartet zu Hause auf dich«, murmelte Martin und führte ihn aus der Schenke.

Die Luft roch nach Salz, und das Gekreische der Möwen durchdrang die Stille. Martin setzte sich seine Mütze auf und führte seinen Freund mit langsamen Schritten nach Hause.

Über ein Jahr war er nun hier. Und kein einziges Anzeichen hatte er gefunden, wer er einmal gewesen sein könnte. Seine Erinnerungen waren nicht zurückgekehrt, und das schmerzte ihn zwar, aber das Leben hielt viel mehr bereit als nur Schmerz.

Vor Siegfrieds Haus klopfte er mit der freien Hand an der Tür, und als Martha öffnete, verdrehte sie mit einem wissenden Lächeln die Augen und zog Siegfried ins Haus.

»Meine wunderschöne Frau«, rief Siegfried und küsste sie stürmisch.

Martha schüttelte belustigt den Kopf und wedelte mit der Hand in Richtung Wohnzimmer. Ihr Mann nickte erschöpft und verschwand um die Ecke.

»Ich danke dir, dass du ihn zurückgebracht hast, Martin«, sagte Martha und lehnte sich zu ihm herüber. Sie hauchte ihm einen Kuss auf die Wange und lächelte.

»Nicht der Rede wert«, antwortete er und grinste, »er ist wirklich glücklich mit dir.«

Martha nickte wissend und schaute über die Schulter hinter sich. »Möchtest du noch reinkommen?«

Martin schüttelte den Kopf und schaute in den schwarzen Nachthimmel. »Nein, alles in Ordnung. Ich gehe jetzt auch nach Hause.«

Martha schenkte ihm noch ein wunderschönes Lächeln und schloss leise die Tür.

Martin vergrub seine Hände in den Hosentaschen und trottete gedankenverloren durch Hamburg. Im Laufe der Zeit hatte er genug Geld gespart, um sich eine winzige Wohnung in der Nähe der Docks zu mieten. Es war nicht viel, aber es war sein kleines Zuhause. Er fühlte sich hier wohl, und langsam wurde Martin klar, dass es völlig in Ordnung wäre, wenn er sein Gedächtnis nie wieder zurückerlangen würde.

»Hans?«

Er schreckte zusammen und sah sich irritiert um. Er konnte nicht ausmachen, woher diese verwirrte, traurige Stimme kam. Plötzlich sah er eine Gestalt unter einer der Straßenlaternen stehen. Sie trug eine Kapuze und einen schwarzen Mantel. Er konnte ihr Gesicht nicht erkennen.

»Wer sind Sie?«, fragte Martin und trat vorsichtig einen Schritt näher.

Plötzlich pochte sein Herz heftig. So laut, dass Martin dachte, der Fremde müsste es hören. Es drohte zu zerspringen.

»Hans«, wiederholte die Gestalt erneut und ließ die Kapuze langsam vom Kopf gleiten.

Es war ein junger Mann, vielleicht ein paar Jahre jünger als er selbst. Dunkles, krauses Haar und grüne Augen, die im matten Licht der Laterne funkelten.

Martin schüttelte verwirrt den Kopf. Die ersten Regentropfen fielen zu Boden. Die monotone Melodie des Regens benebelte seine Sinne. Nahm ihm die Luft zum Atmen.

»Ich kenne keinen Hans«, murmelte er mit leiser Stimme und zuckte zusammen, als der junge Mann ein paar weitere Schritte nach vorn machte.

»Das kann nicht dein Ernst sein!«, rief der Mann durch den Regen und packte Martin an den Schultern. »Erkennst du mich denn nicht, ich bin es, Thomas.«

Der junge Mann holte etwas aus seiner Manteltasche und hielt es Martin hin. Es war eine Schachtel Zigaretten. Und plötzlich durchzuckte Martins Kopf ein Licht, wie ein greller Blitz. All seine Gedanken stoben wie Funken auseinander und ballten sich dann in seinem Inneren zusammen. Er stöhnte auf und fiel auf die Knie.

Der Regen durchweichte seine Hose, und ein heiseres Schluchzen entrann seiner Kehle. Sein Kopf pulsierte heftig, und mit einem Mal prasselten die Erinnerungen auf ihn ein. Unbarmherzig und hart wie der Regen.

Und dann war alles still. Totenstill. Wie die Stille vor dem ersten Schuss, vor dem Knall einer Granate.

Vor der Explosion im Fort Douaumont.

Sie waren gesprungen. Matthias und Hans. Die Explosion hatte sie mit sich gerissen. Staub und Asche hatten sich über seine Lungen gelegt. Ihm die Luft zum Atmen genommen.

Dann … nichts mehr. Weiße, stille Leere.

»Ich bin Hans Linde«, flüsterte er heiser und spürte, wie heiße Tränen seine Wangen hinabliefen.

Thomas hatte sich neben ihn gekniet und eine Hand sanft auf seine Schulter gelegt.

»Ja …«, sagte er und lächelte schief. »Das bist du …«

»Das hatte ich vergessen«, antwortete Hans erschöpft und kämpfte sich wieder auf die Beine.

»Ich glaube, wir haben uns eine Menge zu erzählen«, murmelte Thomas und umarmte ihn.

Hans erinnerte sich an Thomas. An den Jungen, den Matthias und er im Krieg kennengelernt hatten. Der immer an ihrer Seite gewesen war wie ein kleiner Bruder. An den Jungen, der im Krieg zum Mann wurde. An seine schmächtigen Arme und schlaksigen Beine von damals. An die Angst in Thomas' Augen. Den Staub in seinem Gesicht und an sein Lachen.

»Ich dachte, du wärst tot«, wisperte Thomas leise, seine weiteren Worte gingen in seinem Schluchzen unter.

Das war ich auch, antwortete Hans ihm in Gedanken und lächelte in sich hinein.

Drei Jahre lang war Hans Linde tot gewesen. Er hatte nicht existiert, aber diese geballte Existenz hatte ihn getroffen wie ein Schuss. Sein Körper fühlte sich mit einem Mal kaputt und erschöpft an.

Der Regen prasselte an die Fensterscheibe, eine unregelmäßige Melodie aus verschwommenen Klängen und Tönen.

Zusammen saßen die beiden Männer in Hans' Wohnung. Eine einzelne, verlorene Kerze brannte auf dem Tisch und erzeugte gespenstische, orangegelbe Schatten an den Wänden.

»Niemand wusste, wo du bist. Wir dachten, du seist tot. Das hat auch Matthias gesagt«, erzählte Thomas und fuhr sich durch sein nasses Haar.

»Das hat Matthias gesagt?«, fragte Hans spöttisch und lehnte sich zurück.

Er wusste nicht, ob es Wut war, die ihn da als feiner Schmerz durchzog. Er hatte inmitten von Staub und Schutt gelegen. Er hatte seine Arme und Beine nicht mehr gespürt. Aber er hatte Matthias' Stimme gehört. Er war dort gewesen. Das hatte Hans sich nicht eingebildet.

»Vielleicht stand er auch nur unter Schock. Ich kann es dir nicht sagen. Aber er war mit einem Mal so in sich gekehrt. Da er schwer verletzt war, durfte er nach Hause, und er konnte es kaum erwarten, in die Heimat zurückzukehren.«

»Er ist nach Hause gegangen?« Hans sog scharf die Luft ein und griff nach der Packung Zigaretten.

Mit zittrigen Händen zog er eine hervor und zündete sie sich an. Der Rauch verteilte sich in der Wohnung und tauchte sie in mattes Grau.

Thomas nickte schweigend und zündete sich ebenfalls eine Zigarette an. »Ich bin noch geblieben. Bis zum Ende des Krieges. Danach bin ich zurück zu meinem kleinen Bruder, der mittlerweile zum Mann geworden war.« Ein Grinsen huschte über Thomas' Gesicht, und er schüttelte kurz belustigt den Kopf. »Aber ich habe nie wieder etwas von Matthias gehört«, sagte er dann ernst.

Schweigen erfüllte urplötzlich die Wohnung, und Hans scharrte unruhig mit den Füßen über den Boden.

»Er ist also zu Hause bei Greta …«, murmelte er mehr zu sich selbst als zu Thomas und fuhr sich in einer fahrigen Bewegung über das Gesicht. Mit aller Mühe versuchte er die Tränen wegzublinzeln und atmete mehrmals tief durch.

»Wirst du nach Hause zurückkehren?«, fragte Thomas mit dumpfer Stimme und sah Hans neugierig an.

Hans schwieg und pustete den Rauch aus. »Früher haben wir

dich nicht rauchen lassen«, sagte er stattdessen und lächelte versonnen.

Thomas lachte leise und sah ihn lange an. »Ich habe die erste Zigarette auf dich geraucht.«

Hans' Miene veränderte sich schlagartig, und er lehnte sich wieder auf dem Stuhl zurück. »Meinst du, er hat zumindest versucht, nach mir zu suchen?«

Thomas biss sich nachdenklich auf die Unterlippe und wippte mit den Beinen hin und her. »Ich glaube, er konnte nicht mehr. Er wollte nur noch nach Hause.«

»Das wollte ich auch!« Hans' Faust donnerte auf den kleinen Tisch in seiner Wohnung, und Wut zeichnete sich auf seinem Gesicht ab.

»Hans …« Beschwichtigend hob Thomas die Hände und versuchte ihn zu beruhigen.

»Tut mir leid.« Verwirrt starrte Hans auf seine Hand und sah Thomas entschuldigend an.

»Dir muss nichts leidtun, mein Freund. Ich lasse dich jetzt erst mal allein. Es gibt wahrscheinlich viel, worüber du nachdenken musst.« Thomas zog seinen Mantel wieder an, der immer noch pitschnass war.

»Thomas!« Hans stand ebenfalls auf, bevor sein alter Freund die Wohnung verlassen wollte. »Was machst du hier?«

Über Thomas' Gesicht huschte ein Lächeln, das Hans nicht sofort deuten konnte. Dann hob der junge Mann seine Hand, und Hans konnte einen Ring erkennen, der im dämmrigen Licht funkelte. »Meine Verlobte lebt hier in Hamburg. Ich werde mit meinem Bruder hierherziehen.«

Hans stolperte ein paar Schritte auf Thomas zu und zog ihn in eine brüderliche Umarmung. »Ich freue mich sehr für dich«, murmelte er.

Thomas erwiderte die Umarmung schweigend. Mit einem Nicken verabschiedete er sich von Hans und ließ ihn zurück in der

Stille seiner Wohnung. Hans setzte sich auf sein Bett und schaute gedankenverloren in die Finsternis der Nacht.

Er konnte es nicht verhindern, erneut rannen Tränen seine Wangen hinab. Aber Hans wischte sie nicht weg. Er hatte sich gerade erst selbst wiedergefunden. Hatte so lange ein Leben gelebt, welches gar nicht seines gewesen war.

Trotzdem war Martin ein Teil von ihm geworden. Er hatte Liebe erfahren. Zuerst in Frankreich bei Valérie, Bernard und Cecile. Dann hier in Hamburg bei Siegfried und Martha. Er hatte Freundschaften geschlossen und gelernt, dass das Leben nicht vorhersehbar war.

Jetzt war er wieder Hans Linde, und er konnte nicht hierbleiben. Er musste wissen, ob es sein Zuhause noch gab. Ob seine Eltern noch lebten. Ob Greta ihn noch liebte. Und was mit Matthias war.

Musste herausfinden, ob er zumindest versucht hatte, nach ihm zu suchen. Oder war es seinem besten Freund egal gewesen, ob er noch lebte?

»Das kann nicht sein. Wir waren doch wie eins …«, hauchte Hans in die Finsternis und schluckte all seine Zweifel hinunter.

Vielleicht hatte Matthias ihn gar nicht gesehen. Vielleicht hatte er selbst kaum mehr Erinnerungen an das gehabt, was in Verdun passiert war. In diesem Augenblick wurde Hans klar, dass er gehen würde. Er würde Hamburg verlassen und in seine Heimat zurückkehren.

Er wusste nicht, was ihn dort erwartete. Er hatte Angst davor, dieser Wahrheit ins Gesicht zu blicken. Sein Herz klopfte heftig und erzeugte ein mechanisches Echo in seiner Seele.

Heimat. Dieses Wort hatte eine ganz neue Bedeutung für ihn bekommen. Es war merkwürdig, wie leicht man es in den Mund nahm. Wie selbstverständlich.

Dabei war Heimat, eine Familie, das Kostbarste, was man als

Mensch besitzen konnte. Wenn es eine Chance gab, egal, wie klein sie war, dann würde er für seine Liebe kämpfen.

Wenn Hans gewusst hätte, dass dieser Kampf lange verloren war, dann hätte er sich vielleicht anders entschieden. Vielleicht wäre all das nie geschehen, wenn er in Hamburg geblieben wäre.

Warnsdorf, Juli 1919

Der Wind fegte über den Kies hinweg, zerrte schmerzhaft an Hans' Gliedern, und ein Frösteln erschütterte seinen Körper. Stille zog sich durch Warnsdorf wie ein Tuch aus verlorenen Träumen. Er hatte keine Ahnung, ob es eine gute Idee war, hier zu sein. Er wusste nicht, ob dies noch sein Zuhause war. Ob er hier noch willkommen war, ob man ihn überhaupt wiedererkannte.

Er war wie ein Schatten durch die Straßen gelaufen, war nicht zu seinem Elternhaus gegangen, sondern hatte einen jungen Burschen gefragt, ob ein Matthias Hawkins noch hier wohnte. Der Bursche hatte ihm den Weg zu einer schönen Bauernkate gezeigt und Hans allein gelassen.

Nun wartete er hier. Wie ein stummer Schatten, wie ein verlorenes Ding in der Zeit stand er da. Dann hörte Hans mit einem Mal das Rumpeln eines Autos, und im nächsten Augenblick fuhr ein silberner Wagen auf den Kiesweg.

Der Wagen kam mit einem Knattern zum Stehen, und Hans sog scharf die Luft ein, als jemand aus dem Auto stieg und er sich plötzlich Auge in Auge mit seinem besten Freund Matthias wiederfand. Die heiße Luft legte sich schmerzhaft über Hans' Lungen, und kein einziges Wort kam von seinen Lippen, als Matthias wie vom Blitz getroffen stehen blieb und ihn ansah, als wäre er ein Geist.

Vielleicht war Hans Linde das. Vielleicht war er nicht mehr als eine verlorene Erinnerung.

»Nein …«, murmelte Matthias und wich einen Schritt zurück.

Hans sah ihn an. Sah Matthias, seinen besten Freund aus alter Zeit, an und zerbrach an dem Anblick.

»Guten Tag, Matthias.« Hans' Stimme zerriss die Stille.

Irgendwo flatterte ein aufgescheuchter Vogel umher, und die Blätter raschelten im Wind.

Matthias' Hände fingen an zu zittern, er konnte seinen Freund nicht ansehen. Er wandte den Blick ab und starrte auf einen Punkt hinter Hans. Sein Blick verfing sich in einem Baum, auf dem ein Eichhörnchen fröhlich herumkletterte. Wie anmutig und geschickt es sich bewegte, wie schön …

»Hast du mich vermisst?« Hans sah ihn erbost an und lachte leise. Trauer und Wut spiegelten sich auf seinem Gesicht. Die Hände tief in den Hosentaschen vergraben, ging er langsam auf Matthias zu.

»Hans …«, murmelte Matthias leise, und sein Kopf ruckte herum. »Ich wusste nicht …«

»Du wusstest nicht, ob ich noch lebe? Ob ich tot bin? Was mit mir geschehen ist?«, fragte Hans leise, seine Stimme klang bedrohlich, gefährlich.

Matthias wagte es, seinen *ehemaligen* besten Freund anzusehen. Keine einzige Regung zeigte sich in Hans' Gesicht. Nur seine Augen schauten seinen Freund traurig an.

»Niemand wusste, ob du noch lebst«, erwiderte Matthias, und unwillkürlich ballten sich seine Hände zu Fäusten. Die Knöchel traten weiß hervor.

Die Vergangenheit schwappte in hohen Wellen über Matthias hinweg. Er drohte zu ertrinken. Sein Herz hielt an, er bekam keine Luft mehr, und die Welt löste sich langsam vor seinen Augen auf. Er hatte es nicht gewusst – oder doch? Diese Erinnerungen waren alt und verschwommen. Wie verwischte Tinte auf zerknittertem Papier. Schmerzen zogen sich durch seinen Körper, und als das Blut wieder durch seine Adern pumpte, da schnappte Matthias nach Luft.

Dieses wunderbare Leben, das er sich in den letzten Jahren aufgebaut hatte, lag nun wie ein Scherbenhaufen vor ihm. Die Splitter schnitten tief in seine Haut.

»Warum hast du nicht nach mir gesucht?«, fragte Hans und neigte den Kopf zur Seite. Er sah an Matthias vorbei und erspähte ein kleines Mädchen im Auto, das neugierig durch die Fensterscheibe schaute.

Das Mädchen war Gretas Ebenbild. Blonde Locken und sanfte Gesichtszüge. Und das entfachte Hans' Wut von Neuem. Er stand wenige Meter von Matthias entfernt und fuhr sich durch sein schwarzes, krauses Haar.

»Oder war dir dieses Leben hier wichtiger als das Leben deines besten Freundes?« Hans breitete die Hände aus und zeigte auf das Haus, den Garten, auf Matthias' neues Leben, auf das kleine Mädchen im Auto. Er wusste, was Matthias getan hatte, er spürte es, aber er wollte es tief in seinem Inneren nicht wahrhaben. Seine Augenbrauen zogen sich zusammen, und er biss sich nachdenklich auf die Unterlippe.

»Ich habe nicht …«, versuchte Matthias sich zu erklären, aber seine Stimme versagte.

»Du hast sie immer geliebt. Aber du konntest sie nie haben. Es war dir recht, oder?«, schrie Hans ihn an, und Matthias zuckte wie von einem Schlag getroffen zusammen. Diese schrecklichen Worte prasselten auf ihn ein wie harter, unnachgiebiger Regen.

»Du wolltest dieses Leben so sehr, dass es dir egal war, ob ich am Leben bin!«

Matthias schüttelte schweigend den Kopf und ging ein paar weitere Schritte zurück. Urplötzlich war ihm kalt. Eine dicke graue Wolke zog sich vor die Sonne und tauchte die Welt in Dunkelheit. Matthias schlang die Arme um sich und wandte den Blick ab. Tränen sammelten sich in seinen Augen.

»Ich habe das nicht gewollt«, murmelte er mit erstickter Stimme.

»Lüg mich nicht an!«, rief Hans erbost.

»Vater, wer ist das?« Die kindliche, neugierige Stimme schreckte die beiden Männer auf, und Hans sah, wie das Mädchen aus dem Auto kletterte.

Hans sog scharf die Luft ein, und dann seufzte er. Ein raues Lachen entrann seiner Kehle. Verbittert sah er Matthias an.

»Eine Familie. Kinder. Das Glück der Liebe. Du hast dir alles genommen, was mir gehört hätte«, zischte Hans erzürnt.

»Esmara! Geh zurück ins Auto«, befahl Matthias seiner Tochter und versuchte Hans' Worte für einen kurzen Augenblick aus seinem Kopf zu verbannen.

»Aber Vater …«, begann seine Tochter, wurde jedoch jäh von ihm unterbrochen.

»Tu ein einziges Mal, was ich dir sage!«

Erschrocken zuckte das kleine Mädchen zusammen. Mit aller Mühe versuchte sie, die aufkeimenden Tränen zu unterdrücken, und senkte den Kopf. Leise schniefend kletterte sie zurück ins Auto und schlug die Tür mit einem dumpfen Knall hinter sich zu.

Matthias wandte sich wieder Hans zu und atmete mehrmals tief durch. »Hans, bitte, lass uns reden. Ich kann es dir erklären …«

»Ich will keine Erklärung!«, unterbrach Hans ihn heftig. Zornesröte stieg ihm ins Gesicht. »Weißt du, wo ich all die Jahre war? Weißt du, wie es mir ergangen ist? Ich habe mein Gedächtnis verloren! Ich wusste nicht, wer ich bin. Woher ich komme. Ich hatte keine Vergangenheit mehr. Kein Leben. Niemanden, der mich liebte.«

Jedes Wort, jeder Satz, trieb Matthias die Tränen in die Augen. Er wollte das nicht hören. Was hatte er nur getan. Er hatte gedacht, dass Hans tot war. Dass für ihn ein neues Leben beginnen würde.

Lügner, du hast die Wahrheit verdrängt. Du hättest die Möglichkeit gehabt, ihn zu suchen. Du hast es nicht getan, weil du sein Leben, seine Liebe begehrt hast.

Die Stimme in seinem Kopf war bitter und gehässig. Aber Matthias musste einsehen, dass sie recht hatte. Die ganze Zeit hatte er die Wahrheit ignoriert. Er hatte Hans gesehen. Damals im Staub und in der Asche von Verdun. Er hatte gesehen, wie sich sein bester Freund bewegt hatte. Egal, wie lange er ohnmächtig gewesen war. Er hätte ihn suchen können.

Auch wenn dies vielleicht ein hoffnungsloses Unterfangen gewesen wäre, als bester Freund wäre es seine Pflicht gewesen. Matthias schwieg und sank auf die Knie. Eine kleine Staubwolke hüllte ihn ein. Er hustete leise auf und senkte den Kopf.

»Hans?« Wie in Trance hörte Matthias diese Worte. Von *dieser* Stimme. Er hörte das Quietschen der Haustür und ein leises Schluchzen.

Er drehte den Kopf, und in diesem Augenblick zerplatzte auch das letzte bisschen des Lebens, das er sich aufgebaut hatte. Greta stand im Türrahmen. Die Hände vor dem Gesicht. Sie starrte Hans an. Ihr ganzer Körper zitterte.

»Wie kann das sein?«, fragte sie verwirrt und ging langsam auf Hans zu.

Ihre Hände verfingen sich im Stoff seines Hemdes. Sie berührte ihn ganz vorsichtig. Als ob dies ein Traum aus längst vergangener Zeit wäre. Greta fing an zu weinen und strich über Hans' Gesicht. Sie konnte es nicht glauben.

»Das kannst du deinen Mann fragen«, antwortete Hans, aber seine Stimme war lange nicht mehr so kalt und scharf.

Liebe lag in seinem Blick. Tiefe Trauer, dass er so lange nicht da gewesen war. Dass er nicht hier bei Greta gewesen war. Sie schaute Hans überrascht an, dann fiel ihr Blick auf Matthias, der immer noch am Boden kniete.

»Was hat das zu bedeuten?« Vorsichtig löste sie sich von Hans, ging auf Matthias zu.

Er schien sie gar nicht zu bemerken, war völlig losgelöst von dieser Welt. Nicht mehr existent im Hier und Jetzt.

»Matthias!«, rief Greta und kniete sich vor ihn hin.

Sanft berührte sie sein Gesicht und zwang ihn, in ihre Augen zu sehen. »Was ist hier los?«

Matthias schüttelte wortlos den Kopf und entzog sich Gretas Hand. »Ich habe es nicht gewusst«, erwiderte er leise und stand mühsam auf.

»Ich verstehe das nicht …«, stammelte Greta verwirrt und sah zwischen Hans und Matthias hin und her.

»Dein Mann hat mich zurückgelassen«, sagte Hans erzürnt und funkelte Matthias wütend an. »Obwohl ich noch gelebt habe!«

Ein Ruck ging durch Matthias' Körper, und er hob den Kopf. »Ich habe es nicht gewusst!«, schrie er. Tränen strömten über seine Wangen, und Wut huschte über sein Gesicht. »Ich wusste nicht, dass du noch lebst! Als ob du mich gesucht hättest! Du wärst wie ich zurückgekehrt. Zu deiner Liebe.«

Er zeigte auf Greta, und seine Hand zitterte. Seine Frau starrte ihn unentwegt an, und mit einem Mal begriff sie es auch. Es war alles eine Lüge gewesen. Er war zurückgekehrt, weil er sie gewollt hatte. Weil er sie immer geliebt hatte. Weil er sie nicht haben konnte, solange Hans am Leben war.

»Du … du hast …«, setzte Greta an, aber ihre weiteren Worte gingen in einem Schluchzen unter.

»Ich hätte dich gesucht«, antwortete Hans leise und ging auf Matthias zu.

Wenige Zentimeter trennten diese ehemals unzertrennbaren Freunde voneinander, aber zwischen ihnen war eine unüberwindbare Wand. Aus Schuld und Liebe.

»Ich hätte alles getan, um dich zu finden. Egal, wie weit ich hätte gehen müssen. Egal, wie lange ich unterwegs gewesen wäre. Selbst wenn ich nur deinen Körper gefunden hätte. Selbst wenn du tot gewesen wärst, ich hätte dich nach Hause gebracht!«

Nun liefen die Tränen auch über Hans' Gesicht. Leise tropften sie zu Boden und verschwanden im Staub. Matthias presste die Lippen fest aufeinander und schwieg. Er konnte nichts sagen. Diese Worte erschütterten sein Inneres. Sie rissen sein Herz auf. Was für ein schlechter Freund er gewesen war. Was für eine Schande von einem Menschen.

Hans hob langsam, sachte, die Arme und legte sie um Matthias. Dann zog er seinen Freund in eine vorsichtige Umarmung. Er liebte seinen Freund immer noch von ganzem Herzen, auch wenn er wütend und enttäuscht war.

»Du bist doch mein *bester* Freund«, murmelte Hans an Matthias' Ohr.

Für diesen einen Augenblick hätte die Welt sich weiterdrehen können. Die Zeit hätte all die Dinge der Vergangenheit vergessen können. Alles hätte ungeschehen gemacht werden können, wie Tinte, die im Regen zerfloss.

Sie hätten wieder Freunde werden können.

Aber das konnte nicht geschehen. Die Zeit verändert die Menschen. Vergangenes ist vergangen, aber manchmal kann man es nicht vergessen.

Enttäuschung – vielleicht auch Wut – durchzuckte Matthias wie ein Blitz, grelles Licht, das seine Gedanken blendete. Er verstand nichts mehr. Er wusste nur eines, er würde sich dieses Leben – *sein Leben* – nicht von Hans nehmen lassen.

»Nein!«, schrie Matthias und stieß Hans von sich.

Dieser taumelte getroffen ein paar Schritte zurück. Er musterte Matthias verletzt.

»Ich werde mir dieses Leben nicht von dir nehmen lassen! Es ist meines. Ich habe mir das alles aufgebaut.«

Hans hob abwehrend die Hände, aber es war zu spät. Manchmal können Menschen nicht aus ihrer Haut. Da wollen sie etwas so sehr, dass sie alles dafür tun würden.

Matthias hatte dieses Leben gewollt. Seit Ewigkeiten. Er hatte von diesem Leben geträumt, sich ausgemalt, wie es sich anfühlen würde, wenn Gretas Lippen die seinen sanft liebkosen würden. Dieser Traum war jetzt sein Leben. Er würde alles dafür tun, ihn zu beschützen.

Matthias ging auf ihn zu und hob die Faust. Hans sah die Bewegung kommen, aber er wich keinen Schritt zurück. Matthias' geballte Wut traf seine Wange, und Hans verlor das Gleichgewicht. Blut tropfte nun anstelle von Tränen auf den Boden.

Rot wie ein Rubin. Das Ende einer Freundschaft.

»Ist es das, was du willst?« Hans befühlte seine lädierte Wange und wischte das Blut weg. »Hast du jemals darüber nachgedacht, dass du mir mein Leben genommen hast? Willst du wirklich alles zerstören, was uns jemals verbunden hat?«

»Das ist mir egal!« Matthias hob erneut die Hände und rannte auf Hans zu, überbrückte die wenigen Meter zwischen ihnen. »Ich kann nicht anders. Wenn du mir das alles nimmst, habe ich nichts mehr.«

Hans hob entspannt den Arm und fing Matthias' Schlag ab. Er klammerte seine Hand um dessen Faust, und ein verletztes Lächeln huschte über sein Gesicht.

»Du verstehst nichts, mein Freund. Ich hätte alles für dich getan«, sagte Hans leise und ließ Matthias' Hand los.

»Nein, hör auf!« Matthias taumelte zurück, schien einen Moment zu überlegen, ob er das wirklich tun wollte.

Aber es gab kein Zurück mehr. Keine Schuld mehr. Er konnte und wollte nicht mehr um Verzeihung bitten. Er lief wieder auf

Hans zu. Bereit, für das zu kämpfen, was er sich aufgebaut hatte. Aber in diesem Augenblick schob sich Greta in sein Sichtfeld.

Sie stellte sich vor Hans, breitete die Arme schützend vor ihm aus. Ihre Augen waren gerötet, ihr Blick verletzt. Sie zitterte immer noch am ganzen Körper.

»Hör auf, Matthias!«, rief sie verzweifelt, aber er konnte nicht mehr stoppen.

Seine Faust drohte Greta zu treffen, er versuchte noch den Schlag abzufangen. Doch er traf Greta an der Schulter, schubste sie zur Seite.

Sie fiel, und was Hans danach hörte, jagte ihm einen schrecklichen Schauer über den Rücken.

Ein Krachen, ein Knacken, wie wenn ein Zweig im Wald zerbrach.

Dann Stille. Verirrte Vögel im Wald. Eine Grille, die irgendwo zirpte. Das Rascheln der Blätter im Wind. Eine leise Melodie der Trauer.

Greta lag bewegungslos am Boden, ihr Kopf war auf einen Stein geprallt. Ein letztes Zittern huschte durch ihren Körper. Ein leises Seufzen. Dann nichts mehr. Und eine Lache von Blut breitete sich langsam um ihren Kopf aus. Sickerte in den Staub.

»Nein …«, murmelte Matthias und kniete sich zu seiner Frau.

Schüttelte sie. Hielt sie in seinen Armen. Ihr Blut befleckte seine Hände.

»Greta! Nein, wach auf. Bitte!«, flehte Matthias und strich sanft über ihr Gesicht.

Die Wunde am Kopf. Das Blut. So viel Blut. Gretas Gesicht war weiß wie Papier. Tränen befleckten ihre Wangen. Aber sie sagte kein Wort. Sie atmete nicht mehr.

Greta war tot.

Die Welt verstummte, Hans fiel auf die Knie. Begriff nicht. Konnte nicht hinsehen, wie die Liebe seines Lebens in den Armen eines anderen Mannes lag. Tot. Verloren. Nicht mehr in dieser Welt.

Es war ein Unfall, der niemals hätte passieren müssen – an dem beide Männer Schuld hatten. Wenn jeder ehrlich zu seinen Gefühlen gestanden hätte, dann hätte das alles nie passieren müssen. Wenn die Welt keine Geheimnisse gekannt hätte. Wenn Liebe nicht immer so kompliziert wäre.

Und während sich Matthias' Schrei mit der flirrenden Luft vermischte, erstarrte die Welt. Ertrank in Finsternis und schwieg im Schein einer blassen Sonne. Und Hans sollte sich an diesen Anblick immer erinnern, sollte eine lange Zeit nicht in der Lage sein, dieses Grauen in Worte zu fassen.

KAPITEL 23

LUISA

Schweigen durchzog den Raum. Die Stille war hörbar. Luisa konnte kein einziges Wort sagen. Leise liefen ihr die Tränen über die Wangen, und ganz vorsichtig ging sie auf ihren Großvater zu und nahm ihn in den Arm.

»Es tut mir so leid, dass du sie verloren hast«, wisperte sie in sein Ohr.

Hans strich ihr über den Rücken und lächelte matt. Auch seine Wangen waren von Tränen benetzt, die er langsam wegwischte.

»Es war ein Unfall. Das weiß ich, aber ich kann es ihm trotzdem nicht verzeihen. Ich kann es nicht. Ich wollte ihm dieses Leben nicht nehmen …«, versuchte Hans sich zu erklären, aber Luisa hob traurig die Hände.

»Du musst dazu nichts sagen, Großvater.«

Hans' Blick fiel auf Henry, der stocksteif dasaß. Seine Haltung war verkrampft, sein Gesicht zu einer schmerzhaften Grimasse verzogen.

»Junge, du solltest dir keine Vorwürfe machen. Die Vergangenheit kann man nicht mehr ändern.«

»Ich wünschte nur, irgendjemand hätte mir diese Geschichte früher erzählt«, erwiderte Henry bitter und lehnte sich ein kleines Stück nach vorn. »Ich habe es nie verstanden. Ich habe meinen Großvater nie verstanden. Er wird immer noch von der Schuld zerfressen.«

Hans nickte bedächtig.

»Was geschah dann?«, fragte Luisa nach einiger Zeit vorsichtig und setzte sich wieder neben Henry. Sie ergriff seine eiskalte Hand und drückte sie fest. Für ihn war der Schmerz viel schlimmer. Es war sein Großvater, der diese Schuld auf sich geladen hatte.

»Matthias und seine Kinder, Esmara und Benjamin, haben das Dorf verlassen. Ich wollte ihn nie wiedersehen, aber ich musste auch nichts sagen. Er ist von allein gegangen. Es war ein Unfall. Auch wenn Gretas Eltern ihn am liebsten vor Gericht gestellt hätten, niemand könnte ihn dafür verurteilen. Er hatte es nicht gewollt.«

Luisa schluckte die Worte, die sie hatte sagen wollen, hinunter und presste die Lippen aufeinander. Ihr Großvater hatte recht. Es war wirklich ein Unfall gewesen. Keine Absicht. Trotzdem, diese Schuld war nicht zu verzeihen.

»Ich blieb im Dorf. Ich habe deine Großmutter Mathilda einige Monate später kennengelernt. Sie half mir, über den Schmerz hinwegzukommen. Sie kannte die ganze Geschichte. Ich glaube, ohne sie wäre ich nicht in der Lage gewesen weiterzuleben.« Hans schaute zu seinem Sohn Stephan, und ein Lächeln huschte über sein Gesicht.

»Mit ihr habe ich diesen ungestümen Mann gezeugt, den du deinen Vater nennst, Luisa.«

Stephan runzelte die Stirn und wollte das Wort ergreifen, doch stattdessen schüttelte er belustigt den Kopf und nahm sich ein Stück Obst. »Ich liebe dich auch, Vater«, murmelte er und verschränkte die Arme vor dem Körper.

»Ich dich auch, Sohn«, sagte Hans und griff nach der Teetasse. Er verzog den Mund, als er einen Schluck trank. Der Tee war schon lange kalt. Die Geschichte erzählt. Die Vergangenheit schmeckte verbrannt und bitter.

»Und mein Großvater?«, wagte Henry vorsichtig zu fragen.

»Du hast eine unglaubliche Ähnlichkeit mit ihm«, bemerkte Hans, und zum ersten Mal an diesem Tag sah Luisa ein ehrliches Lächeln bei ihrem Großvater. »Jedenfalls ging Matthias nach Lübeck. Erst bezog er ein Quartier in der Nähe der Manufaktur. Er stellte ein Kindermädchen ein, das sich um seine zwei Kinder Esmara und Benjamin kümmerte. Erst Jahre später habe ich erfahren, dass Benjamin noch als Kleinkind an einem starken Fieber starb. Matthias heiratete das Kindermädchen, aber sie bekamen keinen weiteren Nachwuchs. Auch sie …«

»… starb wenige Jahre später«, beendete Henry die Erzählung von Hans und lachte verbittert. »Als ob Gott all seine Schuld gesehen und ihn dafür bestraft hätte.«

»Henry!«, zischte Luisa erbost, »sag nicht so etwas.«

Henry runzelte die Stirn und sah Luisa skeptisch an. »Wieso denn nicht? Es ist die Wahrheit. Meine Mutter hat ihre eigene Mutter verloren, dann ihren Bruder, und selbst die Ziehmutter starb.«

Luisa musste sich zusammenreißen, um bei all diesen Schicksalsschlägen in Esmaras Leben nicht wieder zu weinen anzufangen. Denn vielleicht hatte Henry recht, und seine Mutter hatte tatsächlich so viel gelitten, weil ihr Vater so viel Schuld auf sich geladen hatte.

»Ich glaube, es ist trotzdem ein guter und glücklicher Mensch aus deiner Mutter geworden, oder nicht?« Hans richtete sich auf und klopfte Henry sanft auf die Schulter.

Henry sah ihn irritiert an, nickte dann aber langsam. »Ja, das ist sie …«, murmelte er leise.

»Den Rest der Geschichte kennt ihr. Wir sind ebenfalls in die Stadt gezogen, da ich deinem Vater ein besseres Leben ermöglichen wollte. Er studierte und wurde Leiter des Museums. Matthias' Familie blieb der Herstellung von Marzipan treu. Wir wurden beide ein weiteres Mal in den Krieg eingezogen, aber diesmal sind wir uns nicht begegnet. Matthias ging zur Marine, und ich diente als Offizier an Land. Dein Vater, Henry, hat die Manufaktur übernommen und sie durch den Zweiten Weltkrieg gebracht, richtig?«

»Genau«, erwiderte Henry und schnaubte höhnisch, »und jetzt soll ich die Manufaktur leiten.«

»Viel zu oft versuchen wir unsere Kinder zu den Dingen zu drängen, die wir selbst gerne getan hätten.« Hans schenkte den beiden Verliebten ein letztes Lächeln und ging langsam in Richtung Tür. »Wenn ihr mich jetzt entschuldigen würdet, ich möchte mich gerne ausruhen.«

Stephan kam seinem Vater zu Hilfe und stützte ihn liebevoll, ihre beiden Gehstöcke klackerten leise auf den Fliesen.

»Großvater!« Luisa stand schnell auf und schloss ihren Großvater erneut in die Arme. »Danke, dass du uns deine Geschichte erzählt hast.«

»Für die Liebe muss man Opfer bringen.« Hans winkte ihnen noch kurz zu und ging dann langsam mit seinem Sohn die Treppe hinauf.

Verloren stand Luisa im Wohnzimmer, und ein leiser Seufzer entglitt ihren Lippen. Jetzt kannte sie die Wahrheit. Jetzt wusste sie, wozu Menschen fähig waren. Dass Hass über Generationen weitergegeben wurde. Dass die Vergangenheit die Zukunft mit aller Kraft beeinflusste.

»Ich werde auch gehen«, ertönte eine traurige, kraftlose Stimme hinter ihr, und sie zuckte unwillkürlich zusammen.

Schnell drehte Luisa sich zu Henry um.

»Was ist los?«, fragte sie skeptisch.

»Ich … brauche Zeit, Luisa. Meine Familie, mein Großvater …«, stammelte er verwirrt.

Lächelnd ging Luisa auf ihn zu und legte ihren Zeigefinger auf seine Lippen.

»Still«, murmelte sie und nahm sein Gesicht in ihre Hände. »Henry, du bist an nichts von dem schuld. Versuch nicht diese Last auf deinen Schultern zu tragen. Ich liebe dich von ganzem Herzen, und wir werden eine Lösung finden.«

»Welche denn?«, fragte er aufgebracht und riss sich von ihr los.

Verletzt sah sie in an und senkte den Kopf. Henry wirkte so verloren, so voller Schuld.

»Luisa …«, setzte er an, aber sie schüttelte unter Tränen den Kopf.

»Ist schon gut«, erwiderte sie leise und wandte sich ab. »Ich dachte, ich könnte dir helfen …«

Henry griff nach ihrem Handgelenk und zog sie zu sich. »Das kannst du auch, verzeih mir. Ich schaffe es im Moment nur nicht, all das zu begreifen. Das ändert aber nichts an meiner Liebe zu dir.«

Seine Worte waren warm und weich, voller Liebe und Zärtlichkeit. Henry lehnte sich zu ihr herüber und küsste sie sanft. Und plötzlich konnte sie wieder loslassen. Sie konnte in seiner Liebe ertrinken. Sie ließ sich in diesen Kuss fallen und erwiderte ihn begierig. Und in diesem Augenblick kam ihr eine Idee. Sie löste sich von Henry und grinste.

»Was ist los?« Er sah sie misstrauisch an, schien zu ahnen, dass diese Idee keine wirklich gute sein konnte.

»Ich will es wiedergutmachen«, flüsterte Luisa und zog Henry mit sich auf das Sofa. »Hör mir zu. Bitte. Auch wenn das, was ich nun sage, dumm klingen mag, aber bitte, lass es uns versuchen.«

Sie sah seinen skeptischen Blick und dachte, er würde sofort ablehnen, aber dann nickte Henry schweigend. Sie konnte sein Vertrauen spüren, es hallte in ihrem Herzen wider. Er war ihre ganze Welt, und mit ihm könnte sie diese auch verändern.

HENRY

Die Nacht war schwarz, voller Finsternis und Stille. Grausige Schatten zogen sich über die Straßen. Die Laterne vor Henrys Zuhause flackerte kurz auf, bevor sie ganz erlosch. Die Häuser in den Straßen lagen still und verlassen da, verschmolzen mit der Dunkelheit. Nur einige wenige Lichter brannten im Inneren, irgendwo schrie ein wütendes Kleinkind, und ein verirrter Vogel stob über Henrys Kopf hinweg. Kälte grub sich in seinen Mantel, und feiner Nieselregen benetzte sein Gesicht. Mit zitternden Händen schloss Henry die Haustür auf und lauschte angespannt.

Es war ruhig im Haus. Die Zwillinge schienen im Bett zu sein. Im Arbeitszimmer seines Vaters brannte noch Licht, und auch aus dem Wohnzimmer hörte er gedämpfte Geräusche.

Er wusste nicht, warum er hier war. Er wusste nicht, warum seine Füße ihn hierhergeführt hatten. Aber er wusste, dass er all diese Dinge, die er heute erfahren hatte, nicht auf sich beruhen lassen konnte. Dass er mit seinem Vater sprechen musste.

»Henry? Bist du das?« Die Stimme seiner Mutter jagte eine Schockwelle durch seine Glieder, und Henry drehte sich zur Tür des Wohngemachs.

Esmara stand im Türrahmen, die blonden, glänzenden Haare ergossen sich über ihre Schultern, und sie trug eine leichte Jacke. Sie sah müde aus, aber ihre Lippen zierte ein liebevolles Lächeln.

Henry zuckte entschuldigend mit den Schultern und trat leise auf seine Mutter zu. »Können wir reden?«, flüsterte er und schaute über die Schulter zur halb geöffneten Tür des Arbeitszimmers seines Vaters. »Allein?«

Esmara musterte ihn verwirrt, nickte dann aber und legte ihre Hand auf den Rücken ihres Sohnes. Sanft führte sie ihn ins Wohngemach und schloss die Tür. Wärme durchflutete Henry. Der Raum war in ein sanftes, goldenes Licht getaucht, und er setzte sich aufs Sofa. Er rieb die Hände aneinander, als seine Mutter sich ihm gegenüber hinsetzte.

»Was ist los, mein Sohn? Wieso bist du wieder hier? Was ist heute geschehen? Dein Vater redet kein Wort mit mir«, sagte Esmara und griff nach der Karaffe mit dem Wasser.

Sie schenkte Henry und sich von der sprudelnden Flüssigkeit ein und reichte ihm ein Glas. Gierig trank er das Wasser in einem Zug aus und seufzte leise.

»Das muss ja ein anstrengender Tag gewesen sein.« Schmunzelnd sah Esmara ihren Sohn an und grinste belustigt.

»Das war es wirklich …«, murmelte Henry und raufte sich die Haare. »Mutter, ich muss mit dir reden.«

Esmara nickte schweigend, und Henry atmete tief durch, bevor er weitersprach.

»Ich war mit Luisa in eurem Heimatdorf«, sagte Henry geradeheraus und zog sicherheitshalber den Kopf ein, aber seine Mutter schien nicht böse zu sein.

»Ja … manchmal muss man die Vergangenheit kennenlernen, um die Zukunft zu verändern«, murmelte Esmara nachdenklich, und ein trauriges Lächeln huschte über ihr Gesicht.

»Wir … als Luisa und ich zu ihr nach Hause zurückgekehrt sind, da war Vater dort. Er und Luisas Vater haben sich wegen des Grundstücks gestritten, und dann …« Henry holte tief Luft und sah seine Mutter an. »Luisa und ich wissen, was passiert ist. Luisas Großvater Hans hat uns alles erzählt.«

Plötzlich traten Tränen in Esmaras Augen, die sie jedoch sofort wegwischte. Für einen kurzen Moment wirkte sie zerbrochen, gefangen in Erinnerungen, die sie lieber verdrängen würde.

»Mutter …« Henry zuckte betroffen zusammen, aber sie winkte ab.

»Alles in Ordnung. Es tut nur immer noch weh, an diesen Augenblick zu denken. Ich war noch so klein. Es war unglaublich stickig und warm im Auto. Ich hatte Angst vor diesem fremden Mann. Mein Vater und er haben heftig gestritten, und dann ist meine Mutter aus dem Haus gekommen. Ich glaube, in diesem Augenblick, als Greta fiel, habe ich zum ersten Mal das Geräusch des Verlusts gehört. Ein grausiges Knacken, das tief in mein Herz eindrang.«

Henry schluckte bitter. Seine Hände hatten angefangen zu zittern, und er seufzte leise. Vorsichtig stand er auf und legte seine Arme um Esmara. Sie erwiderte seine Umarmung lächelnd und strich ihm sanft über den Rücken.

»Es tut mir so leid, Mutter«, flüsterte er und setzte sich neben sie.

»Nein, Henry, dir muss nichts leidtun. Es war ein Unfall. Aber es wäre nie geschehen, wenn Hans und Matthias wirklich miteinander gesprochen hätten. Wenn sie über ihre Gefühle gesprochen hätten.«

Henry räusperte sich und ergriff die Hand seiner Mutter. »Aber das wollen wir tun«, erklärte er ihr langsam, wich aber ihrem überraschten Blick aus. »Bitte, lass uns Hans und Matthias wieder zusammenführen. Wir wollen, dass sie miteinander reden.«

Noch bevor Esmara antworten konnte, wurde plötzlich die Tür zum Wohngemach aufgestoßen, und Nikolas stand im Raum.

»Vater …«, setzte Henry an, aber weiter kam er nicht.

»Du bist also zurück?«, grollte Nikolas und funkelte seinen Sohn erbost an. »Hast du nun die Wahrheit erfahren und fühlst dich schuldig, willst das Erbe deiner eigenen Familie mit Füßen treten und denkst, dass dein Großvater ein schlechter Mensch ist?«

»Nein, Vater, lass es mich doch erklären«, antwortete Henry verzweifelt, aber Nikolas hörte ihm gar nicht zu. Er wischte seine Worte weg wie Tinte auf nassem Papier. »Du wirst diese Familie nicht mit deiner sinnlosen Liebe zu einem dahergelaufenen Mädchen zerstören, du …«

»Es reicht, Nikolas«, unterbrach Esmara den Wutausbruch ihres Mannes. Ihre Worte waren klar wie Wasser und scharf wie ein Messer. Verdutzt schaute Nikolas seine Frau an.

»Liebste, was …?« Aber Esmara ließ ihn nicht weiterreden, sie erhob sich und ging mit sicheren Schritten auf ihren Mann zu.

»Es reicht, Nikolas. Dies ist mein Vater, meine Vergangenheit, mein Schmerz. Und niemand ist daran schuld. Vor allem nicht Henry, der sich in ein Mädchen verliebt hat. Was hättest du getan, wenn mein Vater dich so behandelt hätte? Liebe darf man nicht brechen, man muss sie gedeihen lassen. Wir alle haben viel zu lange geschwiegen. Wir haben gedacht, wenn wir diese Vergangenheit in Dunkelheit hüllen, dann könnte sie uns nichts mehr anhaben. Aber das ist eine Lüge.«

Esmara schaute über die Schulter zu Henry, der seine Mutter überrascht betrachtete. Er hätte wohl nicht gedacht, dass sie sich so gegen seinen Vater auflehnen würde.

»Mein Vater hat lange genug gelitten. Ich denke, es ist an der Zeit für ein Gespräch. Zeit, Abbitte zu leisten und einander zu verzeihen.«

»Aber, Esmara …« Nikolas ergriff die Hände seiner Frau und schüttelte kaum merklich den Kopf. »Ich habe dich leiden sehen. Und Matthias. Ich will doch nur, dass ihr glücklich seid.«

»Und damit das Glück deines Sohnes zerstören? Nein, Nikolas, das ist nicht richtig. Henry liebt Luisa Linde, und ich werde diese Liebe nicht zerstören.«

Sie wandte sich zu ihrem Sohn und winkte ihn zu sich. Langsam stand Henry auf. Sein Vater sah immer noch wütend aus, und da war noch die Furcht des kleinen Jungen in Henry, der er einmal gewesen war. Die Furcht vor der Wut seines Vaters. Vor diesem Zorn, der ihm die Tränen in die Augen trieb.

»Was wollt ihr beide denn tun?«, fragte Esmara ruhig und nahm die Hand ihres Sohnes.

»Luisa und ich …« Henry hustete auf, versuchte sich die Worte zurechtzulegen. Aber all die Gedanken in seinem Kopf flogen hin und her. »Wir wollen sie zusammenführen. Wir wollen, dass Hans und Matthias sich an dem Ort ihrer Vergangenheit wiedersehen.«

Esmara dachte einen Augenblick über seine Worte nach, dann nickte sie. »Das ist eine gute Idee«, entschied sie und zog ihren Sohn sanft zu sich.

Er war zwar einige Zentimeter größer als sie, aber sie stellte sich auf die Zehenspitzen und küsste ihn auf den blonden Haarschopf.

»Ich werde meinen Vater an diesen Ort bringen. Wir sagen ihm, wir machen einen Familienausflug.«

Auf Henrys Gesicht breitete sich ein fröhliches Lächeln aus, und er nahm seine Mutter stürmisch in die Arme. »Ich danke dir, Mutter, ich danke dir.«

Nikolas schaute schweigend zwischen Mutter und Sohn hin und her, dann wandte er sich langsam ab.

»Liebster …« Esmara hielt ihren Mann am Arm fest und zog ihn zu sich zurück. »Mach das nicht. Wende dich nicht von mir ab. Gib dieser jungen Liebe eine Chance. Und was das Grundstück angeht, ich bin zuversichtlich, dass wir alle gemeinsam eine Lösung finden werden, oder nicht?«

Henry räusperte sich eilig. »Ja, Luisas Vater hat gesagt, dass er es dir verkauft, Vater, wenn es uns wichtig ist. Wenn dieser Streit beigelegt wird. Selbst Luisas Eltern sind einverstanden mit unserer Idee.«

Nikolas betrachtete seine Frau schweigend und beugte sich zu ihr hinüber. Sanft küsste er sie auf die Wange und nickte dann.

»In Ordnung«, erwiderte er mit dumpfer Stimme und setzte sich aufs Sofa.

Esmara schüttelte leicht belustigt den Kopf. »Rede mit deinem Vater, Henry. Es stehen so viele Dinge zwischen euch, die ihr ebenfalls klären müsst.«

Henry wollte dagegen aufbegehren, aber der Blick seiner Mutter brachte ihn zum Schweigen. Schließlich wandte er sich seinem Vater zu, während Esmara den Raum verließ. Unschlüssig stand Henry im Wohnzimmer und vergrub die Hände tief in den Hosentaschen. Er wollte nicht mit seinem Vater reden. Nie hatte sein Vater ihm zugehört. Sich nie für die Wünsche seines Sohnes interessiert.

Aber jetzt war vielleicht die einzige Chance, um all die ungesagten Dinge zwischen ihnen zu klären. Langsam ging Henry auf seinen Vater zu und setzte sich neben ihn.

Nikolas sah seinen Sohn kurz an. Schmerz spiegelte sich in seinem Gesicht, und er erhob sich schweigend. Holte aus einem der Regale eine Flasche Whiskey und zwei Gläser heraus.

»Ich wollte diesen guten Tropfen mit dir trinken, wenn du in die Manufaktur einsteigst. Wenn wir gleichwertige Partner geworden sind«, erklärte er seinem Sohn, während er die dunkle Flüssigkeit einschenkte und die beiden Gläser vor ihnen abstellte.

»Oh, Vater«, murmelte Henry traurig und hob das Glas hoch.

Nikolas prostete ihm zu, und schweigend tranken die beiden Männer. Der Alkohol brannte in Henrys Kehle, und er hustete erschrocken auf.

»Nun, du scheinst doch noch nicht dafür bereit zu sein«, bemerkte Nikolas mit einem irritierten Grinsen und klopfte seinem Sohn auf die Schulter.

»Anscheinend nicht«, antwortete Henry mit rauer Stimme, als sein Husten langsam nachließ. »Ich glaube, ich bin für viele Dinge noch nicht bereit.«

Nikolas seufzte leise und sah seinen Sohn liebevoll an. »Ich habe immer gedacht, es wäre der richtige Weg. Ich wollte dir ein gutes Leben ermöglichen. Deine Mutter hatte Abstand zu der Manufaktur gewollt, aber Aufgeben war keine Option. Deswegen habe ich die Manufaktur übernommen. Ich habe gedacht, dass es auch der richtige Weg für dich wäre.«

»Du hast mich nie gefragt, was ich will, Vater.« Henrys Stimme drückte Bitterkeit und Unverständnis aus. Er konnte seine Wut nicht unterdrücken und spürte, wie heiße Tränen sich in seinen Augen sammelten.

»Ich weiß«, antwortete Nikolas leise und reichte seinem Sohn die Hand. »Kannst du mir das verzeihen? Und darf ich dich jetzt noch fragen, was du gerne möchtest? Welchen Weg du gehen willst?«

Henry spürte, wie sein Herz schmerzhaft pochte. Das waren die Worte, die er gerne als kleiner Junge gehört hätte. Die Fragen, die er gerne schon vor so langer Zeit beantwortet hätte.

Jetzt hatte er die Chance dazu. Er musste sie nur ergreifen. Ganz langsam, vorsichtig, als ob er Angst davor hätte, dass sein Vater einen Rückzieher machen würde, nahm er dessen Hand.

»Natürlich kannst du das, Vater«, sagte Henry mit tränenerstickter Stimme.

Nikolas zog seinen Sohn in eine innige Umarmung. Eine Umarmung, die es zwischen Vater und Sohn schon lange hätte geben sollen. Eine Umarmung, die viel früher all diese Dinge geklärt hätte. Aber das war für Henry in Ordnung. Manchmal war das mit der Zeit eine komische Sache. Man lebte aneinander vorbei und berührte nur flüchtig die Seele anderer Menschen mit seiner eigenen Geschichte. Trotzdem war dieser Moment einer der wichtigsten in Henrys Leben. Es war ein kleiner Hoffnungsschimmer, nach dem er greifen konnte. Für jetzt und für immer.

KAPITEL 24

LUISA

Sanft schien das Sonnenlicht in ihr Zimmer, und Luisa hievte sich blinzelnd hoch, doch als ihr klar wurde, welcher Tag heute war, stand sie nervös auf. Im selben Moment klopfte es mehrmals an ihrer Tür, und ohne auf eine Erwiderung zu warten, trat Rowena in ihr Zimmer.

»Guten Morgen!«, begrüßte ihre Schwester sie fröhlich, und ein Grinsen huschte über ihr Gesicht.

»Morgen«, murmelte Luisa belustigt und verdrehte die Augen.

»Welches möchtest du tragen?«, fragte Rowena lächelnd und hob zwei Kleider in die Höhe.

Luisa sah ihre Schwester skeptisch an. »Rowena, ich brauche kein Kleid von dir …«, setzte sie an, aber ihre Schwester winkte ab.

»Keine Widerrede, such dir ein Kleid aus. Hopp, hopp!«

Luisa seufzte gedehnt und betrachtete die Kleider eingehend. Sie waren im Brustbereich und an der Hüfte eng geschnitten und machten sicherlich eine großartige Figur. Am Saum bauschten sich die Kleider in mehreren Lagen und Falten auf. Das eine Kleid war dunkelgrün, das andere hellblau. Luisa berührte vorsichtig den Stoff. »Ich glaube, das blaue«, sagte sie nach einiger Zeit.

»Eine wunderbare Wahl!«, rief Rowena erfreut, »ich finde sowieso, dass zu deinen schwarzen Haaren besser helle Farben passen. Sonst siehst du so düster und traurig aus.«

Rowena legte das andere Kleid zur Seite und reichte Luisa ihren Favoriten.

»Ich frage mich, warum du mir dann überhaupt ein dunkelgrünes Kleid herausgesucht hast«, spöttelte Luisa, aber Rowena hörte ihr gar nicht richtig zu.

»Zieh dich um und ruf mich dann. Ich werde deine Haare frisieren und dich schminken.«

Mit diesen Worten war ihre Schwester wieder aus dem Zimmer verschwunden, und Luisa blieb schmunzelnd zurück. Zusammen mit Henry hatte sie beschlossen, dass Matthias und Hans sich aussprechen mussten. Und noch am selben Abend hatte Luisa ihre Eltern über diese Idee aufgeklärt.

Stephan war am Anfang noch skeptisch gewesen, aber schließlich hatte er zugestimmt. Ob für die Liebe seiner Tochter oder den Seelenfrieden seines Vaters, vermochte Luisa nicht zu sagen. Dennoch war sie ihren Eltern unendlich dankbar, dass sie ihr so viel Vertrauen schenkten.

Hans hatten sie gesagt, sie würden einen Familienausflug an die Ostsee machen. Nachdem sie sich umgezogen hatte, ging sie in Rowenas Zimmer und ließ das Schminken und Haareflechten über sich ergehen. Sie musste ihrer Schwester beipflichten, sie sah wirklich wunderschön aus.

Ehrfürchtig betrachtete Luisa ihr Spiegelbild und berührte gedankenverloren den kühlen Spiegel.

Ihre Augen leuchteten voller Glück, sie war dezent geschminkt, und der Zopf, den Rowena ihr geflochten hatte, lag eng am Kopf an.

»Danke schön«, murmelte Luisa verlegen und lächelte.

»Für dich immer«, antwortete Rowena und umarmte Luisa innig. »Ich hoffe, dass alles gut geht.«

Luisa nickte schweigend und strich über den feinen Stoff ihres Kleides. »Das hoffe ich auch sehr.«

Es klopfte an Rowenas Tür, und ihr Vater trat ein. »Bist du so weit?«, fragte er Luisa und stockte im nächsten Moment.

Verblüfft schaute er seine Tochter an und presste die Lippen aufeinander. Dann ging er langsam auf Luisa zu und küsste sie auf die Stirn.

»Manchmal frage ich mich, wann du so erwachsen und wunderschön geworden bist«, flüsterte er und hielt sie kurz in seinen Armen.

»Und was ist mit mir?«, unterbrach Rowena ihn jäh, und Luisa lachte auf.

»Du bist ebenfalls meine wunderschöne Tochter«, erwiderte Stephan und zog seine jüngere Tochter versöhnlich in seine Arme.

»Stephan!«, ertönte nach einiger Zeit die Stimme von Annabella aus dem Flur, und die drei schauten einander an.

»Ich denke, das ist unser Stichwort. Wir müssen los.« Stephan reichte Luisa und Rowena seine Hand, und sie ergriffen diese lächelnd.

Gemeinsam gingen die drei die Treppe hinunter. Hans stand unten im Flur, er trug eine leichte hellbraune Jacke und hatte seinen alten Hut aufgesetzt. Als er Luisa sah, runzelte er verwirrt die Stirn und musterte sie eingehend. Sie wich dem Blick ihres Großvaters aus und senkte den Kopf.

Hans sagte jedoch kein Wort, auch wenn er sich zu wundern schien, warum Luisa so chic aussah, denn er konnte seinen Blick nicht von ihr lassen.

»Wollen wir los?«, fragte Stephan und zog sich seine Jacke über.

Seine Familie nickte ihm zu, und gemeinsam verließen sie das Haus und quetschten sich ins Auto.

»Du sitzt auf meinem Kleid«, zischte Luisa ihrer Schwester zu und schubste sie ein kleines Stück weg.

»Ich habe auch nicht genug Platz!«, murrte Rowena und stieß Luisa ihren Ellbogen in die Seite.

»Hör auf!«

»Hör du doch auf!«

»Mädchen!«, mischte Stephan sich in den Zwist seiner Töchter ein und schaute sie im Rückspiegel an. »Könnt ihr auch mal friedlich sein?« Seine Stimme klang zwar streng, aber ein Lächeln huschte über seine Lippen, und er verdrehte in gespielter Verzweiflung über diese Kabbelei die Augen.

Die beiden Schwestern schauten sich schweigend an, dann brachen sie in schallendes Gelächter aus. Luisa konnte ihrer Schwester nicht böse sein, auch wenn Rowena sich vermutlich absichtlich breit machte, um sie zu ärgern.

»Ich hab dich auch lieb«, sagte Luisa und drückte Rowenas Hand. Diese nickte bestätigend.

»Herr im Himmel, warum mussten es bloß zwei Töchter sein?«, murmelte Stephan grinsend und ließ den Wagen an.

Hans lachte leise auf und klopfte seinem Sohn von hinten auf die Schulter. »Immerhin wird es nie langweilig«, sagte er leichthin und schaute nach draußen.

Luisa betrachtete ihren Großvater schweigend und versank in ihren eigenen Gedanken. Sie wusste nicht, ob Hans ahnte, wohin sie fahren würden. Ob er wusste, dass es einen Grund gab, warum sie an die Ostsee fuhren.

Aber selbst wenn, er hatte diesem Ausflug sofort zugestimmt. Ohne nachzufragen, warum sie alle zusammen unterwegs waren. Im Laufe der Jahre hatten sich ihre Leben irgendwie getrennt. Sie alle waren verschiedene Wege gegangen. Hatten sich vielleicht ein bisschen aus den Augen verloren.

Während die Stadt hinter ihnen immer kleiner wurde und die Landschaft in Windeseile an ihnen vorbeizog, dachte Luisa an Henry. Es hatte sie einige Zeit gekostet, einen Tag für diesen Ausflug zu finden, der in den Terminplan beider Familien passte.

Gedankenverloren schaute Luisa in den Himmel und betete stumm zu Gott, dass sie mit dieser Aktion keinen Fehler machten. Dass sie die Mauern einreißen konnten, dass sie vielleicht ein Band der Freundschaft neu knüpfen konnten.

HANS

Hans war eingedöst, die Wärme im Auto hatte ihn benebelt und eine sanfte Müdigkeit bei ihm erzeugt. Als der Wagen über ein Schlagloch fuhr, wachte er auf und erschrak im selben Augenblick.

Die Landschaft, durch die sie fuhren, kam ihm seltsam vertraut vor. Sein Herz pochte mit einem Mal laut und wild. Hans sah sich um und räusperte sich leise.

Dies war seine Heimat. Die goldgelben Rapsfelder, die Bäume, welche die Allee säumten. Der Wind, der sanft durch die Blätter fegte. Die Stille eines verlorenen Dorfes.

Hans wagte es nicht, auch nur ein Wort zu sagen; gedankenverloren starrte er weiterhin nach draußen. Seine Hände zitterten leicht, und er presste die Lippen aufeinander. Langsam ahnte er, dass dies kein normaler Familienausflug war.

Als das Auto an einer Straßenecke hielt, da wusste Hans es. Sie standen vor seinem alten Haus. Verfallen und verlassen lag es da. Dem Zahn der Zeit zum Opfer gefallen. Ein kleines Stück Vergangenheit, das er so viele Jahre lang versucht hatte zu vergessen.

»Großvater?«, schreckte Luisas Stimme ihn aus seinen Gedanken auf, und er schaute sie an.

»Warum sind wir hier?«, fragte Hans mit dumpfer Stimme, während seine Familie langsam aus dem Auto stieg.

Luisa seufzte leise und ergriff die Hand ihres Großvaters. Aufregung zeichnete sich auf ihrem Gesicht ab.

»Weil dies kein gewöhnlicher Familienausflug ist«, flüsterte Luisa heiser und zog ihren Großvater sanft aus dem Auto.

Wärme umfing Hans, und die Welt verschwamm vor seinen Augen. Er blinzelte die Tränen weg und schaute sich verwirrt um.

Dann fiel sein Blick auf eine Person, die vor seinem ehemaligen Zuhause stand.

»Nein«, hauchte Hans und schlug die Hände vors Gesicht. Er wich einige Schritte zurück.

Luisa hielt seinen Arm fest und lächelte ihn scheu an.

»Es tut mir leid«, sagte sie leise, »ich habe dich angelogen.«

Hans nickte schweigend und konnte den Blick nicht von dem Mann abwenden, der da vor dem Haus stand. Vor *seinem* ehemaligen Haus. Vor diesem schrecklichen Teil seine Vergangenheit.

Es war *Matthias*. Sein bester Freund aus alten Zeiten. Die krausen, braunen Haare wippten auf seinem Kopf hin und her, als er Hans ansah. Er hatte eine leicht gekrümmte Haltung, und ein trauriges Lächeln lag auf seinen Lippen. Wie aus einer weit entfernten Zeit. Es war wie ein Sprung in die Vergangenheit.

»Warum?« Hans' Stimme zitterte, balancierte auf einem dünnen Drahtseil. Bestürzt sah er Luisa an.

Sie schüttelte matt den Kopf und schenkte ihm ein trauriges Lächeln. »Weil du so sehr unter der Vergangenheit leidest, Großvater. Weil Worte manchmal helfen können. Weil Henry und ich wollen, dass unsere Familien wieder zusammenfinden können.«

Hans biss sich auf die Unterlippe, so lange, bis er Blut schmeckte. Bis der metallische Geschmack seine Gedanken durchdrang. Er hatte Angst. Das war die einzige Wahrheit, die heftig in seinen Gedanken pochte.

»Nein«, sagte er leise und wollte sich abwenden, aber Luisa hielt ihren Großvater am Arm fest.

»Bitte«, flehte sie, »niemand verlangt von dir zu verzeihen. Aber manche Wunden kann die Zeit heilen, oder nicht?«

Hans dachte über die Worte seiner Enkelin nach und schüttelte dann ihren Arm ab. Er sagte kein weiteres Wort und ging auf Matthias zu. Er konnte ihm nicht in die Augen sehen. Aber er musste diesen Weg gehen.

MATTHIAS

Traurig beobachtete Matthias, wie sein alter Freund auf ihn zuging. Er hatte die Worte von Hans gehört. Hatte dessen Widerwillen sofort gespürt.

Matthias hatte von Beginn an von dem ganzen Plan geahnt. Seine Familie hatte sonst nie Ausflüge zusammen unternommen. Die Spannung war förmlich spürbar gewesen zwischen ihnen. Als er seine alte Heimat gesehen hatte, da wusste Matthias, dass dies kein gewöhnlicher Familienausflug war. Und auch er war von der Idee nicht begeistert gewesen.

Es war seine Chance, Abbitte zu leisten. Sich den Dämonen seiner Vergangenheit zu stellen. Vielleicht war dies seine letzte Chance, bevor der Tod ihn zu sich holen würde.

Matthias schaute auf und lächelte vorsichtig.

»Hallo, Hans«, sagte er leise, als sein ehemals bester Freund nur noch wenige Meter von ihm entfernt stehen blieb.

Hans erwiderte nichts und schaute stattdessen auf sein altes Haus. Es wirkte verfallen und verlassen, ein Relikt aus der Vergangenheit. Einige Streben und Dachziegel fehlten. Eines der Fenster war kaputt. Staub zog sich über die Mauern wie zarte Spuren der Vergangenheit.

»Ich hätte nie gedacht, dass ich noch mal hierher zurückkehren würde«, murmelte Hans stattdessen und ging an Matthias vorbei.

Er berührte die Hauswand und strich andächtig darüber. »Ich wollte all diese Erinnerungen vergessen. Ich habe mir gewünscht, dass wir Menschen die Macht besäßen, Dinge aus unserem Leben auszulöschen.«

Matthias schluckte hart und presste die Lippen fest aufeinander. »Hans, ich …«, setzte er vorsichtig an, aber dieser drehte sich zu ihm um und winkte mit einem kleinen Lächeln auf den Lippen ab.

»Ich glaube nicht, dass ich eine Entschuldigung hören möchte«, sagte Hans und setzte sich auf die Bank vor dem Haus. »Ich weiß es nicht, aber ich glaube, für Entschuldigungen ist es sowieso zu spät. Die Dinge sind geschehen und lassen sich nicht wieder ändern.«

Matthias zuckte unwillig mit den Schultern und fuhr sich durchs Haar. Tränen sammelten sich in seinen Augen, und langsam ging er auf Hans zu, setzte sich unschlüssig neben ihn.

»Ich habe das alles nie gewollt.«

»Niemand hat all das je gewollt«, antwortete Hans ruhig und holte etwas aus seiner Hosentasche.

Überrascht schaute Matthias ihn an, als er sah, was Hans da hervorgeholt hatte. Es war eine alte Packung Zigaretten. Die Schachtel war zerknickt und an einigen Stellen eingerissen.

»Wie in alten Zeiten«, murmelte Hans gedankenverloren und holte zwei Zigaretten aus der Packung.

Er reichte Matthias eine und entzündete ein Streichholz. Der Wind pfiff eine Melodie der Stille, und der Rauch zog unsanft in Matthias' Lungen. Es folgte ein Brennen und ein scharfer Schmerz, der Matthias husten ließ.

Hans betrachtete ihn belustigt und lachte. »Du bist alt geworden, mein Freund«, bemerkte er grinsend und legte schüchtern eine Hand auf Matthias' Schulter.

»Mein Freund?«, wiederholte Matthias mit tränenerstickter Stimme und konnte den Blick nicht von Hans abwenden.

Hans zog kräftig an der Zigarette und stieß den Rauch nach einiger Zeit wieder aus, der sich in der heißen Luft auflöste.

»Du warst nie etwas anderes für mich, Matthias. Nie in meinem ganzen Leben warst du nicht mein Freund«, sagte Hans mit leiser Stimme, und Matthias sah, wie seine Hände zitterten.

»Aber ich …«, fing Matthias an und schaute Hans schuldbewusst an. »Wenn ich all das nie getan hätte, wenn ich nicht gelogen hätte, wenn ich dich gesucht hätte, dann …«

»Glaubst du das wirklich?«, unterbrach Hans ihn mit scharfer Stimme.

Sie sahen verloren aus, diese beiden alten, verletzten Männer, auf dieser alten, kaputten Bank. Wie aus einer anderen Zeit.

»Ich weiß nicht viel über die Welt. Aber ich habe einiges kennengelernt im Ersten Weltkrieg und auch im Laufe all der Jahre, die ich gelebt habe. Im Zweiten Weltkrieg habe ich versucht meine Fehler wiedergutzumachen, als Offizier ein Auge auf die jungen Männer zu haben, für die ich verantwortlich war. Ich weiß, dass du Greta von ganzem Herzen geliebt hast. Und das kann ich dir nicht einmal verübeln, sie war eine wunderbare Frau. Aber ich glaube, dass die Dinge so verlaufen sind, weil sie so verlaufen sollten.«

»Das ist nicht wahr«, schluchzte Matthias und trat wütend seine Zigarette aus.

Er erhob sich und stellte sich vor Hans hin. Breitete die Arme aus und schüttelte heftig den Kopf.

»Warum bist du nicht wütend auf mich? Meinetwegen ist sie gestorben! Ich hätte dich suchen müssen, ich hätte dich nach Hause bringen müssen! Warum hasst du mich nicht? Ich habe dein Leben zerstört.«

Schluchzend sank Matthias auf die Knie und verbarg das Gesicht in den Händen.

Es war wie damals. Staub, der um ihn herumwirbelte, aufgescheuchte Vögel in den Bäumen, die Melodie des Windes. Hans, der vor ihm saß und langsam aufstand. Unter seinen Schuhen knirschten kleine Steine, als er vor Matthias stehen blieb.

»Du hast mein Leben nicht zerstört, Matthias. Ich hatte ein gutes Leben. Ich habe wundervolle Menschen auf meiner Reise durch die Welt kennengelernt. Ich habe ein kleines Mädchen in einem Dorf in Frankreich getroffen, dem ich heute noch Briefe schreibe. Die eine bewundernswerte junge Dame geworden ist. Ich habe einen Jungen gesehen, der im Krieg zum Mann geworden ist und eine glückliche Ehe in Hamburg führt. Ich habe so viele Leben mit meinem berührt, weil ich diese Reise gemacht habe, ohne zu wissen, wer ich wirklich bin.«

Vorsichtig kniete sich Hans vor Matthias und zog ihn sanft auf die Beine. »Wir hätten beide mehr miteinander sprechen sollen. Über unsere Gefühle und die Dinge, die uns beschäftigt haben, Matthias. Aber egal, was geschehen ist, du warst immer mein Freund.«

Er umarmte Matthias und hielt ihn ganz fest. Wie ein Fels in der Brandung. Wie ein Anker auf hoher See. Wie ein bester Freund aus alter Zeit.

»Ich verzeihe dir, Matthias«, flüsterte Hans, seine Stimme drang tief in Matthias' Herz. Sein Atem kitzelte ihn.

Erneut durchdrang ein heiseres Schluchzen die Stille. Matthias erwiderte die Umarmung seines besten Freundes und weinte an seiner Schulter.

»Ich danke dir«, murmelte Matthias leise.

So verweilten sie einige Zeit. In einer Umarmung für die Ewigkeit. In Schuld und Verzeihung. In den Fängen der Vergangenheit und der Zukunft.

Als sich die beiden Männer voneinander lösten und gemeinsam zur Bank gingen, holte Hans die Packung Zigaretten noch einmal heraus. Matthias saß schweigend neben ihm. Noch konnte er seine Schuldgefühle nicht vollends ablegen, aber es war ein erster Schritt in die richtige Richtung.

Es war ein Anfang.

»Wie in alten Zeiten«, murmelte Hans und steckte sich die Zigarette an.

»Ja …« Matthias schaute in den strahlend blauen Himmel, und ein feines Lächeln huschte über sein Gesicht.

Da war eine alte Erinnerung, die er vergessen hätte. Die so sehr von der schrecklichen Vergangenheit überlagert worden war.

Aber jetzt, in diesem Augenblick, war die Erinnerung klar und deutlich vor seinen Augen zu sehen.

»Erinnerst du dich noch an unser Versprechen im Wald damals?«, fragte Matthias und zog an der Zigarette.

Hans legte die Stirn in Falten, seine Augenbrauen schossen in die Höhe, dann nickte er.

»Wie könnte ich es jemals vergessen«, erwiderte Hans und schloss die Augen.

Vielleicht war es die einzige gemeinsame Erinnerung, die zählte. Die wirklich wichtig war. Vielleicht wäre all das nie geschehen, wenn sie diese Erinnerung nicht verdrängt hätten.

Der Wind pfiff leise durch die kahlen Bäume. Kälte hatte sich über den Waldboden gelegt. Hatte den kleinen See bis zum Grund eingefroren. Die Sonne glitzerte auf dem Eiswasser. Schritte hallten auf dem Boden nach, ein heiseres Lachen zog sich in den Himmel.

»Ich bin schneller als du!« Eine Stimme, die durch die Wälder zischte.

»Bist du nicht!« Zwei Jungen liefen durch das Unterholz, schlugen geheime Wege ein.

Traten auf Zweige, die leise knackten. Ihr Keuchen drang durch den Wald. Ihr Lachen erhellte die Welt. Sie liefen auf den See zu und sprangen auf das gefrorene Wasser. Schlitterten über das Eis.

Sie jagten sich über den See und prallten lachend aneinander, rutschten aus und blieben in der Kälte liegen. Ihre Blicke richteten sich gen Himmel, das klare Blau von einigen winzigen weißen Wolken durchzogen.

»Hans?«, fragte Matthias und richtete sich auf.

Seine braunen Haare waren zerzaust, seine blauen Augen musterten seinen Freund eingehend. Er trug eine dunkelbraune, leicht zerschlissene Jacke, und seine Finger waren rot vor Kälte. Aber auf seinen Lippen lag ein fröhliches Lächeln.

»Was denn?« Auch Hans richtete sich auf, seine schwarzen Haare schimmerten glänzend im Licht der Sonne. Seine Hände fuhren über das glitzernde Eis, und er sah seinen Freund neugierig an.

»Glaubst du …?«, fing Matthias an und druckste herum. Sein Blick glitt von Hans weg zum Himmel.

»Was glaube ich?«, bohrte Hans nach und erhob sich wankend.

»Meinst du, irgendwann werden wir keine Freunde mehr sein?«, fragte Matthias leise und senkte den Kopf, während auch er sich erhob.

»Warum stellst du so blöde Fragen?« Hans musterte ihn verwirrt und schüttelte unwillig den Kopf.

»Mein Vater hat heute von einem alten Freund erzählt, den er in der Stadt wiedergesehen hat. Ich habe ihn gefragt, warum sie keine Freunde mehr seien. Er hat nur gesagt, dass man sich auseinanderlebt. Dass Freundschaften nicht ewig halten.«

»So ein Quatsch!«, rief Hans empört und ergriff die Hand seines besten Freundes.

Er zog ihn vom Eis herunter und rannte mit ihm zu der alten Eiche, an der eine Schaukel hing. Hans kletterte auf den Baum, und Matthias verzog das Gesicht.

»Was machst du da? Es hat letzte Nacht geschneit! Du wirst herunterfallen!« Er machte sich ernsthafte Sorgen um seinen Freund, aber es grauste ihn auch vor dem Ärger, den sie sich einhandeln würden, wenn sie sich hier im Wald verletzten. Seine Eltern sahen ihn schon jetzt lieber zu Hause. Er sollte lernen und später diese blöde Marzipanmanufaktur übernehmen. Matthias verabscheute diesen Gedanken.

»Benimm dich nicht wie ein kleines Mädchen«, rief Hans zu ihm hinunter und grinste frech. »Komm hoch.«

Matthias verdrehte die Augen und zuckte ergeben mit den Schultern. Leise murrend fügte er sich Hans. Vorsichtig begann er damit, auf den hohen Baum zu klettern. Beobachtete seine Umgebung, plante seine nächsten Schritte. Als er weit oben in der kahlen Baumkrone angekommen war, lächelte Hans ihn an.

»Siehst du. War gar nicht so schwer, oder?«

»Und was machen wir jetzt hier oben?«, fragte Matthias skeptisch und versuchte, nicht nach unten zu schauen.

»Sieh mal.« Hans hielt ein kleines Messer in die Höhe und begann damit ein paar Wörter in die harte Rinde zu ritzen.

Matthias beobachtete ihn schweigend und sog scharf die Luft ein, als er lesen konnte, was Hans geschrieben hatte.

»Hans & Matthias – keine Macht der Welt wird die Bande unserer Freundschaft trennen.«

»Das …«, setzte Matthias an, aber Hans schüttelte den Kopf.

Er legte seine kalte Hand auf die von Matthias. »Wir bleiben immer Freunde. Egal, was passiert. Welche Wege wir einschlagen. Welche Menschen wir lieben. Wir bleiben für immer Freunde, versprochen?«

Matthias neigte den Kopf zur Seite. »Versprochen«, antwortete er voller Freude und grinste seinen besten Freund an.

Es war nur ein Versprechen zweier Kinder. Aber es war ein Versprechen für die Ewigkeit. Eine Erinnerung, die noch Jahre später nicht an Bedeutung verloren hatte.

Denn dies sind die wichtigen Dinge in unserem Leben. Schlimme Sachen passieren, manchmal so schlimm, dass man gar nicht um Verzeihung bitten kann.

Aber ein Versprechen zweier Kinder verliert niemals seine Bedeutung.

KAPITEL 25

LUISA

Luisa hatte die ganze Zeit zu Hans und Matthias hinübergestarrt, war unruhig durch die Gegend spaziert, ihr Blick hatte sich immer wieder bei den zwei Männern verfangen.

»Kannst du mal still stehen?«, fragte ihr Vater sie genervt, der sich auf einer der Wiesen niedergelassen hatte und sie skeptisch musterte.

Luisa presste die Lippen aufeinander und schwieg. Sie schaute Henry an, der seine Hände nach ihr ausstreckte und sie sanft zu sich zog.

»Alles wird gut«, flüsterte er ihr zu und küsste sie liebevoll.

»Das hoffe ich sehr«, murmelte Luisa an seiner Schulter und krallte ihre Finger in seinen Arm.

Dann hatte sie das Schluchzen gehört. Die Worte voller Leid und Schuld. Erschrocken war Luisa zusammengezuckt und hatte nicht gewagt, zu den Männern zu schauen. Sie hatte die Augen geschlossen und gewartet.

»Schau mal …«, sagte Henry nach einer gefühlten Ewigkeit, und vorsichtig, ängstlich öffnete Luisa die Augen.

Sie schaute hinüber zu den Männern und sah sie erneut auf der Bank sitzen. Sie rauchten zusammen eine Zigarette und lachten leise.

»Haben Sie …?«, fragte Luisa und warf ihrem Vater einen verwirrten Blick zu.

Er zuckte mit den Schultern und erhob sich langsam. Sein Blick streifte Esmara und ihren Mann, die sich ebenfalls auf der Wiese niedergelassen hatten. Vorsichtig ging Esmara auf Luisa zu und ergriff ihre Hände.

»Ich möchte dir danken«, sagte Esmara lächelnd und strich Luisa vorsichtig über die Wange. »Egal, wie dieses Gespräch dort drüben ausgegangen ist, ihr habt unseren beiden Familien die Möglichkeit gegeben, neu anzufangen.«

Luisa errötete und senkte schüchtern den Kopf. »Danke …«, murmelte sie verlegen, aber Henry lachte leise.

»Siehst du, Mutter? Verstehst du nun, warum ich sie liebe?«

Luisa wäre am liebsten im Boden versunken. Es war ihr unsagbar peinlich, wie Henry über sie redete, jedoch schien ihn das nicht zu kümmern. Er legte seine Finger unter ihr Kinn und küsste sie ungeniert. Dies war die Liebe, die Luisa immer fühlen wollte. Auch wenn es ihr peinlich war, sie genoss diesen Augenblick in vollen Zügen.

»Wollt ihr dort Wurzeln schlagen?«, hörte sie plötzlich eine süffisante Stimme und drehte sich überrascht um.

Hans und Matthias standen vor ihnen und lächelten ihre Familien an.

»Großvater …«, sagte Luisa und ging langsam auf Hans zu.

»Alles ist in Ordnung, mein Kind«, flüsterte Hans, als er seine Enkelin umarmte. »Ich danke dir …«

Luisa versuchte die Tränen wegzublinzeln, die sich in ihren Augen sammelten, und schluckte all ihre Zweifel hinunter.

Vielleicht würde sie nie erfahren, was genau Hans und Matthias besprochen hatten. Aber das war auch nicht wichtig. In diesem Augenblick zählte nur, dass sie die Mauern der Vergangenheit eingerissen hatten. Auch wenn sie beide Zeit bräuchten, um das Vergangene zu verarbeiten, um sich langsam wieder anzunähern, sie hatten den ersten Schritt getan. Luisa löste sich von ihrem Großvater und lächelte ihn glücklich an.

»Auch ich möchte euch beiden danken«, sagte Matthias leise und sah seinen Enkel, der hinter Luisa getreten war, an. »Ich glaube, ich hätte sonst nie den Mut gehabt, mit Hans über meine Schuld zu reden.«

Mit einem feinen Lächeln schüttelte Hans den Kopf und legte eine Hand auf Matthias' Schulter.

»Aber wir haben tatsächlich eine weitere Bitte an euch«, sagte Hans verschwörerisch und zeigte auf den Waldweg.

»Nun, eher an dich, Henry.«

Verdutzt sah Henry Luisas Großvater an, nickte dann aber. »Was soll ich tun?«

Die beiden alten Männer schauten einander grinsend an. »Du müsstest für uns auf einen alten Baum klettern.«

Das matte Sonnenlicht fiel durch die Baumkronen, und der Wind fegte stürmisch durch die Blätter. Luisa hörte ein ratschendes Geräusch und sah, wie Henry verärgert auf den Ärmel seines Hemdes schaute. Er war an einem Ast hängen geblieben, und nun war der Ärmelstoff eingerissen.

»Großartig …«, grummelte er, und Luisa beobachtete ihn dabei, wie er immer weiter den Baum hinaufkletterte.

Grinsend saß sie auf der alten Schaukel, die nach all den Jahren immer noch intakt war.

»Ich finde, du machst eine großartige Figur«, scherzte sie mit einem glockenhellen Lachen und schaute zu ihm hinauf.

»Du hast gut reden«, murrte Henry leise und rutschte um Haaresbreite vom Baum ab.

»Sei vorsichtig, Junge!«, rief Matthias besorgt und schaute mit gerunzelter Stirn zu ihm hoch.

Luisa betrachtete Henry eingehend und konnte den Blick nicht von ihm abwenden. Die Männer hatten ihnen erzählt, dass dort oben im Stamm des Baumes ein altes Versprechen eingeritzt war.

Ein Versprechen, das diesen beiden Freunden, die einander verloren und dann wieder zusammengefunden hatten, sehr viel bedeutete. Sie sah, wie Henrys Hände vorsichtig über die alte Baumrinde tasteten.

»Ich glaube, ich habe es gefunden!«, rief er hinunter.

Luisa erhob sich von der Schaukel und schaute durch die dichte Baumkrone zu ihm hinauf.

»Kannst du es noch lesen?«, fragte Hans.

Es dauerte einen Augenblick, bis Henry zu einer Antwort ansetzte. *»Hans & Matthias – keine Macht der Welt wird das Band unserer Freundschaft trennen«*, las er vor und fuhr ehrfürchtig über die Inschrift.

»Siehst du!«, sagte Hans erfreut und klatschte in die Hände, »ich habe dir gesagt, dieses Versprechen existiert noch.«

Matthias nickte lächelnd, und während Henry den Abstieg begann, schlossen sich die beiden Männer erneut in die Arme. Luisa erwartete Henry am Boden und lächelte ihn liebevoll an. »Auch uns wird keine Macht der Welt trennen.«

Über Henrys Gesicht huschte ein Lächeln, und er suchte in seiner Hosentasche nach dem kleinen Taschenmesser, das Matthias ihm schweigend zugesteckt hatte, als sie sich auf den Weg in den Wald gemacht hatten. Luisa neigte den Kopf fragend zur Seite, aber Henry drehte sich wieder um und begann mit geschickten Fingern ihre beiden Namen in die Rinde des Baumes zu ritzen.

»Ist die Dame zufrieden, wenn unsere beiden Namen jetzt auch den Baum zieren?« Henry schaute über die Schulter zu Luisa, und sie nickte bedächtig. Ihre Blicke verschränkten sich ineinander, und sie zog ihn in eine innige Umarmung.

»Ich liebe dich«, flüsterte Luisa lächelnd und schmiegte sich an ihn. Henry legte seinen Arm um sie und küsste sie auf die Stirn.

»Wie gerne ich noch einmal so jung wäre«, murmelte Matthias erschöpft und ließ sich am Ufer des Sees nieder.

»Glaub mir, mein Freund, das möchtest du gar nicht. Das Leben ist noch so aufregend, das würden unsere Herzen gar nicht aushalten.« Hans klopfte ihm auf die Schulter und setzte sich zu Matthias.

Der Wind heulte eine leise Melodie über dem Wasser und fegte stürmisch durch die Bäume. Luisa berührte Henry sanft am Arm und zeigte mit dem Kopf hinüber zu Hans und Matthias. Henry verstand und nickte schweigend. Sie hatten im Stillen beschlossen, dass es ihre Aufgabe sein würde, die Vergangenheit nicht aus den Augen zu lassen. Immer daran zu denken, dass man miteinander reden sollte. Langsam gingen sie zu Hans und Matthias. Ihre Schritte hallten in der Stille des Waldes wider. Es knackte im Unterholz, und ein Vogelschrei durchbrach die in mattes Sonnenlicht getauchte Stille.

»Großvater?«, fragte Luisa sanft, und Hans drehte sich zu ihr um. Er und Matthias hatten die Schuhe ausgezogen und ihre Füße in das seichte Wasser getaucht.

»Was ist, mein Kind?« Er streckte die Hand nach Luisa aus und lächelte.

»Könnt ihr uns mehr über eure Vergangenheit erzählen?« Zaghaft sah Luisa ihn an und ging vor ihrem Großvater auf die Knie.

Sie ruinierte ihr wunderschönes blaues Kleid, aber das war nicht wichtig. Ein Kleid konnte man waschen, ein Menschenleben war nicht mehr zu ersetzen. Hans runzelte die Stirn und warf Matthias einen leicht irritierten Blick zu.

»Aber, ihr …«

Luisa unterbrach ihn mit einem vorsichtigen Kopfschütteln und ließ sich auf dem Waldboden nieder. »Nicht nur die schrecklichen Dinge, die passiert sind. Das Ende der Geschichte kennen wir. Aber nicht den Anfang, nicht die schönen Erzählungen.«

Hans nahm Luisas Hände in seine und schaute Matthias lächelnd an. »Das können wir tun. Wenn ihr uns zuhören wollt, dann wäre es uns eine Ehre.«

Und ihre Worte hallten sanft und wunderschön durch den grünen Wald. Sie würden nicht vergessen. Sie würden jedes Leben in Ehren halten und aus den Fehlern der Vergangenheit lernen.

ESMARA

Esmara warf einen Blick zu Stephan, der sich bei geöffneter Autotür in den Wagen gesetzt hatte und unruhig auf dem Lenkrad herumtrommelte. Sie warteten schon eine Stunde auf ihre Eltern und ihre Kinder, aber niemand von ihnen wagte es, in den Wald zu gehen. Sie wollten die Situation nicht zerstören.

»Vater, wann fahren wir wieder nach Hause?«, fragte Rowena.

»Gedulde dich«, murrte er leise, und sie hob abwehrend die Hände und schwieg.

»Kann ich mich dann wenigstens ein bisschen hier umschauen? Vielleicht finde ich einen Erdbeerverkaufsstand.«

Stephan schüttelte belustigt den Kopf und wedelte mit dem Arm. »Wenn du bei der Hitze durch die Gegend laufen möchtest, dann geh, meine stürmische Tochter. Aber bitte nicht allzu weit weg.«

Rowena klatschte erfreut in die Hände und lief zu ihrem Vater. Sie drückte ihm einen schnellen Kuss auf die Wange und verschwand um die nächste Straßenecke. Esmara erhob sich vorsichtig und schaute mit einem Lächeln auf ihren Mann, der im Schatten eines Baumes eingeschlafen war. Wie komisch. Er war es gewesen, der am meisten erbost gewesen war über diese dunkle Vergangenheit. Er war es, der sie nicht wieder leiden sehen wollte. Und nun schlief er hier so friedlich. Vielleicht lag es daran, dass Stephan ihn heute zur Seite genommen und darüber informiert hatte, dass er das Grundstück verkaufen würde. Denn nun stand Nikolas' großem Traum von einem Marzipanmuseum nichts mehr im Weg.

Sie war froh, dass sie die Zwillinge zu Hause gelassen hatten. Wahrscheinlich hätte sie die beiden Wirbelwinde nicht mal mehr wiedergefunden. Sie wären über die Felder und Wiesen gerannt und hätten die Welt um sich herum vergessen. Nun, das war eine Gabe. Als Erwachsener konnte man das nicht mehr. Man war für so viel verantwortlich – die Welt einmal zu vergessen, das war seit einigen Jahren Esmaras großer Traum.

»Dein Mann hat also an deiner statt die Manufaktur übernommen?«, riss eine Stimme sie plötzlich aus ihren Gedanken, und verdutzt schaute sie zu Stephan, der sie freundlich ansah.

»Ich …«, setzte sie an und klopfte sich den Staub und die Grashalme von den Kleidern. »Ja, das hat er.«

»Mein Vater hat immer gesagt, dass die Welt wahrscheinlich noch nicht bereit gewesen wäre für eine Frau an der Spitze der Manufaktur.« Stephan zuckte mit den Schultern und stieg aus dem Auto.

Esmara schluckte den bitteren Geschmack in ihrem Rachen hinunter und seufzte leise. »Nun, mein Bruder ist einige Jahre später gestorben, er hätte die Manufaktur übernehmen sollen. Aber er war plötzlich nicht mehr da. Nur noch ich war übrig. Mein Vater hätte es zugelassen, aber weißt du, Stephan, ich wollte es gar nicht mehr. Als ich schwanger wurde mit Henry, da wollte ich nur noch eines sein: Mutter.«

Ihre Stimme war leise geworden bei diesen letzten Worten, und sie erschrak, als sie spürte, wie eine verlorene Träne über ihre Wange glitt. Irritiert wischte Esmara sie weg und schüttelte kaum merklich den Kopf.

»Auch dich scheint die Vergangenheit sehr belastet zu haben«, sagte Stephan und ging langsam auf sie zu.

Esmara lachte verbittert auf. »Was denkst du denn? Ich war dabei. Habe es gesehen und gehört. Dieses Knacken, wie wenn der Zweig eines Baumes bricht. Und von diesem Augenblick an war die Welt in tiefe Finsternis gehüllt.«

Stephan nickte wissend. Vermutlich konnte er sich ihren Schmerz sehr gut vorstellen, wusste, was sie empfand, auch wenn er zu diesem Zeitpunkt noch nicht geboren war.

»Es war ein Geschenk des Himmels«, sagte Stephan und strich Esmara sachte über die Schulter. »Henry und Luisa, meine ich. Wenn sich ihre Herzen nicht berührt hätten, dann würden unsere Väter in Trauer und Schuld sterben.«

Mit aller Mühe versuchte Esmara die Tränen wegzublinzeln und nickte schweigend. Tief in ihrem Herzen wusste sie, dass sie ihrem Sohn und seiner großen Liebe viel zu verdanken hatte. Wären diese beiden jungen Menschen nicht so mutig gewesen, dann wäre ihr Herz immer noch in Finsternis gehüllt.

»Da hast du recht«, murmelte Esmara, als sie lachende Stimmen vernahm, die vom Wald kamen.

»Sie sind zurück!«, rief plötzlich eine weitere Stimme, und Rowena tauchte mit zwei Körben voller Erdbeeren auf.

»Denkst du nicht, dass das etwas zu viele Erdbeeren sind?«, fragte Stephan und neigte den Kopf fragend zur Seite. Ein kleines Lächeln schlich sich auf seine Züge, als Rowena ihm die Körbe hinhielt.

»Ich glaube nicht, weil du Erdbeeren genauso liebst wie ich! Also tu nicht so, als wären diese zwei Körbe zu viel. Außerdem können wir ja mit den anderen teilen«, antwortete sie grinsend.

Stephan musste wider Willen lachen und nahm seine jüngere Tochter in den Arm. »Du bist wirklich unverwechselbar«, murmelte er liebevoll und küsste sie auf die Wange.

»Immerhin. Die große Liebe und das große Drama, das zieht nur Luisa auf sich.« Rowena verdrehte die Augen und nahm sich eine Erdbeere aus dem Korb.

Esmara musste ebenfalls lächeln, als sie Rowena beobachtete. Sie wirkte wie das komplette Gegenteil von der eher ruhigeren Luisa, die gerade mit Henry bei ihnen ankam.

»Wie siehst du denn aus?«, fragte Esmara überrascht, und ihre Augenbrauen schnellten in die Höhe, als ihr Sohn auf sie zukam.

Seine Jacke war zerknittert und dreckig, ein Ärmel seines weißen Hemdes zerrissen. Seine Hose war ebenfalls staubig, aber er lächelte zufrieden.

»Ich bin auf einen Baum geklettert«, sagte er und grinste.

Esmara schaute ihren Vater an. »War das etwa eure Idee?«

Matthias schüttelte unschuldig den Kopf, aber seiner Tochter entging das Grinsen nicht, das über sein Gesicht gehuscht war. Doch sie konnte Matthias nichts verübeln. Seit so langer Zeit sah sie ein Lächeln, ein Leuchten in seinen Augen, das sie gar nicht mehr für möglich gehalten hatte.

Sie streckte die Hand nach ihrem Vater aus und umarmte ihn innig. Er roch nach Wald und klarem Wasser. Nach der Sonne auf seiner Haut. Dieses Mal konnte Esmara die Tränen nicht aufhalten, und ein leises Schluchzen drang aus ihrer Kehle.

Matthias legte seine Arme um seine Tochter. »Ich weiß, dass du sehr gelitten hast, meine wundervolle Tochter, aber jetzt kann ich Abbitte leisten. Alles wird gut«, flüsterte er heiser, und sein Atem kitzelte sie.

Esmara nickte schweigend und löste sich nach einiger Zeit von ihrem Vater. »Wollen wir nach Hause fahren?«, fragte sie und schaute zu ihrem Mann, der gerade wach geworden war und sich erhob.

Henry räusperte sich und schaute seine Mutter ernst an.

»Ich möchte noch mit euch sprechen«, erklärte er feierlich und zog Luisa zu sich. »Ich habe mich in dieses wundervolle Mädchen verliebt. Ich liebe sie von ganzem Herzen, und wir haben beide für diese Liebe gekämpft. Mit allem, was wir geben konnten. Deshalb …«

Er schaute seine Eltern mit einem matten Lächeln an. »Deshalb habe ich um Luisas Hand angehalten.«

Für einen Augenblick stand die Zeit still. Die Welt hielt an, und die Finsternis zog sich ganz langsam zurück. Wurde vom Licht verschluckt. Von einem seidenen, goldgelben Licht, das die Welt erhellte. Esmara schlug die Hände vors Gesicht und sah ihren Sohn verwirrt an. Erst dann fiel ihr der Ring an Luisas Finger auf, und sie konnte nicht anders, als zu lächeln.

Mit langsamen, zaghaften Schritten ging sie auf die beiden Verliebten zu und schloss ihren Sohn in die Arme.

»Das hast du gut gemacht«, hauchte sie ihm ins Ohr und strich ihm über den Rücken.

Dann wandte sie sich Luisa zu und umarmte auch diese. »Willkommen in unserer Familie.«

Luisa schien überrascht von dieser Herzlichkeit zu sein, aber sie erwiderte die Umarmung glücklich. Da hörte Esmara ein Räuspern hinter sich und sah ihren Mann an, der Luisa eingehend musterte.

»Mein Sohn hat mir erzählt, dass du dich für Marzipan und die Herstellung von Pralinen begeisterst, junge Dame.«

Luisa schaute zu Nikolas und nickte dann. »Ja, das tue ich, Herr Hawkins.«

Wie sie dastand. So selbstsicher und ruhig. Esmara konnte ihre Bewunderung für Luisa kaum in Worte fassen. Dieses Mädchen war wirklich Henrys größtes Glück.

»Nun …« Nikolas kratzte sich ein wenig verlegen am Kopf und warf einen Blick zu Luisas Vater. »Ich würde dir gerne anbieten, bei uns in der Manufaktur eine Lehre zu beginnen, wenn du nicht schon andere Pläne mit deinem Leben hast. Ich würde deine Kreationen gerne probieren und neue Marzipansorten mit dir erschaffen.«

Luisa öffnete den Mund, schnappte nach Luft, doch kein Wort verließ ihre Kehle. Unsicher schaute sie zu ihrem Vater, der nur mit den Schultern zuckte. »Das ist deine Entscheidung, Luisa. Dein Leben, ich werde dir da nicht reinreden.«

Luisa fuhr sich mit der Zunge über die Lippen und sah zu Henry, der lächelnd ihre Hand drückte.

»Ich werde dich immer unterstützen und dich niemals aufhalten«, flüsterte er in Luisas Ohr, und Esmaras Herz drohte bei dieser Liebe zu schmelzen.

»Ich …«, setzte Luisa an und lächelte. »Ich würde mich sehr freuen, wenn ich bei Ihnen in die Lehre gehen könnte, Herr Hawkins. Ich möchte Pralinen herstellen und mein Können beweisen.«

»Ich freue mich sehr, junge Dame. Dann ist es beschlossene Sache.«

»Vielen Dank für diese Möglichkeit«, sagte Luisa und drehte sich zu Henry, schloss ihn überglücklich in die Arme.

»Das hast du sehr gut gemacht«, wisperte Esmara ihrem Mann zu und küsste ihn auf die Wange.

Sie wusste, dass es ihrem Mann schwergefallen sein musste, über seinen Schatten zu springen. Aber Esmara war sich sicher, dass Luisa eine Bereicherung für die Manufaktur sein würde, und sie hatte es verdient, ihren Träumen folgen zu dürfen.

Esmara sah zu ihrem Sohn, sie war froh, dass sie ihn zu einem starken Mann erzogen hatte, der für seine eigenen Belange einstehen konnte. Wenn all dies nicht geschehen wäre, dann hätte die Vergangenheit vermutlich immer wie eine schwarze Gewitterwolke über diesen beiden Familien geschwebt.

Während sie alle wieder in ihre Autos stiegen, warfen sich Hans und Matthias einen letzten Blick zu. Schauten beide gleichzeitig zu dem alten Bauernhaus.

Esmara konnte nur mutmaßen, wie viele alte Erinnerungen sie zurückließen. Aber sie hoffte aus tiefstem Herzen, dass Hans und Matthias wieder zueinanderfinden würden und dass niemals wieder so ein Unglück geschehen würde.

KAPITEL 26

LUISA

So, fertig!«, sagte Rowena erfreut, als sie die weiße Rose mit mehreren Klammern in Luisas Haar festgesteckt hatte.

Andächtig betrachtete Luisa sich im Spiegel und blinzelte die Tränen weg. Rowena stand hinter ihr und legte ihre Hände auf Luisas Schultern. Sie hatte ihrer Schwester die vorderen Haare zu zwei seitlichen Zöpfen geflochten, der Rest ihres Haares ergoss sich in ebenholzfarbenen Locken über ihre Schultern.

»Du siehst wunderschön aus«, murmelte Rowena und lächelte fröhlich.

Es klopfte an der Tür, und Annabella trat ein. Als sie ihre Tochter in dem Hochzeitskleid sah, das sie selbst vor so vielen Jahren getragen hatte, begann sie vor Rührung zu schluchzen.

»Mein Schatz … wie schön du bist«, sagte Annabella und ergriff die zarte Hand ihrer Tochter.

»Mutter …«, sagte Luisa gerührt. Erneut hatte sie große Mühe, ihre Tränen wegzublinzeln. Sie wollte nicht weinen, dann wäre Rowenas ganze Arbeit mit dem Schminken zerstört gewesen. Es war dieser eine Tag, von dem Luisa die ganze Zeit geträumt hatte. Eine Hochzeit ganz in Weiß. Endlich würde sie Henry ein Versprechen für die Ewigkeit geben.

»Warte ab, bis dein Vater dich sieht, der tigert jetzt schon ganz nervös unten durch den Flur«, sagte Annabella und strich ihrer Tochter über die Wange.

Luisa verdrehte lächelnd die Augen und sah sich noch ein letztes Mal im Spiegel an. Sie kannte die junge Frau mit den schwarzen Haaren und den blaugrünen Augen. Sie hatte dieses Bild beinahe jeden Tag im Spiegel gesehen. Trotzdem fühlte sie sich wie eine ganz andere Person. *Verändert.* Vielleicht sogar ein kleines bisschen weiser. Diese Reise in die Vergangenheit ihres Großvaters hatte Luisa verändert.

Sie und Henry würden nicht die gleichen Fehler machen. Sie würden immer miteinander reden und für den anderen einstehen.

»Bist du bereit?«, fragte ihre Mutter feierlich.

Luisa nickte unsicher und atmete mehrmals tief durch. Sie ergriff die Hand ihrer Schwester und die ihrer Mutter. Gemeinsam gingen die drei Frauen mit vorsichtigen Schritten die Treppe hinunter.

Luisa hörte das vertraute Knarzen der Stufen viel zu laut in ihren Ohren. Auch ihr klopfendes Herz hallte in ihren Ohren wider, und sie schluckte all ihre Aufregung hinunter.

Stephan, der im Flur auf seine Töchter und seine Frau gewartet hatte, schaute auf, als er die Schritte auf der Treppe hörte.

Ein Lächeln huschte über sein Gesicht. Es war eine Mischung aus Stolz, Glück und Traurigkeit. Kein Wort drang über seine Lippen, er betrachtete Luisa eingehend und streckte seine Hände nach ihr aus.

»Meine atemberaubende Tochter …«, setzte er an, und Luisa konnte nicht anders, sie ließ sich in seine Arme fallen, der Gehstock glitt ihm beinahe aus der Hand, und überrascht runzelte Stephan die Stirn, strich seiner Tochter dann aber sanft über den Rücken.

»Vater …«, flüsterte Luisa und presste die Lippen fest aufeinander. Sie wollte seine Nähe dieses letzte Mal nur als seine Tochter genießen.

»Meine Kleine«, hauchte Stephan ihr ins Ohr, sein Atem kitzelte sie, und ein Schauer lief ihr über den Rücken.

Luisa wusste, dass sie in Stephans Augen immer noch sein kleines Mädchen war. Das blieb eine Tochter für ihren Vater immer, egal, wie alt sie war. Egal, ob sie heiraten würde oder sich entscheiden würde, die Welt zu sehen. Stephan sah in ihr immer noch das Mädchen, das mit großen, ehrfürchtigen Augen durch die Museen von Lübeck lief. Ihre kleine Hand in der seinen, ihr aufmerksames Gesicht, das ihn beobachtete.

Aber das war in Ordnung für Luisa. Für ihren Vater blieb sie gerne das kleine Mädchen, es machte sie glücklich, dass sie für immer diesen Platz in seinem Herzen hatte.

»Lass dich anschauen.« Stephan nahm ihre Hand in die seine und betrachtete sie lächelnd. »Du siehst aus wie deine Mutter.«

Luisa grinste und schaute an sich herunter. Sie war so glücklich gewesen, dass das Kleid ihrer Mutter ihr gepasst hatte. Das Kleid war an der Brust eng geschnitten und mit wunderschönen Rüschen geschmückt. Ein Blumenmuster zierte den Kragen und die Hüfte, ab der sich der Stoff in mehreren Lagen aufbauschte. Sie fühlte sich wirklich wunderschön. Bereit, diesen Schritt zu gehen.

»Wollen wir dann los, wenn die Damen alles erledigt haben?«, fragte Stephan schelmisch und küsste seine Frau auf die Wange.

»Und mich habt ihr vergessen?«, ertönte plötzlich eine Stimme hinter ihnen, und Luisa zuckte zusammen.

»Großvater!«, rief sie erfreut und schloss Hans sofort in die Arme.

Er trug einen schwarzen Anzug, sein grauschwarzes Haar war ordentlich zurückgekämmt, und die linke Hand stützte er auf einen braunen Stock.

»Nicht so stürmisch, mein Kind. Ansonsten könnt ihr mich wirklich hierlassen«, sagte Hans lachend und strich Luisa eine Haarsträhne hinters Ohr.

Sie schenkte ihm ein entschuldigendes Lächeln und hakte sich bei Hans unter. Ihre ganze Familie war an ihrer Seite. Sie war bereit. Sie alle stärkten ihr den Rücken. Gemeinsam verließen sie ihr Zuhause. Rowena und ihre Mutter würden zu Fuß den Weg zu Marienkirche gehen. Luisa würde zusammen mit ihrem Vater und Großvater das Auto nehmen.

»Bis gleich!« Rowena winkte ihr noch hinterher, als sie ins Auto stieg.

»Du bist nervös«, bemerkte ihr Vater unnötigerweise, während er den Wagen anschaltete und losfuhr. Luisa antwortete nicht, sondern schaute gedankenverloren nach draußen. Es war lustig, wie sich die Welt von einem auf den anderen Moment verändern konnte.

Henry hatte viel mit seinem Vater geredet, hatte ihm erklärt, dass die Manufaktur nicht seine einzige Leidenschaft war. Auch wenn dies für seinen Vater nicht so leicht zu begreifen war, hatte er sich einsichtig gezeigt. Henry würde nun mit Stephans Hilfe das Marzipanmuseum aufbauen und leiten, so konnte er seine Leidenschaft für Geschichte mit der für Marzipan verbinden.

Und sie … nun, Luisa würde an Nikolas' Seite neue Marzipankreationen in der Manufaktur ausprobieren. Sie liebte die Lübecker Museen, aber viel mehr noch liebte sie es, neue Rezepturen zu erfinden, den prickelnden Geschmack von Pistazien und Marzipan auf der Zunge, den Eifer, jeden Tag eine noch exquisitere Praline herzustellen. Ja, das war es, was sie liebte, und Luisa hatte verstanden, dass sie auf ihr Herz hören musste. Sie war so dankbar über Nikolas' Angebot, eine Lehre in der Manufaktur zu machen. Sie würde selbst über ihr Leben bestimmen können, mit Henry an ihrer Seite, aber trotzdem selbstständig. Genau so, wie sie es sich immer gewünscht hatte. Einen Mann an ihrer Seite, der sie nicht einschränkte, der sie liebte, aber sie ihre eigenen Entscheidungen treffen ließ. Eine eigene Arbeit, ein eigener Traum, ihre Leidenschaft, der Luisa jetzt für immer nachgehen konnte.

»Ich glaube, Henry ist viel nervöser als du«, scherzte ihr Vater, und Luisa sah ihn überrascht an.

»Wieso glaubst du das?«, fragte sie und fuhr über den seidigen Stoff ihres Kleides.

»Weil Männer immer viel nervöser sind, auch wenn sie es nicht zugeben wollen. Immerhin stehen sie vor der Liebe ihres Lebens und haben die Verantwortung, diese Frau für immer glücklich zu machen.«

Luisa dachte über die Worte ihres Vaters nach. Irgendwie hatte er recht. Tief vergraben in dieser Gesellschaft lag die große Verantwortung für das Glück immer noch bei den Männern. Auch wenn sie Henry natürlich auch glücklich machen wollte, immer für ihn da sein wollte und ihm all ihre Liebe schenken wollte.

HENRY

»Henry.« Die Stimme schreckte den jungen Mann auf, und er wandte den Blick vom Spiegel ab.

Gedankenverloren zupfte er an der Ansteckrose, die sein Jackett zierte, und schaute zu seinem Vater, der gerade den Raum betreten hatte. Die Sonne schien schwach durch das geöffnete Fenster, und ein Windstoß wirbelte Staub auf. Langsam ging Nikolas auf seinen Sohn zu und legte ihm eine Hand auf die Schulter. Ein wissendes Lächeln huschte über Nikolas' Gesicht, und er ging zu der Karaffe mit Wasser, die auf dem Beistelltisch stand.

»Entspann dich, mein Sohn«, sagte Nikolas und trank einen Schluck der kühlen Flüssigkeit.

»Das ist leichter gesagt als getan«, murmelte Henry und hielt sich im letzten Moment davon ab, durch seine ordentlich gekämmten Haare zu fahren. Nikolas lachte rau und sah seinen Sohn eingehend an.

»Du wirst ein wunderbarer Ehemann sein. Ich bin sehr stolz auf dich, Henry.«

Diese Worte drangen tief in sein Herz, das heftig in seiner Brust pochte. Es fühlte sich an, als würde es gar nicht mehr zu ihm gehören. Als wäre es eigenständig, kräftig. Er starrte seinen Vater überrascht an, konnte aber kein einziges Wort sagen.

Nikolas ging vorsichtig auf seinen Sohn zu und schloss ihn kurz in die Arme. Es war wie eine Umarmung, die aus der Zeit gefallen war. Henry konnte sich nicht erinnern, wann er das letzte Mal solch eine Nähe, eine Verbundenheit mit seinem Vater gespürt hatte.

»Danke …«, murmelte er und erwiderte die Umarmung seines Vaters.

Henry horchte auf, als die Tür seines Zimmers laut quietschte, und schaute skeptisch zur Tür.

»Kommt rein, oder geht weg«, sagte er barsch, musste sich aber sein Grinsen mit aller Mühe verkneifen.

Scheu schauten Maya und Max zur Tür herein und trauten sich gar nicht richtig in sein Zimmer. Henry löste sich von seinem Vater und verdrehte die Augen. »Das war nicht so gemeint, das wisst ihr. Jetzt kommt rein«, forderte er seine kleinen Geschwister auf, und sie kamen seiner Aufforderung nach.

Maximilian trug einen hellblauen Anzug mit einer hellgrauen Krawatte. Seine krausen, blonden Locken umrahmten sein Gesicht wie ein Heiligenschein. Maya trug ein hellblaues Kleid, das kurz über den Knien endete. Es war an der Hüfte mit einer großen weißen Schleife verziert und hatte Blumenapplikationen an den Ärmeln und am Kragen. Ihr goldenes Haar war zu einem kunstvollen Knoten hochgesteckt. Verblüfft schaute Henry die beiden an. Er erkannte sie kaum wieder.

»Ihr seht sehr hübsch aus«, sagte er und schloss beide in die Arme.

»Du aber auch«, sagte Maya und berührte vorsichtig seine Ansteckrose. »Aber deine Braut sieht noch viel schöner aus.«

Henry strich seiner kleinen Schwester übers Haar und lächelte. »Das denke ich auch.«

Nikolas klatschte in die Hände und deutete in Richtung Tür. »Dann lasst uns mal losgehen, sonst kommt Henry noch zu spät zu seiner eigenen Hochzeit.« Er grinste Maya und Max verschwörerisch an, und die beiden begannen zu kichern.

Nikolas scheuchte seine Geschwister raus, und sie liefen lachend die Treppe hinunter. Henry folgte ihnen gemäßigten Schrittes und sah seine Mutter unten am Treppenabsatz.

Gerührt schaute sie zu ihrem Sohn und streckte die Hände nach ihm aus. Henry ließ sie gewähren, als sie ihn in eine innige Umarmung zog und ihm einen Kuss auf die Wange hauchte.

»Ich freue mich so sehr«, murmelte sie unter Tränen, und Henry schüttelte belustigt den Kopf.

»Mutter, du kannst später noch genug weinen, einverstanden?«

Esmara stieß ihrem Sohn ihren Ellbogen in die Seite und lachte. »Werd bloß nicht frech!«, mahnte sie ihn lächelnd und schloss ihn noch einmal in die Arme.

»Er ist nicht frech, nur ehrlich«, sagte eine Stimme in Henrys Rücken, und er drehte sich erfreut um.

»Großvater!«

Matthias lächelte seinen Enkel an und betrachtete ihn eingehend. »Ich glaube, so wie du aussiehst, wird Luisa dich mit Freuden heiraten wollen.«

Henry schaute erneut an sich hinunter und räusperte sich. »Das will ich auch hoffen«, sagte er und schloss seinen Großvater in die Arme.

»Alle bereit?« Nikolas klimperte mit den Autoschlüsseln und erntete allgemeine Zustimmung. »Max und Maya, ihr lauft mit eurer Mutter zur Kirche«, wies er die beiden an.

»Was?«, fragte Max enttäuscht und zog einen Schmollmund. »Ich dachte, wir dürfen auch im Auto fahren.«

Henry wuschelte ihm durch die blonden Locken und lachte. »Du bist noch so jung, Max, du kannst viel besser zu Fuß gehen als dein Vater und dein Großvater.«

Der Junge dachte über diese Worte nach und nickte dann. Lachend lief er mit seiner Schwester zusammen raus. Henry, sein Vater und sein Großvater setzten sich ins Auto. Plötzlich war die Stille wieder greifbar. Im Auto war die Luft wie zerrissen, warm und feucht. Henry ließ seinen Blick nach draußen schweifen. Stille zog sich durch seine Gedanken. Nur sein pochendes Herz hallte in seinen Ohren wider. Henry seufzte leise.

»Alles wird gut«, sagte Matthias plötzlich neben ihm und ergriff die Hand seines Enkels.

»Ich …«, setzte Henry zögerlich an und biss sich auf die Unterlippe.

Da waren keine Worte mehr in seinem Kopf. Da war nur Aufregung. Angst und Unsicherheit. Nichts ergab mehr Sinn, und die Welt verschwamm vor seinen Augen.

»Du darfst dich nicht so unter Druck setzen«, flüsterte Matthias und grinste ihn an, »sie liebt dich von ganzem Herzen. Dies ist nur euer Versprechen an die Welt.«

Henry nickte schweigend und drückte voller Liebe die Hand seines Großvaters. Ja, es war nur ein Versprechen an die Welt. Ihre Liebe war viel größer und stärker. Sie hatte Mauern eingerissen, verworrene Fäden entwirrt und neue Bindungen geschaffen.

Luisa Linde und Henry Hawkins hatten zusammen die Grundfesten der Welt erschüttert.

Als Henry aus dem Auto stieg, stockte ihm der Atem. Er hielt mitten in der Bewegung inne und konnte Luisa nur ansehen. Sie sah so wunderschön aus in ihrem weißen Kleid, mit ihren schwarzen Haaren wie Ebenholz und diesem Lächeln, in das er sich zuallererst verliebt hatte.

Die Glocken der Marienkirche begannen sanft zu schlagen, und es war für Henry, als erwachte er aus einem langen Traum. Zögerlich ging er in die Kirche hinein. Vorbei an Luisa, die ihn scheu anlächelte. Ihr Vater würde sie in die Kirche führen, er würde sie Henry übergeben, sie in seine Liebe entlassen.

Ehrfürchtig betrachtete Henry die bunten Glasfenster in der Kirche mit den wunderschönen Figuren und Bildern, die sich im Licht der Sonne spiegelten. Es war warm und stickig, aber ganz still in der Kirche. Henry bewegte sich unruhig hin und her, als der Pastor ihn sanft anstieß.

»Entspannen Sie sich, junger Mann«, flüsterte er und schenkte Henry ein freundliches Lächeln.

Die Haare des Pastors waren grau, Falten eines langen Lebens zierten sein Gesicht und seine alten Hände. Stahlblaue Augen schienen tief in Henrys Herz zu sehen. In diesem Moment begann die Orgel zu spielen, und Henry schaute über die Schulter zurück.

Da war sie. Seine Braut. *Luisa.* Henry blinzelte seine Tränen weg und beobachtete jeden ihrer Schritte, wie sie langsam an der Hand ihres Vaters zu ihm nach vorn lief.

Schüchtern blieb sie vor ihm stehen und senkte den Kopf.

»Ich gebe sie in deine Hände, pass gut auf meinen Wirbelwind auf«, flüsterte Stephan und legte Luisas Hand in die von Henry.

Henry nickte stumm und lauschte schweigend den Worten des Pastors.

»Willst du, Luisa Linde, den hier anwesenden Henry Hawkins zu deinem Ehemann nehmen, ihn lieben und ehren, bis dass der Tod euch scheidet?«

Henry linste zu Luisa hinüber, und sie hob den Kopf. Tränen des Glücks spiegelten sich in ihren Augen.

»Ja, ich will«, sagte sie mit fester Stimme.

Der Pastor wandte sich Henry zu und räusperte sich, als Henry immer noch zu Luisa schaute. Schnell wandte er den Blick dem Priester zu.

»Und willst du, Henry Hawkins, die hier anwesende Luisa Linde zu deiner Ehefrau nehmen, sie lieben und ehren, bis dass der Tod euch scheidet?«

Henry atmete tief ein. Es waren nur drei Wörter, aber sie würden sein Leben verändern.

»Ja, ich will«, antwortete er ruhig und lächelte den Pastor an.

Dieser nickte feierlich. »Dann erkläre ich euch hiermit zu Mann und Frau. Sie dürfen die Braut jetzt küssen.«

Diesen Satz musste er sich nicht zweimal sagen lassen. Henry drehte sich zu Luisa um, nahm ihr Gesicht in seine Hände und küsste sie. Der Geschmack von Erdbeeren und Marzipan legte sich auf seine Zunge.

Für immer. Von nun an würde er für immer mit Luisa zusammen sein. Bis dass der Tod sie scheiden würde.

LUISA

Ihr Herz sprudelte über vor Glück. Wenn sie gekonnt hätte, dann hätte sie ihre Freude in die Welt hinausgeschrien.

An Henrys Hand verließ sie die Kirche. Die Blumenmädchen liefen vor ihnen her und verteilten weiße und rote Rosen in der Kirche. Luisa schaute in die Gesichter, an denen sie gemäßigten Schrittes vorbeigingen.

Ihre Mutter und ihr Vater. Sie sah die kleinen, schüchternen Tränen in den grünen Augen ihres Vaters. Er betrachtete seine Tochter mit unverhohlenem Stolz, auch wenn es ihm nicht leichtfiel, sie in die Arme eines anderen Mannes zu entlassen.

Aber er vertraute Luisa. Und er vertraute Henry. Er nickte ihr lächelnd zu, und Luisa fühlte seine ganze Liebe in diesem Augenblick.

Rowena, die neben ihren Eltern stand. Ihre kleine Schwester. Ihre Verbündete in allen Lebenslagen. Was hätte sie nur ohne ihre wunderbare Familie gemacht.

Ihr Blick fiel auf Hans und Matthias, die zusammen auf der anderen Seite der Bänke saßen. Die beiden besten Freunde beschäftigten sich in letzter Zeit viel miteinander. Sie hatten gelernt, einander zu verzeihen. Hatten beide den anderen mit Tausenden Fragen gelöchert. Sie wollten aus der Vergangenheit lernen und füreinander da sein.

Luisa blinzelte ihre Tränen weg, sie wollte nicht, dass ihre Schminke verwischte. Dies war kein Tag zum Weinen. Es sollte ein Tag der Freude sein.

Henrys Eltern, die sie zusammen mit seinen jüngeren Geschwistern ebenfalls mit einem stolzen Lächeln bedachten. Manchmal waren Worte das Einzige, was Menschen brauchten, um einander näherzukommen.

Henry und sein Vater hatten die Mauern, die sie getrennt hatten, eingerissen. Luisa war so glücklich darüber, dass Henry nun ganz in seiner Arbeit im Marzipanmuseum aufgehen konnte. Und sie hatte gemeinsam mit Nikolas schon viele neue Rezepturen ausprobieren können. Er hatte sie mit zu Geschäftstreffen genommen und behandelte sie wie eine gleichwertige Partnerin, auch wenn sie noch viel zu lernen hatte.

Doch sie würde alles dafür geben, ihre eigenen Träume zu verwirklichen, und hatte Henry an ihrer Seite, der sie immer unterstützen würde. Sie hatte sich geschworen, sich niemals in einer

Hochzeit, einer Liebe selbst zu verlieren, und dieser Schwur würde sie immer begleiten. Sie liebte Henry von ganzem Herzen, aber sie war dankbar und froh, dass sie trotzdem ihren eigenen Weg gehen konnte, dass sie nicht nur Mutter und Ehefrau sein würde, sondern selbst ihr Leben in der Hand hatte. So eine Frau wollte sie sein, und dafür würde sie kämpfen.

Die Sonne blendete Luisa heftig, und sie blinzelte mehrmals, als sie hinaus in die Wärme traten. Es war ein wunderschöner Tag. Der Himmel strahlend blau, keine einzige Wolke war zu sehen. Die Hochzeitsgemeinschaft versammelte sich auf dem Vorplatz der Kirche.

Henry lehnte sich vorsichtig zu Luisa hinüber und küsste sie auf die Wange. »Ich liebe dich, Luisa Hawkins«, flüsterte er und grinste sie an.

Sie war jetzt seine Frau. Sie würde ihr ganzes Leben mit ihm verbringen. Mit ihm gemeinsam die Welt entdecken, Neues lernen, sich weiterbilden und niemals die Vergangenheit vergessen.

»Ich dich auch, Henry«, murmelte Luisa und ergriff seine Hand.

Sie konnte ihr Lächeln nicht verbergen. Sie konnte nicht mal mehr richtig denken. Sie wusste nur, dass sie so viel erreicht hatten. Dass sie eine alte Freundschaft wieder zu neuem Leben erweckt hatten. Und dass es einen alten Baum in einem Wald nahe der Ostsee gab, in dessen Rinde nicht nur ein, sondern zwei Versprechen verewigt waren.

Das Freundschaftsversprechen zweier Männer, die beide auf unglaubliche Weise den Ersten Weltkrieg überlebt hatten. Und das Liebesversprechen von Luisa und Henry.

»Fotozeit!«, rief Rowena und umarmte ihre Schwester stürmisch.

Luisa taumelte einige Schritte nach hinten und lachte auf. »Rowena! Mein Kleid!«, schimpfte sie leise, aber sie konnte ihrer

Schwester nicht wirklich böse sein. Nicht an diesem Tag. Und auch nie wieder in ihrem Leben.

»Ich pass doch auf«, sagte Rowena, hob grinsend die Hände und strich ihrer Schwester zaghaft über den Arm. »Du bist die schönste Braut der Welt.«

Luisa sah ihre kleine Schwester an. »Oh, Rowena …«, murmelte sie gerührt, aber ihre Schwester schüttelte den Kopf.

»Komm bloß nicht auf die Idee, jetzt zu weinen«, schimpfte Rowena liebevoll und umarmte ihre Schwester erneut. »Und jetzt stellt euch zusammen hin, wir wollen Fotos machen.«

Henry und Luisa lachten und stellten sich artig nebeneinander. Der Fotograf positionierte sich, gab ein paar Anweisungen und machte viele Fotos.

Am liebsten wäre Luisa jetzt gemeinsam mit Henry in das Dorf ihrer Vorfahren gereist. Geflüchtet vor der Welt. Nur sie und er zusammen. Aber in dem kurzen Augenblick, in dem keine Fotos geschossen wurden und Henry sie zaghaft küsste, wurde Luisa klar, dass sie alle Zeit der Welt hatten.

Niemand würde sie mehr trennen, und das Leben war lang und wunderschön. *Für immer* waren große Worte. Aber es waren auch die schönsten Worte der Welt. Luisa und Henry ließen Fotos mit all ihren Familienmitgliedern machen.

Als ihr Großvater an der Reihe war, lehnte er sich zu ihr herüber. »Ich danke dir, mein Kind. Du hast meine Welt verändert«, flüsterte er ihr ins Ohr, und Luisa lächelte glücklich.

Dieser Dank war alles, wofür sie gekämpft hatte. Zusammen mit Henry. Außerdem hatte sie sich auch selbst verändert. Sie hatte gelernt, für sich selbst und ihre Träume einzustehen. Sie war eine selbstständige junge Frau mit dem Mann an ihrer Seite, der ihr Herz berührte wie kein anderer.

Die Vergangenheit bestimmt die Zukunft, aber die Zukunft kann auch die Vergangenheit verändern. Die Fehler auslöschen und um Verzeihung bitten, das hatte Luisa gelernt, und während sie Henrys Hand hielt und all ihren Träumen freien Lauf ließ, da huschte ein Gedanke durch ihren Kopf. Ein Gedanke, der für immer in ihrem Herzen verweilen würde.

Liebe ist die stärkste Macht der Welt. Sie kann alle Grenzen aufreißen. Für alle Zeit.

EPILOG

HANS

Lieber Hans,
ich habe mich sehr über deinen Brief gefreut. Es sind so viele Jahre vergangen, seit ich dich am Ufer der Maas gefunden habe. Seit ich dich »Martin« genannt habe.
Diese Zeit kommt mir vor wie eine halbe Ewigkeit. Eine halbe Ewigkeit, die langsam in der Zeit verschwindet.
Du bist dir immer treu geblieben. Du bist deinen Weg gegangen und hast dein Gedächtnis wiedergefunden.
Für mich hättest du auch Martin bleiben können, denn du warst für mich der große Bruder, den ich nie in meinem Leben hatte. Ich bin der Welt dankbar, dass ich dich kennenlernen durfte. Dass du in mein Leben getreten bist.
Jeden Tag habe ich an dich gedacht und habe mich über jeden Brief, egal, wie lang oder kurz er auch gewesen ist, gefreut.
Jetzt bin ich selbst eine alte Frau. Ich weiß, du musst bei diesen Worten lachen, aber ich fühle mich auch so.
Das Leben in Paris ist schön. Mein Mann ist wunderbar und meine Kinder ebenso. Manchmal denke ich, dass ich diesen Weg nie ohne dich gegangen wäre. Die Sonne glitzert auf der Seine, reflektiert das wunderschöne Blau des Flusses.
Oh, Hans. Ich bin so glücklich und froh, dass du die Wunden aus deiner Vergangenheit heilen konntest. Dass du deinem

besten Freund verzeihen konntest. Manchmal geht das Leben unergründliche Wege, aber wir alle kommen an einem Ziel an.
Ich wünsche dir von Herzen alles Liebe und Gute. Ein langes und erfülltes Leben. Mit Liebe und Freundschaft.
Vielleicht sehen wir uns eines Tages wieder, aber glaube mir, lieber Hans, wenn nicht, dann wisse, dass du immer in meinem Herzen sein wirst.
In ewiger schwesterlicher Liebe
Valérie

Mit zitternden Fingern legte Hans den Brief auf den Schreibtisch. Das Rascheln des Papiers erfüllte die Stille, und ein Lächeln streifte seine Züge.

Alle Menschen, die er über die Jahre kennengelernt hatte, waren ihren eigenen Weg gegangen. Valérie hatte in Paris ihre große Liebe gefunden. Aus dem kleinen Wirbelwind von damals war eine hübsche Frau geworden.

Siegfried und Martha hatten sich vor einigen Jahren aufs Land zurückgezogen. Ein ruhiges Leben ohne den Geruch des Hafens oder das Gekreische von Möwen. Ihre Kinder arbeiteten im Hafen. Thomas und seine Frau lebten ebenfalls in Hamburg. Immer noch glücklich.

Er hatte so viele Leben mit seinem eigenen berührt. Auch wenn er damals nicht Hans gewesen war, sondern Martin, der frei von den schrecklichen Erinnerungen der Vergangenheit war.

Trotzdem zählten diese Bande, die er geknüpft hatte, so viel mehr als alle Taten der Vergangenheit.

Hans legte den Brief in eine Schublade. Er würde Valérie später schreiben. Ihr mitteilen, dass er sie besuchen würde, wenn er noch in der Lage dazu wäre. Der Gedanke an Paris zauberte ein Lächeln auf seine Lippen.

Ein schüchternes Klopfen schreckte ihn auf, und Hans schaute sich um. Matthias stand im Türrahmen und lächelte seinen alten Freund herzlich an.

»Rowena hat mich hereingelassen«, sagte Matthias und deutete zur Tür. »Du scheinst tief in Gedanken versunken gewesen zu sein.«

Hans schüttelte kaum merklich den Kopf und stand langsam auf. Er umarmte Matthias innig, und die beiden setzten sich auf das gemütliche Sofa.

Hans schenkte ihnen kühles Wasser ein, und wieder war da dieses Grinsen auf seinem Gesicht.

»Woran denkst du, mein Freund?«, fragte Matthias und drehte das Glas in den Händen hin und her.

»Matthias …«, setzte Hans an und legte sich seine Worte gut zurecht. »Meinst du, wir werden hier noch gebraucht?«

Matthias runzelte die Stirn und verschluckte sich an seinem Wasser. Er hustete und räusperte sich.

»Was meinst du damit?« Skeptisch sah er Hans an und legte die Fingerkuppen seiner Hände aneinander.

»Wie findest du die Idee, dass wir auf unsere alten Tage noch mal eine kleine Reise durch die Welt unternehmen?«

Matthias sagte kein Wort. Er sah seinen besten Freund lange an und seufzte dann leise.

»Eine Reise durch die Welt«, wiederholte er Hans' Worte langsam und grinste ihn nach einer Weile an. »Thomas in Hamburg besuchen, und wohin wird uns unser Weg noch führen?«

»Erinnerst du dich daran, dass ich dir erzählt habe, dass ich einige Zeit in dem Dorf Ancemont verbracht habe?«

Matthias nickte schweigend und griff erneut nach seinem Wasserglas.

»Die ehemals kleine Valérie lebt nun in Paris«, sagte Hans geradeheraus.

»Paris?«, fragte Matthias ungläubig und schüttelte den Kopf. Er wirkte so, als würde er plötzlich seine alten Knochen spüren.

»Matthias!« Hans schaute ihn vorwurfsvoll an und erhob sich leichtfüßig. »Nun sag Ja. Die Zukunft ist gesichert. Luisa und Henry sind verheiratet. Dein Enkel geht völlig auf in seiner Arbeit für das Marzipanmuseum, und Luisa steht jeden Tag in der Küche und kreiert neue Pralinen. Die beiden haben ihr eigenes Leben. Unsere Familien sind nicht mehr zerstritten. Wir werden hier nicht mehr gebraucht.«

Auch Matthias erhob sich, aber er wirkte erschöpft. »Hans …«, setzte er an, doch dann sah er in die grünblauen Augen seines besten Freundes.

Hans' Lächeln. Dieser Blick in die Vergangenheit. Es war wie ein Déjà-vu.

Zwei Männer. Ein Versprechen.

Freunde für immer. Durch die Hölle der Welt. Zusammen waren sie eins. Nur gemeinsam existierten sie in dieser Welt. Matthias schüttelte belustigt den Kopf und reichte Hans die Hand.

»In Ordnung«, sagte er seufzend, »auf unsere Reise durch die Welt.«

Lächelnd ergriff Hans die Hand seines besten Freundes und zog ihn in eine schnelle Umarmung.

Er wusste selbst, dass dies eine verrückte Idee war. Dass sie diese Reise vielleicht gar nicht schaffen würden.

Aber sie waren zusammen durch die Hölle des Ersten Weltkrieges gegangen. Im Gegensatz dazu war diese Reise nur ein kleiner Hüpfer durch die Welt.

»Ich danke dir«, flüsterte Hans an Matthias' Ohr und klopfte ihm auf den Rücken.

Diese beiden besten Freunde würde gemeinsam eine letzte Reise antreten. In den letzten Tagen ihres Lebens wären sie erneut zusammen. Eine Freundschaft über die Zeit hinweg. Denn Freundschaft ist ein komisches Ding, sie kann entzweit werden, aber sie verschwindet niemals wirklich.

Das wussten Hans und Matthias nur zu gut. Denn sie hatten überlebt mit ihrer Freundschaft und der Liebe zu ihren Familien.

Ein Versprechen in der Rinde eines alten Baumes. Ein Schwur für die Ewigkeit.

Beste Freunde für immer.

DANKSAGUNG

Dies ist die zweite Danksagung, die ich schreiben darf, und trotzdem fühlt es sich genauso surreal an wie beim ersten Mal. Auch dieses Mal gibt es einige Menschen, denen ich danken möchte und ohne die dieses Buch nicht so geworden wäre, wie es jetzt ist.

Zuallererst geht mein Dank erneut an meinen großartigen Agenten Dirk Meynecke, der mich und meine Projekte mit so viel Leidenschaft und Scharfsinn betreut.

Dann möchte ich der lieben Corinna danken, die mich seit Anfang des Jahres bei Droemer Knaur betreut, für die lieben Gespräche und die tolle Zusammenarbeit. Frau Förster, meine Lektorin, hat mit ihren wertvollen Tipps und Anmerkungen die Geschichte noch viel besser gemacht – vielen Dank für dieses lehrreiche und angenehme Lektorat. Dem ganzen Team von Droemer Knaur möchte ich für die tolle Betreuung danken, allen voran Yvonne, die mir jede Frage sofort beantwortet hat.

Olga – vielen Dank auch dieses Mal für deine wertvollen Tipps, für die vielen Gespräche, das Beruhigen und die virtuellen Umarmungen.

Kathi – dir ist dieses Buch gewidmet, weil, wenn du nicht gewesen wärst, Luisa wahrscheinlich immer noch keinen neuen Namen hätte. Dafür möchte ich dir von Herzen danken, genauso für die wundervolle Freundschaft zwischen uns und all die großartigen Gespräche.

Einen großen Dank an Nicole, Kim und noch mal Kathi fürs Testlesen, eure lieben Kommentare und die Begeisterung für meine Projekte.

Mein wundervolles Team aus Bloggerinnen, die mich beim Release mit einer Blogtour unterstützt haben: Vielen Dank für eure

Liebe zu diesem Projekt, die kreativen Posts und die lieben Nachrichten.

Susanna – beste Agenturfreundin für immer! Danke für all deine Ratschläge, für die lustigen Nachrichten, die gegenseitige Begeisterung und die wunderbare Freundschaft.

Saskia – für jedes liebe Wort, für jedes Mit-mir-Freuen und all deine lieben Worte und deine Unterstützung!

Vielen Dank an meine Eltern, Großeltern, Verwandten und Freude, die mich immer unterstützt haben, allen meine Bücher empfehlen und mir so viel Liebe entgegenbringen.

Und zuletzt, weil meine letzten Worte immer dir gehören sollen: Sascha. Du bist mein Henry, mein Fels in der Brandung, der Mann, mit dem ich den Rest meines Lebens verbringen will. Danke, dass du immer an meiner Seite bist, mich zum Lachen bringst und auf mich achtgibst: Ich liebe dich.

Neubeginn zwischen Sommerglück und Sturmböen:
Der Auftakt der großen Timmendorfer-Strand-Saga

ANNA HUSEN

DIE FRAUEN
DER VILLA SOMMERWIND

DAS GLÜCK AM HORIZONT

Roman

Das Ostseebad Timmendorfer Strand 1903: Henriettes Familie hat in dem mondänen Kurort eine Villa geerbt, aus der der Vater ein elegantes Hotel machen will. Die begeisterte Henriette wird schnell seine rechte Hand. Eines Tages landet die junge Frau ungeplant im Fischerdorf Niendorf, wo sie Ole kennenlernt. Trotz des Standesunterschieds ist es Liebe auf den ersten Blick – doch Henriettes Vater hat längst ihre Verlobung mit dem Sohn einer angesehenen Familie arrangiert. Als dann auch noch der Schatten des Ersten Weltkriegs auf den Kurort fällt, muss Henriette alles geben, um ihre Familie zu beschützen …

KNAUR